오래된 빛

**ANCIENT LIGHT**
by John Banville

세계문학전집
2 5 8

John Banville : Ancient Light

# 오래된 빛

존 밴빌 장편소설

정영목 옮김

문학동네

## 일러두기

1. 번역 대본으로는 *Ancient Light*(John Banville, Penguin Books, 2013)를 사용
   했다.
2. 주석은 모두 옮긴이주다.
3. 본문 중 고딕체는 원서에서 이탤릭체로 강조한 부분이다.

차례 ▌

캐럴라인 월시를 추모하며

봉오리는 꽃 속에 있다. 진흙은 갈색이다. 나는 벼룩처럼 팔팔하다.

일은 잘못될 수 있다.

캐서린 클리브, 유년에

1부

빌리 그레이는 나의 가장 친한 친구였고 나는 그의 어머니와 사랑에 빠졌다. 사랑은 너무 강한 말일지도 모르지만 이 경우에 적용될 더 약한 말을 나는 알지 못한다. 이 모든 일은 반백 년 전에 일어났다. 나는 열다섯 살이었고 미시즈 그레이는 서른다섯 살이었다. 말하기는 쉽다. 말 자체는 수치를 모르고 절대 놀라지 않기 때문이다. 그녀는 아직 살아 있을지 모른다. 아마 지금은, 어디 보자, 여든셋, 여든넷이려나? 그 정도는 고령도 아니다, 요즘에는. 내가 그녀를 찾아 나선다면 어찌될까? 그건 탐구가 될 것이다. 나는 다시 사랑하고 싶을 것이다. 다시 사랑에 빠지고 싶을 것이다, 딱 한 번만 더. 우리는, 그녀와 나는 원숭이 분비선 시술*이라도 받고, 오십 년 전처럼 될 수도 있을 것이다. 황홀경에 빠져 어쩔 줄 모를 수도 있을 것이다. 그녀가 어떻게 지내는지 궁금하다, 여전히 이 땅에 속해 있다는 가정하에. 당시에는 아주 불행했다, 틀림없이, 아주 불행했다, 용감하게 또 한결같이 명랑한 태도를 유지했음에도 불구하고. 그녀가 계속 불행하지는 않았기를 간절히 바란다.

내가 그녀의 무엇을 기억하고 있을까, 여기 한 해가 소멸해가는 이 부드럽고 창백한 날들 속에서? 머나먼 과거의 이미지들이 머릿속에 우글거리고 대개는 그게 기억인지 내가 만들어낸 것인지 알 수가 없다. 그 둘 사이에 별 차이가 있다는 것은 아니지만, 실제로 차이가 있다 해도. 어떤 사람들은 우리가 살아가면서 스스로 깨닫지 못하는 사이에 기억을 만들어내 꾸미고 윤색한다고 말하는데 나는 그 말을 믿는 쪽이다. '기억 여사'께서는 은근한 속임수에 대단히 능하니까. 돌아보면 모든 게 유동적이어서 시작도 없고 어떤 끝을 향해 흘러가지도 않는다. 적어도 내가 경험하게 될 끝을 향해서는, 최종적이고 완전한 정지라면 몰라도. 내가 전체적인 난파―삶이란 점진적인 난파 외에 달리 무엇이겠는가?―에서 건져내고자 하는 표류물들은 유리 진열장에 전시해놓으면 겉으로는 필연적인 듯 보일지 모르지만, 사실은 무작위적이다. 뭔가를 표현하겠지만, 아마도, 아마도 설득력 있게 그러겠지만, 그럼에도 무작위적이다.

나에게 미시즈 그레이의 최초의 현현顯現은 두 번이었으며, 이 둘 사이에는 몇 년의 세월이 있었다. 첫번째 여자는 그녀가 전혀 아니었을 수도 있지만, 말하자면 그녀가 나타날 것이라는 일종의 수태고지에 불과했을 수도 있지만, 그 둘을 하나라고 생각하면 기분이 좋다. 4월, 물

---

* 러시아 출신의 프랑스 의사 세르게이 보로노프는 1920년대에 원숭이의 고환을 사람에게 이식하는 회춘 시술을 개발했다.

론 4월이다. 우리가 어렸을 때 4월이 어땠는지 기억하는가? 액체들이 쏜살같이 흘러가고 바람이 공기를 파랗게 퍼내고 봉오리 맺는 나무들 속에서 새들이 정신을 놓는 그 느낌을? 나는 열 살 또는 열한 살이었다. '무구한 성모마리아 교회'의 정문 쪽으로 방향을 틀며 평소처럼 고개를 푹 숙인 채 걷고 있었고—리디아는 내가 영원한 참회자처럼 걷는다고 한다—자전거를 탄 그 여자의 첫 전조는 타이어가 쉬익 하는 소리였다. 어렸을 때는 그 소리가 자극적일 정도로 에로틱했고 그건 지금까지도 마찬가지인데 이유는 알지 못한다. 교회는 언덕 위에 있었고, 고개를 들었을 때 그녀가 삐죽 솟은 첨탑을 등에 이고 다가오는 것이 보였다. 그 순간 그녀가 하늘에서 곧장 내리덮치는 듯한 느낌, 내가 들은 것이 타이어가 아스팔트와 마찰하는 소리가 아니라 날개가 빠르게 공기를 때리는 소리였다는 느낌에 전율이 일었다. 그녀는 페달에서 발을 떼고 등을 느긋하게 뒤로 기댄 채 한 손으로 손잡이를 잡고서 내 위로 내려오는 듯했다. 그녀가 걸친 개버딘 레인코트의 두 꼬리가 마치, 그래, 마치 날개처럼 그녀 뒤에서 좌우로 펄럭였다. 하얀 칼라가 달린 블라우스 위에 파란 스웨터를 입고 있었다. 지금도 그녀의 모습이 얼마나 선명한지! 나는 그녀를 꾸며내고 있는 게 틀림없다. 그러니까 이런 세부 사항들을 꾸며내고 있는 게 틀림없다는 뜻이다. 그녀의 치마는 넓고 펑퍼짐했는데 갑자기 봄바람이 치맛자락을 잡고 들춰 그녀의 맨몸을 허리까지 드러냈다. 아, 그래.

요즘 우리는 양성이 세상을 경험하는 방식에 거의 차이가 없다고 믿지만, 과거에 예스럽게 부르던 대로 여성의 음부가 우연히, 다시 말해서 운좋게, 눈앞에 불쑥 드러나는 광경을 마주했을 때, 아장아장 걸어다니는 아이에서 구십 노인에 이르기까지 모든 연령대 남성의 핏줄에 큰물이 나듯 퍼져나가는 어두운 즐거움은 어떤 여자도 절대 알지 못할 것이라는 데 내기라도 걸 용의가 있다. 여성의 추정과는 반대로, 아마도 여성에게는 실망스러운 일이겠지만, 우리 남자들을 그 자리에서 꼼짝 못하게 하고, 입이 바싹 마르고 눈이 튀어나오게 하는 것은 언뜻 보인 살 자체가 아니라, 여자의 벌거벗음과 불거진 채 고정된 눈알 사이의 마지막 장벽인 바로 그 작은 비단 천조각이다. 이해가 안 된다는 것, 나도 안다. 하지만 여름날의 혼잡한 해변에서 여성 해수욕객들의 수영복이 어떤 흑마법에 의해 속옷으로 변한다면 그 자리에 있는 모든 남성, 올챙이배와 고추를 드러낸 벌거벗은 꼬마부터 운동으로 뻣뻣해진 근육을 과시하며 빈둥거리는 구조대원, 심지어 바짓단을 접어 올리고 머리에는 손수건을 질끈 묶은 공처가 남편들까지 모두가, 장담하건대, 그 순간 변신하여 핏발이 선 눈으로 강탈하려고 덤비며 짖어대는 사티로스* 무리가 되어버릴 것이다.

나는 특히 내가 어렸고 여자들은 치마—당시에는 골프를 치는 아가씨나 흥을 깨뜨리는 영화 스타 같은 소수의 여자들이나 주름 잡힌 슬랙스를 입었지, 치마를 입지 않는 여자가 어디 있었던가?—밑에 선구상船具商이 장비를 갖추어주었다고 해도 좋을 만큼 온갖 종류와 형태의 삭구와 아딧줄, 선두의 삼각돛과 선미의 세로돛, 기중기와 정삭靜索을 갖추고 있던 그 오래전 시절을 생각하고 있다. 지금 팽팽한 가터와 진줏빛 새틴 속바지 차림의 나의 '자전거 여인'은 두려움 없이 맹렬한 북

---

* 그리스신화에 등장하는 숲의 신으로, 염소의 뿔과 다리를 가진 남성의 모습을 하고 있으며 주색을 밝히는 것으로 유명하다.

서풍 속으로 파고드는 말쑥한 스쿠너*의 모든 늠름함과 우아함을 갖추고 있었다. 그녀는 산들바람이 자신의 정숙함에 저지르고 있는 짓에 나만큼이나 깜짝 놀란 듯했다. 그녀는 자신을 내려다보다가 이어 나를 보더니 눈썹을 치켜올리고 입으로 O자 모양을 만들어 콸콸 소리가 나는 웃음을 터뜨리면서 자유로운 손등으로 대충 무릎 위의 스커트를 매만지고 경쾌하게 지나쳐 갔다. 나는 그녀가 여신의 모습 그 자체라고 생각했지만, 그 모습을 좇아 뒤를 돌아보았을 때 그녀는 덜컹덜컹 커다란 검은 자전거를 타고 가는 여자, 당시 유행하던 대로 어깨에 덮개인지 견장인지가 달린 코트를 입고, 나일론 스타킹은 봉제선이 비뚤어지고, 머리는 나의 어머니처럼 상자 모양인 여자에 불과했다. 그녀가 교회 정문 앞에서 신중하게 속도를 늦추자 자전거 앞바퀴가 흔들렸고, 그녀는 지저귀듯 자전거 벨을 한 번 울린 다음 거리로 나아가 왼쪽으로 방향을 틀어 처치 로드를 타고 내려갔다.

나는 그녀를 알지 못했고, 내가 아는 한 본 적도 없었다. 그때쯤 나는 답답하고 작은 우리 타운의 모든 사람을 적어도 한 번씩은 보았다고 생각하고 있었을 텐데도. 내가 진짜로 그후에 그녀를 다시 보았을까? 그녀가 정말로 미시즈 그레이, 사오 년 뒤 그렇게 중대하게 내 삶에 진입하게 되는 바로 그 여자라는 게 있을 수 있는 일일까? 정말로 그때 내가 나의 '가정주부 베누스'**를 처음으로 목격한 것인지 자신 있게 말할 수 있을 만큼 자전거를 탄 여자의 이목구비가 선명하게 떠오르지는 않는다. 아쉬움 때문에 고집스럽게 그런 가능성에 집착하기

---

* 돛대가 두 개 이상 달린 범선.
** Venus Domestica. 베누스는 로마신화에 나오는 미(美)와 사랑의 여신이다.

는 하지만.

교회 마당에서의 그 우연한 만남이 나에게 그렇게 충격을 준 것은 그 만남이 준 날것 그대로의 흥분 외에도 여성성의 세계 자체를 슬쩍 들여다보는 것을 허락받았다는, 일이 초 동안이라 해도 그 위대한 비밀에 끼어들게 되었다는 느낌 때문이었다. 몸이 떨릴 만큼 나를 사로잡았던 것은 갑자기 눈에 들어온 여자의 매끈한 다리와 매력적으로 복잡한 속옷가지만이 아니었다. 목 깊은 곳에서부터 웃음을 터뜨리며 나를 내려다보던 그 소탈하고 흥겹고 너그러운 태도, 풍선처럼 부풀어오른 치마를 대수롭지 않다는 듯 가라앉히던 그 손등의 우아함도 있었다. 이것이 그녀가 내 마음속에서 미시즈 그레이와 합쳐지게 된, 그녀와 미시즈 그레이가 나에게 귀중한 동전의 양면으로 여겨지게 된 또하나의 이유일 것이다. 우아함과 너그러움은 내가 보물처럼 여기던, 아니 처음부터 보물처럼 여겼어야 마땅한 것들이자, 가끔 의리 없게 생각하기로는—미안, 리디아—내가 삶에서 유일하게 진정으로 뜨겁게 추구한 것들이기 때문이다. 나를 향한 미시즈 그레이의 모든 행동의 바탕에는 친절, 또는 사람들이 자애심이라고 부르던 투명한 무늬가 깔려 있었다. 내가 지금 지나치게 호의적으로 평가한다고 생각하지는 않는다. 나는 그녀를 얻을 자격이 없었다. 지금은 그걸 안다. 하지만 그때 내가 그걸 어떻게 알았겠는가? 풋내기에 경험도 없는 꼬맹이에 지나지 않았는데. 이 말을 쓰자마자 그 말 속에서 족제비 같은 징징거림, 나 자신을 무죄로 만들려는 애처로운 시도가 들린다. 진실은 내가 그녀를 충분히 사랑하지 않았다는 것이다. 그러니까, 내가 비록 어리기는 했지만 할 수 있을 만큼 최선을 다해 그녀를 사랑하지 않았다는 것이고, 내 생각에 그녀는 그로 인해 고통을 겪었다. 이 문제에 관해 할 수 있는 말은 그게 전부다. 그렇다고 내가 훨씬 더 많은 이야기를 하는 걸 그만두지 않을 것은 분명하지만.

그녀의 이름은 실리아였다. 실리아 그레이. 어째 딱 맞는 것처럼 들리지가 않는다, 안 그런가, 이 조합은? 여자들이 결혼해서 얻는 이름은 절대 딱 맞게 들리지 않는다, 내 의견으로는. 다들 엉뚱한 남자와 결혼하는 건가? 어쨌든 성이 엉뚱한 남자와? 실리아와 그레이는 둘이서 너무 맥없는 짝을 이룬다. 날카롭지만 느린 소리 뒤에 이어지는 부드럽게 쿵 하는 소리. 그레이의 g 발음은 세다고 하지만 필요한 세기에 반도 못 미친다. 그녀는 맥없는 사람이 아니었다, 절대. 내 입으로 그녀가 풍만했다고 말한다면 그 멋지고 오래된 말이 잘못 전달될 것이다. 너무 무게가 실릴 것이다, 말 그대로나 상징적으로나. 나는 그녀가 아름다웠다고, 적어도 관습적인 의미에서 그랬다고 생각하지는 않는다. 물론 열다섯 살짜리 남자아이에게 황금 사과를 상으로 주라는 일*을 시킬 리야 없겠지만. 당시 나는 그녀가 아름답다거나 그렇지 않다거나 하는 생각 자체를 하지 않았다. 안타깝지만, 최초의 광택이 흐려진 후에는 그녀 생각을 전혀 하지 않았고, 고마움은 느꼈지만 그럼에도 그녀를 당연하게 받아들였다.

애초에 내가 방향을 틀어 '기억의 차선'을 따라가게 된 것은 그녀의 기억 하나, 부르지도 않았는데 갑자기 돌아온 이미지 하나 때문이었다. 그녀가 입곤 하던 것, 아마도 하프 슬립이라고 부르던 것이었을 텐

---

* 그리스신화에서 가장 아름다운 여신을 택해 황금 사과를 주라는 명을 받은 파리스의 일화에 빗댄 말.

데—그래, 또 속옷 얘기다—스커트 길이에 실크 또는 나일론으로 만든 연어 색깔의 미끌미끌한 그것은 고무줄 허리 밴드가 배와 옆구리의 나긋나긋한 은빛 살, 또 그만큼 선명하지는 않지만 뒤쪽의 멋지게 튀어나온 엉덩이, 깊고 우묵하게 파인 우물 두 개와 앉을 때 닿는 아래쪽 부분에 주먹으로 맞은 듯 약간 사포 같은 질감의 반점 두 개를 거느린 엉덩이 위쪽을 눌러서, 벗고 나면 그곳에 분홍색 골이 남곤 했다. 그녀의 몸 중간을 둘러싼 이 장밋빛 띠는 나를 깊이 흔들었다. 그것이 부드러운 벌, 그러나 예리한 고통—나는 틀림없이 낙인찍힌 천녀天女 같은 여자들이 모인 하렘을 생각하고 있었을 것이다—을 암시했기 때문이다. 나는 그녀의 몸통에 뺨을 대고 누워 손가락 끝으로 느릿느릿 그 주름진 선을 따라가곤 했다. 내 숨에 그녀 배 밑의 거무스름하게 빛나는 털이 흔들렸고 끊임없이 성변화聖變化가 진행되는 그녀의 내장에서는 핑 퉁 하는 소리가 들렸다. 고무줄이 남긴 불균질한 좁은 자국의 피부는 늘 더 뜨거웠다. 보호를 위해 피가 표면에 몰려 있었기 때문이다. 당시 나는 그 자국이 가시면류관을 암시한다는 신성모독적인 느낌을 음미하고 있었다는 생각도 든다. 우리가 함께 하는 것들에는 무엇에든 늘 희미하게, 아주 희미하게 병적인 종교적 태도가 깔려 있었기 때문이다.


잠시 멈추고 어젯밤에 꾼 꿈, 아내가 나를 버리고 다른 여자에게로 간 꿈을 기록, 아니 언급이라도 해두겠다. 이것이 무엇을 의미하는지, 아니, 뭔가를 의미하기는 하는지 모르겠지만, 어떤 인상을 남긴 것은 분명하다. 모든 꿈이 그렇듯이 이 꿈에서도 사람들은 분명히 자신이면서 동시에 아니어서, 주요한 역할을 맡은 아내는 키가 작은 금발에 으스대는 여자로 출연했다. 그게 아내라는 것을 내가 어떻게 알았을까? 정말이지 아내와는 닮지 않았는데. 나 또한 있는 대로의 내가 아니라 비만에 육중하고 눈은 처지고 움직임이 굼뜬, 가령 늙은 바다코끼리 같은 남자, 아니면 부드러운 몸을 무겁게 움직이며 바다에서 생활하는 다른 포유동물 같았다. 등이 비스듬히 기울고, 몸은 가죽질에 회색이고, 바위를 돌아 미끄러지듯 사라지는 그런 느낌. 그렇게 우리는 서로의 눈에 띄지 않은 채 그곳에 있었다. 그녀는 그녀가 아니고 나는 내가 아닌 채로.

아내에게 동성애적인 성향은 전혀 없었다, 내가 아는 한은—하긴 내가 어디까지 알겠는가? 하지만 꿈에서 그녀는 명랑하게 활달하게 사내 역을 맡는 동성애자였다. 그녀의 전이된 애정의 대상은 성긴 구레나룻을 기르고 콧수염 자국이 희미하고 엉덩이가 전혀 없는 자그마한 남자 같은 이상한 사람이었는데, 지금 생각해보니 에드거 앨런 포를 꼭 닮았다. 꿈 자체에 관해서는 자세한 내용으로 당신을, 또는 나 자신을 지루하게 만들지 않겠다. 어쨌든, 이미 말한 것 같지만, 우리가 디테일을 유지하지 못한다는 것이 나의 믿음이다. 유지한다 해도 아주 심하게 편집되고 검열되고 전체적으로 윤색되어 완전히 새로운 것, 꿈에 대한 꿈을 이루게 되며, 그 안에서 원래의 것은 변형되어버린다, 꿈 자체가 깨어 있을 때의 경험을 변형시키듯이. 그렇다고 그것 때문에 내가 꿈에 온갖 종류의 신비하고 예언적인 함의를 부여하지 않는다는 것은 아니지만. 물론 리디아가 나를 떠나기에는 너무 늦었다. 내가 아는 것은 오늘 아침 동트기 전에 잠이 깨면서 내가 상실감과 박탈감, 모든 곳에 만연한 슬픔에 짓눌렸다는 것이다. 무슨 일인가가 일어나기로 정해져 있는 듯하다.


나는 빌리 그레이의 어머니를 많이 사랑하기 전에 빌리를 조금 사랑하고 있었던 것 같다. 다시 그 말이 나온다, 사랑. 얼마나 쉽게 펜에서 흘러나오는지. 이상하다, 이런 식으로 빌리를 생각하다니. 그 친구도 지금 내 나이일 텐데. 이건 하등 놀랄 일이 아닌데도—그는 그때도 내 나이였으니까—충격으로 다가온다. 갑자기 노화의 또다른 단계로 한 걸음 올라간—아니, 내려간 건가?—듯한 느낌이다. 만나면 알아볼 수 있을까? 빌리는 나를 알아볼까? 스캔들이 터졌을 때 빌리는 무척 마음이 상했다. 나도 빌리만큼, 아니 그보다 더 공적인 수모의 충격을 느꼈던 게 분명하다, 내 생각으로는. 그렇다 해도 그가 나를 감정적으로 강하게 거부하는 바람에 화들짝 놀랐다. 사실 나는 빌리가 내 어머니와 잤다 해도 상관하지 않았을 것이다. 상상하기 어려웠을 일이기는 하지만—하긴 빌리 아닌 누구라도 엄마와 자는 것을 상상하기는 어려웠다. 가엾은 늙은 것, 나는 엄마를 그렇게 생각했다. '가엾다'고, '늙었다'고, '것'이라고. 틀림없이 빌리도 그래서 곤혹스러웠을 것이다. 자기 어머니가 누군가가 욕망하는 여자라는 사실, 나아가 그 누군가가 나라는 사실을 깊이 생각해봐야만 한다는 것. 그래, 우리 둘이 코터의 집 바닥에 깔린 그 더러운 매트리스에서 벌거벗은 채 서로의 품에 안겨 뒹구는 장면을 그려보는 일은 틀림없이 그에게 온갖 종류의 괴로움을 안겨

22

주었을 것이다. 빌리는 아마 자기 어머니가 옷을 입지 않은 모습을 한 번도 본 적이 없었을 것, 아니 적어도 기억하지는 못했을 것이다.

코터의 집을 처음 우연히 발견한 게 빌리였고, 그래서 나는 언젠가 그가 그곳에서 사랑 놀이를 하고 있는 자기 어머니와 나를 우연히 발견할지도 모른다고 걱정하곤 했다. 그녀도 빌리가 그 장소를 안다는 사실을 알고 있었던가? 기억이 나지 않는다. 알았다면, 낙엽이 흩어진 더러운 바닥의 해묵은 불결 한가운데서 외아들의 가장 친한 친구에게 사랑을 받고 있는 광경을 그에게 들킨다는 생각에 그녀가 느꼈을 공포에 비하면 내 걱정은 아무것도 아니었을 것이다.

그 집을 처음 본 날이 기억난다. 우리는, 빌리와 나는 강가를 따라 길게 자리잡은 작은 개암나무숲에 들어가 있었는데, 빌리가 나를 둔덕 위로 데려가더니 우듬지 사이로 지붕을 가리켰다. 우리가 선 곳에서는 높이 때문에 지붕만 보였는데, 처음에는 지붕도 분간하지 못했다. 슬레이트가 주변의 잎만큼 푸른 이끼로 덮여 있었기 때문이다. 아마 그래서 그렇게 오래 드러나지 않은 채 감춰져 있었을 것이고, 그래서 곧 미시즈 그레이와 나에게는 그렇게 안전한 밀회 장소가 되었을 것이다. 나는 곧바로 내려가 안으로 들어가보고 싶었지만—어쨌거나 우리는 사내아이들이었고 클럽하우스라고 부를 만한 것을 늘 찾아다닐 만큼 아직 어렸기 때문이다—빌리는 이상하게도 머뭇거렸다. 내 눈에는 이상해 보였다. 그는 그전에 이미 그곳을 발견했고 심지어 안에 들어가보기도 했기 때문이다. 어쨌든 그가 말하기로는 그랬다. 아마도 빌리는 그 집을 좀 두려워했던 듯하다. 어떤 예감이 있었거나, 아니면 귀신이 출몰한다고 생각했을 수도 있다. 실제로 곧 그렇게 되었다. 출몰하는 게 귀신이 아니라 레이디 베누스와 그녀의 장난꾸러기 소년이었지만.

이상하게도, 그날 숲 아래쪽에서 모은 개암 열매로 가득한 우리 호주머니와 주변의 땅을 금박으로 덮은 낙엽이 눈에 보인다. 하지만 4월이었다. 4월일 수밖에 없었다. 잎은 녹색으로 여전히 나무에 달려 있고 개암은 아직 열리지도 않았을 때였다. 그러나 아무리 노력을 해도 봄이 아니라 가을이 보인다. 그때 우리는, 호주머니에 개암이 가득하지 않았던 우리 둘은 금색이 아니라 녹색 잎을 헤치며 발 닿는 대로 전진하다가 코터의 집은 건드리지 않고 바로 각자의 집으로 갔던 것 같다. 하지만 나무들 사이 그 축 처진 지붕의 모습이 내 안의 뭔가를 건드려 나는 바로 다음날 사랑, 늘 절박하고 언제나 실용적인 행동을 요구하는 사랑에 이끌려 그곳으로 돌아갔고, 곧 무너질 것 같은 그 집에서 미시즈 그레이와 내가 원하던 바로 그 은신처를 발견했다. 왜냐하면, 그래, 우리는 그때 이미, 최대한 신중하게 표현하자면, 친밀한 사이였기 때문이다.

빌리는 천성이 다정한 데가 있었는데 그게 큰 매력이었다. 이목구비는 멋졌지만 피부는 형편없어, 그의 어머니처럼, 안타깝게도, 약간 얽은 자국이 있었고 여드름이 잘 났다. 눈도 자기 어머니 눈이어서, 물기 어린 암갈색 색조였으며 놀라울 정도로 길고 가는 속눈썹은 눈썹 하나하나가 완벽하게 구분되었기 때문에 세밀화가들이 사용하는 특별한 붓, 끝에 흑담비 털 한 올이 달린 붓이 떠올랐다. 아니 지금 떠오른다. 빌리는 바깥쪽으로 휘어진 다리로 묘하게 굴러가는 듯 걸었고 동시에 굴렁쇠 모양으로 두 팔을 휘저어 마치 앞의 허공에서 보이지 않는 어떤 다발을 거두어들이는 것처럼 보였다. 그해 크리스마스에 빌리는 나에게 멋진 돼지가죽 케이스에 담긴 손톱 손질 세트를 주었다—그래, 손톱 손질 세트였다, 가위며 손톱깎이며 손톱 손질용 줄에 한쪽 끝이 아주 작고 납작한 스푼처럼 생긴 반짝거리는 상아 막대까지 들어 있는. 어머니는 그 막대를 수상쩍어하는 눈으로 살피더니 각피 밀개—각피 밀개?—라고, 또는 그보다 밋밋하게 손톱 밑의 때를 빼내는 도구라고 말했다. 나는 이 여자애 같은 선물에 어리둥절했지만, 석연치 않기는 해도 선선히 받아들였다. 나는 그에게 무슨 선물을 할 생각 자체를 못했다. 빌리는 내가 선물을 할 거라고 기대하지 않았거나, 아니면 하지 않는 것에 괘념치 않는 듯했다.

지금 갑자기 궁금해진다, 빌리의 어머니가 손톱 손질 세트를 사서 내게 주라고 들려 보낸 건 아닌지. 대리인을 시켜 배달하는 수줍고 은밀한 선물, 그게 사실은 자신이 보낸 것임을 내가 짐작할지도 모른다고 생각하면서. 이것은 그녀와 내가—아, 그냥 말해버려, 참 나!—우리가 연인이 되기 몇 달 전의 일이었다. 그녀는 물론 나를 알고 있었다. 그해 겨울 학교 가는 길에 거의 매일 그 집으로 빌리를 부르러 갔기 때문이다. 그녀에게는 내가 크리스마스 선물로 손톱 손질 세트가 딱 어울리는 아이처럼 보였을까? 빌리 자신의 개인위생에 관한 관심은 철저하다고 할 수 없었다. 이따금 혹 풍기는 그 내밀한 갈색 느낌의 냄새로 알 수 있듯이 그는 우리 대부분보다 목욕하는 횟수가 훨씬 적었다. 또 콧구멍 옆 우묵한 골의 모공은 거무스름하게 막혀 있었으며, 나는 내 엄지손톱을 펜치처럼 사용해 그것을 파내는 상상을 하며 그 개운함과 역겨움이 뒤섞인 느낌에 몸을 떨곤 했는데, 그렇게 파낸 뒤에는 틀림없이 그 우아하고 자그마한 상아 끝이 필요했을 것이다. 빌리는 구멍이 숭숭 뚫린 스웨터를 입었으며 옷깃은 한 번도 깨끗한 적이 없었다. 그는 공기총이 한 자루 있어 그것으로 개구리를 쏘았다. 빌리는 진정 나의 가장 친한 친구였으며, 나는 그를 진짜로 사랑했다, 어떤 식으로든. 어느 겨울 저녁 그의 집 밖에 주차된 가족용 스테이션왜건—당신이 곧 아주 친숙해질 차량이다—의 뒷좌석에서 몰래 담배 한 개비를 나눠 피우면서 그가 내게 자기 이름은 세상이 믿고 있는 것과는 달리 윌리엄*이 아니라 월프레드이며, 나아가 중간 이름은 죽은 플로 삼촌의 이름에서 따온 플로렌스라고 털어놓았을 때 우리의 단짝 관계는 확고해졌다. 월프레드! 플로렌스! 나는 그 비밀을 지켜주었다. 그 점은 자랑스럽게 말할 수 있다, 별거 아니라는 건 나도 알지만. 하지만, 아, 그가 울던 모습, 고통과 분노와 수치 때문에, 자기 어머니와 나에 관해 알게 된 뒤 나를 만났던 날. 그가 울던 모습, 그리고 그 쓰디쓴 눈물의 주된 원인은 나였고.

미시즈 그레이를 처음 봤던 때는 기억나지 않는다, 그러니까 자전거를 탄 여자가 그녀가 아니었다면. 어머니들은 우리가 그다지 눈여겨보는 사람이 아니었다. 형제들은 달랐다, 누이들까지도. 하지만 어머니들은 아니었다. 모호하고 형체 없고 성별 없는 어머니들은 앞치마와 약간 삐져나온 헝클어진 머리, 희미하지만 톡 쏘는 땀냄새에 불과했다. 그들은 늘 배경에서 희미한 형체로 빵 굽는 그릇이나 양말을 들고 무슨 일을 하느라 바빴다. 미시즈 그레이를 특별히, 분명하게 의식하기 전에도 나는 틀림없이 그녀 근처에 수도 없이 있었을 것이다. 혼란

---

* 빌리는 보통 윌리엄의 애칭이다.

26

스럽게도 내게는 그녀에 관한 기억, 사실이 아닌 게 분명한 기억이 한 가지 있다. 겨울에 바지에 쓸려 살갗이 벗겨진 내 두 허벅지 안쪽 분홍색으로 반들거리는 곳에 그녀가 탤컴파우더를 발라준 기억이다. 이것은 가능성이 희박한 일인 것이, 다른 무엇보다도 그때 내가 입고 있던 바지는 짧았는데 열다섯 살 때라면 그것은 거의 있을 수 없는 일이었다. 우리 모두 열한 살이나 늦어도 열두 살이 되면 오래전부터 갈망해오던 긴바지를 입었기 때문이다. 그렇다면 그것은, 탤컴파우더를 발라주던 사람은, 궁금하다, 누구 어머니였을까? 내가 실제보다 훨씬 조숙하게 입문할 수도 있었던 어떤 기회를 그냥 지나쳤던 것일까?

어쨌든, 가사의 고역과 족쇄에서 벗어난 미시즈 그레이가 반쪽짜리 조개껍데기 위에 서서 볼을 잔뜩 부풀린 봄의 서풍에 실려 나를 향해 미끄러지듯 다가오던 눈부시고 찬란한 순간 같은 건 없었다.* 함께 침대에 가기 시작하고 꽤 시간이 지난 뒤에도 그녀를 공정하게 묘사하라고 하면 나는 곤란했을 것이다—시도했다 하더라도 내가 묘사한 것은 아마 나 자신의 또다른 형태였을 것이다. 왜냐하면 그녀를 보았을 때 처음 내 눈에 들어온 것은 나, 내가 그녀라는 재료로 만든 찬란한 거울에 비친 나였기 때문이다.

빌리는 나한테 어머니에 관해 이야기한 적이 없었고—왜 그가 그러겠는가?—내가 오랫동안 그랬듯 자기 어머니에게 관심을 기울이지도 않는 것 같았다. 그는 느림보라 내가 학교에 가자고 부르러 간 아침에도 아직 준비가 안 되었을 때가 많았으며, 그래서 나는, 특히 비가 오

---

* 베누스의 탄생 장면을 빗댄 것.

거나 너무 추울 때는, 안으로 들어오라는 이야기를 듣기도 했다. 초대를 한 건 그가 아니었으니—우리가 가족의 벌거벗은 가슴에 안겨 있는 현장을 친구들에게 목격당했을 때 소리 없는 분노와 타오르는 수치로 얼굴이 붉어지던 경험을 기억하라—틀림없이 그녀였을 것이다. 그렇지만 그녀가 앞치마를 두르고 소매를 걷어붙인 모습으로 현관에 나타나, 어서 들어와 아침 식탁에 둘러앉은 가족 사이에 끼라고 고집했던 일은 한 번도 떠오르지 않는다. 하지만 식탁은 기억난다. 그리고 식탁이 거의 독차지하고 있던 부엌, 엉긴 크림의 색과 질감을 가진 커다란 미국식 냉장고, 식기 건조대 위에 놓인 세탁물이 담긴 짚 바구니, 달이 넘어갔는데도 뜯지 않은 식료품점 달력, 창으로 들어오는 부글거리는 햇빛을 어깨로 높이 반사하고 있는 땅딸막한 크롬 토스터도.

오, 다른 사람들의 부엌에서 나는 아침 냄새, 면솜의 온기, 달그락거리는 소리와 허둥거림, 다들 아직 비몽사몽인 상태에서 짜증을 부리고. 그런 가정의 내밀함과 무질서의 순간보다 삶의 새롭고 낯선 면이 생생하게 드러나 보이는 광경은 없었다.

빌리에게는 그보다 어린 누이가 있었는데, 장난꾸러기 요정 같은 표정으로 상대 기를 죽이는 녀석으로, 기름이 약간 번들거리는 듯한 머리는 길게 땋았고 좁고 날카로운 순백색 얼굴의 위쪽 반은 돋보기만큼 두꺼운 원형 렌즈가 달린 거대한 뿔테 안경 뒤에서 흐릿했다. 그 아이는 내가 못 견디게 재미있는지, 내가 책가방을 들고 곱사등이처럼 발을 질질 끌며 부엌에 나타나면 악의 섞인 환희에 젖어 옷 속에서 몸을 꿈틀거리곤 했다. 이름이 키티*였는데, 나를 향해 미소를 지어 눈이 길게 찢어지고, 입술이 눌리면서 가늘고 색깔 없는 호를 그리며 길게 늘어나, 복잡하게 소용돌이치는 반투명하고 툭 튀어나온 분홍색 양쪽 귀까지 가닿을 것처럼 보일 때면 아닌 게 아니라 뭔가 고양이 같은 데가 있었다. 지금은 그 아이 또한 나를 좋아했던 것이고 코를 킁킁거리며 재미있어했던 것도 모두 그 사실을 감추기 위한 수단은 아니었는지 궁금하다. 아니면 이건 그냥 내 쪽의 허영심일까? 나는 결국 배우니까, 아니 배우였으니까. 그 아이에게는 무슨 문제가 있었다. 입에 올리지 않는 어떤 병이 있어 그 시절에 쓰던 말로 표현하자면 예민했다. 나는 그 아이가 상대의 기를 죽인다는 것을 알았으며, 생각해보니 그애를 좀 두려워했던 것 같기도 한데, 그랬다면 내게 선견지명이 있었던 것이다.

남편이자 아버지인 미스터 그레이는 키가 크고 여위었으며 딸과 마찬가지로 근시였고—그는 공교롭게도 안경점 주인이었는데, 이 사실에서 넘쳐나는 아이러니를 놓칠 사람은 없을 것이다—늘 보타이에 페어아일 조끼 차림이었다. 물론 곧 뭉툭하고 짧은 뿔 두 개, 바람둥이 아내를 둔 남편이라는 표시가 그의 머리카락 선 바로 위쪽에 솟아오르게 되는데, 안타까운 말이지만 그건 내가 한 짓 때문이었다.

미시즈 그레이에 대한 나의 뜨거운 감정은, 적어도 처음에는, 그 나이에 모두 갖게 되는, 친구의 가족이 우리 가족보다 훨씬 멋지고 우아하고 흥미롭다—한마디로, 더 바람직하다—는 확신의 강화된 형태에 불과한 것이 아니었을까? 적어도 빌리에게는 가족이 있었고, 반면 우리는 나와 과부가 된 어머니뿐이었다. 어머니는 출장 다니는 영업사원

---

* 캐서린의 애칭이지만 새끼 고양이라는 뜻도 있다.

이나 다른 단기 투숙객을 위한 하숙집을 운영했는데, 이런 사람들은 그곳에 묵는다기보다는 출몰했다, 마치 불안한 유령처럼. 나는 가능한 한 집밖으로 나돌았다. 그레이네 집은 늦은 오후에는 비어 있기 일쑤라 빌리와 나는 방과후 그곳에서 몇 시간씩 빈둥거렸다. 다른 사람들은, 예를 들어 미시즈 그레이와 키티는 그 시간에 어디에 갔을까? 지금도 빌리, 막 한 손으로 셔츠 칼라에서 지저분한 교복 타이를 확 풀어낸 뒤 군청색 교복 블레이저에 구질구질한 흰 셔츠 차림으로 문이 열린 냉장고 앞에 서서, 마치 텔레비전에서 뭔가 혹하는 것을 열중해서 보듯 흐릿한 눈으로 불이 밝혀진 내부를 빤히 들여다보던 빌리의 모습이 눈에 선하다. 실제로 위층 거실에는 텔레비전이 있어서 우리는 가끔 바지 호주머니에 두 손을 꽂고 두 발을 책가방에 올려놓은 채 축 늘어진 자세로 그 앞에 앉아 엡섬, 쳅스토우, 헤이독 파크처럼 바다 건너편 이국적으로 들리는 장소에서 벌어지는 오후 경마를 구경해보려고도 했다. 그러나 수신 상태가 좋지 않아 우리 눈에 보이는 것이라고는 당장이라도 튀어나갈 듯한 자세로 환영 같은 말을 탄 환영 같은 기수가 몰아치는 전파 방해의 눈보라를 허우적거리며 맹목적으로 뚫고 나가는 모습뿐인 경우가 많았다.

이렇게 절망적일 정도로 한가한 어느 오후에 빌리는 칵테일 캐비닛—그래, 그레이 가족은 타운에서 잘사는 축에 속했기 때문에, 비록 그 집안의 누가 실제로 칵테일을 마셔봤을지 의심스럽기는 하지만 그런 이국적인 물건도 소유하고 있었다—의 열쇠를 찾아냈고 우리는 그의 아버지의 귀중한 십이 년산 위스키병에 몰래 손을 댔다. 컷글라스 잔을 손에 들고 창가에 서 있으니 친구와 나는 맨정신인 재미없는 세

상을 고고하게 경멸하며 굽어보는 섭정시대* 난봉꾼 한 쌍이 된 느낌이
었다. 나로서는 처음 마셔보는 위스키였고 나중에도 결코 그걸 좋아하
게 되지는 않지만, 그날 그 음침하고 씁쓸한 냄새와 혀에 닿는 뜨거운
느낌은 미래의 전조, 인생이 틀림없이 나를 위해 준비해두었을 그 모
든 풍부한 모험의 약속 같았다. 바깥의 작은 광장에서는 초봄의 창백
한 햇빛이 벚나무에 금박을 입혀, 관절염에 걸린 검은 가지의 끄트머
리가 반짝거렸다. 마차를 끌고 다니는 넝마주이 부서 할아버지가 힘겹
게 천천히 지나가자, 할미새 한 마리가 가장자리에 장식이 있는 말발
굽을 피해 종종걸음을 쳤다. 이런 것들을 보면서 나는 갈망, 절단 수술
을 한 환자가 사라진 사지에서 느끼는 환지통 같은, 대상이 없는데도
뚜렷하기만 한 갈망 때문에 예리하고 달콤한 아픔을 느꼈다. 그때부
터, 시간의 터널 저 아래쪽에서, 아주 작고 멀지만 꾸준히 실체를 갖추
고 있는 내 미래의 사랑, '그레이가'의 여주인이 이미 그녀 특유의 멍
하니 미적거리는 태도로 나를 향해 다가오는 것을 보았던, 아니 느꼈
던 것일까?

내가 그녀를 뭐라고 불렀더라, 그러니까 어떤 호칭을 사용했더라?
그녀의 이름을 말한 기억은 없다, 전혀, 물론 분명히 말하기는 했겠지
만. 그녀의 남편은 가끔 그녀를 릴리라고 불렀지만, 나에게 그녀를 부
르던 애칭, 연인 간의 이름은 없었다고 생각한다. 도저히 떨쳐버릴 수
없는 생각인데, 한 번 이상, 열정의 격통 속에서, 어머니! 하고 소리쳤
던 것 같기는 하다. 오, 이런. 그걸 어떻게 이해해야 할까? 바라건대,

---

* 영국에서 1811년부터 1820년까지의 시기이며, 사교계에서 멋을 부린 스타일이 유행
했다.

흔히들 이렇게 저렇게 이해해야 한다고 말하는 식으로는 아니기를.

빌리는 위스키병을 욕실로 가져가 수도꼭지에서 물을 사분의 일 파인트 받아 눈에 분명하게 띄던 줄어든 부분을 채웠고, 나는 손수건으로 잔의 물기를 닦은 다음 최대한 광택이 나게 문질러 칵테일 캐비닛의 선반에 도로 갖다 두었다. 공범이 된 빌리와 나는 갑자기 서로를 보기가 민망하여, 나는 서둘러 책가방을 들고 떠났고 친구는 다시 소파에 늘어져 도저히 보고 있기 힘든 기수들이 전기의 눈電을 뚫고 쿵쾅쿵쾅 나아가는 것을 보았다.

미시즈 그레이와 처음, 제대로, 얼굴을 마주친 것이 바로 그날이라고 말할 수 있으면 좋으련만. 나는 그날을 아주 특별하게 기억하고 있기 때문이다. 가령 앞문에서 내가 나갈 때 그녀는 들어왔다고, 바깥의 오싹하게 추운 공기에 그녀의 얼굴이 빨갛고 나는 위스키를 마신 뒤라 아직도 신경이 간질거렸다고. 그리고 우연히 스친 손, 놀라 오래 머무는 시선. 목멤. 심장의 부드러운 동요. 하지만 아니, 현관에 있던 건 빌리의 자전거와 키티의 것이 분명한 롤러스케이트 한 짝뿐이었다. 문간에서 나와 마주친 사람은 없었다. 아무도 없었다. 내가 발을 디뎠을 때 보도는 내 머리로부터 마땅히 있어야 할 곳보다 더 멀리 있는 것 같았고 자꾸 기울었다. 마치 내가 죽마를 타고 있고 죽마 끝에 찌부러지기 쉬운 스프링이 달려 있는 것 같았다―간단히 말해, 취했다는 건데, 심각하지는 않았지만 어쨌든 취하기는 했다. 따라서 그런 질척한 행복감에 젖은 상태에서 미시즈 그레이와 우연히 마주치지 않은 것이 오히려 다행이었다. 내가 무슨 짓을 해서, 그래서 시작도 하기 전에 모든 것을 망쳐버렸을지 알 수 없기 때문이다.

그런데 보라! 내가 나왔을 때 광장은, 불가능한 일이지만, 봄이 아니라 다시 가을이었고 햇빛은 감미로울 만큼 부드러웠으며 벚나무 잎은 녹슬고 넝마주이 부셔는 죽었다. 왜 계절은 이렇게 고집스럽고, 왜 나에게 이렇게 저항하는가? 왜 '뮤즈들의 어머니'*는 계속 이런 식으로 나를 쿡쿡 찔러 그저 엉뚱해 보이는 힌트만 주면서 슬쩍 엉뚱한 윙크를 하는 것인가?

방금 아내가 여기 지붕 밑 나의 둥지까지 올라와, 그녀가 싫어하는 가파르고 위태로운 다락 층계를 내키지 않는 마음으로 디디고 올라와, 내가 전화벨을 듣지 못했다고 말해주었다. 처음에 그녀가 낮은 문 안으로 머리를 들이밀었을 때—내가 얼마나 꾀바르게 지금 쓰고 있는 이 페이지를 팔로 감싸 보호했는지, 지저분한 낙서를 하다 들킨 초등학생처럼—나는 그녀가 무슨 말을 하는지 거의 이해하지 못했다. 너무 열심히 집중하는 바람에 과거의 사라진 세계 속으로 사라졌었던 게 분명하다. 대개 나는 아래 거실에서 전화벨이 울리는 소리, 오래전 딸이 아기였던 시절 밤에 우는 소리에 잠이 깰 때처럼 심장이 불안하게 달음박질치게 만드는 그 멀고 묘하게 애처로운 소리를 놓치지 않는다.

전화한 사람은 여자였다, 리디아는 말했다, 이름은 귀에 담아두지 못했는데 미국인이었던 것은 분명하다. 나는 기다렸다. 리디아는 이제 꿈꾸는 표정으로 내 너머를, 책상 앞의 경사진 창문을 통해 바깥 저

---

* 그리스신화에서 기억의 여신 므네모시네를 뜻한다.

멀리 있는 산들, 평평한 옅은 푸른색 산들, 하늘에 흐린 라벤더 물감으로 그려놓은 것 같은 산들을 보고 있었다. 우리 도시에는 몸을 길게 뻗을 각오만 하면 이 부드럽고, 또 내가 늘 생각하는 것이지만, 처녀 같은 느낌을 주는 산이 보이지 않는 곳이 거의 없다는 게 우리 도시가 가진 매력의 하나다. 전화를 건 여자가 나에게 하고 싶은 말이 무엇이었을까, 나는 부드럽게 물었다. 리디아는 애써 풍경에서 시선을 거두었다. 필름, 그녀가 말했다, 영화, 나한테 주연을 제안하려는 것 같았다. 이것은 흥미로운 일이었다. 나는 영화에서 연기를 해본 적이 없기 때문이다. 나는 영화 제목을 물었다, 어쨌든 무엇에 관한 이야기였나. 리디아의 표정이 막연해졌다, 그러니까 지금까지보다 더 막연해졌다는 뜻이다. 그녀 기억으로는 그 여자가 제목이 무엇인지는 말해주지 않았던 것 같다. 아마도 전기 영화였던 듯한데 누구 전기인지는 잘 모르겠다―어떤 독일인, 아마도 그랬던 것 같다. 나는 고개를 끄덕였다. 그 여자가 아마도 전화번호는 남겼겠지, 내가 전화를 걸 수 있도록? 그 말에 리디아는 고개를 숙이고 엄숙한 침묵 속에서 눈썹 밑으로부터 나를 올려다보며 얼굴을 찌푸렸다. 답을 알지 못하는 어렵고 부담스러운 질문을 받은 아이처럼. 됐다, 나는 말했다, 틀림없이 그 여자가 다시 전화할 거다, 그 여자가 누구든.

나의 가엾은 리디아, 나쁜 밤을 보내고 나면 늘 이렇게 약간 어리바리하다. 그런데 그녀의 이름은 사실 리아다―리디아는 내가 잘못 들은 게 그대로 고착된 것이다. 혼전명婚前名―어머니라면 이렇게 표현할 텐데―리아 머서. 그녀는 몸집이 크고 잘생겼으며 어깨가 넓고 옆모습이 극적이다. 요즘 머리카락은 예전에 소금-후추라고 부르던 투톤 색조인데 짧은 덤불 속에는 눈에 잘 띄지는 않지만 누르께하고 어두운 머리카락이 몇 올씩 남아 있다. 처음 만났을 때 그녀의 머리카락은 갈까마귀 날개 같은 광택이 있었고 그 안에 멋진 은빛 줄무늬가 있어 하얀 불꽃이 번쩍이는 느낌이었다. 은빛이 번지기 시작하자마자 그녀는 컬 업 앤드 다이 헤어숍의 미용사인 에이드리언의 감언이설에 기꺼이 굴복했는데 매달 이 염색의 장인을 만나고 오면 누구인지 알아보기도 힘들다. 윤기가 나는 콜*빛 검은 눈, 내가 한때 사막의 딸의 눈이라고 생각했던 그 눈은 최근 흐려지고 막이 낀 듯하여 혹시 백내장이 온 게 아닌가 걱정이 된다. 젊은 시절 그녀의 몸매는 앵그르가 그린 오달리스크**의 풍만한 선을 그리고 있었지만 이제 영광은 사라지고 그녀는 차분한 색조의 헐렁하고 치렁치렁한 옷만 입는다. 위장복, 그녀는 슬픈 웃음을 터뜨리며 그렇게 말한다. 그녀는 술을 조금 과하게 마시지만 그건 나도 마찬가지다. 우리의 십 년 묵은 큰 슬픔을 술에 푹 담가 수장시켜버릴 수는 없지만, 그래도 우리는 그걸 수면 아래 잠기도록 밟아놓고 그 자리에 붙들어두려 노력한다. 그녀는 담배도 많이 피운다. 독설도 심해 나는 점점 더 조심하게 된다. 나는 그녀를 무척 좋아하고 그녀도, 내가 믿는 바로는, 나를 좋아한다, 마찰이 있고 이따금 서로에게 입을 꾹 다물어버리는 불화가 있기는 하지만.

우리는, 우리 둘은 무시무시한 밤을 보냈다. 나는 리디아의 애정의 대상이 나로부터 고딕 이야기를 쓰는 양성적인 작가로 바뀐 꿈을 꾸었

---

* 일부 문화권에서 여성이 화장용으로 눈가에 바르는 검은 가루.
** 오스만튀르크 궁정의 여자 시종을 가리키는 말로, 프랑스 화가들의 그림에 자주 등장한다.

고, 리디아는 지난 십 년 동안 불규칙한 간격을 두고 그녀를 괴롭혀온 심야의 광증 폭발을 겪었다. 그녀는 밤에 잠을 깬다. 어쨌든 침대 밖으로 뛰쳐나와 어둠 속에서 위층 아래층 온 방을 뛰어다니며 우리 딸의 이름을 불러댄다. 일종의 몽유夢遊병, 아니 몽주夢走병인데, 그런 상태일 때 그녀는 우리 캐서린, 우리 캐스가 아직 살아 있고 다시 아이가 되어 집안 어딘가에서 길을 잃고 헤매고 있다고 굳게 믿는다. 나는 비틀거리며 일어나 그녀를 따라가지만 나 자신도 반은 잠에 잠겨 있다. 나는 그런 상태에 있는 사람은 어떤 식으로든 방해하면 안 된다는 미신 같은 경고에 귀를 기울여 그녀를 제어하려 하지 않지만, 혹시라도 뭔가에 발이 걸릴 경우 넘어져 다치기 전에 잡을 수 있도록 가까이에는 가 있다. 그 덧없는 형체를 필사적으로 쫓아 어두운 집안에서— 감히 불을 켜지는 못한다—종종걸음을 친다는 건 으스스한 일이다. 그림자들이 소리 없는 합창단처럼 우리 주위에 몰려다니고, 가끔 창을 통해 안으로 비쳐드는 달빛 한 조각이나 가로등 빛은 꼭 조도를 낮춘 스포트라이트처럼 보이며, 그럴 때면 잃어버린 아이를 찾아 한밤중에 소리를 지르면서 왕인 남편의 성을 미친듯이 돌아다니는 그리스 비극의 왕비들이 떠오른다. 결국 리디아는 진이 빠져, 또는 정신이 들어, 또는 어젯밤에 그랬던 것처럼 둘 다인 상태가 되어, 층계 계단에 와르르 무너지듯 주저앉아 끔찍한 눈물을 흘리며 흐느낀다. 나는 어떻게 그녀를 안아줘야 할지도 몰라 무력하게 그녀 주변을 떠돌았다. 그녀의 형체가 너무 무정형하게 보였기 때문이다. 소매 없는 검은 잠옷 차림으로 머리는 푹 숙이고 두 손을 머리카락에 쑤셔박고 있는 모습. 어둠 속에서 그녀의 머리는 내가 그녀를 처음 봤던 때, 그녀 아버지 호텔의 회전문을 통해 여름 속으로 걸어나가던 때처럼 검어 보였다. 행복한 기억의 할시온*. 회전문의 키 큰 판유리들은 파란색과 황금색 빛을 되풀이하여 비스듬히 퍼뜨리고—그래, 그래, 파도의 물마루였다!

나에게 이 고뇌에 찬 대소동의 광상극 가운데 최악은 마지막에, 그녀가 완전히 회오에 빠져 자신의 어리석음을 자책하면서 나를 그렇게 폭력적으로 깨우고 그런 쓸데없는 공황을 일으킨 것을 용서해달라고 청할 때 찾아온다. 몽유병 상태에서는, 그녀는 말한다, 캐스가 살아 있다는 것, 살아 있는 딸이 집안의 어떤 방에 갇혀 겁에 질린 채 도와달라고 소리를 지르지만 아무도 그 소리를 듣지 못한다는 것이 그냥 현실처럼 느껴진다. 어젯밤 그녀는 너무 창피하고 화가 나서 무시무시한 말로 자신에게 욕을 퍼부었고, 마침내 나는 아내 옆에 쪼그리고 앉아서 원숭이 같은 어색한 자세로 그녀를 안아 내 어깨의 텅 빈 곳에 머리를 기대게 했으며, 결국 그녀는 잠잠해졌다. 그녀가 콧물을 흘려, 내 파자마 소매로 닦게 해주었다. 그녀는 몸을 떨었지만 드레싱가운이나 담요를 갖다주겠다고 하자 나에게 더 꼭 매달리며 곁을 떠나지 못하게 했다. 그녀 머리카락의 희미한 묵은 냄새가 내 콧구멍으로 들어왔고 동그란 공 같은 벗은 어깨는 그것을 감싼 내 손 밑에서 대리석 덩어리처럼 싸늘하고 매끈했다. 우리 주위에는 복도의 가구들이 충격을 받아 말문이 막힌 시종들처럼 어둠 속에 침침하게 서 있었다.

나는 딸이 죽고 나서 십 년이란 긴 세월 내내 리디아가 가슴속에 키

---

* 흔히 물총새라고 부르는 조류로, 그리스신화에서는 풍랑을 잠재우는 힘을 지닌 것으로 묘사된다. 영어에서는 과거의 평화롭고 번영했던 시절을 가리키는 형용사로 사용되기도 한다.

워온 달랠 수 없는 슬픔 말고 또 그녀를 괴롭히는 것이 뭔지 안다고 생각한다. 나와 마찬가지로 그녀는 내세 같은 것은 믿어본 적이 없으나, 그럼에도 그녀는 삶과 죽음의 법칙에 잔인한 빈틈이 있어 그로 인해 캐스가 완전히 죽지 못하고 어떤 식으로든 여전히 존재하고 있는 건 아닌지, 어둠의 땅에서 포로가 되어 그곳에서 괴로워하며, 입에 든 석류 씨앗의 반*을 아직 삼키지 못한 채 어머니가 와서 자기를 다시 살아 있는 자들 사이로 데려가주기를 헛되이 기다리고 있지는 않은지 걱정하고 있다는 생각이 든다. 하지만 지금은 리디아의 공포가 된 것이 한때는 그녀의 희망이었다. 그렇게 활기 넘치게 살아 있던 사람이 어떻게 죽을 수 있나? 그녀는 그날 밤 우리가 캐스의 시신을 찾으러 가서 묵은 이탈리아 호텔에서 나에게 따져 물었고, 그 목소리가 너무 맹렬하고 그 표정이 너무 강렬해서 잠시 나도 실수가 있었던 게 아닐까, 헐벗고 자그마한 산피에트로교회 밑 파도에 씻긴 바위들에 알아볼 수 없을 만큼 몸이 으깨져 죽은 것은 다른 사람의 딸이 아닐까 생각했다.

  방금 말한 대로 우리는, 리디아와 나는 불멸의 영혼을 믿은 적이 없고 누군가가 헤어진 사랑하는 사람과 언젠가 다시 만날 희망을 이야기하면 은근히 잘난 척하며 웃음을 짓곤 했지만, 봉인된 신념의 밀랍을 녹이는 데는 하나뿐인 자식을 잃는 일만한 것이 없다. 캐스가 죽은 뒤―이날까지도 나는 이 말이 적혀 있는 것을 보면 어김없이 충격을 받으며 믿을 수 없다는 심정이 되고 그것이 너무나 있을 법하지 않은 일로만 여겨지는데, 심지어 이렇게 나 자신이 종이 위에 이 말을 긁적

---

* 그리스신화의 페르세포네가 저승에서 석류를 먹어 그곳에 매이게 되었다는 일화를 빗댄 것.

일 때도 마찬가지다―우리는 어느새, 딱히 다음 세상이라고 할 수는 없지만 이 세상 옆에 있는 어떤 세상, 이 세상과 인접한 세상, 어떤 식인지는 몰라도 여기에는 없지만 그렇다고 완전히 가버리지도 않은 영들이 미적거리고 있을지도 모르는 세상의 가능성은 용기를 내어, 머뭇거리며, 부끄러워하며 받아들이게 되었다. 우리는 징조, 아무리 희미하더라도 어떤 조짐, 희끄무레한 암시라도 될 수 있는 것들을 붙들었다. 이제 우연의 일치는 이전처럼 다른 면에서는 늘 단조롭고 이치에 맞는 현실 표면에 잡힌 단순한 주름이 아니라, 크고 긴급한 암호의 일부, 건너편으로부터 넘어온 일종의 필사적인 수기신호, 그러나 미쳐버리게도, 우리는 읽을 수 없는 신호였다. 이제 우리는 사람들과 함께 있을 때 누가 사별했다는 이야기가 귀에 들리면 다른 모든 것을 멈추고 거기에 귀를 기울이기 시작했고, 그들의 말에 숨죽이고 매달렸고, 잡아먹을 듯 그들의 얼굴을 살피며 그들이 정말로 잃어버린 사람을 완전히 잃어버리지는 않았다고 믿는지 살폈다. 우연히 마주쳤다고 여겨지는 대상들의 어떤 배치가 룬문자와 같은 힘으로 우리의 눈길을 끌었다. 특히 어떤 날 저 바깥의 바다 위에 모여 있는 거대한 새들의 무리, 내 생각에는 찌르레기떼 같은데, 그 새들이 아메바처럼 급강하하다가 소용돌이치고, 완벽한 순간적 공조로 방향을 전환하는 모습이 하늘에 오직 우리만 보라고 일련의 표의문자를 새기는 것 같았지만 너무 빠르게 물 흐르듯이 스치고 지나가 우리는 해석할 수 없었다. 이 모든 판독 불가 상태가 우리에게는 고통이었다.

우리라고 말하지만 물론 우리는 저 너머에서 오는 암시에 대한 이런 한심한 희망을 한 번도 입 밖에 내놓은 적이 없었다. 사별은 남은 사람들 사이에 묘한 제약, 어떤 당혹스러움 같은 것을 깔아놓는데, 이건 설명하기가 쉽지 않다. 그런 일은 말을 하면 훨씬 더 무거워질 거라는, 훨씬 더 큰 짐이 될 거라는 두려움 때문일까? 아니, 그건 아니다, 꼭 그런 건 아니다. 우리 둘의 애도가 리디아와 나에게 강요한 과묵, 그러니까 눈치 보기는 동시에 어느 정도의 아량이었다. 사형선고를 받은 죄수가 마지막 밤에 잠들어 있는 감방 앞을 지날 때 간수가 뒤꿈치를 들고 살살 걷는 것과 같았다. 또 입을 열게 되면 우리를 괴롭히는 특별한 임무를 띤 그 사악한 고문자들을 흥분시키거나 자극하여 훨씬 더 창의적인 방법을 구사하게 할지도 모른다는 두려움의 표지이기도 했다. 그러나 말은 하지 않아도 우리 각각은 상대가 무슨 생각을 하고 있는지, 더 예민하게는, 상대가 무엇을 느끼고 있는지 알았다—이것이, 이 감정이입, 이 애도에 찬 텔레파시가 우리가 공유하는 슬픔의 또하나의 결과다.

리디아가 맨 처음으로 자다가 깜짝 놀라서 깨어나, 죽은 지 얼마 안 된 우리 캐스가 집안 어딘가에 살아 있다는 확신을 품고 야간 광란을 벌이고 난 다음날 아침을 생각하고 있다. 공황이 끝난 뒤 우리는 몸을 질질 끌고 침대로 돌아갔지만 다시 잠을 잘 수가 없었다, 적어도 깊은 잠은. 리디아는 흐느낀 뒤 딸꾹질을 하고 있었고 나는 심장이 쿵쿵거렸다. 하지만 우리는 오랫동안 침대에 누워 있었다, 마치 언젠가 우리의 모습이 될 시체 연습을 해보는 것처럼. 커튼이 두껍고 꽉 닫혀 있어, 동이 텄다는 것도 위쪽에 환하게 빛나는 어떤 이미지가 형성되어 점점 넓어지면서 거의 천장 전체로 쫙 뻗어나가는 것을 보고 나서야 깨달았다. 처음에 나는 그것이 잠을 빼앗긴 채 아직도 반은 미쳐 있는 나의 의식에서 생겨난 환각인 줄 알았다. 또 나는 그 이미지의 위아래도 분간하지 못했는데 그것은 놀랍지 않은 것이, 일이 분 뒤에야 알았듯 그 이미지는 물구나무를 선 것이었기 때문이다. 알고 보니 커튼 사이의 바늘구멍만한 틈으로 가는 빛줄기가 들어와 그것이 방을 카메라 옵스쿠라*로 바꾼 것이었다. 우리 위에 있는 이미지는 뒤집히기는 했지만, 새벽을 맞은 바깥 세계의 싱싱한 그림이었다. 창 아래 도로가 있고, 도로 위에는 블루베리빛 파란 아스팔트가 덮여 있으며, 안쪽 더 가까이에서 반짝거리는 검은 혹은 우리 차 지붕의 일부였다. 길 건너 한 그루뿐인 은빛 자작나무는 벌거벗은 소녀처럼 늘씬한 몸을 오들오들 떨고 있었으며, 그 모든 것 너머에는 북쪽과 남쪽의 기다란 두 부두, 그리고 그 집게와 엄지 손가락 사이에 집혀 있는 만이 있었고, 그뒤에 펼쳐진 창백한 하늘색 바다는 눈에 보이지 않는 수평선에서 어느새 하늘이 되었다. 그 모든 것이 얼마나 선명하고, 얼마나 예리하게 그려져 있었는지! 북쪽 부두를 따라 늘어선 창고들도 볼 수 있었는데, 그 석면 지붕들이 이른 햇빛에 흐릿하게 빛났다. 남쪽 부두의 바람을 피하는 곳에는 닻을 내린 범선들이 호박색 돛대를 털처럼 곤두세우고 서로 밀치고 있었다. 나는 바다의 작은 파도들도 보인다고 상상했다. 파도 여기저기 화사한 거품이 점점이 박혀 있었다. 내가 여전히 꿈을 꾸고 있거나, 아니면 미망에 빠진 것인지도 모른다는 생각에 나는 리디아에게 이 빛나는 신기루가 보이냐고 물었고 그녀는 응, 응 하면서 팔을 뻗더니 내 손을 꼭 잡았다. 목소리의 움직임만으로도 우리 위에 펼쳐진 유

---

* 카메라의 원형이 된 장치로, 암상자에 작은 구멍을 뚫어 상을 맺히게 하는 원리를 쓴다.

령 같은 색깔과 빛의 연약한 묶임이 흩어져버릴 것 같아 우리는 소곤
거리고 있었다. 그 그림은 자기 내부에서 전율하고 있는 것 같았고, 어
디나 아주 작게 떨리고 있었다. 마치 우리가 보고 있는 것이 넘칠 듯
가득한 빛 자체의 입자들, 흐르는 광자들인 양. 아마 실제로도 그랬을
것이다, 엄격히 말해서. 하지만 물론 우리는 이것이 완전히 자연적인
현상, 부드러운 작은 헛기침에 이어 사과하는 듯한 흠흠 소리 뒤에 완
벽하게 간단한 과학적 설명을 제시할 수 있는 현상은 아니라고 느꼈
다—이것은 당연히 우리에게 주어진 것, 하나의 선물, 하나의 인사, 다
른 말로 하면 우리를 위로하려고 보낸 확실한 징조였다. 우리는 경외
감에 사로잡힌 채 그것을 보며 누워 있었고, 오, 시간이 얼마나 지났는
지는 나도 모른다. 해가 떠오르자 우리 위의 뒤집힌 세계는 서서히 졌
다. 천장을 따라 물러나다가 한쪽 가장자리에서 꺾이며 경첩을 만들어
내더니 건너편 벽 아래로 꾸준히 미끄러져 마침내 카펫 안으로 쏟아
져 내리며 사라졌다. 우리는 바로 일어났고—달리 무엇을 한단 말인
가?—그날 하루를 감당하기 시작했다. 우리가 위로를 받았을까, 기분
이 밝아진 느낌이었을까? 약간은. 그러나 우리를 대접한 경이로운 광
경은 결국 흩어지기 시작했다, 주르륵 미끄러지며 사물의 평범한, 섬
유 같은 질감 속으로 흡수되기 시작했다.

우리 딸도 해안에서 죽었다, 다른 해안, 포르토베네레의 해안이지만.
혹시 모를까봐 이야기하는데, 그곳은 제노바만 안으로 길게 파고 들어
간 곳의 맨 끝에 있는 리구리아주의 오래된 항구로 시인 셸리가 익사
한 레리치의 맞은편이다. 로마인은 이곳을 포르투스베네리스*라고 알
고 있었는데, 지금은 사도 성 베드로 교회가 서 있는 음울한 곳에 오래

전에는 그 매혹적인 여신에게 바치는 신당이 서 있었기 때문이다. 비잔틴제국은 포르토베네레의 만에 함대를 정박시켰다. 그러나 그 영광은 희미해진 지 오래로, 이제는 소금에 표백되어 희미하게 우울한 느낌을 주는 타운이 되어 관광객들과 결혼식 파티를 하러 온 사람들에게만 인기가 좋다. 우리가 시체 안치소에서 딸에게 안내되어 갔을 때 아이에게는 이목구비가 없었다. 성 베드로의 바위와 바다의 파도가 그것을 다 지워버려 아이를 얼굴 없는 익명의 존재로 남겨두었다. 하지만 그것은 물론 그 아이였고, 거기에는 의심의 여지가 없었다. 아이 엄마는 신원 파악에 실수가 있었을 거라는 간절한 희망을 품고 있었지만.

왜 캐스는 하고많은 곳 가운데 리구리아에 있었던 것일까. 우리는 결국 알아내지 못했다. 아이는 스물일곱 살로 학자 기질이 있었다. 약간 들쭉날쭉하기는 했지만—어렸을 때부터 만델바움증후군이라는 희귀한 정신 결함으로 고생을 했기 때문이다. 사람이 다른 사람에 관해 무엇을 알 수 있을까, 설사 자기 딸이라 해도? 이름은 잊었는데—요즘 내 기억은 많은 것을 체처럼 걸러내고 있다—어떤 영리한 사람이 이런 곤란한 문제를 제기했다. 해안선의 길이는 어떻게 잴까? 전문적인 측량사라면 작은 망원경이나 줄자로 쉽게 해결할 수 있는 아주 쉬운 문제로 보인다. 하지만 잠깐 생각해보라. 그 모든 구석과 틈을 재려면 줄자를 얼마나 섬세하게 조정해야 할까? 구석에 또 구석이 있고 틈에 또 틈이 있는데, 무한하게ad infinitum. 어쨌든 이른바 물질이라는 것이 어느새인가 희박한 공기 속으로 꺼져버리는 그 분명치 않은 경계까지

---

* Portus Veneris. 베누스의 항구라는 뜻의 라틴어. 이것을 현대 이탈리아어로 바꾸면 포르토베네레(porto venere)가 된다.

가게 되는데. 마찬가지로 생명의 차원에서도 어떤 수준에서 멈추고, 이것이라고, 이것이 그 아이였다고 말할 수밖에 없다, 아니었다는 것을 당연히 알면서도.

그애는 죽었을 때 임신중이었다. 이것은 우리에게, 그 아이의 부모에게 충격이었다, 그 아이의 죽음이라는 재앙의 여진이었다. 나는 그 아버지가, 미래의 아버지가 되지 못한 그 사람이 누구인지 알고 싶다. 그래, 그거야말로 내가 정말로 알고 싶은 거다.


수수께끼의 영화계 여자가 다시 전화했고, 이번에는 내가 먼저 전화로 갔다. 다락방에서 서둘러 층계를 내려가는 바람에 무릎이 팔꿈치처럼 움직였다―그때는 내가 그렇게 안달이 났다는 걸 의식하지 못했고, 나중에 나 자신이 좀 부끄러워졌다. 이름은 마시 메리웨더고, 그녀가 말했다, 캘리포니아 해안의 카버시티에서 전화하고 있다. 젊지 않은, 흡연자의 목소리였다. 그녀는 전화를 받은 사람이 배우 미스터 알렉산더 클리브 본인이 맞느냐고 물었다. 나는 지인 가운데 누군가가 나에게 장난질을 치는 게 아닌지 궁금해하고 있었다―연극계 사람들은 괴로울 정도로 장난질을 좋아하니까. 그녀는 자신이 앞서 전화를 했는데 내가 전화를 해주지 않아 짜증이 난 목소리였다. 나는 서둘러 아내가 그녀의 이름을 잘 알아듣지 못했다고 설명했고, 그 사품에 미즈 메리웨더는 자신의 이름 철자를 불러주었다. 지치고 비꼬는 듯한 말투여서 내 변명을 믿지 않았거나―내가 들어도 어설프고 허술했다―아니면 그저 한 번 듣고 제대로 기억하지 못할 만큼 부주의하거나 의심이 많은 사람에게 달콤하지만 어쩐지 비웃음을 살 듯한 이름<sup>*</sup>의 철자를 불러주어야 하는 게 짜증나는 듯했다. 그녀는 펜터그램픽처스의 임원, 내 느낌으로는 틀림없이 중요한 임원이며, 그곳은 악셀 판더라는 사람의 삶에 기반한 영화를 제작하려고 하는 독립 스튜디오다. 악셀 판더라는 이름도 그녀는 철자를 불러주었고, 그것도 천천히 불러주었다. 마치 이제 반푼이를 상대하고 있다고 판단한 듯했는데, 배우들 사이에서 일하며 살아온 사람이니 이해 못할 일도 아니다. 나는 악셀 판더가 누구인지, 살았는지 죽었는지도 모른다고 솔직히 말했지만 그녀는 이것은 중요하지 않다는 듯 옆으로 제쳐놓고 그와 관련된 재료를 보내겠다고 말했다. 그 말을 하면서 건조한 웃음을 터뜨렸는데 이유는 모르겠다. 영화 제목은 '과거의 발명'이 될 거다. 별로 끌리는 제목은 아니다. 나는 그렇게 생각했지만 말하지는 않았다. 감독은 토비태거트가 맡을 거다. 이 말 뒤에 큰 기다림의 침묵이 이어졌는데 내가 그것을 채워주기를 기대하는 게 분명했지만 나는 그럴 수가 없었다. 토비 태거트도 들어본 적이 없었기 때문이다.

이쯤이면 미즈 메리웨더가 나처럼 무지가 명백히 드러난 인간은 포기하기로 마음먹었겠거니 생각했지만, 오히려 그녀는 이 기획과 관련된 모두가 나와 함께 일한다는 생각에 몹시 들떠 있다고, 정말이지 몹시 들떠 있다고, 당연히 내가 이 역의 첫번째이자 확실한 선택이었다고 나를 다독여주었다. 나는 이 아첨에 감사해야 한다는 생각에 아양을 떨고 나서 자신 없는 목소리로, 하지만 내 판단으로는 사과하는 것

---

<sup>*</sup> 메리웨더(Meriweather)는 좋은 날씨라는 뜻이다.

처럼 들리지는 않게, 나는 영화판에서는 일해본 적이 없다고 말했다. 그때 전화선을 타고 들려온 것이 급하게 숨을 들이쉬는 소리였을까? 미즈 메리웨더처럼 영화계에서 오랜 경험을 쌓았을 것이 분명한 사람이 자신이 주역을 제안하는 배우에 관해 그런 것도 모른다는 게 가능할까? 그건 괜찮다, 그녀는 말했다, 문제없다. 사실 토비는 스크린에 새로운 사람, 신선한 얼굴—말해두지만, 나는 육십대다—을 원한다. 나만큼이나 그녀도 믿지 않는다는 것을 알 수 있는 주장이었다. 그러더니 내가 놀라 눈을 껌뻑껌뻑할 만큼 급작스럽게 전화를 끊어버렸다. 내가 그녀에게서 마지막으로 들은 것, 수화기가 전화기로 내려가면서 들려온 것은 발작 같은 기침이 시작되는 소리, 요란하면서도 물기가 많은 기침소리였다. 다시 나는 불편한 마음으로 이게 다 못된 장난이 아닌가 생각했지만, 이렇다 할 증거도 없이 그렇지 않다고 판단을 내렸다.

악셀 판더. 그랬다.

미시즈 그레이와 나의 첫―그걸 뭐라고 불러야 할까? 첫 만남? 그 표현은 너무 친밀하고 직접적으로 들리고―사실 그것은 육체의 만남은 아니었기 때문에―동시에 너무 밋밋하게 들린다. 그게 무엇이었든, 질풍과 갑작스러운 비와 씻겨나간 광대한 하늘이 있던 수채화 같은 4월의 어느 날 우리에게 그것이 있었다. 그래, 또다른 4월. 어떤 면에서 이 이야기에서 시간은 늘 4월이다. 그때 나는 열다섯 살짜리 날것 그대로의 소년이었고 미시즈 그레이는 삼십대 중반의 무르익은 유부녀였다. 물론 우리 타운에서 그런 불륜은 일찍이 알려진 적이 없었다, 나는 그렇게 생각했지만 아마 내가 틀렸을 것이다. 이미 일어난 적이 없는 일은 없기 때문이다, 모든 일의 재앙적 출발점인 에덴동산에서 일어난 일을 제외하면. 그것이 오랜 시간이 지나서야 타운에 알려지게 되었고, 어떤 참견하기 좋아하는 사람의 호색과 만족을 모르는 기웃거림이 없었다면 아예 알려지지 않았을지도 모른다고 말하려는 것은 아니다. 자, 내가 기억하는 것, 내가 지금까지 간직하고 있는 것은 이렇다.

망설여진다. 제약을 의식하게 된다, 내숭 떠는 과거가 나를 저지하기 위해 소매를 잡아끌기라도 하는 것처럼. 하지만 그날의 작은 놀이―드디어 적절한 말을 찾아냈다!―는 나중에 올 것에 비하면 아이들 장난이었다.

어쨌든, 이제 시작한다.

이런, 다시 열다섯 살이 된 느낌이다.

토요일이 아니었고, 물론 일요일도 아니었으니 휴일holiday, 또는 성일聖日, holyday ―아마도 '성 프리아포스의 잔치'―이었던 게 틀림없는데, 어쨌든 그날은 수업이 없었고 나는 빌리네 집을 찾아갔다. 우리는 어딘가에 갈, 뭔가를 할 계획이었다. 그레이 가족의 집이 있는 자갈 깔린 작은 광장에서는 벚나무들이 바람에 몸을 떨었고 채신머리없는 벚꽃들이 뱅글뱅글 돌며 연분홍 깃털 목도리처럼 보도를 굴러다니고 있었다. 연기 같은 잿빛과 녹은 은빛을 띤 빠르게 움직이는 구름에는 길게 베인 상처들이 있어 그 사이로 눅눅한 파란 하늘이 빛났고, 분주한 작은 새들은 쏜살같이 여기저기 쏘다니거나 지붕 용마루에 자리를 잡고 줄지어 웅크린 채 깃털을 부풀리거나 상스럽게 재잘거리거나 높은 소리로 노래를 해대고 있었다. 빌리는 나를 집안으로 들였다. 그는 평소와 마찬가지로 아직 준비가 끝나지 않았다. 옷도 다 입지 않아, 셔츠와 스웨터는 걸쳤지만 아직 줄무늬 잠옷 바지 차림에 맨발이었으며 케

케묵은 침대 특유의 양모 냄새를 풍겼다. 그는 앞장서서 위층 거실로 갔다.

그 시절에는 큰 부자만 중앙난방을 할 여유가 있었고, 우리네 집들은 이런 봄날 아침이면 특별한 냉기가 감돌았으며 이 때문에 모든 것의 모서리가 래커를 칠한 듯 선명해졌다, 마치 공기가 하룻밤새에 물안경으로 변한 것처럼. 빌리는 옷을 마저 입으러 갔고 나는 마루 한가운데에 서 있었다. 순간 나는 이렇다 할 존재가 아니었고 심지어 나 자신이라고 할 수도 없었다. 그런 순간이 있다, 말하자면 중립적인 상태로 미끄러져 들어가는 순간, 무엇에도 관심이 없고, 대체로 뭔가를 의식하지도 않고, 활력이라는 의미에서는 사실상 대체로 존재하지도 않는 순간. 하지만 그날 아침 내 기분은 거기 없다는 느낌은 아니었고, 딱히 그렇다고는 할 수 없었고, 지금 생각해보면, 오히려 수동적 수용성의 상태였다, 딱히 의식적이지는 않지만 기다리는 상태. 가까이 있는 금속 프레임의 직사각형 창문들, 하늘로 가득차 환히 빛나는 창문들은 너무 밝아 계속 바라보기가 힘들어서 나는 그곳에서 눈을 돌려 한가롭게 방 여기저기를 둘러보았다. 그것들, 우리의 방이 아닌 방의 물건들은 어떻게 늘 어떤 전조를 품고 있는 것처럼 보이는지. 그 친츠*가 덮인 팔걸이의자는 왠지 바짝 긴장하여 당장이라도 화를 내며 아등바등 일어설 것 같고, 키 큰 램프는 아주 고요한 상태를 유지한 채 삿갓 모양 밀짚모자 밑에 얼굴을 감추고 있고, 빈틈없는 먼지 코팅으로 뚜껑이 완전히 잿빛이 된 업라이트피아노는 오래전에 가족의 사랑이 떠나

---

* 가구 커버나 커튼으로 쓰이는, 주로 꽃무늬가 날염된 면직물.

버린 크고 못생긴 반려동물처럼 무시당한 채 원한이 맺힌 표정으로 벽에 붙어 단단히 몸을 버티고 있고. 바깥에서는 그 난잡한 새들이 내지르는 울음 같은 날카로운 소리가 분명하게 들렸다. 나는 뭔가를 느끼기 시작했다, 한쪽 옆구리 아래가 희미하게 움찔하는 감각. 마치 약한 광선이 나를 겨누고 있거나 따뜻한 숨이 뺨을 스친 것 같았다. 얼른 문 쪽을 슬쩍 보았지만 텅 비어 있었다. 거기 누가 있었나? 방금 들린 것이 째지는 듯한 웃음소리의 희미한 끝자락이었나?

나는 얼른 문으로 다가갔다. 바깥의 복도는 텅 비어 있었지만 거기에서 어떤 존재의 흔적을 탐지할 수 있을 것 같았다, 조금 전에 누군가가 있었던 자리에 생긴 공기의 주름. 빌리의 낌새는 전혀 없었다─어쩌면 다시 자러 갔을지도 몰랐고 그래도 놀랄 일은 아니었을 것이다. 나는 용기를 내 복도를 따라 나아갔고, 카펫─무슨 색깔, 그게 무슨 색깔이었더라?─이 발소리를 죽여주었다. 어디로 가는지 뭘 찾고 있는지는 몰랐다. 굴뚝에서 바람이 소곤거리고 있었다. 세상이 꿈을 꾸듯 은밀한 그 나름의 방식으로 웅얼대는 혼잣말. 문 하나가 반쯤 열려 있었는데, 거의 지나쳤을 때야 그것을 알아챘다. 거기에 서 있던 내 모습이 보인다. 옆과 뒤를 흘끔거리고 그러다 갑자기 뭔가에 걸려 덜컹하면서 모든 것이 느려진다.

그 카펫, 이제 기억난다. 연푸른색이나 푸르스름한 회색의 긴 띠. 러너*라고 부르는 것이었던 듯하다. 그 양옆의 마룻바닥은 불쾌한 짙은 갈색 광택제를 칠해놓아 입에 물고 빨던 끈적한 토피 사탕처럼 번들거

---

* 가구 위나 바닥에 까는 길쭉한 천, 혹은 카펫.

렸다. 봐라, 집중하면 온갖 종류의 것을 무엇이든 다 불러낼 수 있다.

하지만 시간과 기억은 야단스러운 실내장식 회사와 같아서, 늘 가구를 이리저리 옮기고 방을 다시 디자인하고 심지어 재배정하기까지 한다. 내가 열린 문간으로 들여다본 것이 욕실이었다고 나는 확신한다. 도기와 아연의 차가운 광택을 분명히 기억하기 때문이다. 하지만 내 눈길을 붙든 것은 그 시절 여자의 침실 화장대에 흔히 달려 있던 거울, 위쪽 테두리는 곡선을 그리고 양옆에 날개가 달려 있고 심지어—이게 맞을까?—날개 위쪽에는 화장하는 여인이 자신의 모습이 내려다보이는 각도로 끌어당길 수 있는 작은 삼각형 보조 거울까지 달린 거울이었다. 더욱더 혼란스러운 것은 또하나의 거울, 전신 거울이 안쪽으로 열리는 문의 바깥을 바라보는 면에 달려 있었다는 점인데, 나는 바로 이 거울에 비친 방안을 볼 수 있었고, 그 한가운데에 화장대인지 뭔지 몰라도 다른 거울, 또는 거울들이 달린 물건이 있었다. 따라서 내가 보았던 것은 엄격하게 말해서 욕실, 또는 침실 자체가 아니라 그것이 거울에 비친 모습이었고, 미시즈 그레이가 아니라, 또 그녀가 거울에 비친 모습이 아니라, 그녀가 거울에 비친 모습이 다시 거울에 비친 모습이었다.

잘 따라오라, 이 수정 水晶 미로를 통과하려면.

따라서 나는 그 문간 바깥에서 발을 멈추고, 안으로 열린 채 정지한 문의, 말이 안 되기는 하지만, 바깥에 고정된 전신 거울을 입을 벌린 채 비스듬한 각도로 들여다보고 있었다. 내가 보고 있는 게 무엇인지 바로 파악이 되지 않았다. 그때까지 내가 가까이서 알고 있는 유일한 몸은 내 몸뿐이었고, 여전히 진화중인 그 존재조차 특별히 친밀한 관계는 아니었다. 따라서 옷을 걸치지 않은 여자가 어떤 모습이라고 예상했을지 잘 모르겠다. 물론 나는 옛 그림의 복제품들을 뜨거운 눈으로 바라보았고, 옛날 옷을 입고 허벅지가 분홍색인 여자가 파우누스*를 밀쳐내는 이런저런 옛 거장의 그림이나, 마담 조프랭**이 멋지게 표현한 대로 프리카세*** 같은 아이들 사이에서 위풍당당하게 옥좌에 앉아 있는 고전적인 부인을 응큼하게 흘끔거리기는 했지만, 젖가슴은 턴디시**** 같고 흠이 없는 삼각주는 깨끗하고 민둥민둥한 이런 건장한 인물들 가운데 가장 벌거벗은 모습조차 날것 그대로인 여자의 자연주의적 재현과는 거리가 멀다는 걸 알고 있었다. 이따금 학교에서 지저분한 골동품 엽서가 책상 밑에서 손에서 손으로 더듬더듬 전해지곤 했지만, 자신의 벗은 곳을 보여주는 은판 사진의 헤픈 여자들은 더러운 엄지 지문과 하얀 주름의 은줄 세공으로 흐릿해진 경우가 많았다. 사실 나의 성숙한 여자의 이상理想은 케이저 본더***** 레이디, 그러니까 우리 메인 스트리트 거의 끝에 있는 미스 다시의 바느질도구가게 안 양말류 카운터에 세워놓은 일 피트 높이의 판지 입간판 속 미인, 라벤더색 가운을 입고 페티코트의 자극적으로 순결한 밑단 아래로 15데니어 나일론에 싸인 어여쁘고 말이 안 되게 긴 다리를 자랑하는 여자, 밤에

---

* 로마신화에 등장하는 숲의 신.

** 프랑스 계몽주의 시대에 저명인사를 모아 살롱을 열었던 부인.

*** 다진 고기와 야채를 넣어 끓인 스튜. 마담 조프랭은 화가 그뢰즈의 그림 〈사랑받는 어머니〉에서 어머니에게 어지럽게 들러붙어 있는 아이들을 가리켜 비난조로 이런 표현을 사용했다.

**** 용해된 쇳물을 거푸집에 흘려넣을 때 일시적으로 쇳물을 모아두는 장소.

***** 스타킹으로 유명했던 영국의 여성용 속옷 회사.

나의 수많은 환상 속으로 오만하게 쑤욱 들어오던 호리호리하고 세련된 여자였다. 어떤 인간 여자가 어찌 그런 존재를, 그런 당당한 자세를 따라잡을 수 있을까?

거울 속의, 거울에 비친 거울 속의 미시즈 그레이는 벌거벗고 있었다. 나신이라고 하는 편이 더 정중할 것이다, 나도 안다. 하지만 여기서는 벌거벗었다, 이다. 첫 혼란과 충격의 순간이 지나간 후, 나는 그녀 피부의 거친 입자—아마 거기 서 있는 바람에 소름이 돋았던 것이 분명하다—와 변색된 칼날의 번쩍임 같은 탁하고 희미한 광택에 강한 인상을 받았다. 그녀의 몸은 아마도 당시 내가 기대했을 분홍과 복숭앗빛 색조—많은 부분 루벤스의 책임이다—대신 곤혹스럽게도 마그네슘색에서부터 은색과 주석색, 또 불투명한 노란색과 연한 황토색, 심지어 군데군데 희미한 녹색 기운, 그리고 우묵한 곳의 이끼 같은 연보라색 그림자에 이르기까지 그리 밝지 않은 다양한 색조를 보여주었다.

나에게 제시된 것은 그녀의 세 폭 그림, 말하자면 잘린 몸이었다, 아니 분해되었다고 해야 할까. 중앙 거울, 그러니까 화장대 거울의 중앙 패널, 내가 본 게 그거라면, 그것은 그녀의 몸통, 젖가슴, 배와 그 밑 어둠의 얼룩에 액자를 씌우고 있었고, 양쪽 패널은 묘하게 구부러진 두 팔과 팔꿈치를 보여주었다. 꼭대기 쪽 어딘가에서 눈 하나가 차분하게 나에게 고정된 채 은연중에 도발하고 있었다. 그래, 내가 여기 있어, 나를 어떻게 생각해? 하고 말하는 것처럼. 이런 뒤죽박죽의 배치가 불가능하지는 않다 해도 있을 법하지 않다는 것은 나도 잘 알고 있다—우선 그녀가 그런 식으로 거울에 비친 모습을 내가 볼 수 있으려면 그녀는 나에게 등을 돌린 채 거울 바로 앞에 바싹 다가가 있어야 할 텐데 그녀는 거기에 없었다. 거울에 비친 모습뿐이었다. 그녀가 조금 떨어진 곳에, 방의 맞은편에, 내가 열린 문으로 볼 수 있는 각도에서 벗어나 나에게 드러나지 않은 채 서 있었을까? 하지만 그랬을 경우 그녀는 거울에서 그렇게 크게 확대되어 보이지 않았을 것이고, 오히려 실제보다 더 멀고 더 작게 보였을 것이다. 두 거울, 그녀가 비치는 화장대 거울과 거기에 비친 모습을 비추는 문의 거울이 힘을 합쳐 확대 효과를 일으킨 것이 아니라면. 그랬다고 생각하지는 않는다. 하지만 이 모든 변칙, 이 모든 있을 법하지 않은 것들을 어떻게 설명할 수 있을까? 못한다. 내가 묘사한 것은 내 기억의 눈에 나타난 모습이고, 나는 보이는 것을 말할 수밖에 없다. 나중에 물어보니 미시즈 그레이는 그런 일이 있었다는 것조차 부정했고, 자신이 그런 식으로 집안에서 낯선 사람에게, 그것도 소년에게, 게다가 아들의 가장 친한 친구에게 자신을 내보일 수 있다고 생각했다면 그건 자신을 로시*—그녀의 표현이다—로 본 것이라고 말했다. 하지만 그녀는 거짓말을 했다, 나는 확신한다.

그것이 다였다, 조각난 여자를 아주 짧게 흘끗 본 것. 그 즉시 나는 복도를 따라 계속 걸어갔다, 등허리를 누가 세게 밀친 것처럼 비틀거리며. 뭐라고? 당신은 소리칠 것이다. 그게 만남이냐, 그게 놀이냐? 아, 하지만 그런 음란, 그런 대접을 받은 뒤 소년의 마음에 부글거리는 폭풍을 생각해보라. 아, 아니, 폭풍은 아니었다. 그런 상황이라면 으레 그랬을 만큼 충격을 받거나 타오르지는 않았다. 내가 받은 가장 강한 느낌은 고요한 충족감이었다. 인류학자가 느낄 만한, 또는 어떤 종 전

* rawsie. '부끄러움이 없는 여자'라는 뜻.

54

체의 본성에 관한 이론을 확인해주는 측면이나 속성을 가진 생물을 전혀 예상치 못한 기회에 운좋게 포착한 동물학자가 느낄 만한. 이제 나는 절대 모르던 상태로 되돌아갈 수 없는 뭔가를 알게 되었다. 만일 당신이 코웃음을 치며 그래 봐야 벌거벗은 여자가 어떻게 생겼는지 알게 된 것뿐이라고 말한다면, 당신은 어리다는 것, 경험을 갈망한다는 것, 일반적으로 사랑이라고 부르는 것을 갈망한다는 게 무엇이었는지 전혀 기억하지 못한다는 사실을 보여줄 뿐이다. 그 여자가 내 시선을 받고도 움찔하거나 달려와 문을 쾅 닫거나 심지어 손을 올려 몸을 가리지도 않았다는 사실은 나에게 부주의나 뻔뻔스러움으로 보인 것이 아니라 오히려 묘하게, 아주 묘하게 보였으며, 오랫동안 깊은 사변의 주제가 되었다.

그러나 그 일의 끝에는 두려움이 있었다. 층계 꼭대기에 이르렀을 때 나는 뒤에서 빠른 발걸음소리를 들었지만 혹시 그녀일까 두려워, 여전히 실오라기 하나 걸치지 않은 채, 누가 알랴, 무슨 난폭한 의도를 가지고 마이나스*처럼 나를 쫓아 달려오는 것은 아닐까 두려워 돌아보려고도 하지 않았다. 마치 손이, 꼬집는 손가락이, 심지어 이빨이 폭력적으로 습격할 것을 예상하듯 목덜미의 살갗이 오그라드는 느낌이었다. 그녀가 내게 뭘 원할 수 있을까? 뻔한 것이 뻔하지 않았다―나는 열다섯 살이었다, 잊지 마라. 나는 층계를 곤두박질치듯 내려가 그 집에서 달아나 다시는 그 집 문간에 얼쩡거리지 말자는 충동과 그 반대의 충동, 그 자리에 굳게 버티고 서서 몸을 돌리고 두 팔을 활짝 펼쳐

---

* 원래 그리스신화에서 디오니소스의 여사제를 가리키는 말로 흔히 광란 상태의 여자를 가리킨다.

스스로 찾아온 이 여성성이라는 후한 선물, 쟁기질하는 사람 피어스*의 멋진 표현에 따르면, 바늘처럼 완전히 벌거벗고, 욕망 때문에 숨을 헐떡이다 바르르 떨며 축 늘어져 있는 선물을 안아 들이자는 충동 사이에서 갈등하고 있었다. 그러나 내 뒤에 있던 사람은 미시즈 그레이가 아니라 그녀의 딸, 빌리의 여동생, 기를 죽이는 키티였으며, 땋은머리에 안경을 쓴 그녀는 쌕쌕 킥킥거리며 내 옆을 비집고 지나가 쿵쾅쿵쾅 층계를 내려가더니, 그 밑에서 발을 멈추고 몸을 돌려 나를 올려다보며 다 안다는 듯이 실실 웃어 머리카락이 쭈뼛 서게 만들고는 사라져버렸다.

깊은, 또 어떤 이유에서인지 고통스러운 숨을 들이쉰 뒤 나도 내려갔다, 신중하게. 현관은 텅 비어 있고 키티는 어디에도 보이지 않는데, 나는 그것에 안도했다. 조용히 현관문을 열고 광장으로 발을 내디뎠을 때 나의 생식샘은 그 시절 전신주의 팔에 달려 있던 그 예쁜 도기 절연재처럼 웅웅거렸다. 왜 그 조그맣고 통통한 인형 같은 것, 전선이 통과했던가 감싸고 갔던가—기억나나? 내가 어떻게 된 것인지 빌리가 궁금해하리라는 건 알았지만 그 상황에서 빌리를 마주할 수는 없을 것 같았다, 어쨌든 당장은. 빌리는 자기 어머니를 빼닮았다, 내가 그 이야기를 했던가? 하지만 묘하게도 그는 내가 자기 집에서 달아난 일에 관해서 한 번도 이야기하지 않았다, 다음날 그와 만났을 때도, 또 사실 그 이후에도 쭉. 나는 가끔 궁금하다—음, 내가 궁금해하는 것이 무엇인지 모르겠다. 가족은 이상한 시설이며 그 재소자들은 많은 이상한

---

* 14세기 영국 시인 윌리엄 랭글런드의 산문시 제목이자 그 시에 나오는 인물.

것을 알고 있다. 종종 자신이 안다는 것을 알지도 못하는 채로. 빌리가 결국 자기 어머니와 나에 관해 알게 되었을 때 나는 그의 격분, 그 격한 눈물이 약간은 지나치다고 생각하지 않았던가, 그것이 아무리 화를 돋우는 사건이고, 또 각자가 그 사건에 휘말려 허우적대고 있다는 것을 우리 모두 갑자기 알게 되었다 해도. 내가 무엇을 암시하는 걸까? 아무것도 아니다. 지나가자, 지나가자, 사고 또는 범죄 현장에서 경찰의 지시를 받은 것처럼.

며칠이 지났다. 그 시간의 반은 내 기억의 거울에 비친 미시즈 그레이를 응시하며 보냈고 나머지 반은 내가 모든 것을 상상했다고 상상하며 보냈다. 그녀를 다시 본 것은 일주일 정도 뒤였다. 타운 바깥의 강어귀 옆에는 테니스 클럽이 하나 있었는데, 그레이 가족은 그곳의 가족 회원권이 있어서 나는 가끔 빌리와 그곳에 가 공을 쳐대면서 싸구려 캔버스화와 다 해진 러닝셔츠 차림의 내가 끔찍할 만큼 눈에 띈다는 느낌을 받았다. 아, 하지만 그 옛적의 테니스 클럽들! 내 마음은 여전히 그 매혹에 찬 코트들을 따라다닌다. 심지어 멜로즈, 애시번, 월턴, 더 라임스 같은 이름들마저 우리가 살던 우중충한 벽촌보다 훨씬 우아한 세계를 대변했다. 이 테니스 클럽, 타운 외곽 강어귀 옆의 클럽 이름은 코트랜즈Courtlands였다. 말장난을 의도한 것은 아니었을 거라고 생각한다.* 나는 미시즈 그레이가 거기에서 테니스 치는 것을 딱 한

_____

* court에는 테니스 코트라는 의미 외에 구애한다는 뜻도 있다.

번 보았다. 남편과 같은 편이 되어 복식 시합을 했는데 상대 커플은 내 기억 속에서 하얀 옷을 입은 환영 한 쌍에 지나지 않으며, 사라진 과거의 으스스한 적막 속에서 흐릿하게 떠올랐다 가라앉았다 할 뿐이다. 미시즈 그레이는 네트 플레이를 했는데 궁둥이를 허공에 든 채 위협적으로 웅크리고 있다가 튀어올라 사무라이가 적을 대각선으로 반토막 내듯 공을 사선으로 내려쳤다. 그녀의 다리는 케이저 본더 레이디의 다리만큼 길지 않았고 오히려 다른 무엇보다 굵고 튼튼했지만 멋지게 그을려 있었으며 발목은 모양이 괜찮았다. 그녀는 그 따분한 짧은 치마가 아니라 반바지를 입었으며 소매가 짧은 면 셔츠의 겨드랑이는 축축하고 어둡게 물들어 있었다.

그날, 내가 기록하고 싶은 사건─사건!─이 있던 날, 집으로 혼자 걸어가고 있는데 그녀가 차를 타고 나를 따라잡아 멈췄다. 그게 복식 시합이 있던 날이었던가? 기억나지 않는다. 맞는다면 그녀의 남편은 어디에 있었을까? 그리고 내가 클럽에서 오는 길이라면 빌리는 어디에 있었을까? 그들 두 명은 연애의 여신에게 구금되어, 시간을 맞추지 못했거나 다른 볼일이 생겼을까, 변소에 갇혀 내보내달라고 소리쳐도 소용이 없었을까─어쨌든 그들은 없었다. 저녁이었고 낮 동안 소나기가 내린 뒤라 햇빛은 물기를 머금었다. 군데군데 향긋하고 축축하게 젖어 있던 도로는 철로와 나란히 달렸고 그 너머 강어귀는 들썩이며 요동치는 자주색 덩어리였으며 끓어오르는 얼음빛 하얀 구름이 수평선을 장식하고 있었다. 나는 진짜 테니스 선수처럼 스웨터를 어깨에 걸친 다음 양쪽 소매를 앞에서 느슨하게 서로 묶고, 프레스에 넣은 라켓은 아무렇게나 겨드랑이에 끼고 있었다. 자동차가 뒤에서 속도를 늦추는 소리를 듣고 나는 그녀라는 것을 알았다. 어떻게 알았는지는 모르지만. 그 순간 내 심장박동도 느려지다 당김음이 생겨 박자가 어긋나곤 했다. 나는 발을 멈추고 몸을 돌려 짐짓 놀란 척 얼굴을 찌푸렸다. 그녀는 창문을 내리기 위해 조수석까지 길게 몸을 늘일 수밖에 없었다. 차는 사실 그냥 차가 아니라 스테이션왜건, 밋밋한 회색에 약간 낡은 스테이션왜건이었다. 엔진을 끄지 않아 등에 혹이 달린 그 크고 추한 것은 오한이 든 늙은 말처럼 차대 위에서 숨을 헐떡였고 뒤에서는 기침하며 파란 연기를 뿜어냈다. 미시즈 그레이가 몸을 낮추고 열린 창문 쪽으로 얼굴을 들어올리며 나를 보고 수수께끼 같은 웃음을 짓는 바람에 얼마 전 스크루볼 코미디*에서 본 애교 있으면서도 냉소적인 여주인공들이 떠올랐는데 그 여자들은 속사포처럼 재담을 쏟아내고 애인을 괴롭혔으며 무뚝뚝한 아버지의 막대한 재산을 스포츠카나 우스꽝스러운 모자에 즐겁게 소비했다. 미시즈 그레이의 머리카락이 떡갈나무 색조에 별 특징 없는 스타일이며, 한쪽 옆으로는 구부러진 머리카락이 한 가닥 삐져나와 늘 귀 뒤로 넘기지만 절대 넘긴 자리에 그대로 있지 않는다는 이야기를 했던가? "내 생각에는, 젊은이," 그녀가 말했다. "우리가 같은 방향으로 가는 것 같은데." 정말 그랬다. 결국 그 길로 집에 가게 되지는 않았지만.

그녀는 참을성 없는 운전자로, 페달에서 발이 미끄러지기 일쑤였고 나지막이 욕을 내뱉거나 운전대 기둥에 달린 기어 막대를 격하게 잡아챘으며 왼팔은 관절 있는 펌프 손잡이처럼 움직였다. 담배를 피웠던

---

* 1930년대에 유행했던 영화 유형으로, 주로 신분 격차가 큰 남녀 주인공이 겪는 갈등과 사랑을 코믹하게 그린다.

가? 그래, 피웠고, 창문의 위쪽 일 인치 정도 되는 열린 틈새로 자주 다트처럼 꽁초를 던졌지만 그때마다 재는 바람에 밀려 다시 안으로 들어왔다. 앞좌석은 중간에 팔걸이가 없고 넓었으며 소파처럼 푹신하게 속이 차 있었는데 그녀가 브레이크를 밟거나 긁는 소리를 내며 기어를 움직이면 우리 둘 다 동시에 그 위에서 몸이 약간 들렸다가 내려왔다. 오랫동안 미시즈 그레이는 아무 말도 하지 않고 미간을 찌푸린 채 앞의 도로만 내다보고 있었다. 생각이 다른 데 가 있는 것 같았다. 나는 두 손을 허벅지에 얹은 채 앉아 있었다. 양손의 손가락 끝이 마주 닿았다. 무슨 생각을 하고 있었더라? 아무 생각도 하지 않았다, 기억하는 바로는. 그날 거울에서 우연히 마주치기 전 그레이네 집 거실에서 기다리고 있었던 것처럼 이번에도 그냥 일어날 일이 일어나기를 기다리고 있었다. 다만 이번에는 더 흥분해서, 더 숨가쁘게. 그녀의 옷은 하얀 테니스복에서 옅은 꽃무늬가 있는 가벼운 재질의 원피스로 바뀌어 있었다. 이따금 그녀 몸에서 뒤섞인 향기들이 흐릿하게 풍겨왔고 입술에서는 담배 연기가 옆으로 질질 흘러나와 내 입으로 들어왔다. 나는 그때까지 다른 인간, 이 별개의 실체, 아예 비교 자체가 불가능한 나-아닌-존재가 같은 공간에 있다는 사실을 이렇게 선명하게 의식한 적이 없었다. 공기를 없애고 들어앉은 부피, 벤치 좌석의 다른 쪽을 누르고 있는 부드러운 무게, 또 움직이는 정신, 뛰는 심장.

우리는 타운의 가장자리를 따라, 돌담과 빛나는 자작나무숲 옆의 햇빛이 아롱거리는 뒷길을 달렸다. 내가 거의 가본 적이 없는 타운의 오지에 속하는 곳이었는데 우리 지역처럼 비좁고 옹색한 곳에 사람들이 잘 다니지 않는 부분이 있다는 게 이상했다. 저녁이 다가오고 있었지만 빛은 여전히 강하고 해는 우리 옆의 나무들 사이로 달리고 있었다. 지금 내 눈에 보이는 그 나무들은 잎이 너무 무성하다, 겨우 4월인데. 기억 속의 계절이 또 바뀌고 있는 것이다. 낮은 언덕 꼭대기로 올라가자 숲이 성글어지면서 밝게 번쩍이는 고지대 너머 바다까지 예상치 못한 풍광이 파노라마처럼 펼쳐졌으나, 이내 우리는 그림자가 덮인 골짜기로 곤두박질쳤다. 진창 굽이에서 미시즈 그레이는 갑자기 툴툴거리는 소리를 내며 운전대를 빙그르 돌려 차를 왼쪽으로 확 틀었고 우리는 도로에서 튀어나가 풀이 무성한 삼림지대의 좁은 길로 들어섰다. 그녀가 가속페달에서 발을 떼자 차는 술에 취한 듯, 고르지 않은 땅을 몇 야드 쿵쿵거리며 나아가다가 몸을 흔들고 신음을 토하며 멈췄다.

그녀는 엔진을 껐다. 새의 노래가 정적을 침범했다. 그녀는 여전히 운전대에 손을 얹은 채 몸을 앞으로 기울여, 비스듬한 앞유리 너머 우리 위로 드리운 장식무늬 같은 덩굴과 갈색 가지들을 살폈다. "나한테 키스하고 싶어?" 그녀는 여전히 위쪽을 향해 시선을 들어올린 채 물었다.

그것은 권유라기보다는 일반적인 질문, 그냥 궁금해서 알고 싶어 물어보는 것 같았다. 나는 차 옆의 검은딸기나무로 이루어진 어둠을 들여다보았다. 놀라운 점은 이 어떤 것에도 놀라지 않았다는 것이었다. 이윽고 이런 일들이 늘 그렇듯 우리 둘 다 동시에 고개를 돌렸고 그녀는 몸을 지탱하기 위해 우리 사이의 소파 시트에 주먹을 내려놓고 한쪽 어깨를 들어올리며 눈을 감은 채 얼굴을 앞으로 내밀면서 옆으로 약간 비스듬히 기울였고 나는 그녀에게 키스했다. 정말이지 아주 순수한 키스였다. 그녀의 입술은 건조했고 딱정벌레 날개처럼 바스러질 것 같은 느낌이었다. 일이 초 뒤에 우리는 몸을 떼고 자리에 등을 대고 앉았으며 나는 헛기침을 할 수밖에 없었다. 새들의 목소리가 얼마나 날 카롭게 텅 빈 숲을 꿰뚫던지. "그래." 미시즈 그레이는 뭔가를 스스로 확인하는 것처럼 중얼거리더니 다시 시동을 걸고 뒷유리 너머를 보려고 몸을 비틀었다. 목 옆의 힘줄이 팽팽하게 당겨지고 팔 하나가 의자 등받이 위에 놓였다. 그녀는 으깨지는 소리를 내며 후진 기어를 넣고 좁은 길을 따라 까불까불 후진해서 도로로 나섰다.

나는 여자애들에 관해 아는 게 희귀했고—따라서 내가 아는 얼마 안 되는 것은 정말이지 귀했다—여자 어른에 관해서는 아예 모른다고 봐야 했다. 열 살인가 열한 살 때 여름 동안 바닷가에서 보고 멀찌감치서 사모하던, 내 또래의 적갈색 머리카락 미인이 있었고—하긴 유년의 꿀을 바른 아지랑이 속에서 바닷가의 적갈색 머리카락 미인을 사모해보지 않은 사람이 누가 있을까?—어느 겨울 타운에서 만난 헤티 히키라는 빨간 머리가 있었다. 그녀는 어여쁘다고 할 수 없는 이름에도 불구하고 작은 마이센 자기 인형처럼 고왔으며 자이브를 출 때면 여러 겹의 레이스가 달린 페티코트를 입고 다리를 과시했고, 연속 세 번의 절대 잊지 못할 토요일 밤에 알람브라 영화관의 뒷줄에 나와 함께 앉아 내가 원피스 앞자락 밑으로 손을 넣어 놀랄 만큼 싸늘하지만 짜릿할 만큼 유연하고 부드러운 작은 젖가슴에 손바닥을 얹게 해주었다.

사랑의 신이 쏜 화살이 이렇게 스쳐지나간 것, 그리고 거기에 교회 마당에서 자전거를 타고 가다 산들바람에 몸이 드러난 여자의 모습—여기에도 틀림없이 장난기 많은 신이 끼어들었을 것이다—이 그때까지 나의 에로틱한 경험 전체를 이루고 있었다. 혼자 하는 행동은 빼고, 그건 치지 않겠다. 그러다 이제 차에서 그렇게 키스하고 나니, 나 자신이 보기에 내가 살아 있는 것 같지가, 완전히 살아 있는 것 같지가 않았다. 떨리는 가능성의 상태 안에서 정지된 채 간신히 하루하루를 버티고, 밤이면 땀에 절어 악취나는 침대에서 뒤척이며 질문을 해대고 있을 뿐이었다. 내가 감히—? 그리고 그녀는 과연—? 그녀를 다시 만나기 위해, 그녀와 다시 단둘이 있기 위해, 내가 거의 바랄 수도 없는 것이 진실이 될 거라는 희망을 확인하기 위해 내가 고안해낸 그 책략들. 그 희망이란 내가 만일 나의 장점을 최대한 활용하면 혹시 그녀가—뭐, 그녀가 뭐? 여기가 모든 것이 모호해지는 지점이었다. 종종 뭐가 더 다급한지, 그녀의 육체를 철저하게 탐구하는 것을 허락받고자 하는 갈망—키스를 한 뒤로 이전에는 수동적이었던 나의 의도들이 적극적 의지의 단계로 이동했기 때문이다—인지 아니면 그런 탐구와 행동에 정확히 무엇이 포함되는지 이해할 필요성인지 알 수가 없었다. 그것은 안다, 라는 동사의 범주들 사이의 혼란이었다. 즉 내가 행동을 하고 그녀가 그 행동의 대상이 되려면 뭐가 필요한지 대체로 알고 있기는 했지만, 아무리 미숙한 나라도 기계적인 면은 그 일에서 가장 작은 부분일 뿐이라고 확신하고 있었다는 말이다.

내가 확신한 것은 미시즈 그레이와의 두 번의 만남, 그 거울의 연쇄 저편에서의 만남과 이편, 나무 밑 스테이션왜건에서의 만남이 약속해준 것처럼 보이는 일이 완전히 새로운 종류의 경험이 될 거라는 점이었다. 나의 감정은 기대와 불안, 그리고 거기에 장차 나에게 제공될 것은 무엇이든 두 손으로, 혹은 어떤 다른 신체 말단 부위가 요구된다면 그 부위로도 받아들이겠다는 반짝거리는 결의가 섞여 도수가 높아진 아찔한 혼합물이었다. 이제 내 피에는 열망이 고동치고 있었는데, 나는 그것 때문에 놀랐고 또 동시에, 내 생각으로는, 약간 충격도 받았던 것 같다. 그럼에도 내내, 이런 열정, 이런 고통에도 불구하고 유리遊離되어 있다는, 완전히 결부되어 있지 않다는, 거기 있기도 하고 없기도 하다는 묘한 느낌을 떨칠 수가 없었다. 마치 아직도 모든 일이 거울 속 깊은 곳에서 벌어지고, 나는 여전히 바깥에 머물며 접촉 없이 들여다보고만 있는 듯했다. 자, 당신도 그 느낌을 알 것이다, 나에게만 있는 독특한 경험이 아니니까.

자작나무숲에서 경험한 그 짧은 접촉의 순간 뒤에 다시 일주일의 정적이 뒤따랐다. 처음에는 실망했다가 이어 분개했고, 이어 침울하게 낙심했다. 속았다고, 그 키스는 거울 속의 전시와 마찬가지로 미시즈 그레이에게는 아무런 의미도 없는 것이었다고 생각했다. 추방당한 사람이 된 느낌, 수모를 당한 채 홀로 남겨진 느낌이었다. 나는 빌리를 피해 혼자 학교까지 걸어갔다. 그는 나의 차가움, 나의 새로운 경계심을 눈치채지 못하는 듯했다. 나는 혹시라도 그가 자기 어머니와 나 사이에 일어난 일을 조금이라도 알고 있지 않나 싶어 어떤 표시를 찾아내려고 은밀히 그를 살폈다. 더 어두운 순간에는 미시즈 그레이가 교묘하게 못된 장난을 치며 나를 놀리고 있다고 확신하여, 그렇게 쉽게 봉이 된 것이 부끄러워 얼굴을 붉혔다. 그녀가 차를 마시다 우리 사이에 벌어진 일을 즐겁게 떠들고—"그러더니 그 녀석이 그런 거야, 나한테 키스를 한 거야!"—그들 넷이, 심지어 침울한 미스터 그레이까지 소리를 지르며 너무 재미있어 서로 몸을 밀쳐대는 무시무시한 환상이 보였다. 나의 괴로움이 얼마나 심했던지 어머니마저 만성적인 무기력에서 깨어났다. 그러나 그녀의 웅얼거리는 질문과 미지근한 관심은 화만 돈을 뿐이었다. 나는 답은 하지 않고 쿵쾅거리며 집에서 걸어나와 문을 쾅 닫곤 했다.

마침내 괴로운 두번째 주가 끝날 무렵 미시즈 그레이를 거리에서 우연히 봤을 때 느낀 첫 충동은 전혀 알은체하지 않고 매서운 오만을 드러내며 말이나 어떤 신호도 없이 그녀를 지나쳐 쭉 걸어가버리자는 것이었다. 겨울 같은 질풍이 불고 침이 튀듯 진눈깨비가 내리는 봄날이었고 피셔스 워크, 그러니까 기차역의 높은 화강암 담 아래 회칠한 작은 집들이 늘어선 그 골목에 들어선 사람은 우리 둘뿐이었다. 그녀는 고개를 숙인 채 바람과 맞서 싸우고 있었고, 박쥐 날개 모양의 우산이 뒤집혔다. 내가 그녀의 바로 앞을 막아서지 않았다면 그녀는 무릎 위쪽의 내 몸통은 보지도 않고 그냥 지나쳤을 것이다. 그렇게 대담하게 나설 용기를, 뻔뻔스러움을 내가 어디에서 찾았을까? 잠시 그녀는 나를 알아보지 못했다, 나는 그것을 알 수 있었다. 그리고 알아보았을 때는 허둥거리는 것 같았다. 벌써 잊어버릴 수가 있는 것일까, 아니면 잊은 척하기로 한 것일까, 거울 속의 전시를, 스테이션왜건 속의 포옹을? 그녀는 모자를 쓰지 않아 머리에 반짝이는 녹은 얼음 알갱이들이 흩뿌려져 있었다. "오." 그녀는 멈칫멈칫 미소를 지으며 말했다. "어머나, 너 완전히 얼었네." 아마 나는 분명히 몸을 떨고 있었을 것이다, 추위 때문이라기보다는 이렇게 우연히 그녀와 마주친 것으로 인한 비참한 흥분 때문에. 그녀는 덧신 장화를 신었고 연짓빛 투명 비닐 코트의 단추를 목까지 채우고 있었다. 이제 그런 코트는 아무도 입지 않고 또 덧신 장화도 신지 않는다. 왜 그런지 궁금하다. 그녀의 얼굴은 추위로 얼룩덜룩했고 턱은 까진 것처럼 반들거렸고 눈에는 눈물이 고여 있었다. 우리는 바람에 흔들리며 각자 다른 방식으로 무력하게 거기 서 있었다. 멀리 강 옆의 베이컨 공장에서 악취 섞인 돌풍이 불어왔다. 옆에서는 젖은 돌벽이 번들거리며 축축한 회반죽냄새를 풍겼다. 만일 나의 욕구와 황폐한 애원의 표정을 보지 않았다면 그녀는 옆걸음으로 나를 피해 계속 걸어갔을 거라는 생각이 든다. 그녀는 나를 한참 물끄러미 바라보며 추측하고 가능성을 재보고 또 물론 위험까지 계산한 뒤 마침내 결심했다.

"따라와." 그녀는 말하고 나서 몸을 돌렸고 우리는 그녀가 왔던 방향으로 함께 걸어갔다.

부활절 휴일 주간이었고 그날 오후 미스터 그레이는 빌리와 그의 여동생을 데리고 서커스에 가 있었다. 나는 발에 밟힌 풀냄새가 무릎 사이에서 올라오고 천막이 주위에서 천둥소리를 내며 퍼덕거리고 악단이 빵빵거리고 뿡뿡거리는 가운데 추위에 떨며 나무 벤치에 웅크리고 앉아 있을 그들을 생각하며 내가 빌리와 그의 여동생만이 아니라 그들의 아버지보다도 우월하고 더 어른이라는 느낌이 들었다. 나는 그들의 집에서, 그들의 부엌에서 그 큰 사각형 나무 테이블에 앉아 미시즈 그레이가 나를 위해 만들어준 우유 섞은 차를 마시고 있었다. 주의깊게 살피고 경계한 것은 사실이지만, 보호받는 느낌이었고 따뜻했으며 총사냥개*처럼 기대감에 몸을 떨고 있었다. 곡예사 따위가, 따분한 어릿광대 극단 따위가, 심지어 스팽글을 달고 안장 없이 말을 타는 기수 따위가 나에게 뭐란 말인가? 그곳에 그렇게 앉아 있을 수 있었으니, 대형

---

* 사냥감을 찾거나 물어 오도록 훈련을 받은 개.

천막이 바람에 쓰러져 공연자와 관객 모두 질식했다는 이야기를 들어도 행복했을 것이다. 한쪽 구석에서 무쇠 장작 난로가 그을음 묻은 유리 뒤에서 불꽃을 튀기며 쉭쉭 소리를 냈고 키가 큰 검은 연통은 열기로 떨리고 있었다. 내 뒤에서 커다란 냉장고 모터가 몸을 들썩이며 큰 소리와 함께 스스로 꺼지자, 의식하지 못하던 웅웅거리는 소리가 있던 자리에 갑자기 공허한 고요가 자리를 잡았다. 레인코트와 고무 덧신을 벗으러 갔던 미시즈 그레이가 두 손을 비비며 돌아왔다. 얼룩덜룩했던 얼굴은 이제 분홍빛으로 빛났지만 머리카락은 여전히 젖어서 거무스름하고 삐죽삐죽 뻗친 상태였다. "너 내가 콧물 나왔다는 얘기 안 해줬더라." 그녀가 말했다.

그녀에게는 희미한 절망의 분위기가 있었고 동시에 서글프면서도 즐거운 듯했다. 이것은 결국 그녀에게 지도가 없는 미지의 땅이었다, 물론 나는 말할 것도 없었고. 내가 아이가 아니라 어른이었다면 아마 그녀는 상황을 진전시킬 방법을 알았을 것이다. 농담, 교활한 미소, 반대의 의미를 담은 머뭇거리는 태도—그 흔한 모든 것. 하지만 자신의 부엌 식탁에 두꺼비처럼 웅크리고 앉아 비에 젖은 바지의 두 다리에서 옅은 김을 피워올리고 있는 나를 어째야 할까? 눈은 단호하게 아래로 내리깔고 두 팔꿈치는 나무 식탁에 박은 채 두 손으로 컵을 꽉 움켜쥐고 수줍음과 은밀한 욕정으로 멍한 상태에 빠진 나를?

결국 그녀는 당시에는 내가 경험이 없어 진가를 제대로 알아보지 못한 편안함과 활달함으로 상황에 대처했다. 부엌 옆의 비좁은 방에는, 위에 뚜껑이 달려 있고 세탁조 중앙에 커다란 금속 방망이가 불쑥 튀어나온 세탁기, 돌로 만든 싱크대, 사마귀처럼 긴장한 채 껑충하게 서 있는 다리미판, 그렇게 낮게 바닥으로 내려앉지만 않았다면 수술대도 겸할 수 있었을 금속 프레임의 야영 침대가 있었다. 그런데 생각해보니 그게 침대였던가? 바닥에 던져놓은 말털 매트리스였을지도 모르겠다. 만화에 나오는 죄수복 줄무늬와 내 맨무릎을 간지럽히던 거친 커버가 기억나는 듯하기 때문이다. 아니면 그것을 나중에 코터의 집 바닥에 깔려 있던 매트리스와 혼동하고 있는 걸까? 어쨌든 이 눕는 자리에 우리는 함께 누웠다. 처음에는 모로 누워 마주보았고 여전히 옷을 입은 채였다. 그녀는 온몸으로 나를 누르며 입에 키스했다, 세게, 또 어떤 이유에서인지 짜증을 내며. 어쨌든 내게는 그렇게 느껴졌다. 나는 그녀의 관자놀이를 지나 위로 아주 높은 천장 쪽을 빠르게 곁눈질하다가, 깊은 수조 바닥에 가라앉은 물건들 사이에 누워 있다는 무시무시한 느낌에 사로잡혔다.

침대 위쪽으로 벽의 반쯤 올라간 곳에 흐릿한 유리를 끼운 창이 하나 있었고 그곳으로 들어오는 비에 젖은 빛은 부드러운 잿빛에 흔들림이 없었으며, 그것과 세탁물냄새와 미시즈 그레이가 얼굴에 사용한 어떤 비누나 크림 냄새가 모두 나의 유아기라는 머나먼 과거로부터 부유하며 올라오는 것 같았다. 실제로 나는 대책 없이 몸집만 커져버린 아기, 이 나이 지긋한 부인 같은 따뜻한 여자 위에서 꿈틀거리며 가냘프게 우는 아기가 된 느낌이었다. 우리는 진전을 이루었기 때문이다, 오, 그래, 급속한 진전을 이루었다. 아마 그녀는 옷을 입은 채로 한동안 거기 정숙하게 누워 서로의 입술과 이와 골반뼈를 바싹 비벼대는 정도 이상의 일을 할 의도가 없었을 것이지만, 실제로 그랬다면 그녀는 열다섯 살짜리 소년의 외곬으로 뻗는 격한 마음을 헤아리지 못한 것이었다. 나는 온몸을 비틀고 발길질을 하여 바지와 팬티에서 벗어났고, 그러자 벌거벗은 내 피부에 닿는 공기가 너무 서늘하고 새틴 같아서, 나 자신이 멍청한 미소를 지으며 사방으로 터져나가는 것이 느껴지는 듯했다. 양말은 아직 신고 있었던가? 미시즈 그레이는 나의 안달을 누르려고 내 가슴에 한 손을 얹고는 일어서서 원피스를 벗고 슬립을 들어올려 속옷에서 미끄러져 나오더니, 슬립은 그대로 입은 채 도로 누워 내가 다시 자기 몸 둘레에 촉수를 붙이게 해주었다. 그녀는 이제 내 귀에 대고 안 돼를 되풀이해 말하고 있었다, 안 돼 안 돼 안 돼 안 돼애애! 하지만 내 귀에는 내가 하는 일을 멈춰달라는 탄원이라기보다는 낮은 웃음소리처럼 들렸다.

내가 하는 일은 아주 쉽다는 것이 드러났다, 헤엄치는 방법을 아무런 노력 없이 배우는 것처럼. 물론 그 바닥 없이 깊은 곳 위에서 겁을 먹기도 했지만 두려움보다 훨씬 강했던 것은 마침내, 그것도 이렇게 어린 나이에 아주 성공적으로 삶의 전환점에 이르렀다는 성취감이었다. 끝마치고 나서―그래, 안타깝게도 아주 빨리 끝났다―미시즈 그레이에게서 굴러 나와 벽과 나 사이에 쐐기처럼 박힌 그녀를 옆에 두고 한쪽 다리를 구부린 채 좁은 매트리스의 맨 가장자리에 불안정하게 눕자마자, 힘겹게 숨을 헐떡이면서도 마음은 자부심으로 잔뜩 부풀어오르기 시작했다. 달려가서 누군가에게 말하고 싶은 충동을 느꼈다― 하지만 누구에게 말할 수 있을까? 내 절친한 친구는 아니다, 그것은 분명했다. 나의 비밀을 바싹 끌어안고 아무하고도 나누지 않는 것으로 만족할 수밖에 없을 터였다. 나는 어렸지만 이 침묵에 권력, 미시즈 그레이만이 아니라 나 자신에게도 행사할 수 있는 권력의 한 형태가 자리잡고 있다는 것을 알 만큼은 철이 있었다.

내가 거기서 두려움에 사로잡힌 채 미친듯이 헤엄치고 있었다면, 그녀도 틀림없이 뭔가를 느꼈을 텐데 그것은? 만약 정말로 서커스에 어떤 재앙이 터져 쇼를 중단해야 했고 그래서 공중그네를 타던 청년이 손을 놓쳐 분가루를 뿌린 듯한 어둠을 뚫고 링 정중앙으로 곤두박질치면서 목이 부러지고 톱밥 구름이 뿌옇게 일었다는 이야기를 해주려고 키티가 달려 들어오다가 자기 엄마가 반쯤 벗은 채 오빠의 웃기는 친구와 이해 불가능한 곡예를 벌이고 있는 걸 보았다면? 나는 지금 미시즈 그레이가 무릅썼던 위험 앞에서 놀라고 있다. 그녀는 무슨 생각을 하고 있었던 것일까, 어떻게 그렇게 대담할 수 있었을까? 나의 성취에 대한 자부심에도 불구하고 나는 그녀가 그렇게 많은 것이 위태로워질 수 있는 상황을 기꺼이, 아니 그 이상으로 감수한 것이 오직 나만을 위해서임을 알지 못했다. 차라리 나 자신이 그렇게 소중하게 여겨진다는 상상은 하지 못했다고, 나 자신이 그렇게 사랑받는다는 생각은 하지 못했다고 말하는 게 낫겠다. 이것은 자신감이 부족하거나 나 자신의 의미에 대한 감각이 결여되어 있었기 때문이 아니다. 아니, 정반대였다. 내가 나 자신에게서 느끼는 것에 푹 파묻혀 있는 바람에 그녀가 나에게서 느낄 수도 있는 것을 가늠할 잣대가 없었다. 그런 식으로 출발을 했고, 그런 식으로 끝까지 갔다. 늘 그런 식이다, 사람이 다른 사람을 통해 자신을 발견할 때는.

그녀에게서 가장 지독하게 욕망하던 것을 가졌으니 이제 나는 그녀로부터 떨어져나오는 까다로운 과제와 직면하게 되었다. 그렇다고 감사하지 않았다거나 그녀를 좋아하는 마음이 없었다는 뜻은 아니다. 오히려 나는 부드러워진 마음, 또 믿을 수 없을 만큼 감사하는 마음 속에서 정신을 못 차리고 멍하니 표류하고 있었다. 내 어머니 나이지만 그것 말고는 어머니와 그렇게 다를 수가 없는 어른 여자, 자식이 있는 결혼한 여자, 내 절친의 엄마가 원피스를 벗고 가터의 고리를 풀고 속옷—희고 넓고 기능적인—에서 걸어나와 스타킹 하나는 여전히 올라와 있고 다른 하나는 무릎까지 내려온 상태에서 두 팔을 펼치고 내 밑에 누워 나 자신을 그녀 안에 쏟아내게 해주었고, 지금도 다시 모로 누워 파닥거리는 한숨을 만족스럽게 내쉬며 몸 앞쪽을 내 등에 대고 있었다. 슬립은 그녀 허리께에 뭉쳐 있었고 내 엉덩이에 닿는 그녀 무릎 근처 솜털이 까끌까끌하면서도 따뜻했다. 그녀는 손가락 끝의 도톰한 곳으로 내 왼쪽 관자놀이를 문지르며 귀에 대고 부드럽고 음란한 자장가 같은 것을 읊조리고 있었다. 그런데 어떻게 나 자신이 이 타운에서, 이 나라에서—이 세상에서!—가장 사랑받는 아들이자 푸짐한 축복을 받은 아이라고 생각하지 않을 수가 있었겠는가?

아직도 입에서 그녀의 맛이 났다. 손으로 그녀 몸의 옆면과 팔 위쪽 바깥면을 따라갈 때 받았던 어떤 서늘하고 거친 느낌에 두 손이 여전히 간질거렸다. 그녀의 거친 헐떡임이 여전히 들렸고, 그녀가 몸을 활처럼 휘며 격렬하게 나에게 달라붙는데도 왠지 내 품에서 계속 빠져나가는 듯하던 느낌이 여전히 남아 있었다. 그러나 그녀는 내가 아니었고, 완전히 다른 존재였다. 나는 비록 어렸고 이 모든 것이 생소했지만 즉시, 무자비할 만큼 명료하게, 이제 나에게는 그녀를 세상 속으로, 나 자신이 아닌 헤아릴 수 없이 많은 다른 것들 사이로 다시 밀어넣어야 한다는 까다로운 과제가 있다는 것을 즉시 깨달았다. 사실 나는 이미 그녀를 떠났고, 이미 그녀 때문에 슬프고 외로웠다, 아직 그녀의 두 팔에 꼭 안겨 목덜미에 그녀의 따뜻한 숨이 닿고 있었음에도. 나는 전에 개 한 쌍이 짝짓기 뒤에 함께 얽혀 끝과 끝이 붙은 채 서로 외면하고 서 있는 것을 본 적이 있었다. 사냥개는 지루하고 우울한 태도로 두리번거리고 암캐는 의기소침하여 고개를 늘어뜨리고 있었는데, 하느님 용서해주시기를, 이제 그 장면이 머릿속에 떠오르는 것을 막을 수가 없었다. 그 낮은 침대 가장자리에서 용수철처럼 튀어나갈 듯한 자세로, 다른 곳에 가 있기를 갈망하면서, 어른 여자 크기 여자의 품속에서 풍성하고 놀랍고 있을 법하지 않은 십오 분간의 행복한 고역을 이미 기억으로 떠올리면서. 그렇게 어린데, 앨릭스, 그렇게 어린데, 그런데도 이미 그렇게 잔인하다니!

마침내 우리는 더듬더듬 일어나 우리 자신을 옷 속에 집어넣고 잠가버렸다. 이제 동산에서 사과를 먹은 아담과 이브처럼 수줍음을 타고 있었다. 아니, 수줍음을 타는 쪽은 나였다. 나는 내가 그토록 뛰어들고 찔러댔으니 그녀의 내부에 틀림없이 상처를 입혔을 거라고 생각했으나 그녀는 아주 침착했으며 심지어 뭔가에 몰두해 있는 것 같았다. 아마도 가족이 서커스에서 돌아오면 어떤 차를 끓일까 생각하거나, 또는 주위에서 눈에 띄는 것들이 계기가 되어 다음 세탁하는 날 나의 어머니가 내 속옷의 숨길 수 없는 얼룩을 눈치채지는 않을까 생각하는 것 같았다. 냉소주의자는 말한다, 처음에는 사랑, 나중에는 계산.

나 또한 다른 데 정신이 팔려 있었는데, 예를 들어 왜 세탁실에 침대, 또는 심지어 휑뎅그렁한 매트리스가, 거기 있는 게 매트리스였다면, 놓여 있는지 알고 싶었지만 물어보는 건 무례한 일일 듯해 망설였고—결국 끝까지 알아내지 못했다—아마 거기에 그녀와 함께 누운 사람이 내가 처음이 아닐 거라는 의심이 마음을 스치고 지나갔을 것이다. 의심이 생긴 것은 맞지만, 물론 그런 의심은 근거 없는 것이었다. 확신컨대, 그녀와 나 사이에 방금 일어난 일에도 불구하고, 또 앞으로 일어날 모든 일에도 불구하고 그녀는 절대 문란하지 않았기 때문이다. 또 나는 사타구니 부근이 불쾌하게 끈적거렸고 배가 고프기도 했다. 어린 녀석이 그렇게 힘을 쓰고 난 뒤에 어찌 그렇지 않겠는가. 비는 한참 전에 그쳤지만 이제 다시 소나기가 침대 위쪽 창을 두들기기 시작했고, 바람에 휩쓸린 유령 같은 물방울들이 잿빛으로 안개가 낀 유리에서 떨리다 미끄러지는 것을 볼 수 있었다. 나는 밖에서 검게 번들거리는 벚나무의 젖은 가지와 거기에서 떨어지는 후줄근한 꽃들을 생각하며 슬픔 같은 것을 느꼈다. 사랑에 빠지면 이렇게 될 수밖에 없는 건가, 나는 자문했다. 마음속에 이렇게 갑자기 질풍이 몰아닥칠 수밖에?

미시즈 그레이는 가터를 채우고 있어 치마 끝단이 높이 들려 있었다. 나는 그녀 앞에 무릎을 꿇고 두 다리 꼭대기의 맨살이 드러난 희디흰 곳들, 스타킹이 꽉 조이는 곳 위의 약간 통통하고 동그스름하게 부풀어오른 곳들 사이에 얼굴을 묻는 내 모습을 그려보았다. 그녀는 내가 보는 것을 보고 너그럽게 웃음을 지었다. "넌 참 좋은 아이야." 그녀는 몸을 곧게 세우고 옷의 선을 정리하기 위해 어깨에서 무릎까지 한 번 흔들어주었다. 나의 어머니에게서 종종 보던 행동, 그것을 깨닫는 순간 나는 속이 켕기는 당혹감을 느꼈다. 이윽고 그녀는 손을 뻗어 내 얼굴을 만지고 손바닥으로 뺨을 감쌌다. 그녀의 웃음이 어두워지더니 거의 찌푸린 얼굴로 바뀌었다. "너를 어떻게 해야 한다니?" 그녀가 중얼거리다 무력하게 작은 웃음을 터뜨렸다. 마치 모든 것이 행복하고 놀랍다는 듯. "―아직 면도도 하지 않는 아이인데!"

나는 그녀가 아주 나이가 많다고 생각했다―사실 나의 어머니와 같은 나이였으니. 이에 대한 내 감정을 어떻게 정리해야 하는지 알 수가 없었다. 그런 성숙한 여자, 품위 있는 부인이자 어머니가 내가 탐이 나, 비록 지저분하고 머리도 제대로 못 깎고 향기로운 냄새가 나는 것과는 거리가 멀지만 그럼에도 내가 참을 수 없이 탐이 나, 남편과 아이들이 아무것도 모르는 채 어릿광대 코코의 익살스러운 행동에 허리가 끊어져라 웃어대고 자그마한 록샌과 턱이 파르스름한 그녀의 형제들이 높은 와이어에 발 전체를 딱 붙인 채 신나게 뛰어다니는 모습을 불안해하면서도 감탄하는 표정으로 올려다보는 동안 나를 데리고 침대에 갈 수밖에 없었다며 우쭐해야 할까? 아니면 나는 그저 권태에 사로잡힌 주부가 평범하고 따분한 오후 중반에 가지고 놀다가 인정사정없이 쫓아버리는 일시적인 기분 전환, 한순간의 장난감에 불과했을까? 이제 그녀는 자신의 진짜 모습으로 사는 일로 되돌아가 나를, 그리고 그녀가 나의 품안에서 몸부림치며 환희에 젖어 소리를 질러대는 순간 다른 존재로 변한 듯했던 우리 둘의 모습을 완전히 잊어버리는 걸까?

그런데 서커스라는 주제, 싸구려 장식품과 반짝이가 있는 그 주제가 여기에서 이야기의 진행에 얼마나 집요하게 침입하고 있는지 알아차리지 않을 수가 없다. 그게 미시즈 그레이와 내가 막 무대에 올렸던 그 정신없이 현란하게 움직여대는 장면에 어울리는 배경이라는 생각은 든다, 비록 우리의 관객은 세탁기와 다리미판과 타이드* 상자뿐이었지만. 물론 여신과 그녀의 별 같은 요정들 모두가 눈에 드러나지 않은 채 그 자리에 있었다면 몰라도.

나는 조심스럽게 그 집을 나섰고, 전에 빌리 아버지의 위스키를 마셨을 때보다도 더 취해 무릎이 노인처럼 후들거리고 얼굴은 아직도 화끈거렸다. 내가 밖으로 나서며 맞이한 4월의 날은 물론 바뀌어 있어 모든 것이 발그레하고 떨리고, 욕구가 넘치도록 충족된 사람 특유의 내굼뜬 모습과는 대조적으로 스치듯 가벼웠다. 이날을 통과해 움직이면서 나는 걷는다기보다는 뒹굴뒹굴 굴러가는 느낌이었다, 바람이 빠진 커다란 풍선처럼. 집에 갔을 때는 어머니를 피했다. 조금 전에, 비록 일시적이라 해도, 충족된 욕망의 불그레한 자국들이 나의 달아오른 이목구비에서 분명하게 드러나 보일 것이라고 확신했기 때문이다. 나는 곧장 내 방으로 가서 침대에 몸을 던지고, 정말로 몸을 던지고, 팔뚝으로 감은 눈을 가린 채 누워서 아직 한 시간도 지나지 않은 과거에 다른 침대에서 일어난 모든 일, 무구한 가정용 설비들로 이루어진 관객이 두려움과 놀라움에 사로잡혀 입을 떡 벌리고 구경한 모든 일을 나의 내부 스크린에 프레임 단위로, 미친듯이 느린 슬로모션으로 재생했다. 아래쪽 푹 젖은 정원에서는 찌르레기 한 마리가 노래의 폭포로 목을 씻어내기 시작했고 그 소리에 귀를 기울이고 있자니 눈에 뜨거운 눈물이 고였다. "오 미시즈 그레이!" 나는 작은 소리로 외쳤다. "오 내 사랑!" 그러면서 달콤한 슬픔에 두 팔로 내 몸을 감싸안았고 그러는 동안에도 포피의 따끔거리며 찔러대는 느낌에 괴로워했다.

우리가 그날 한 일을 그녀와 내가 다시 하게 될 거라는 생각은 내게

---

\* 세제 상표명.

없었다. 그런 일이 한 번 일어났다는 것도 믿기 힘들었고, 그것이 반복되리라는 건 생각도 할 수 없는 일이었다. 따라서 모든 세부를 가져와 확인하고 분류한 다음, 안에 납을 바른 기억의 캐비닛에 보관하는 작업이 필수적이었다. 그러나 이 대목에서 나는 좌절을 경험했다. 쾌락은 통증만큼이나 되새기기가 어렵다, 라는 것이 드러났다. 이런 실패는 상상력이 가진 재연의 힘으로부터 보호를 받으려면 치러야 하는 대가의 일부가 틀림없었다. 만일 그 일을 떠올릴 때마다 미시즈 그레이 위에서 위아래로 몸을 튀기며 느꼈던 모든 것을 똑같은 힘으로 다시 느끼는 게 허락되었다면 나는 죽었을 거라고 생각한다. 이와 비슷하게 미시즈 그레이 자체도 만족스러울 만큼 분명하고 일관된 이미지로 불러낼 수 없었다. 그녀를 기억할 수는 있었다, 물론 그럴 수 있었다. 그러나 오직 일련의 분리되고 분산된 부분들로만 기억할 수 있었다. 마치 고문 도구, 못과 망치, 창과 스펀지가 클로즈업으로, 애정어린 마음으로 전시해둔 것처럼 놓여 있고, 한쪽 옆에 누군지 알아보지도 못할 만큼 흐릿한 그리스도가 십자가에서 죽어가고 있는 옛날 십자가 처형 그림 가운데 하나처럼—하느님 용서를, 이렇게 외설에 신성모독까지 섞고 있으니. 나는 거북하게도 빌리의 눈을 연상시키는 그녀의 촉촉한 호박색 눈이 나방의 날개처럼 고동치는 반쯤 감긴 눈꺼풀 밑에 그득한 모습을 볼 수 있었다. 이마로부터 뒤로 넘어가, 이미 흰머리가 한두 가닥 보이기 시작하는 머리카락의 축축한 뿌리를 볼 수 있었다. 내 손바닥에 늘어져 있는 통통하고 광택이 나는 젖가슴의 불거진 측면을 볼 수 있었다. 그녀가 무아지경에서 지르는 외침을 들을 수 있었고 약간 달걀맛이 나는 숨냄새를 맡을 수 있었다. 그러나 그 여자 자체, 전체적인 그녀, 그것은 다시 내 마음에서 가질 수 없었다. 그리고 나도, 심지어 거기에 그녀와 함께 있는 나도 나 자신의 기억 너머에 있었고, 움켜쥐는 두 팔과 경련을 일으키는 다리와 미친듯이 펌프질을 하는 엉덩이에 지나지 않았다. 모든 게 완전히 퍼즐이었고 나는 곤혹스러웠다. 아직 어떤 일을 하는 것과 이루어진 일을 회상하는 것 사이에 입을 벌리고 있는 틈새에 익숙하지 않았기 때문인데, 내 마음속에 그녀의 조각조각을 빼놓지 않고 고정하여 그녀를 단 하나의 덩어리로 이루어진 완전체로 만들고, 그와 더불어 나도 그렇게 만들기까지는 연습과 그 결과로 나오는 익숙함이 필요하게 된다. 하지만 완전체니 하나의 덩어리니 하는 게 무슨 뜻인가? 내가 복원해내는 그녀 자체가 나 자신이 만드는 허구 외에 무엇이었을까? 이것이 더 큰 퍼즐, 더 곤혹스러운 일이었다. 이 소외의 수수께끼가.

내가 그날 어머니를 마주하고 싶지 않았던 것은 단지 나의 죄가 틀림없이 나의 온몸에 분명하게 적혀 있을 거라고 생각했기 때문만은 아니었다. 사실 나는 어떤 여자든, 심지어 엄마도, 두 번 다시 똑같이 보지 못하게 되었다. 전에는 여자애와 어머니들만 있었던 곳에 이제 둘 다 아닌 뭔가가 있었고, 나는 그것을 어떻게 파악해야 할지 알 수가 없었다.


그날 집을 나서는데 미시즈 그레이가 현관문 도어매트에서 나를 불러 세우더니 내 영혼의 상태에 관해 질문을 던졌다. 그녀 자신은 모호한 방식으로 독실했으며 내가 우리 주님과, 특히 그의 성모와 좋은 관계임을 확인받고 싶어했다. 그녀는 성모를 특별히 숭배했기 때문이다. 그녀는 내가 지체 없이 고해성사에 가야 한다고 안달했다. 그 문제를 좀 생각해본 것이 분명했고―세탁실의 그 즉석 침대에서 서로 몸을 붙들고 있는 동안에 그 생각을 곰곰이 하고 있었을까?―이제 그녀는 내가 방금 저지른 죄를 당연히 서둘러 고백해야 하지만 내가 누구와 그 죄를 저질렀는지 드러낼 필요는 없을 거라고 말했다. 물론 그녀 또한 나를 드러내지 않고 고백할 거다. 그녀는 그런 말을 하면서 기운차게 내 옷깃을 바로잡아주고 뻗친 머리카락을 손가락으로 최선을 다해 정리해주고 있었다―마치 빌리를 학교에 보내기 전에 손봐주는 것처럼! 그러더니 두 손을 내 어깨에 얹고 팔 하나 거리를 두고 나를 붙든 채 비판적인 눈으로 세심하게 아래위를 훑었다. 그녀는 미소를 짓고, 이마에 키스했다. "너는 잘생긴 사내가 될 거야." 그녀가 말했다. "그거 알고 있어?" 어떤 이유에서인지 이 칭찬이, 아이러니가 섞여 흘러나왔음에도, 곧바로 다시 내 피를 고동치게 했으며, 내가 더 노련하고 또 나머지 가족이 곧 돌아올 거라는 걱정이 덜했더라면, 그녀를 뒤로 떠밀며 층계를 내려가 세탁실로 가서 그녀와 나의 옷을 벗기고 벗은 다음 그녀를 그 밀짚 침대 또는 매트리스에 밀어 눕히고 처음부터 다시 시작했을 것이다. 그녀는 갑자기 험악해지는 내 표정을 자기 말을 못 믿어 성이 나 인상을 찌푸리는 것이라고 잘못 알고 진심으로 한 말이라고, 내가 잘생겼다고, 따라서 내가 기분이 좋아야 마땅하다고 말했다. 나는 아무런 답을 생각할 수가 없어, 소란스러운 감정들에 싸인 채 그녀에게서 등을 돌리고 잔뜩 부어오른 그대로 비틀비틀 바깥의 빗속으로 나섰다.

나는 실제로 고해성사를 하러 갔다. 토요일 저녁을 맞은 교회 특유의 어둑어둑한 공간에서 얼굴을 화끈거리며 고민한 끝에 내가 선택한 사제는 전에도 고해하러 간 적이 있는, 그것도 여러 번 간 적이 있는 사제로, 어깨가 구부정하여 애절한 분위기를 풍기는 몸집이 큰 천식 환자였으며 이름이 행복한 우연으로, 아니 어쩌면 그에게는 그렇게 행복하지는 않은 우연으로 프리스트*였다. 따라서 그는 프리스트 신부였다. 전에 여러 번 만났기 때문에 나를 알지도 모른다고 걱정했으나 내가 지고 있는 짐이 너무 컸기 때문에 익숙한 귀가, 동시에 나에게 익숙해진 귀가 필요하다고 느꼈다. 늘 그는 창살 뒤의 작은 미닫이문을 열 때마다―지금도 그 문에서 나던, 매번 깜짝 놀라게 하던 갑작스러운 딱딱 소리가 귀에 들린다―우선 오랫동안 번민하고 주저하던 마음처럼 느껴지는 묵직한 한숨을 어깨를 들썩이며 토해냈다. 나는 이것에 마음이 놓였다, 내가 죄를 고해하기 싫은 만큼이나 그도 듣기 싫어한다는 이 표시. 나는 이미 정해져 있는 비행의 목록―거짓말, 욕설, 불순종―을 단조롭게 읊어나가다가 마침내 그 중요한, 치명적인 문제로 과감하게 넘어갔고 그러면서 내 목소리는 깃털 같은 소곤거림으로 가라앉았다. 고해실에서는 밀랍, 오래된 광택제, 빨지 않은 서지 천 냄새가 났다. 프리스트 신부는 내가 머뭇거리며 꺼내놓는 서두 몇 마디에 말없이 귀를 기울이다가 한번 더 한숨을 쉬었다. 이번에는 아주 애절하게 들렸다. "불순한 행동이라." 그가 말했다. "알겠다. 너 스스로하고냐 아니면 다른 사람하고냐, 나의 아이야?"

---

* Priest. 사제라는 뜻.

"다른 사람입니다, 신부님."

"여자아이, 였느냐, 아니면 남자아이?"

그 말에 나는 입을 잠시 다물었다. 남자아이와 하는 불순한 행동—
그건 뭐로 이루어지는 걸까? 그럼에도 그 덕분에 나는 교활하게 회피
하는 답으로 여겨지는 말을 할 수 있었다. "남자아이는 아니에요, 신부
님, 아닙니다." 내가 말했다.

이 대목에서 그가 꽤 멋지게 달려들었다. "—네 누이냐?"

내 누이라니, 설사 내게 누이가 있다 해도? 셔츠 깃이 숨을 막을 듯
이 죄어오기 시작했다. "아니요, 신부님, 누이는 아닙니다."

"그럼 다른 사람이구나. 알겠다. 네가 손댄 게 맨살이었느냐, 나의
아이야?"

"맞습니다, 신부님."

"다리?"

"네, 신부님."

"다리에서 위로?"

"아주 위로요, 신부님."

"아아." 아주 크지만 은밀한 자세 이동이 있었고—말 운반용 화물
차 안의 말이 생각났다—그는 창살 가까이 다가와 자세를 다잡았다.
우리 사이를 가로막고 있는 고해소의 나무판에도 불구하고 거의 서로
의 품안에 들어가 웅크리고 땀을 흘리며 속삭이는 목소리로 대화를 나
누는 느낌이었다. "계속해라, 나의 아이야." 그가 중얼거렸다.

나는 계속했다. 나로서는 당연히 그 일을 윤색하여 얼렁뚱땅 넘어
가려 했지만 결국 그는 무화과 잎들을 아주 섬세하게 살살 걷어낸 끝

에 내가 불순한 행동을 저지른 상대가 기혼녀라는 사실까지 뚫고 들어왔다.

"그 여자 안으로 들어간 거냐?" 그가 물었다.

"그랬습니다, 신부님." 나는 대답했고 내가 침을 삼키는 소리를 들었다.

정확하게 말하자면 들어가는 일을 가능하게 한 것은 그녀였다. 내가 너무 흥분하고 서툴렀기 때문이다. 하지만 그것은 그냥 넘어가도 좋은 가책 사항이라고 판단했다.

묵직한 숨소리만 들리는 긴 정적이 이어졌고 프리스트 신부는 헛기침으로 그 정적을 끝내더니 더 바싹 다가와 웅크렸다. "나의 아들아." 그가 따뜻하게 말했다. 그의 큰 머리가 사분의 삼 옆모습으로 침침한 사각형 그물망을 채웠다. "이건 심각한 죄다, 아주 심각한 죄야."

신부는 할말이 많았다. 혼인 침대의 성스러움, 우리 몸은 성령이 거하는 성전이라는 것, 우리가 저지르는 육신의 죄 하나하나가 우리 구주의 두 손에 다시 못을 박고 옆구리를 창으로 찌른다는 것에 관하여. 하지만 나는 거의 듣지 않았다. 그렇게 나는 면죄의 서늘한 연고를 철저하게 발랐다. 내가 다시는 잘못을 저지르지 않겠다고 약속하자 사제는 나를 축복했고 나는 일어서서 중앙 제단 앞에 무릎을 꿇고 머리를 숙인 다음 두 손을 맞잡고 회개 기도를 했다. 내 안은 경건과 달콤한 안도로 빛났지만—어리다는 것, 그리고 막 죄 사함을 받았다는 것은 얼마나 좋은 일인지!—곧, 두렵게도, 아주 작은 주홍색 악마가 다가와 내 왼쪽 어깨에 앉더니 귀에 대고 속삭이며 그날 그 낮은 침대에서 미시즈 그레이와 내가 함께 했던 일을 야하게, 또 해부학적으로 정확하게 다시 검토하기 시작했다. 성소 램프의 빨간 눈이 나를 노려보고 있었고, 사방 벽감 속의 석고 성자들은 매우 충격을 받고 고통스러운 얼굴이었다! 만일 그 순간 내가 죽는다면 그런 부도덕한 행위를 저지른 죄뿐만 아니라 이런 신성한 환경에서 그 행위가 그렇게 부도덕하게 떠오르는 것을 반갑게 맞이한 죄로 곧장 지옥에 떨어질 것임을 알고 있어야 마땅했지만, 작은 악마의 목소리는 너무 은근하고 그가 말해주는 것은 너무 달콤하여—어떻게 된 일인지 그의 이야기는 내가 그때까지 할 수 있었던 어떤 리허설보다 자세하고 매혹적이었다—그의 말에 귀를 기울이지 않을 수가 없었으며, 결국 나는 기도를 끊고 서둘러 그곳을 떠나 짙어지는 여명 속에 슬며시 자취를 감출 수밖에 없었다.

다음 월요일에 학교에서 돌아왔을 때 어머니는 현관에서 매우 격앙된 모습으로 나를 맞이했다. 냉랭한 얼굴과 분노로 떨리는 아랫입술을 보는 순간 나는 곤경에 처했음을 알았다. 프리스트 신부가 찾아왔다, 직접! 주중 오후 중반 어머니가 가계부 정리를 하고 있을 때 예고도 없이 그가 나타나 손에 모자를 든 채 앞쪽 문간에 구부정하게 서 있었고, 그 바람에 심지어 하숙인들조차 출입이 허용되지 않는 뒤쪽 응접실로 안내하여 차를 대접할 수밖에 없었다. 물론 나는 그에게 말한 것이 있기 때문에 그가 내 이야기를 하러 왔음을 알았다. 나는 겁이 나는 만큼이나 분개했고—그렇게 자랑하던 고해소의 비밀 보장은 어떻게 된 것인가?—유린당한 아픔 때문에 눈물이 솟았다. 어머니는 다그쳤다, 도대체 무슨 짓을 하고 다닌 거냐? 나는 고개를 저으며 결백하다는 뜻으로 두 손바닥을 보여주었고, 그러는 동안 내 마음속에서는 미시즈 그레이가 머리가 깎이고 신발이 벗겨진 발에서 피를 흘리며, 복수심에

차 가만두지 않겠다고 소리를 지르고 분을 못 이겨 곤봉을 휘두르는 어머니들 무리에게 타운 거리에서 내몰리는 모습이 보였다.

나는 부엌으로, 가족 내 모든 위기를 다루는 장소로 행진해 들어갔다. 그러나 곧 어머니는 내가 무슨 짓을 했는지에는 관심이 없고 오직 하숙인들이 없는 오후에 가계부를 정리하는 고요의 시간을 프리스트 신부가 침범하게 만든 원인을 제공했다는 사실에 분노할 뿐이라는 것이 분명해졌다. 어머니는 성직자를 좋아하지 않았고, 내 생각으로는 그들이 대변하는 하느님도 별로 좋아하지 않았다. 어느 편인가 하면, 자각은 못하지만 사실 이교도였으며, 그녀의 신앙은 만신전의 작은 인물들, 예를 들어 잃어버린 물건을 찾아주는 성 안토니오, 또는 상냥한 성 프란치스코를 향하고 있었다. 가장 좋아하는 성자는 시에나의 성 카테리나로, 그녀는 처녀였고 외교관이자 성흔聖痕을 자랑하는 사람이 었으나 그 상처는 어찌된 일인지 인간의 눈에는 보이지 않았다. "저기 탁자에 앉아 차를 후루룩거리며 기독교형제회* 이야기를 하는 그 사람을 쫓아버릴 수가 없었어." 어머니가 분개해서 말했다. 처음에 어머니는 당황했고 그가 온 이유를 알 수가 없었다. 신부는 기독교형제회의 신학교에서 제공하는 놀라운 시설, 잔디 운동장과 올림픽 경기장 수준의 수영장, 뼈를 튼튼하게 해주고 근육이 불거지게 해줄 양 많고 영양도 많은 식사 이야기를 했다. 물론 영리하고 지적 흡수력이 좋은 아이, 그녀의 아들은 틀림없이 그런 아이일 텐데, 그런 아이가 듣게 될 비길 데 없이 풍부한 가르침은 말할 것도 없었다. 마침내 그녀는 이해했고

---

* 아일랜드에서 창립된 가톨릭 교육 공동체로, 전 세계 여러 나라에서 학교를 운영한다.

또 격분했다.

"소명召命이라니, 기독교형제회에!" 그녀는 신랄한 경멸조로 말했
다. "―사제가 되라는 것도 아니고!"

그래서 나는 안전했고, 나의 죄는 드러나지 않았고, 나는 두 번 다시
프리스트 신부에게, 또는 다른 누구에게도 고해하러 가지 않았다. 그
날 나의 배교는 시작되었다.

재료, 마시 메리웨더는 그것을 그렇게 불렀는데—그녀가 말하는 방식 때문에 내 귀에는 그게 검시檢屍 뒤에 남은 걸 가리키는 말처럼 들렸다—어쨌든 그게 오늘 특급 배송으로 미국의 화창한 해안 지대로부터 도착했다. 그런데 그게 오면서 얼마나 법석을 떨었는지! 말발굽이 달가닥거리는 소리와 우편 마차 나팔의 팡파르가 들렸어도 이상하지 않았을 것이다. 행동거지가 발칸 전범을 방불케 하는 배달부는 머리를 박박 밀고 전신 광택 있는 까만색 옷차림에 종아리 반쯤까지 올라오는 끈 달린 특공대 군화 같은 것을 신고 있었는데, 초인종을 누르는 것으로는 부족했는지 곧장 주먹으로 문을 두드려대기 시작했다. 그는 완충재를 넣은 커다란 봉투를 리디아에게 건네주지 않으려 했다. 반드시 이름이 적힌 수신자가 직접 받아야만 한다는 것이었다. 리디아가 짜증

섞인 목소리로 불러서 귀찮게도 다락의 보금자리에서 아래까지 직접 내려갔건만, 그는 나에게 사진이 있는 신분증 제출을 요구했다. 아무리 좋게 봐도 필요 이상으로 애를 쓴다는 생각이 들었지만 그는 요지부동이었고―자신과 자신의 의무에 대한 관념이 말도 안 되는 망상에 기초하고 있는 것이 분명했다―결국 나는 여권을 가져왔으며 그는 콧구멍으로 숨을 거칠게 내쉬면서 그것을 족히 삼십 초는 살폈고 다음 삼십 초 동안은 의심하는 눈으로 내 얼굴을 훑었다. 그의 부당하게 호전적인 태도에 기가 죽어 그의 서류판 위 양식에 서명하는 내 손이 떨렸던 것 같다. 앞으로는 이런 종류의 일, 그러니까 특급 배송과 폭력배를 상대하는 일에 익숙해져야겠다는 생각이 든다, 영화 스타가 되려면.

손톱으로 봉투를 뜯어 열려고 했지만 뚫리지 않는 비닐 덮개로 물샐 틈없이 싸여 있어, 부엌으로 가져가 식탁에 놓고 빵칼을 무기삼아 달려들어야 했고, 리디아는 재미있다는 표정으로 구경했다. 마침내 봉투를 열자 종이 다발이 쏟아져나와 식탁을 덮으며 흩어졌다. 신문 스크랩과 잡지 에세이 발췌 인쇄본과 작은 활자로 인쇄된 긴 서평들이 있었는데 그 저자들은 내가 어딘가에서 들어본 적 있는, 눈에 확 띄면서도 대체로 어려운 이름을 가진 사람들이었다―들뢰즈, 보드리야르, 이리가레, 또 어떤 이유에서인지 내가 가장 좋아하는 인물이 된 폴 드 만. 그들 모두 악셀 판더의 작업과 의견을 검토했는데 대부분 격렬하게 문제삼는 논조였다.

그러니까 그는, 이 판더라는 인물은 문인이었고 비평가이자 교사였고, 또 신이 나서 논쟁을 일으키는 사람이었던 것이 분명하다. 주류 영화의 뻔한 제재라고는 할 수 없다. 나라면 그렇게 생각했을 것이다. 나는 아침 시간 동안 책상에 앉아 그의 논쟁 상대와 비방자들—친구는 거의 없었던 것 같다—이 그에 관해 무슨 말을 했는지 간신히 읽어나 갔으나 이해에 별 진전은 없었다. 판더의 분야는 신비하고 암호화된 전문 분야—해체라는 말이 자주 고개를 내민다—인데 내 딸 캐스라면 아주 잘 알았을 것이다. 낱장 문건들과 더불어 영화 대본이 아니라 『과거의 발명』이라는 두툼한 책이 나왔으며—그러니까 여기서 영화 제목을 따온 것이다—이 책은 칭찬할 만한 뻔뻔스러운 태도로 이것이 승인받지 않은 악셀 판더의 전기라고 스스로 내세우고 있다. 나는 그것은 나중에 보기로 하고 옆으로 밀어둔다. 심호흡을 크게 하고 나서야 우물 속 흙탕물에 뛰어들 수 있을 터인데, 그 우물에는 사실과 더불어 의심의 여지 없이 허구가 섞여 있을 것이다. 모든 전기는 의도하지 않았다 해도 불가피하게 거짓을 말할 수밖에 없기 때문이다. 그는, 이 판더라는 사람은 손에 잘 잡히지 않는 표본인 것 같다—그런데 이 이름은 꼭 철자 바꾸기 놀이의 재료처럼 보인다, 나에게는.* 또 희미하게 익숙하다. 혹시 캐스가 정말로 나에게 이 사람 이야기를 했던 게 아닐까.

저녁에 다시 메리웨더가 다시 전화를 했는데—전화를 하도 오랜 세월 사용하여 오르페우스의 수금처럼 그녀의 손에 전화기가 접붙이기 되었다고 상상해본다—재료가 도착했는지 확인하려는 것이었다. 그녀는 또한 나를 만날 사람을 하나 보내겠다고 한다. 그녀가 설명한 대로 말하자면 그녀의 스카우트 가운데 한 사람이다. 그의 이름은 빌리 스트라이커다. 희한한 이름이지만 그래도 덕분에 마시 메리웨더와 토비

---

* 악셀(Axel)은 철자 순서를 바꾸면 화자의 이름 앨릭스(Alex)가 된다.

태거트와 돈 데번포트로 이어지던 따분한 두운 맞추기 시리즈는 끝났다―그래, 돈 데번포트. 〈과거의 발명〉에서 내 상대역을 할 사람이 그녀라는 말을 했던가? 놀랐군. 그런 광채 나는 스타와 함께 작업을 한다는 생각에 솔직히 걱정이 앞선다. 그녀의 명성이 뿜어내는 환한 빛 속에서 나는 틀림없이 쪼글쪼글해질 것이다.


　마음을 흔들고 자극하는 이런 일들과 거리를 두기 위해 나는 이 글 여백에 끼적거리며 작은 계산을 하고 있었다. 다리미판의 가호 아래 벌어졌던 미시즈 그레이와의 그 첫 밀회는 그녀의 생일 일주일 전이었는데, 그녀의 생일은 4月 마지막날이었다, 아니 마지막날이다, 그녀가 지금도 살아 있다면. 그 말은 우리의 그, 뭐라고 불러야 하는지 몰라도―정사? 열병? 무모한 놀이?―어쨌든 그것이 다 해서 다섯 달 약간 모자라게 지속되었다는 뜻이다. 그러니까 백쉰네 낮과 밤 동안, 정확하게 말해서. 아니, 실은 백쉰세 밤뿐이었다. 마지막날 밤 그녀는 나에게서 영원히 사라졌으니까. 그렇다고 해서 우리가 함께 밤을 보낸 적이 있다는 뜻은 아니다. 단 하룻밤 또는 심지어 그 일부분이라도. 우리가 밤을 어디서 보냈겠는가, 보낼 수 있었겠는가? 그레이 가족이 일박을 하고 올 계획으로 모두 함께 어딘가로 떠났다가 미시즈 그레이만 몰래 돌아와 나를 집안으로 들여 위층 그녀 침실로 데려가서 새벽의 장밋빛 손가락이 창문의 블라인드 밑으로 기어들어와 우리를 깨울 때까지 나를 계속 열정적으로 바쁘게 한다는 백일몽을 꾼 적은 있다. 이것은 내가 사랑하는 사람과 떨어져 보내던 수많은 텅 빈 시간에 나를 위로하던 그런 공상이었다. 물론 이것이 환상인 것은 미시즈 그레이가 자기 가족으로부터 자유로워지려 할 때 겪게 될 만만치 않은 어려움은 둘째로 하더라도, 내가 침대에서 잔 흔적이 없다는 것을 발견하면 어머니가 뭐라고 할 것이냐 하는 문제가 있었기 때문이다. 미스터 그레이 문제, 그러니까 그가 의심을 품고 서둘러 집에 돌아와 아내와 그녀의 미성년 연인이 힘차게 혼인의 침대를 더럽히고 있는 현장을 보았을 때 어떻게 할지는 말할 것도 없고. 아니면 그들 모두가, 미스터 그레이와 빌리와 빌리의 여동생까지 다 함께 돌아와 우리가 그러고 있는 걸 발견한다면? 나는 그들이 층계참에서 발산되는 쐐기 모양의 눈부신 빛을 받으며 침실 문간에 서 있는 모습을 그려보았다, 미스터 그레이가 중앙에 빌리가 한쪽 옆에 키티가 다른 쪽 옆에, 셋 모두 서로 손을 꼭 쥐고 망연자실하여 입을 떡 벌린 채 죄지은 연인들을 물끄러미 바라본다, 수치의 스튜 속에서 끓고 있다가 깜짝 놀라 마지막이 될 음란한 포옹에서 서둘러 몸을 풀어내는 연인들을.

처음에는 그레이 가족의 낡은 스테이션왜건 뒷자리—코끼리 가죽 색깔이었다, 지금도 선명하게 보인다—또는 나의 욕망이 잠깐의 지연도 용납지 않는 그런 경우에는 심지어 앞자리까지도, 광란의 연인과 그녀의 짝인 청년에게는 충분히 널찍한 행복의 정자였다. 그곳이 편안했다고 말하지는 않겠지만 피가 끓을 때 사내아이에게 편안한 게 뭐겠는가? 우리가 다음에 만난 것은 4월의 그 마지막날이었다, 그녀가 말해주기 전에는 그녀의 생일이라는 것을 몰랐지만. 내가 조금 더 관찰력이 있고 어서 주요 업무로 들어가고 싶어 그렇게까지 안달을 하지 않았다면 지난번 우리가 처음 함께 누웠을 때의 활달함과 명랑함에 비해 그녀가 얼마나 조용하고, 얼마나 생각이 많고, 심지어 얼마나 부드러운 슬픔에 잠겨 있는지 눈치챘을 것이다. 이윽고 그녀는 오늘이 며칠이냐고 물었고 나이를 실감한다고 하면서 큰 한숨을 쉬었다. "서른다섯." 그녀가 말했다. "—생각해봐!"

스테이션왜건은 며칠 전 저녁 우리가 차를 세웠던 똑같은 숲길을 따라 올라가 멈춰 있었고, 그녀는 뒷자리에 너부러져 있었다. 머리와 두 어깨는 접은 피크닉 담요가 어색하게 받치고 있고 원피스는 겨드랑이까지 끌어올려졌으며 나는 그녀 위에 엎드린 채 잠시 기진한 상태였다. 내 왼손은 그녀의 두 허벅지 사이 흠뻑 젖은 뜨겁고 우묵한 곳 안에서 노를 젓고 있었다. 저녁 해가 약하게 빛났지만 비도 내리고 있었다. 가지가 늘어진 나무에서 굵은 물방울들이 떨어져 우리 위의 금속 지붕에 양철소리가 섞인 당김음으로 풍덩거리고 있었다. 그녀는 담배에 불을 붙였고—그녀는 그 멋진 커스터드 색깔의 갑에 든 스위트애프턴을 좋아했다—내가 한 대 달라고 하자 눈을 크게 떠 충격받은 척하며 절대 안 된다고 말하고는 내 얼굴에 연기를 뿜으며 웃음을 터뜨렸다.

그녀는 우리 타운의 토박이가 아니었고—내가 이 이야기를 했던가?—그녀의 남편도 마찬가지였다. 그들은 처음 결혼해서 빌리가 태어나기 전에 다른 지역에서 이곳으로 왔고, 미스터 그레이는 헤이마켓 모퉁이에 있는 건물과 대지를 임대해 안경점을 차렸다. 그녀의 다른, 평범한 삶이라는 주제, 우리 둘로부터, 우리가 서로에게 서로 안에서 이루고 있는 것으로부터 멀리 떨어진 삶이라는 주제가 내게는 따분하거나 아니면 지독하게 고통스러웠고, 그녀가 그 이야기를 할 때면,

자주 그랬는데, 나는 안달하는 한숨을 쉬며 그녀를 다른 일들 쪽으로 유도하려고, 다른 일들 안으로 유도하려고 했다. 이렇게 그녀의 품안에 누워 있으면 나는 그녀가 미스터 그레이의 부인이라거나 빌리의 어머니라는 사실을 잊어버릴 수 있었고―심지어 고양이 같은 키티도 잊을 수 있었다―나는 그녀에게 확고하게 자리잡은 가족이 있다는 사실과 내가 어쨌든 결국에는 침입자라는 사실을 확인하고 싶지 않았다.

그레이 부부가 떠나온 타운―굳이 물어볼 생각을 했었는지는 몰라도, 어쨌든 지금은 그게 어디였는지 기억하지 못한다―은 우리 타운보다 훨씬 크고 화려했다. 어쨌든 그녀는 그렇다고 주장했다. 그녀는 그곳의 넓은 거리며 멋진 가게며 부유한 교외를 묘사하여 나를 놀리는 것을 좋아했다. 사람들도 세상을 잘 알고 세련되었다, 그녀는 말했다, 여기 사람들 같지 않다. 이곳은 갑갑하고 지독하게 불쾌하다. 갑갑하다고? 불쾌하다고? 내가 있는데? 그녀는 내 표정을 보고 몸을 앞으로 기울이더니 두 손으로 내 얼굴을 잡고 끌어당겨 키스하며 내 입안에 웃음소리와 연기를 뿜었다. "이보다 나은 생일 선물은 받은 적이 없어." 그녀는 쉰 목소리로 소곤거렸다. "내 사랑스러운 아이!"

그녀의 사랑스러운 아이. 정말이지 그녀는 이유는 모르겠지만 나를 일종의 오래전에 잃어버렸던 아들, 기쁘게도 돌아와준 탕자, 돼지들 사이에서 살아온 탓에 야생이 되어 그녀가 여자다운, 정말이지 나이 지긋한 부인 같은 관심으로 달래주고 문명화시켜주어야 할 탕자로 생각했다. 또는 스스로 그렇게 생각하려고 했다. 그녀는 물론 내 응석을 받아주었다, 사춘기 소년의 가장 미친 듯한 상상마저 넘어서는 수준으로 받아주었다. 그러나 계속 감시하는 눈으로 나를 보고 있기도 했다.

나는 평소보다 자주 철저하게 목욕을 하고 이도 규칙적으로 닦겠다고 약속해야 했다. 매일 깨끗한 양말을 신어야 했고 의심을 불러일으키지 않는 선에서 어머니한테 괜찮은 속옷을 좀 사달라고 해야 했다. 어느 날 오후 코터의 집에서 그녀는 가운데를 가죽끈으로 묶은 스웨이드 파우치를 꺼내더니 끈을 풀고 반짝거리는 이발 도구를 매트리스 위에 꺼내놓았다. 가위며 곧은 면도날이며 귀갑 빗과 더불어 아주 작고 아주 날카로운 이가 이중으로 달린 반짝거리는 은 가위. 이것은 빌리가 나에게 크리스마스 선물로 준 손톱 손질 세트의 형뻘이 되는 셈이었다. 전에 미용 강좌를 들은 적이 있다, 그녀는 나에게 말했다, 집에서 모든 가족의 머리를 잘라준다, 심지어 자신의 머리까지. 내가 불평하고 징징거렸음에도—이것을 어머니한테 어떻게 설명한단 말인가?—그녀는 나를 볕이 잘 드는 문간의 낡은 등의자에 앉혀놓고 전문적인 속도로 나의 더부룩한 머리 뭉치에 달려들었고 작업을 하면서 혼자 노래를 불렀다. 다 끝나자 자신의 파우더 콤팩트에 달린 작은 거울로 머리를 보게 했다. 나는 빌리처럼 보였다. 결국 어머니는 걱정할 필요가 없었던 것이, 그녀는 평소처럼 흐릿한 상태라 아무 설명을 하지 않아도 깎인 머리를 눈치채지 못했기 때문이다—과연 나의 어머니였다.

갑자기 이런 것들이 어디에서 왔는지 기억난다. 손톱 손질 세트나 이발 도구에서 아마도 그 콤팩트까지. 미스터 그레이가 가게에서 팔았다, 당연히!—어떻게 이걸 잊었을까? 따라서 원가로 얻은 것이었다. 나의 연인을 구두쇠로 생각한다는 것은 약간 실망스러운 일이다, 그렇게 말할 수밖에 없다. 내가 얼마나 가혹하게 그녀를 심판하는지, 지금까지도.

하지만 아니, 아니, 그녀는 관대하기 짝이 없는 사람이었다. 그 이야기는 이미 했지만 또 하겠다. 물론 그녀는 나에게 자신의 몸에 대한 완전한 자유를 주었다. 나는 그 풍요로운 쾌락의 정원에서 한껏 피어난 여름의 땅벌처럼 아찔한 상태로 마시고 빨았다. 하지만 다른 곳에서는 한계가 있었고 그 너머를 배회하는 것은 금지되었다. 예를 들어 빌리에 관해서는 내 마음대로 이야기하고 그 아이를 놀리거나 원한다면 그 애의 비밀도 이야기할 수 있었지만―갑자기 아들을 낯선 사람처럼 보이게 하는 이런 이야기에 그녀는 마치 내가 오랜만에 멋진 중국 소식을 들고 돌아온 옛 여행자라도 되는 것처럼 눈도 깜빡이지 않고 귀를 기울였다―그녀의 까다로운 키티에 관해서는, 특히 애처롭게도 근시인 남편에 관해서는 어떤 신랄한 언급도 허락되지 않았다. 그랬기 때문에 그녀가 듣는 데서 그들 둘 다에게 조롱이나 경멸을 쏟아붓고 싶어 더욱더 몸이 근질거렸다는 이야기를 할 필요가 있을까. 하지만 물론 그렇게 하지는 않았다. 뭐가 내게 좋은지 알았기 때문에. 오, 그래, 나는 뭐가 내게 좋은지 알았다, 당연히.

지금 돌아보면 그녀와 그녀의 삶에 관해 알게 된 게 얼마나 적은지 놀랍다. 내가 귀를 기울이지 않았던 것일까? 그녀가 말하는 걸 아주 좋아한 건 분명했기 때문이다. 갑자기 그녀 쪽에서 정열의 강도가 높아지는 것―손톱으로 내 어깨뼈를 긁는다든가 내 귀에 뜨거운 말을 헐떡인다든가―이 그저 드러누운 채 행복하고 편안하게 수다를 떨기 위해 내가 더 빨리 끝내게 하려는 작전에 불과한 게 아닌가 의심이 갈 때도 있었다. 그녀의 머릿속에는 〈틋-비츠〉*나 신문에 나는 '리플리의 믿거나 말거나!' 칼럼을 두루 읽으면서 쌓인 온갖 종류의 신비하고 괴상한 정보가 잡다하게 흩어져 있었다. 그녀는 벌이 꿀을 모을 때 추는 춤에 관해서 알고 있었다. 옛날 서기들이 무엇으로 잉크를 만들었는지 이야기해줄 수 있었다. 어느 날 오후에는 코터의 집 높은 곳에 달린 금 간 유리창을 통해 비껴드는 해를 받으며 주택 소유자의 채광권** 원칙에 관해 설명해주었는데—기억이 맞는다면, 창문 맞은편 벽의 맨 아래에서 바라볼 때 창의 꼭대기로 하늘이 보여야 한다—그녀는 그것을 공인감정평가사 회사에서 직원으로 일한 적이 있었기 때문에 알고 있었다. 그녀는 영구 양도의 개념도 알았고 황도십이궁의 기호를 순서대로 줄줄 외울 수 있었다. 설탕 절임 체리는 무엇으로 만드는지 알아? 해초야! 타자기의 맨 윗줄 자판으로 칠 수 있는 가장 긴 단어가 뭔지 알아? 타자기typewriter야! "그건 몰랐지, 그치, 요 똑똑한 척하는 녀석아?" 그녀는 소리치고 즐거워서 웃음을 터뜨리며 팔꿈치로 내 갈빗대를 쿡 찌르곤 했다. 그러나 자신에 관하여, 대중적인 심리학자라면 내면의 삶이라고 부를 만한 것에 관하여 무슨 이야기를 했던가? 사라졌다. 다 사라져버렸다.

아니, 다는 아니다, 완전히는 아니다. 어느 날 내가 흐뭇하게, 그녀가 나와 이렇게 자주 하고 있는 것을 당연히 이제 미스터 그레이와는 할 수 없을 거라고 말했을 때 그녀가 한 말이 기억난다. 처음에 그녀는 얼굴을 찌푸렸다, 내가 무슨 말을 하는 건지 정확하게 이해하지 못해서. 그러다가 나를 향해 아주 달콤하게 미소 지으며 서글프게 고개를 저었다. "하지만 나는 그 사람과 결혼한 몸이야." 그녀가 말했다. 이

---

\* Tit-Bits. 영국의 대중 주간지. 작지만 흥미로운 소식이라는 뜻이다.
\*\* ancient light. 이 책의 제목이기도 하다.

간단한 진술이 내가 일삼아 증오하고 경멸하게 된 남자와 그녀의 관계에 관하여 내가 알 필요가 있는 모든 것을 말해주는 것 같았다. 아무렇게나 뻗은 주먹이 명치에 빠르고 강하게 꽂힌 느낌이었다. 처음에 나는 부루퉁하다가 이내 흐느꼈다. 그녀는 나를 아기처럼 자신의 가슴에 안더니 내 관자놀이에 대고 쉬, 쉬 하고 중얼거리며 우리 둘의 몸을 부드럽게 좌우로 흔들었다. 나는 이 포옹을 잠시 견디다―보복의 달콤한 쾌락이 사랑의 고통이라는 가면을 쓰는 일이 얼마나 많은가―성을 내며 몸을 떼어냈다.

우리는 코터의 집에, 부엌이었던 곳의 바닥에 깔린 매트리스 위에 있었고 둘 다 벌거벗고 있었다. 그녀는 책상다리 자세로 앉아 있었고―나는 너무 속이 상해 그녀의 두 다리 사이 빳빳한 풀솜 사이에 내가 반짝이는 이슬처럼 흩뿌려놓은 진주를 눈여겨보지도 않았다―나는 그녀 앞에 무릎을 꿇은 채, 격렬한 질투 때문에 일그러지고 눈물 콧물이 뒤범벅된 얼굴로 그녀가 배신했다며 소리를 지르고 있었다. 그녀는 내가 진을 다 뺄 때까지 기다렸다가 여전히 훌쩍거리는 나를 자신의 몸에 기대 눕게 했고 멍하니 내 머리카락을 만지작거리기 시작했으며―그녀가 그 이발사 가위를 휘둘렀음에도 불구하고 그때는 내 머리카락이 얼마나 치렁치렁했던지, 아아―그녀는 여러 번 망설이기도 하고 입을 떼었다가 다시 닫기도 하다가, 큰 한숨을 내쉬며 곤혹스럽게 중얼거렸다. 이 모든 일이 결혼한 몸이고 아이가 있는 자신에게 얼마나 힘든지 내가 이해해야만 한다고, 남편은 좋은 사람이라고, 좋고 친절한 사람이라고, 그에게 상처를 주느니 차라리 죽을 거라고 말했다. 그녀가 너무도 좋아하는 여성 잡지들에 나오는 로맨틱한 허튼소리를 이렇게 앵무새처럼 반복하는 것에 대한 나의 유일한 반응은 성이 나서 떨쳐버리듯이 몸을 꿈틀거리는 것이었다. 그녀는 말을 멈추고 나서 오랫동안 입을 다물었고, 내 머리카락을 집적거리던 그녀의 손가락마저 멈추었다. 밖에서는 개똥지빠귀들의 미친 듯한 휘파람소리가 주위의 숲에 울려퍼졌고 빛나는 초여름의 해는 깨진 유리창을 통해 내 벌거벗은 등에 따갑게 내리쬐었다. 우리는, 우리 둘은 틀림없이 거기에서 놀라운 구도를 만들어냈을 것이다. 세속적인 피에타, 아들이 아니지만 그럼에도 어쩐지 아들이기도 한 상심한 어린 수컷 짐승을 품에 안고 괴로워하는 여자. 그녀가 다시 말을 시작했을 때 목소리는 멀리서 들리는 듯했고 달라져 있었다. 다른 사람으로 변한 것 같았다. 낯선 사람, 수심에 잠겨 있는 차분한 사람. 다시 말해, 놀랍게도, 어른이었다. "있잖아, 나는 어려서 결혼했어." 그녀가 말했다. "겨우 열아홉일 때—뭐야, 너보다 겨우 네 살 많잖아? 나는 아무도 나를 원하지 않을까봐 걱정했지." 그녀는 씁쓸한 애처로움이 담긴 웃음을 터뜨렸고 나는 그녀가 고개를 젓는 것을 느낄 수 있었다. "그런데 지금 나를 좀 봐."

나는 이것을 그녀가 기혼자라는 운명에서 깊은 불행을 느낀다고 인정한 것으로 받아들였고, 누그러지기로 했다.

이쯤이 우리의 밀회 장소에 관해 한두 마디 해둘 만한 지점이라고 생각한다. 처음에 미시즈 그레이에게 그곳을 보여주었을 때 나 자신과 나의 지략이 얼마나 자랑스러웠던지. 나는 미리 약속한 대로 개암나무 숲 위쪽 도로변에서 그녀를 만났는데, 숲에서 빠져나갈 때는 영화에 나오는, 이제 곧 못된 짓을 하려는 게 분명한 사람이 된 듯한 만족감을 느꼈다. 그녀는 특유의 무심한 방식으로 차를 몰고 왔는데 그 모습은 보기만 해도 늘 자릿했다. 한 손으로 크고 닳고 광택이 나는 크림색 운전대를 느슨하게 잡고 다른 손에는 담배를 쥐고 있었으며 주근깨가 박힌 팔꿈치는 창문을 내린 창틀 밖으로 내밀고 귀 뒤의 그 곱슬머리는 바람에 뱅글뱅글 돌고 있었다.

그녀는 나에게서 조금 떨어진 곳에 차를 세우고 반대 방향에서 오는 다른 차가 지나갈 때까지 기다렸다. 잔뜩 찌푸린 5월의 아침이었고 구름에서는 금속성 광채가 번뜩였다. 나는 학교에 가지 않고 이곳으로 슬그머니 빠졌으며 책가방은 덤불 밑에 감춰두었다. 그녀에게는 이따가 치과에 갈 약속이 잡혀 있어서 학교를 하루 뺄 수 있다고 말했다. 그녀는 이론적으로는 나의 연인이었지만 성인이기도 했고, 그래서 종종 나도 모르게 어머니한테 하듯이 이런 식으로 거짓말을 하곤 했다. 그녀는 치마폭이 넓고 꽃무늬가 있는 가벼운 원피스를 입고 있었다. 이제는 그녀도 그것을 벗는 모습을 지켜보는 걸 내가 얼마나 좋아하는지 알고 있었다―두 팔을 위로 곧게 치켜든 채 원피스를 머리 위로 들어올리면 서로 뚱뚱하게 몸을 기댄 채 웅크리고 있는 하얀 홀터 안의 두 젖가슴. 발에는 검은 벨벳 펌프스를 신었는데 숲의 진창에 더럽혀지지 않도록 벗어 들어야 했다. 그녀는 발이 예뻤다. 갑자기 그 발이 눈앞에 떠오른다. 창백한 발은 뜻밖에도 길고 늘씬했으며, 뒤꿈치 쪽은 아주 좁고 발가락 쪽으로 갈수록 우아하게 넓어졌다. 발가락은 아주 곧아 손가락처럼 물건을 잡을 수 있을 것 같았으며, 하나하나 따로 떨어져 있었다. 이제 그녀는 걸으면서 그 발가락들을 꿈틀거렸고 부엽토와 젖은 양토 속으로 발을 푹 집어넣으면서 희미하게 꺅 소리를 내며 즐거워하기도 했다.

그녀의 눈을 가려 내가 보여줄 것에서 받을 놀라움을 더 강렬하게 만들어줄까 하는 생각도 했으나 그러다 발이 걸려 넘어지면서 어디가 부러지기라도 할까봐 걱정이 되었다. 그녀가 나와 함께 있다가 부상을 당해 내가 어쩔 수 없이 도움을 청하러 누군가에게, 예를 들어 어머니, 또는 심지어, 맙소사, 미스터 그레이에게 달려가야 하는 상황에 대한 공포가 나에게는 있었다. 그녀는 어린아이처럼 흥분하여 내가 자신을 위해 준비한 놀라움이 무엇인지 알고 싶어 죽을 지경이었으나 나는 말하려 하지 않았다. 그녀가 압박을 가할수록 나는 더 고집스러워졌고 급기야 그녀가 졸라대는 데 약간 짜증이 나기 시작해 앞서서 성큼성큼 걸어나갔으며, 맨발이었던 그녀는 거의 비틀거리며 달리듯이 걸음을 재촉해야 간신히 나를 따라잡을 수 있었다. 좁은 길은 잎을 벗는 나무들 밑에서 어둡게 구불구불 이어졌고—보라, 다시 갑자기 가을이 되었다, 불가능한 일이지만!—이제 나는 짜증과 불안이 뒤섞인 감정으로 가득차 있었다. 되돌아보니 그녀와 함께 있을 때면 나의 성질이 얼마나 변덕스러웠는지, 사소한 것을 가지고, 또는 아무런 이유도 없이 얼마나 빨리 분노에 휩싸였는지 깨닫게 된다. 지옥 같은 분노가 타오르며 연기를 뿜어대는 불구덩이 위에 계속 매달려 있는 느낌이었다. 그 연기 때문에 눈이 따끔거리고 숨을 쉴 수가 없었다. 쉬지 않고 나를 괴롭히던, 내가 속고 있고 부당하게 이용당하고 있다는 이 침울한 느낌의 원인은 무엇이었을까? 나는 행복하지 않았을까? 행복했다, 하지만 그 밑에서 나는 동시에 늘 분노하고 있었다. 어쩌면 내가 그녀를 감당할 수 없었기 때문인지도 모른다. 사랑 자체와 그것이 요구하는 모든 것이 내게는 너무 무거운 짐이라, 그녀의 포옹 속에서 환희에 차 몸을 비틀어대면서도 내 은밀한 마음속에서는 예전의 자족, 변화를 일으키는 그녀의 손길이 닿기 전 모든 것이 편안하고 평범했던 과거의 그 상태를 갈망하고 있었기 때문인지도 모른다. 지금 생각으로는 마음속에서 내가 다시 소년이 되기를, 그녀를 향한 욕망이 나를 무엇으로 만들어버렸건 그것이 아니기를 바랐던 것이라는 생각이 든다. 내가 얼마나 모순된 물건이었는지, 가엾고 혼란에 빠진 피노키오.

하지만 오 이런, 마침내 내가 그녀를 데려간 곳, 그러니까 숲속에 있는 코터의 낡은 집을 보았을 때 그녀의 얼굴이 얼마나 침울해지던지. 그러나 그것은, 그녀의 주춤거림은 순간적이었고 그녀는 즉시 기운을 내 학생회장 같은 가장 용감한 미소를 최대한 활짝 지어 보였다. 하지만 그 순간, 아무리 나처럼 자신에게만 몰두하고 관찰력이 부족한 아이라 해도 그녀의 뺨 피부에 잔금이 가게 하고 입을 오므라들게 하고 눈꼬리를 끌어내리는 날카로운 고통의 표정을 놓칠 수는 없었다. 그녀에게 자신이 마주한 것, 한때 튼튼하고 번듯했으나 이제 시간에 의해 황폐해지고 벽이 무너지고 보잘것없는 들보가 다 드러난 그 집은 마치 아들이 되어도 좋을 만큼 어린 소년을 연인으로 삼음으로써 자신이 빠져들게 된 그 모든 어리석음과 위험의 이미지 그 자체인 듯했다.

그녀는 자신의 큰 실망으로부터 우리 둘 모두의 정신을 다른 데로 돌리기 위해 터무니없이 앙증맞은 구두를 신느라 바빴다. 한쪽 무릎에 발목을 올려놓고 검지를 구둣주걱으로 사용했는데, 단지 넘어지지 않으려는 노력 때문에 떨리는 것만은 아닌 손으로 내 팔을 꼭 잡고 균형을 유지하고 있었다. 그녀의 환멸에 영향을 받아 이제 나도 환멸을 느끼고 있었으며, 다 허물어져가는 낡은 집을 있는 그대로 보며 그녀를 거기에 데려온 나 자신을 저주했다. 나는 그녀의 손에서 무뚝뚝하게 팔을 빼내고 그녀를 거기 둔 채 앞으로 나아가 흰곰팡이가 핀 앞문을 세게 밀어 화를 쏟아냈다. 문은 그것을 유일하게 지탱해주는 경첩 하나에 매달려 거슬리는 소리를 내며 거칠게 활짝 열렸고 나는 안으로 들어섰다. 벽은 군데군데 윗가지를 얽은 것에 지나지 않았으며 여기저기 바스러지는 석고가 달라붙어 있었고 벽지는 열대 덩굴식물처럼 가늘게 찢어져 힘없이 늘어져 있었다. 썩어가는 나무와 석회와 오래된 검댕 냄새가 났다. 층계는 무너지고 천장에, 그리고 그 위층의 침실 천장에도, 또 그 위의 지붕에도 군데군데 구멍이 있어서 고개를 젖히고 올려다보자 두 층과 다락을 통과하여 슬레이트 사이에서 반짝거리는 하늘을 똑똑히 볼 수 있었다.

코터에 관해서는 그가 오래전에 사라진 게 분명하다는 것, 그와 함께 그의 가족도 사라진 게 분명하다는 것 외에는 아는 게 전혀 없었다.

뒤에서 마룻바닥이 삐걱거리는 소리를 냈다. 그녀가 작게 헛기침을 했다. 나는 삐쳐서 돌아보려 하지 않았다. 우리는 먼지 낀 고요 속에, 위에서 비쳐드는 창백한 빛살들 사이에 서 있었고 나는 텅 빈 집안을 보고 그녀는 내 등을 보고 있었다. 교회 안에 들어온 것 같았다.

"훌륭한 곳이네." 그녀가 부드럽게 가라앉은 목소리로 사과하듯이 말했다. "이런 걸 발견하다니 아주 영리한데."

우리는 생각에 잠긴 차분한 태도로 여기저기 걸어다니며 아무 말도 하지 않고 서로의 눈을 피했다. 지루해진 부동산 업자가 바깥의 층계에서 담배를 피우며 어슬렁거리는 동안 첫 집이 될지도 모르는 곳을 미심쩍은 표정으로 조심스럽게 살피며 어슬렁거리는 신혼부부 같았다. 우리는 키스조차 하지 않았다, 그날은.

나중에 층계 밑의 축축하고 악취나는 벽장에서 반으로 접어 구겨 넣은 울퉁불퉁하고 얼룩덜룩한 낡은 매트리스를 발견한 사람은 그녀였다. 우리는 함께 그것을 끌어냈고 바람에 말리기 위해 아직 유리가 남은 유일한 창문 밑에 부엌 의자 두 개를 끌어다 놓고 그 위에 얹었다. 우리는 그곳이 해가 가장 강하게 들 거라고 판단했다. "이거면 될 거야." 미시즈 그레이가 말했다. "다음번에는 내가 시트를 가져올게."

실제로 그녀는 그뒤 몇 주 동안 온갖 물건을 가져왔다. 보고 있으면 옛날 모스크바를 상상하게 되는, 놀랍도록 가는 유리섬유로 만든 구근 모양의 굴뚝이 달린 등은 결국 한 번도 켜지 않았다. 찻주전자와 짝이 맞지 않는 찻잔과 접시 또한 한 번도 쓰지 않았다. 비누와 수건과 오드콜로뉴 한 병, 그리고 양념한 다진 고기가 든 단지와 정어리 통조림과 크래커 몇 봉을 비롯한 여러 먹거리도 있었다. "혹시 네가 배가 고플지 몰라서." 그녀가 낮게 웃음을 터뜨리며 말했다.

그녀는 이런 살림 흉내에 즐거움을 느꼈다. 어렸을 때 소꿉놀이를 아주 좋아했다, 그녀는 그렇게 말했다. 실제로 그녀가 쇼핑 바구니에서 장난감 같은 매력적인 물건을 하나씩 꺼내 방 주위의 휘어진 선반에 늘어놓는 것을 보고 있자니 우리 둘 가운데 나이가 훨씬 어린 것은 그녀인 것 같았다. 나는 그녀가 한 조각씩 모으고 있는 가정의 행복의 미약한 복제품을 경멸하는 척했지만, 내 안에는 아이 같은 성향이 끈질기게 남아 있어, 버티지 못하고 마치 손에 이끌리듯 앞으로 나아가 그녀의 행복한 놀이에 참여했다.

놀이라니. 그녀에게 강간의 죄가 있을까, 법적인 의미에서면? 여자가 강간범이 될 수 있을까, 엄밀히 따졌을 때? 열다섯 살짜리 아이, 그 것도 동정인 아이를 침대에 데려갔기 때문에 법적으로 따지자면 그녀에게 심각한 수준의 책임을 물을 수 있었을 것이라고 생각한다. 그녀도 틀림없이 그 생각을 했을 것이다. 그러나 임박한 참사를 생각하는 능력은 미래의 먼 어느 날 발각되어 가족 앞에서뿐 아니라, 전국까지는 아니라 해도 타운 전체의 눈앞에서 수치를 당하게 될 가능성 ─실제로 일어난 상황을 고려하면 불가피성 ─을 끊임없이 의식하는 바람에 무뎌졌을 것이다. 그녀가 말수가 적어지면서 나에게서 고개를 돌리고, 아직 멀리 있기는 하지만 그 모든 끔찍함을 파악하지 못할 만큼 멀리 있지는 않은 어떤 것이 다가오는 광경을 지켜보는 것 같은 때가 여러 번 있었다. 그럴 때 내가 그녀를 위로하려 하거나 다른 데로 관심을 돌리게 하려고, 그 무시무시한 전망으로부터 그녀를 빼내려고 했을까? 그러지 않았다. 나를 소홀히 했다며 씩씩거리거나 그녀에게 상처 주는 말을 던지고 썩은 마룻바닥에 깔린 매트리스에서 벌떡 일어나 집안 다른 곳으로 쿵쿵거리며 사라졌다. 변기의 앉는 자리가 사라지고 더럽게 얼룩진 왕좌만 남은데다 구석마다 백 년은 쌓인 거미집이 있는 뒤쪽 정원의 회칠한 변소가, 그녀가 어떤 잘못을 저질렀을 때 장시간의 부재로 그녀를 벌하고 싶으면 내가 애용하는 횟대였다. 그러면 그녀가 걱정할 거라고 믿었다. 무릎에 팔꿈치를 올리고 두 손에 턱을 괸 고전적인 자세로 거기 앉아 내가 무슨 생각에 빠져들었을까? 우리는 그리스인에게로 갈 필요가 없다, 우리의 비극적 곤경은 두루마리 화장지에다 적혀 있으니까. 변기 수조 뒤쪽 벽에 높게 뚫린 사각 구멍으로 바깥에서 독특한 냄새, 얼얼하면서도 풋풋하면서도 시큼한 냄새가 들어왔는데, 지금도 여름에 눅눅한 날이면 가끔 그 냄새가 코에 걸려 내 안에서 뭔가가 기를 쓰고 열리려 한다. 과거로부터 밀고 올라오는 지지러진 꽃.

내가 이런 식으로 쿵쿵거리며 사라졌을 때 그녀가 한 번도 나를 따라 나오거나 나를 달래 다시 들어오게 하려고 하지 않았다는 것이 나의 분노에 기름을 더 끼얹었고, 마침내 나는 짐짓 차갑고 돌 같은 무관심을 가장하고 돌아와 곁눈으로 혹시 그녀에게 조롱이나 즐거움의 기색—미소를 참으려고 입술을 깨물었거나, 심지어 눈길을 너무 빨리 돌리기만 했어도 나는 그 즉시 다시 변소로 사라졌을 것이다—이 있는지 살피곤 했지만 그녀는 늘 차분하고 무거운 눈길과 온순한 사과의 표정으로 기다리고 있었다. 그 가운데 절반의 경우는 자신이 도대체 무엇을 속죄해야 하는지 어리둥절했겠지만. 그래도 그럴 때면 그녀가 얼마나 부드럽게 나를 안아주었는지, 얼마나 유순하게 그 더러운 매트리스에 자신을 펼치고 나의 모든 충혈된 분노, 욕구, 곤혹을 자신의 안으로 받아주었는지.

우리가 실제보다 일찍 드러나지 않은 게 이상한 일이었다. 물론 우리는 최대한 주의를 했다. 처음에는 신중하게 늘 따로 코터의 집으로 갔다. 그녀는 반 마일 떨어진, 잎이 무성한 골목길에 스테이션왜건을 세웠고 나는 개암나무숲 옆을 따라 난 좁은 길가의 가시나무 덤불 밑에 자전거를 감췄다. 나무들 사이를 통과하여 집이 있는 움푹 꺼진 땅까지 몰래 내려가면서 이따금 걸음을 멈추고 '가죽 스타킹'*처럼 경계

---

* 18세기 미국 개척자의 모험을 그린 제임스 페니모어 쿠퍼의 연작소설 '가죽 스타킹 이야기'의 등장인물.

하는 태도로 숲 지대의 불온한 정적에 귀를 쫑긋 세우는 것은 무시무시하게 짜릿한 일이었다.

어느 쪽이 더 좋은지. 그녀보다 먼저 도착하여 손바닥이 축축하고 심장이 방망이질하는 채로—그녀가 이번에도 올까 아니면 갑자기 정신을 차리고 나를 즉시 정리하기로 결심했을까?—그녀를 기다려야 하는 쪽인지, 아니면 나보다 먼저 와 있는 그녀를 발견하는 쪽인지는 쉽게 결정을 내릴 수 없었다. 그녀는 먼저 와 있을 때는 늘 앞문 밖에 불안하게 웅크리고 있었다. 쥐가 무서워서 도저히 혼자 들어가지 못하겠다. 그녀는 말했다. 만나서 처음 일이 분 동안은 우리 사이에 기묘한 신중함이 자리잡고 있어 말을 하지 않았고, 하더라도 예의를 지키는 낯선 사람들처럼 뻣뻣하게 했으며 서로 거의 쳐다보지도 않았다. 우리가 서로에게 전과는 다른 사람이 되었기 때문에, 그리고 틀림없이 우리가 함께 벌인 일의 엄청남 때문에 다시 한번 두려움에 사로잡혔던 것이다. 그러다가 그녀가 어떤 식으로든 무람없이 내 몸에 손을 댈 방법을 찾아냈다. 우연인 것처럼 서로 손이 스치게 한다든가 자신의 머리카락 한 올로 내 얼굴을 가로지른다든가. 그 즉시 마치 빗장이 풀린 것처럼 우리는 서로의 품에 뛰어들어 키스하고 할퀴었으며 그녀는 달콤한 고통을 드러내는 작은 신음을 토했다.

우리는 포옹을 풀지 않은 채 옷으로부터, 또는 옷 대부분으로부터 빠져나오는 데 익숙해졌고, 그러면 그녀의 놀랄 만큼 서늘하고 약간 오톨도톨한 피부가 나의 피부 전체를 눌렀으며, 우리는 게걸음으로 임시변통의 침대로 가 마치 기절해 쓰러지듯 천천히 함께 몸을 내렸다. 처음에는 매트리스 위에서 무릎과 골반과 팔꿈치만 어색하게 움직이지만 일이 분 필사적으로 드잡이를 하고 나면 뼈들이 느슨해지고 구부러지면서 섞였고, 그러면 그녀는 입으로 내 어깨를 누르면서 바르르 떨리는 한숨을 길게 내쉬었고 그때부터 우리는 시작하곤 했다.

하지만, 당신은 물을 것이다, 내 친구 빌리는 어떻게 된 거냐, 그는 무엇을 하고 있었느냐, 또는 하지 않고 있었느냐, 그의 어머니와 내가 건강 체조를 하는 동안? 그것은 나 자신이 종종 물었던 질문이기도 하다, 몹시 불안한 마음으로. 물론 이제 빌리를 마주하는 것이, 늘 느긋하고 편안한 그의 눈을 마주보는 것이 점점 어려워진다고 생각하기는 했다. 내가 발산하는, 나는 그렇게 확신하고 있었다, 죄의 빛을 어떻게 그가 보지 못하겠는가? 학기가 끝나고 여름방학이 시작되자 이것은 덜 어려운 일이 되었다. 방학이면 충성하는 대상이 바뀌고 새로운 관심이 생기면서 불가피하게 새로운, 또는 적어도 전과는 다른 일군의 동무가 생겼다. 빌리와 내가 여전히 가장 친하다는 데는 의문의 여지가 없었다, 다만 이제 우리는 전보다 훨씬 덜 볼 뿐이었다, 그뿐이었다. 학교 밖으로 나오면 아무리 친한 친구라도 서로 간에 느끼는 신중함, 수줍음, 어색함을 약간은 의식하게 된다. 마치 무한하고 아무런 제한이 없는 자유가 시행되는 새로운 환경에 놓였을 때 어떤 창피한 상황, 예를 들어 우스꽝스러운 수영복을 입었다든가 여자아이와 손을 잡고 있다든가 하는 상황에서 우연히 마주치는 걸 두려워하는 것처럼. 따라서 그해 여름 빌리와 나는 다른 모두와 마찬가지로 신중하게 서로를 피했다. 그는 방금 내가 말한 일반적인 이유로, 그리고 나는―음, 나 자신은 특별한 이유로.

어느 날 아침 그애 어머니와 나는 끔찍하게 겁에 질렸다. 초여름의 안개 낀 토요일이었으며, 나무들 사이로 희끄무레하게 빠져나오려고 안간힘을 쓰는 해가 다가올 또 하루의 무더운 날을 약속하고 있었다. 미시즈 그레이는 장을 보러 간 걸로 되어 있었고, 나는 지금은 기억나지 않는 어떤 일을 하러 간 걸로 되어 있었다. 우리는 가루가 떨어지는 벽에 등을 대고 팔꿈치를 무릎에 올린 채 매트리스에 나란히 앉아 있었고 그녀는 내가 담배를 한 모금 뻐끔거리게 해주었는데—그녀도 잘 알다시피 나는 이미 하루에 열 내지 열다섯 개비를 피우고 있었지만 그녀와 있을 때는 담배를 피우지 않는 것이 우리 사이의 관습이었다—갑자기 그녀가 바짝 긴장하더니 두려움에 사로잡혀 내 손목에 손을 얹었다. 나는 그때까지는 아무 소리도 못 들었지만 이제 들렸다. 우리 위쪽 능선에서 목소리들이 들렸다. 나는 즉시 빌리가 우듬지 사이에서 위장복을 입은 듯 이끼 낀 코터의 집 지붕을 가리키던 날 내가 그와 함께 그 능선에 올라갔던 일이 떠올랐다. 빌리가 다시 온 것일까, 다른 아이한테 이곳을 보여주러? 우리는 긴장한 채 귀를 기울였고, 숨은 허파 깊숙이 내려가지 못하고 얕은 데서 헐떡였다. 미시즈 그레이는 곁눈으로 나를 보았는데 흰자위가 공포에 젖어 번득였다. 나무들 사이로 내려오며 가볍게 울려퍼지는 목소리들은 쇠망치로 목재를 박자에 맞춰 두들기는 소리 같았다—아니, 운명이 즐거워하며 손가락으로 두들겨대는 소리에 더 가까웠다. 아이들 목소리인가 어른 목소리인가 아니면 둘 다인가? 우리는 알 수 없었다. 내 마음속에서는 온갖 황당한 공상이 빠르게 움직이고 있었다. 빌리가 아니라면 집의 남은 부분을 철거하려고 큰 망치와 쇠지레를 들고 온 일꾼들이다. 실종된 사람을 찾으러 나선 수색대다. 미스터 그레이가 바깥에서 놀아나는 부인

106

과 그녀의 조숙한 정부情夫를 잡으려고 보낸 경찰이다.

미시즈 그레이의 아랫입술이 떨리기 시작했다. "오, 거룩한 하느님." 그녀는 숨을 헉헉 들이켜며 소곤거렸다. "오, 사랑하는 예수님."

그러나 잠시 후 목소리들은 희미해지고 능선에는 다시 정적이 자리 잡았다. 그럼에도 우리는 감히 움직이지 못했고, 미시즈 그레이의 손가락은 여전히 매의 발톱처럼 내 손목을 후벼파고 있었다. 이윽고 그녀는 갑자기 비틀비틀 일어나 서툰 동작으로 황급히 옷을 입기 시작했다. 그런 그녀를 지켜보며 나는 점점 두려워졌다. 이제 발각의 두려움은 사라졌지만 훨씬 심각한 것, 즉 그녀가 충격을 받아 마침내 겁을 먹고 이곳에서 달아난 뒤 다시는 내게 돌아오지 않을 거라는 두려움이 찾아왔다. 나는 갈라지는 목소리로 도대체 지금 뭐하는 거냐고 따져 물었지만 그녀는 대답하지 않았다. 나는 그녀의 눈을 보고 이미 그녀가 다른 데 가 있다는 것, 아마도 무릎을 꿇고 남편의 바짓자락에 매달려 필사적으로 용서를 빌고 있다는 것을 알 수 있었다. 나는 뭔가 거창한 선언을 할 생각, 어떤 엄숙한 책망을 할 생각이었지만―만일 지금 여기서 나가면 두 번 다시……―마땅한 말을 찾을 수 없었고, 찾을 수 있었다 해도 감히 입 밖에 내지 못했을 것이다. 나는 그동안 쭉 내 밑에 자리하고 있던 심연을 들여다보고 있었다. 만에 하나 그녀를 잃는다면 그것을 어찌 견딜까? 나는 알았다, 지금 벌떡 일어나서 그녀를 끌어안아야 한다. 하지만 그것은 그녀를 안심시키려는 것이 아니라―그녀의 두려움이 나와 무슨 상관인가?―그녀가 떠나는 걸 온 힘을 다하여 막으려는 것이었다. 그러나 나는 희한한 무기력에 사로잡혔다. 종종걸음치던 쥐가 두려움에 젖어 고개를 들었다가 맴돌고 있는 매를 보았을 때 사로잡힌다고 하는 그 겁에 질린 무기력. 나는 하릴없이 그 자리에 앉은 채 그녀가 원피스 밑으로 팬티를 끌어올리고 허리를 굽혀 벨벳 구두를 끌어모으는 것을 지켜보았다. 그녀는 고개를 돌려 공황 때문에 흐려진 눈으로 나를 보았다. "나 어때 보여?" 그녀는 소곤거리는 목소리로 다그쳤다. "괜찮아 보여?" 그녀는 대답을 기다리지 않고 핸드백으로 달려가 콤팩트를 꺼내 젖혀 열고 그 안의 작은 거울을 들여다보았다. 이제 그녀 자신이 불안한 쥐처럼 보이기도 했다. 콧구멍이 꿈틀거리고 약간 겹친 앞니 두 개의 끝이 드러났다. "나 좀 봐." 그녀는 크게 실망하여 나직이 말했다. "영락없는 헤스페러스호의 난파*야!"

나는 소리 내어 울기 시작했고, 그 바람에 나 자신도 깜짝 놀랐다. 진짜 울음, 날것 그대로 무력하게 터져나온 아이의 울음이었다. 미시즈 그레이는 하던 일을 멈추고 몸을 돌려 나를 물끄러미 보았다, 어안이 벙벙하여. 전에도 내가 우는 것을 본 적이 있었지만, 그것은 분노했거나 그녀를 내 뜻대로 굽히려는 울음이었지 이런 것, 이렇게 비굴한, 무방비 상태의 울음은 아니었다. 그녀는 새삼 내가 결국은 얼마나 어린지, 자신이 나를 내 발이 닿지 않는 깊은 곳까지 얼마나 멀리 끌고 들어왔는지 절실하게 느꼈던 것 같다. 그녀는 다시 매트리스에 무릎을 꿇고 나를 안았다. 옷을 입은 그녀의 품에 벌거벗은 채 안겨 있으니 몸이 부르르 떨리는 느낌이었으며, 그녀에게 파고들어 그렇게 슬피 울어댔음에도 내가 다시 흥분해 있다는 것을 알고 놀라면서도 흡족했다. 나는 다시 드러누우며 그녀를 끌어당겼고, 그녀가 싫다는 뜻으로

---

* 헨리 워즈워스 롱펠로의 시 제목이기도 하고, 1948년에 나온 미국 영화의 제목이기도 하다.

몸을 꿈틀거렸음에도 옷 밑으로 손을 넣었고, 그렇게 우리는 다시 시작했다. 어린아이 같은 두려움과 괴로움에서 터진 흐느낌은 이제 귀에 익은 거친 헐떡임이 되어 호를 그리며 점점 올라가다가 마침내 승리와 거친 안도감을 드러내는 익숙한 최후의 함성에 이르렀다.

내가 그녀를 임신시키고 싶다는 의사를 밝힌 게 그날이었던 것 같다. 나른한 한낮이었고 우리 둘은 땀으로 번들번들한 팔다리가 엉킨 채 조용히 함께 누워 있었으며, 말벌 한 마리가 깨진 유리창 구석에서 붕붕거리고 지붕의 구멍으로 들이친 칼날 같은 햇빛이 연기를 뿜으며 우리 옆의 바닥에 사선으로 꽂히던 기억이 난다. 나는 그전부터 자주 미스터 그레이, 그녀의 지워 없앨 수 없는 남편이라는 고통스럽고 피할 수 없는 현실을 곰곰이 생각했고, 그러는 사이에 억눌린 분노라는 멋진 상태로 진입했으며, 그러다 그 일을 저지르면 그에 대한 궁극적 복수가 될 것이 틀림없다는 생각이 마음에 떠오르자마자 나도 모르게 그게 마치 그냥 달성하기만 하면 되는 일인 양 소리 내어 선언해버렸다. 처음에 미시즈 그레이는 이해를 못 한 것처럼, 내가 한 말을 알아듣지 못한 것처럼 보였는데 그것은 놀랍지 않은 일이었다―사실 일반적인 수준을 넘어선 위험을 감수하며 바람을 피우고 있는 여자가 미성년 애인의 입에서 들을 거라고 예상할 만한 말이라고는 할 수 없었다. 허를 찔리거나 즉시 흡수할 수 없는 어떤 말을 들었을 때 그녀에게는 한 가지 버릇이 있었는데, 내가 그후로 다른 여자들에게서도 목격하곤 했던 그 버릇은 그 자리에서 바로 아주 조용하고 차분해지는 것이었다. 마치 갑자기 위협을 느끼고 위험이 지나갈 때까지 납작 엎드려 있는 것처럼. 그렇게 그녀는 몇 분 동안 꼼짝도 하지 않았다. 그녀의 등과 따뜻한 둔부는 내 앞쪽에 붙어 있었고 내 팔 하나는 그녀 몸 밑으로 들어가 감각이 없었다. 이윽고 그녀는 거칠게 들썩이며 몸을 돌리더니 이번에는 나를 마주보고 모로 누웠다. 그녀가 처음에는 믿을 수 없다는 표정으로 나를 물끄러미 보다가 두 손으로, 엄청난 힘으로 내 가슴을 미는 바람에 나는 매트리스에서 뒤로 미끄러졌고 이내 어깨뼈가 벽에 부딪히며 소리를 냈다. "역겨운 이야기야, 앨릭스 클리브." 그녀가 낮고 무시무시한 목소리로 말했다. "창피한 줄 알아야 해, 아무렴."

그녀가 잃어버린 아이 이야기를 한 것이 그때였던가? 여자아이, 빌리와 여동생 뒤에 낳은 막내. 아기는 병약했고 깜빡거리는 목숨을 하루이틀 이어가다 죽었다. 그러나 막상 닥치자 죽음은 또 갑작스러웠으며, 그 어린 것이 세례도 받지 못했고 따라서 영혼이 림보에 있다는 게 미시즈 그레이에게는 무척 고통스러운 일이었다. 이 피조물, 그 어머니에게는 여전히 생생하게 머물러 있는 존재, 이상화되고 어여쁘게 여겨지는 존재의 이야기를 듣자 마음이 불편했다. 미시즈 그레이가 노래하는 듯한 말투로 애정어린 한숨을 섞어가며 아이 이야기를 하는 것을 듣다가 어머니의 집 현관문 위의 부채꼴 창 뒤에서 관을 쓰고 망토를 두른 모습으로 홀과 보주를 든 채 무표정하게, 작지만 근엄하게 군림하고 있는 금박의 자그마한 '프라하의 아기 예수' 상, 어렸을 때는 무서워했고 여전히 기분 나쁘다고 느끼던 그 조각상이 떠올랐다. 기독교 종말 신학의 세밀한 사항에 대한 미시즈 그레이의 이해는 깊지 않았고, 그녀의 관점에서 림보는 세례를 받지 못한 영혼들이 영원히 격리되는 장소가 아니라 일종의 고통 없는 연옥, 보상이나 기쁨으로 가득한 복된 초월적 삶과 지상의 삶 사이의 중간 지대로, 그곳에서 그녀의 아기는 언젠가, 아마도 최후 심판의 날에 하늘에 계신 아버지 곁으로 올라가기를 고대하며 지금도 끈질기게 기다리고 있고, 마침내 하느님 아버지가 계신 곳에서 그들 둘, 어머니와 자식은 기쁘게 재결합할 것이었다. "나는 그 아이 이름도 고르지 못했어." 미시즈 그레이는 나에게 말하며 슬픈 울음을 꿀꺽 삼켰고 손등으로 코를 닦았다. 임신을 시키겠다는 나의 협박에 그녀가 겁을 먹고 화가 난 것도 놀랄 일은 아니었다.

그럼에도 나는 그날 그녀에게, 만일 그녀와 내가 정말로 우리만의 작은 아이를 갖게 된다면 그 아이는 림보의 문 앞에 줄을 선 채 조바심을 내며 차례를 기다리고 있는 배아 상태의 천사를 이곳 아래에서 대체해주는 존재가 될 거라고 주장할 수도 있었을 것이다. 하지만 이렇게 죽은 아기 이야기가 나오자 때 이르게 아버지가 되고자 하던 나의 열망은 상당히 식어버렸다—사실 재가 되어버렸다.

그녀를 임신시키겠다는 의사를 밝혔을 때 그녀의 반응에서 주목할 만한 점은 그 말에 완전히 놀란 것처럼 보이지는 않았다는 사실이라는 생각이 나중에 떠올랐다. 물론 충격을 받았고, 그래, 역정을 내기는 했으나 놀라지는 않았다. 어쩌면 여자들은 임신한다는 전망에 절대 놀라지 않는 듯하며, 어쩌면 딱 그렇게 되어버리는 상황에 늘 대비한 상태로 사는지도 모른다. 이 점에 관해서는 리디아에게 물어봐야겠다, 리디아, 나의 리디아, 나의 백과사전. 미시즈 그레이는 그날 나에게 왜 자신이 아이를 갖기를 바라느냐고 묻지도 않았다, 마치 그게 내가 당연히 바랄 가장 자연스럽고 뻔한 일이라고 받아들이기라도 하는 것처럼. 만일 그녀가 물어보았다면 도대체 뭐라고 대답해야 할지 몰랐을 것이다. 그녀가 나로 인해 임신한다면 그건 그녀의 남편에게 상처를 줄 것이다. 그래, 그리고 그건 기분좋은 일일 것이다. 하지만 그건 우리, 그녀와 나에게도 상처를 줄 것이다. 그것도 지독하게. 내가 무슨 소리를 하고 있는지 나 스스로 정말 알았을까, 알았다면 진심이었을까? 진심이 아니었고—사실 나 자신이 아이에 불과했으니—그저 그녀에게 충격을 주고 그녀의 모든 관심을 나에게만, 배타적으로, 끌어오려고 했을 뿐이었던 게 분명하다. 그리고 나는 그렇게 관심을 끄는 일에 큰 노력을 기울이고 독창성을 발휘했다. 하지만 지금은 나도 모르게 진짜 아쉬움 같은 걸 예리하게 느끼며 우리 사이에 멋지고 빛나는 아들, 가령 그녀의 눈과 나의 팔다리를 가진 아이, 또는 눈부신 딸, 그녀의 축소판, 어여쁜 발목과 가느다란 발가락과 귀 뒤의 제멋대로 뻗는 곱슬머리까지 다 갖춘 아이를 낳았을 가능성을 생각해보고 있다. 터무니없다. 터무니없어. 생각해보라, 내가 지금 그 아이를, 거의 나만큼이나 늙은 아들이나 딸을 만나는 것을 생각해보라. 사랑의 우연과 소년의 양심으로 인해 두 사람이 처하게 된 괴상하고 희극적인 곤경 앞에서 우리는 창피해서 말 한마디 못할 것이고, 나의 죽음이 아니면 그 곤경에서 빠져나갈 수 없을 것이고, 아니 죽더라도 기록에서 우스꽝스러운 오점은 지우지 못할 것이다. 그럼에도, 그럼에도. 내 마음은 혼란 속에서 뒤죽박죽이고 심장은 오그라들었다 부풀어오른다. 터무니없다. 나를 보라, 여기 노년의 문턱에서도 실수를 하면서 여전히 다음 대를, 나를 위로할 수도 있는 아들을, 내가 사랑할 수 있는 딸을 아쉬운 듯 꿈꾸고 있다니. 언젠가 약해진 팔을 자식에게 얹고 시편 작가가 엄숙하게 나의 영원한 집*이라고 부른 것을 향해 마지막 길을 이끌려 가기를 꿈꾸고 있다니.

물론 나는 딸을 더 원했을 것이다. 그래, 분명히 딸.

사실 미시즈 그레이가 임신하지 않은 것은 놀랄 일이다. 그녀를 그렇게 만들 수도 있는 일에 우리가 그렇게나 자주 또 기운차게 달려들었음에도. 어떻게 피했을까? 이 땅에는, 그 시절에는, 수태를 예방할 수 있는 합법적 수단이 금욕 외에는 없었고, 있었다 해도 그녀는 독실한 신앙 때문에 동의하지 않았을 것이다. 그녀는 실제로 신을 믿었기 때문에. 사랑의 신은 아니고, 내 생각으로는, 당연히 복수의 신을.

하지만 잠깐. 어쩌면 그녀는 실제로 임신을 했을지도 모른다. 어쩌면 그것이 우리의 정사가 드러났을 때 그녀가 그렇게 느닷없이 달아나버린 이유인지도 모른다. 어쩌면 그녀는 떠나가서 나에게 말하지 않고 아기를 낳았을지도 모른다, 귀여운 딸을, 우리의 딸을. 그랬다면 그 귀여운 딸은 지금 여자 어른, 쉰 살 먹은 여자, 남편이 있고, 또 아마도 자기 자식도 있는 여자다―나의 유전자를 지니고 있는 또다른, 미지의 사람들! 이런. 그런 생각을 하다니. 하지만 아니, 아니. 내가 나타났을 때, 기운차고 자신만만하게 나타났을 때, 그녀는 불임이었던 게 분명하다.

---

* long home. 무덤을 가리키는 말. 시편이 아니라 전도서에 나오는 표현이다.

펜터그램픽처스의 스카우트는 빌리 스트라이커라는 사람인데, 내 친구의 이름 빌리Billy와는 철자가 다른 빌리Billie이고 스트라이커 Striker가 아니라 스트라이커Stryker이며—그래, 아마 나에게 이 이름의 철자를 알려주지 않은 것은 마시 메리웨더가 생각해낸 농담이었을 것이다—여자다. 내 가정과 달리 분명히 남자는 아니다. 내가 평소와 마찬가지로 여기 다락방에 올라와 있을 때 그녀의 말도 안 되게 작은 차가 씨근거리며 다가와 기침을 토해내며 광장으로 들어왔고 이윽고 초인종이 울리는 소리가 들렸다. 나는 리디아를 보러 온 사람이겠거니 하여 아무런 관심을 기울이지 않았다. 게다가 공교롭게도 리디아가 실제로 그녀를 붙들어 부엌에 데려다 앉혀놓고 담배와 차와 비스킷을 권했다. 아내는 온갖 종류의 불행과 특이한 면에 약한데 상대가 여자인 경우는 더 심하다. 그들이, 그 두 사람이 무슨 이야기를 했을까? 나중에도 나는 어떤 배려, 또는 수줍음, 또는 불안 때문에 묻지 않았다. 족히 이십 분은 지나서야 리디아가 올라와 문을 두드리고 손님이 왔다고 알렸다. 책상에서 일어나 리디아와 함께 내려가려는데 리디아가 좁은 문간에서 한쪽 옆으로 물러서더니, 마술사가 아주 작은 모자에서 아주 큰 토끼를 꺼내는 듯한 느낌으로 좁은 층계에 서 있던 젊은 여자를 앞으로 내밀어 가볍게 방안으로 밀어넣고 떠났다.

빌리 스트라이커는 여자일 뿐 아니라 내가 예상하던 것과는 완전히 달랐다. 내가 무엇을 예상했을까? 똑똑하고 산뜻한, 대서양 건너편의 어떤 사람, 아마도. 그러나 빌리는 분명히 이 지역 출신이고, 내 판단으로는 삼십대 중반에서 후반 사이의 키가 작고 통통한 사람이다. 정말로 주목할 만한 체형의 소유자인데, 비 오는 곳에 내놓았다가 아무렇게나 층층이 쌓아올린 다양한 크기의 판지 상자들이라 해도 좋을 것같았다. 그녀가 입고 있는 아주 꼭 끼는 청바지, 커다란 머리를 그 모든 위태롭게 쌓아올린 상자들 위에 똑바로 얹어놓은 고무 공처럼 보이게 하는 검은색 터틀넥 스웨터는 그런 전체적 효과를 개선하는 데 아무런 도움이 되지 않았다. 그녀의 아주 귀여운 얼굴은 넘치는 잉여의 살 사이에 박혀 있고, 손목은 아기처럼 오목하게 들어가 있어서 두 손이 팔에 붙어 있는, 아니 끼워져 있다고 해도 좋을 그 접합점을 실로 꽉 동여맨 것처럼 보인다. 왼쪽 눈 밑에는 자주색과 노란색이 섞인 그림자가 있었는데 일주일 전쯤에는 틀림없이 진짜 시퍼런 멍이었을 것의 잔재였다―그건 어디서 어쩌다 생겼을까, 궁금하다.

나는 리디아가 그녀를 데리고 올라오지 않았으면 하는 마음이었다.

그곳이 나의 도피처라는 사실 때문만이 아니라, 천장이 기울어진 그 방이 작고 빌리는 작지 않아서 그녀를 에둘러 몸을 조금씩 움직일 때면 마치 몸이 거대해진 채 '하얀 토끼'의 집에 갇힌 앨리스가 된 듯한 느낌이 들었기 때문이기도 했다. 나는 내가 작업—나는 그것을 작업이라고 부른다—을 하는 책상과 내가 앉아 있는 아주 낡은 회전의자와 더불어 이 한정된 공간에 들여놓을 수 있었던 유일한 가구인 오래된 녹색 안락의자로 그녀를 안내했다. 처음 이사왔을 때 리디아는 아래층의 비어 있는 방 한 곳—집은 크고 우리는 둘뿐이다—에 내가 쓸 제대로 된 서재를 만들라고 설득했으나 나는 여기 위에 있는 걸로 만족하고 비좁은 것에는 상관하지 않는다. 이런 경우만 예외인데, 이것은 극히 드문 일이다. 빌리 스트라이커는 거기 앉아 단호하면서도 왠지 쓸쓸한 분위기로 통통한 손가락을 비비 꼬고 가볍게 숨을 헐떡이면서 나를 제외한 모든 것을 보고 있었다. 그녀가 의자에 거주하는 방식은 특별하면서도 단정치가 못해 앉아 있다기보다는 늘어져 있는 느낌을 주었다. 그녀는 쿠션의 앞쪽 가장자리에 엉덩이를 붙인 채 커다란 무릎을 느슨하게 벌리고 있었으며, 운동화를 신은 두 발바닥은 안을 향해 마주보게 놓여서 발목 바깥쪽이 납작하게 바닥을 누르고 있었다. 나는 마치 자신의 의자와 권총이 있는 곳으로 조심스럽게 다가가는 사자 조련사처럼 웃음을 짓고 고개를 끄덕이며 게걸음으로 책상에 가서 앉았다.

그녀는 자신이 여기에 왜 와 있는지 나만큼이나 모르는 것 같았다. 내 이해가 정확하다면 그녀는 조사원이다. 영화계 조사원도 스카우트라고 부르나? 배울 게 아주 많다. 악셀 판더의 삶을 조사하고 있느냐고 묻자 그녀는 내가 농담을, 그것도 재미있지도 않은 농담을 한 것처럼 나를 보더니 짧고 조롱하는 듯한 웃음을 터뜨렸다. 마시 메리웨더에게서 배운 듯한 웃음소리가 났다. 그렇다, 그녀는 말했다, 판더 일을 했다. 일을 했다고, 응? 걱정이 될 만큼 애를 쓴 것 같은 느낌이다. 나는 그녀의 쭈뼛거리는 태도에 당황하여 어떻게 이야기를 이어나가야 할지 몰랐고, 우리는 무거운 정적 속에 아주 오랫동안 함께 앉아 있었다. 그녀가 조사원이고 아마도 그런 종류의 일을 하는 방법을 알 테니 그녀를 프리랜서로 고용해 미시즈 그레이를 추적하는 일을 맡겨도 되지 않을까 하는 한가한 생각이 떠올랐다. 솔직히, 제멋대로 머릿속으로 파고드는 공상일 뿐. 그렇다 해도 나의 사라진 사랑의 소재所在를 추적하는 일은 어렵지 않을 것이다. 그레이 가족을 기억하는 사람들이 아직도 그 타운에 있을 것이고—그들이 떠난 후로 오십 년밖에 지나지 않았고 그들이 갑자기 떠난 이유도 틀림없이 기억에 남을 만한 것이었으니까—그들이 어떻게 되었는지 알 수밖에 없는 사람들도 있을 것이다. 그리고 빌리 스트라이커는, 나는 확신했다, 냄새를 맡기로 마음만 먹으면 가차없는 블러드하운드*가 될 것이다.

나는 우리 둘 다 참여하는 것으로 되어 있는 영화 프로젝트에 관해 한두 가지 질문을 던졌고 그녀는 다시 그 빠르고, 또 내 생각으로는 믿지 못하겠다는 눈길로 나를 잽싸게 보았는데, 그 눈길은 내 무릎 위로는 올라오지 않고 다시 침울하게 카펫으로 돌아갔다. 그렇게 앉아 있는 것은 힘든 일이었고 나는 인내심을 잃기 시작했다. 나는 느릿느릿

---

* 사람을 찾을 때 쓰는 후각이 발달한 개.

책상을 따라 손가락을 움직였고 콧노래를 부르며 창밖을 내다보았다. 그곳에서는 광장의 한 모퉁이 너머로 운하가 살짝 보인다. 이 질서정연하고 평온한 모조품 강이 내가 요즘 견딜 수 있는 최대한의 물이다. 캐스가 죽은 뒤 우리는 전처럼 바닷가에서 살 수 없었다. 파도가 바위에 부서지는 광경을 감당할 수 없었다. 마시 메리웨더는 왜 무슨 목적으로 이 과묵하고 둔한 사람을 나에게 보냈을까? ―리디아는 아래층에서 이 여자와 오래 함께 있는 동안 무엇을 했을까? 여자들이 합심해 꾸민 게 분명한, 그러나 겉으로는 아무런 목적이 없어 보이는 음모에 걸려들었다고 느낄 때가 가끔 있다. "모든 게 무슨 의미가 있는 건 아니야." 리디아는 아리송하게 그런 말을 하고 나서 약간 부어오른 듯한 표정을 짓기를 좋아한다. 마치 엄하게, 하지만 힘겹게 폭소를 참고 있는 것처럼.

나는 빌리 스트라이커에게 다과를 좀 가져다줄까 물었고, 이때 그녀는 아래 부엌에서 리디아가 끈질기게 권한 차와 비스킷 이야기를 했다. 이 부엌에 관해서는 이야기를 좀 해둬야겠다. 그곳은 리디아의 자리다. 이 다락방이 내 자리이듯이. 그녀는 요즘 그곳에서 많은 시간을 보낸다―나는 웬만하면 감히 그 문지방을 넘지 않으려 한다. 부엌은 동굴 같은 방으로 천장이 높고 거친 돌벽이 그대로 드러나 있다. 싱크대 위에는 커다란 창이 있지만, 기억도 할 수 없는 옛날에는 장미나무였던 가시덤불이 바로 앞에 있어, 날빛은 거의 뚫고 들어오지 못하고 음울한 침침함이 방을 지배한다. 리디아가 그곳을 관장하고 있을 때보다 그녀의 조상이 사막에 살았다는 사실이 분명하게 드러나는 때는 없다. 어쨌든 내가 보기에는. 수도 없이 문질러 닦은 높은 사각 전나무 탁자에 신문을 펼치고 담배를 물고, 어깨에는 자주색 체르케스* 숄을 두르고 어스름 색깔의 팔뚝에는 짤랑거리는 가느다란 은과 금 팔찌를 여러 개 감고. 이런 말을 입밖에 내지야 않겠지만 다른 시대에 태어났다면 리디아는 마녀 취급을 받았을지도 모른다는 생각이 자주 든다. 그들이, 그녀와 빌리 스트라이커가 아래 거기에서 과연 무슨 이야기를 했을까?

빌리는 이제 서둘러야 한다고 말했지만—뭘? 나는 궁금했다—떠날 준비가 되었다는 다른 신호는 주지 않았다. 나는 당혹감을 감추지 못하면서도 연락해줘서 고맙다고, 만나서 반가웠다고 말했다. 그뒤에 다시 정적과 느릿한 바라보기가 이어졌다. 그러다가 나는 스스로 의식하지도 못한 채 딸에 관한 이야기를 꺼냈다. 이것은 이상한, 전혀 나답지 않은 일이었다. 마지막으로 누군가에게, 심지어 리디아에게조차, 캐스 이야기를 한 게 언제인지 기억나지 않는다. 나는 나의 잃어버린 사람에 대한 기억을 열심히 경비하고 있다. 강한 날빛으로부터 보호해야 하는 섬세한 수채화첩처럼 꼭꼭 싸서 보관하고 있다. 그런데 나는 거기에서, 말도 잘 통하지 않는 경계심 많은 이 낯선 사람에게 그애와 그애가 한 일에 관해 주절주절 늘어놓고 있었다. 물론 나는 만나는 모든 젊은 여자에게서 캐스를 본다. 자신의 삶을 짧게 끝내버렸을 때의 캐스가 아니라 지금, 십 년이 지난 지금 상상되는 그 아이를. 공교롭게도 그녀는 빌리 스트라이커 정도의 나이가 되었을 것이다, 물론 그것만이 둘의 공통점일 테지만.

---

* 북캅카스 일대에 거주하다가 18~19세기 러시아의 공격을 받아 흩어진 민족.

그러나 캐스가 떠오르는 것, 특히 그런 미약한 방식으로 떠오르는 것과 그애에 관해 이야기하는 것, 그것도 그렇게 느닷없이, 심지어 황망하게 이야기하는 것은 완전히 다른 일이었다. 캐스를 생각할 때면—내가 캐스 생각을 하지 않는 때가 언제인가?—내 주위 사방에서 수많은 것이 몰려오며 울부짖는 듯한 느낌이 든다. 마치 온몸을 적시는 폭포 바로 밑에 서 있는데 어찌된 일인지 내 몸은 마른 채, 뼈처럼 바싹 마른 채인 듯하다. 애도는 나에게 그런 것이 되었다, 항상 밀려오는 큰물, 바싹 말려버리는 큰물. 사별에는 어떤 수치심이 따라붙는다는 것도 알게 된다. 아니, 딱히 수치심이라고 할 수는 없다. 이를테면 어떤 어색함, 어떤 멋쩍음. 심지어 캐스가 죽고 난 직후에도 나는 사람들 앞에서 지나치게 울어대지 않는 것, 무슨 일이 있어도 침착한 것, 또는 침착의 외양을 유지하는 것이 의무라고 느꼈다. 울 때도 우리는, 리디아와 나는 은밀히 울었다. 위로하러 온 사람이 떠나면 미소를 지으며 현관문을 닫고 나서 곧바로 서로의 목에 얼굴을 묻고 아예 울부짖었다. 그러나 이제 빌리 스트라이커에게 말을 하면서 나는 어떤 식으로인가 사실상 울고 있다는 느낌이 들었다. 설명은 할 수 없다. 물론 눈물은 없었다. 그저 말이 그치지 않고 쏟아져나왔을 뿐이지만, 정말 제대로 우는 일에 몸을 완전히 내맡겼을 때 경험하게 되는, 무력하게 곤두박질치는 거의 관능적인 느낌이 있었다. 물론 마침내 말이 바닥났을 때는 마치 가볍게 덴 것처럼 몹시 후회스럽고 무안했다. 빌리 스트라이커는 노력이라고는 조금도 기울이지 않는 것 같았는데 어떻게 내가 그렇게 많은 말을 하게 한 걸까? 그녀에게는 눈에 보이는 것 이상의 뭔가가 있는 게 틀림없었다. 또 있기를 바라기도 했다. 눈에 보이는 것은 호감이 간다고 하기에는 부족했기 때문이다.

내가 그녀에게 무슨 말을 했을까, 무슨 이야기를 한 것일까? 기억나지 않는다. 주절거렸다는 것만 기억나지 뭘 주절거렸는지는 기억나지 않는다. 내 딸이 학자였고 드문 종류의 정신장애로 고생했다고 말했던가? 아이가 어리고 아직 병 진단을 받지 않았을 때 병의 신호가 줄어드는 것처럼 보이다가 이내 전보다 확연하게 걷잡을 수 없이 늘어날 때마다 아이어머니와 내가 불안한 희망과 잿빛 실망 사이를 어지럽게 오가곤 했다는 이야기를 했던가? 그 시절 우리가 단 하루의 평범한 날, 아침에 일어나 아무것에도 마음 쓰지 않고 아침을 먹으며 서로 신문에 난 기사를 조금씩 읽어주고 할일을 계획하고 그런 뒤 산책을 하면서 순수한 눈으로 풍경을 보고 나중에 와인 한잔을 함께 마시고 더 나중에는 함께 잠자리로 가 평화롭게 서로의 품에 누워 무탈하게 잠으로 빠져드는 날을 갈망하곤 했다는 이야기. 하지만 아니, 캐스와 함께하던 우리의 삶은 늘 감시였으며, 마침내 아이가 우리를 빠져나가 사라지는 묘기를 부렸을 때—사람들이 아주 정확하게 말하듯이 아이가 자신에게서 벗어나버렸을* 때—우리는 슬퍼하는 한가운데서도 아이가 결국 우리의 뜬눈으로 보내는 밤들을 끝내는 것은 불가피한 일이었다는 사실을 인정했다. 혹시나 우리가 자지 않고 지키는 것이 어떤 식으로든 그런 끝을 앞당기도록 부추긴 것은 아닌가 하는 생각이 들기도 했고, 우리가 그런 생각을 한다는 것에 경악하기도 했다. 진실은 아이가 늘 우리를 빠져나갔다는 것이다. 아이가 죽었을 때 우리는 아이가

---

\* 자살한다는 뜻.

자신의 불가사의한 연구에 깊이 빠져 '저지대'*에 가 있다고 생각했고, 머나먼 남쪽 포르토베네레에서 소식이 왔을 때, 마음속으로 언젠가는 올 것임을 늘 알고 있던 소식이 왔을 때, 우리는 상실감을 느꼈을 뿐 아니라 술책에, 잔인한 술책에 넘어갔다고, 그래, 용서할 수 없이 속아 넘어갔다고 느끼기도 했다.

하지만 잠깐, 기다려보라—방금 뭔가를 깨달았다. 나는 오늘 빌리 스트라이커의 조사 대상이었다. 그것이 그녀가 그렇게 얼버무리고 머뭇거린 이유, 그렇게 무겁게 침묵을 지킨 이유였다. 그 모든 것이 그녀가 조심스럽게 준비해놓은 진공 속에 내가 말을 집어넣기를 참을성 있게 기다리는 지연전술이었다. 나는 그럴 수밖에 없을 테니까. 얼마나 영리한가, 교활한 것까지는 아니라 해도, 그래, 음흉한 것까지는 아니라 해도. 하지만 그녀는 나에 관해 뭘 알아냈을까, 나에게 한때 딸이 있었고 그 아이가 죽었다는 것 외에? 내가 캐스에 관해 그렇게 오래 주절거린 것을 사과하자 그녀는 어깨를 으쓱하며 미소를 지었고—그런데 그녀의 미소는 매우 감화력이 있다. 슬프고 연약하지만 달콤하다—괜찮다고, 자신은 상관하지 않는다고, 듣는 게 자기 일이라고 말했다. "저는 그거거든요." 그녀가 말했다. "인간 습포제."

정말로 그녀에게 미시즈 그레이를 좀 찾아달라고 부탁할 것 같은 생각이 든다. 뭐 어떤가?

우리는 아래층으로 내려갔고 나는 그녀를 현관까지 배웅했다. 이제 리디아는 어디에도 보이지 않았다. 빌리의 차는 아주 오래되고 심하게

---

* 유럽 북해 연안 지역을 가리키는 말로, 벨기에, 네덜란드, 룩셈부르크가 포함된다.

녹이 슨 되슈보*였다. 그녀는 운전석에 올라타더니 다시 밖으로 몸을 내밀고 마치 뒤늦게 생각난 것처럼 다음주 초에 런던에서 대본 독회가 있다고 알려주었다. 출연진 모두가 참석할 것이고, 감독은 물론이고 각본가도 올 것이다. 각본가 이름은 제이비, 어쨌든 그 비슷하다—나는 최근 귀가 약간 어두워졌는데 계속 사람들한테 다시 말해달라고 하는 것은 괴로운 일이다.

빌리는 너울거리며 소용돌이치는 짙은 갈색 배기가스를 뒤에 남기고 떠났다. 나는 그녀가 광장에서 사라질 때까지 지켜보고 서 있었다. 정신이 멍하고 곤혹스러웠으며 희미하기는 하지만 분명히 불안에 사로잡혀 있었다. 그녀가 무슨 마법으로 내게서 캐스 이야기를 끌어낸 것일까, 아니면 내가 기회를 기다리고 있었을 뿐일까? 앞으로 몇 달 동안 이런 종류의 사람을 상대해야 한다면 나는 지금 도대체 어떤 상황에 말려든 것인가?


나는 그날 오후를 악셀 판더의 두꺼운 전기 『과거의 발명』을 숙독하며—이게 적당한 말인 듯하다—보냈다. 맨 처음에 무엇보다 강렬하게 다가온 것은 산문의 문체였다—사실 거의 놀라 자빠졌다. 으스대는 것일까, 아니면 일부러 그런 자세를 취한 것일까? 책 전체에 걸쳐 아이러니를 유지한 것일까? 극단적인 수사를 구사하고 극적으로 꾸미고 전적으로 부자연스럽고 인공적이고 엉겨 있는 이것은 가령 비잔

---

* Deux Chevaux. 프랑스 시트로앵사에서 생산했던 소형차.

틴제국의 하급 궁정 관리가 날조해낸—르 모 쥐스트!*—듯한 문체다. 노예 출신인 이 관리는 주인의 관대한 허락을 얻어 이것저것 섞인 폭넓은 자료를 자유롭게 이용하게 되었는데, 이 가엾은 친구가 그만 너무 지나치게 열심히 그 자유를 이용해버린 것이다. 우리의 저자—글의 분위기는 매혹적이다—우리의 저자는 다양하지만 체계적이지 않은 독서를 한 사람으로, 교육의 부족—라틴어는 거의 모르고, 그리스어는 더 모른다, 하하—을 가리기 위해 그 모든 책에서 모은 풍부하고 흥미로운 조각들을 이용했지만 결과는 의도와 정반대가 되었다. 모든 화려한 이미지와 매우 복잡한 은유에서, 가짜 지식과 거짓 학식의 모든 예에서 그는 어김없이 자신이 탐욕스러운 독학자임을 드러내고 있고 실제로도 그런 사람임이 틀림없다. 이 사람은 겉치레, 세심하게 꾸며낸 우아함, 댄디풍의 허세 뒤에서 공포와 불안 또 시큼한 원한에 시달리고 있지만 동시에 이따금 신랄한 위트와 아름다움의 아랫배**라고 부를 만한 것을 보는 눈을 갖고 있다. 이 사람이 악셀 판더라는 대상에 끌린 것도 놀랄 일이 아니다.

이 판더라는 사람은, 이렇게 말할 수도 있을 텐데, 지나치다 할 만큼 기인이다. 우선 그는 아예 악셀 판더가 아니었던 것으로 보인다. 진짜 판더는 안트베르펜 사람으로 전쟁 초기 어느 때인가 의문사했고—머리카락이 쭈뼛 설 정도로 정치적 반동이었음에도 레지스탕스에 참여했다는 그럴듯하지 않은 소문이 널리 퍼져 있었다—아무런 역사적 기록이 없는 이 다른, 위조된 인간은 그냥 그의 이름을 차지하고 노련하

---

* le mot juste. '적당한 말이다'라는 뜻의 프랑스어.
** 가장 취약한 부분을 가리킨다.

게 그의 자리로 들어갔다. 가짜 판더는 저널리스트이자 비평가였던 진짜 판더의 경력을 그대로 이어가면서 유럽에서 미국으로 도피하여 결혼을 하고 캘리포니아의 아커디*라는 기분좋은 이름을 가진 도시에 자리잡은 뒤 그곳 대학에서 오래 가르쳤다. 부인이 죽자—부인은 때 이르게 노망이 들었던 것으로 보이는데 사실은 판더가 그녀를 살해했을지도 모른다—판더는 바로 일을 내팽개치고 토리노로 이주했으며 그곳에서 일이 년 뒤 죽었다. 이것이 우리의 저자가 서문 다음에 제공한 유용한 연표에서 얻을 수 있는 사실들인데, 그는 내가 아무런 꾸밈 없이 전혀 만지작거리지 않은 문장으로 그 사실들을 제시하는 것을 보면 아마 분개할 것이다. 판더는 미국에 있던 시절 쓴 책들, 특히 『두드러진 사실로서의 가명: 정체성 탐구에서의 주격』이라는 신비한 제목이 붙은 에세이집으로 논란의 여지는 있지만 우상파괴자, 지적인 회의주의자라는 평판을 얻었다. "작품 전체에 걸쳐 고약한 흐름이 느껴지며," 환멸을 느낀 그의 전기 작가는 입을 비쭉거리는 것이 눈에 보일 듯한 어조로 말한다. "툭하면 퉁명스럽고 독설적인 노처녀, 우연히 정원으로 날아든 꼬마들의 축구공을 압수하고 저녁이면 향수 냄새가 나는 편지지에 독이 묻은 펜으로 마을 이웃들에게 편지를 쓰는 노처녀의 말투가 튀어나온다." 아까 내가 했던 문체 이야기가 무슨 뜻인지 알 수 있을 것이다.

이 판더라는 인물을 내가 연기해야 한다니. 맙소사.

하지만 어떤 면에서는 왜 누군가가 여기에 영화의 재료가 있다고 생

---

* Arcady. 이상향을 뜻하는 아르카디아(Arcadia)의 영어식 표기.

각했는지 알 것 같다. 판더의 이야기는 일종의 유독한 마력을 만들어 내고 있다. 아마 내가 지나치게 귀가 얇기 때문이겠지만 조금 전에 빌리 스트라이커가 둥지를 틀고 가쁘게 숨쉬던 낡은 녹색 팔걸이의자에 앉아 읽다보니 은근히 이야기에 사로잡히면서 능숙한 솜씨에 휘둘리고 있다는 느낌이 갑자기 찾아왔다. 내 머리 위로 기울어진 창 너머 10월의 하늘에는 구릿빛 구름이 떠가고 있었고, 방안의 빛은 창백하면서도 밀도 높은 기체였고, 정적 또한 밀도가 높아 마치 비행기 안에서처럼 귀가 막힌 것 같았다. 그때 나는 흐릿한 첫번째 진짜 악셀 판더는 멈칫거리다 소리 없이 쓰러지고, 그의 찬탈자가 어색함 없이 매끈하게 그의 자리로 들어가 걸어다니고, 미래로 들어가고, 나에게 다가와 이번에는 내가 곧 일종의 악셀 판더가 되는 것, 흉내와 기만의 사슬에서 또하나의 변변치 않은 고리가 되는 것을 본 듯한 느낌이었다.

산책을 하러 나가야겠다. 아마 그러면 나 자신으로 회복되겠지.


나는 걷기를 좋아한다. 아니, 나는 걷는다, 고 말하고 거기서 끝내는 게 좋겠다. 그것은 캐스가 죽은 뒤 애도하던 처음 몇 달 동안 몸에 붙은 오랜 습관이다. 밖에 나가 산책을 하는 것의 리듬과 목적 없음에는 위로가 되는 뭔가가 있다. 나의 직업, 사실 마시 메리웨더가 각광, 아니 아크등, 아니 뭐라고 부르든, 그 조명 아래로 나를 다시 불러내기 전까지는 이미 은퇴했다고 생각하고 있었지만, 내 직업은 늘 나에게 낮시간의 자유를 주었다. 다른 사람들이 일하느라 실내에 갇혀 있는 동안 밖에 나가 느긋하게 시간을 보내는 것에는 어떤 미지근한 만족감이 있다. 아침나절이나 이른 오후의 거리에는 분명하지만 아직 이루지 못한 목적의 분위기가 감돌아서, 뭔가 중요한 일이 깜빡하고 일어나지 않은 느낌이다. 낮에는 거동이 불편한 사람들이 밖으로 나와 바람을 쐬고, 또 노인과 이제는 고용되어 있지 않은 사람들도 빈 시간을 그냥 저냥 보내며 상실을 다스린다. 아마도 내가 그러는 것처럼. 그들은 경계하고 약간 죄책감을 느끼는 모습이다. 아마도 자신의 게으름에 누가 문제를 제기하는 게 두려울 것이다. 급하게 할 일이 없다는 데 익숙해지는 것은 어려운 일이 분명하며, 그 아크등이 마지막으로 꺼지고 세트가 해체되면 나도 그것을 알게 될 수밖에 없다. 그들의 세계는 내 상상으로는 추동력이 없는 세계다. 나는 그들이 타인의 바쁨을 부러워하면서, 구역을 돌아다니는 행운의 우편배달부, 장바구니를 든 주부, 밴을 타고 필요한 물건을 배달하는 하얀 가운 차림의 남자들을 분개한 눈으로 바라보는 것을 본다. 그들은 의도하지 않은 게으름뱅이, 길을 잃은 자, 어쩔 줄 모르는 자들이다.

나는 부랑자들도 관찰하는데 이 또한 나의 오랜 취미다. 과거와는 다르다. 세월이 흐르면서 부랑자, 진짜 부랑자는 질이나 양에서 꾸준히 감소해왔다. 사실 이제는 부랑자를 오래된 고전적인 의미에서 부랑자라고 말할 수 있을지 자신이 없다. 요즘은 아무도 길거리에서 어슬렁거리거나 막대기에 보따리를 꿰어 들고 다니거나 색색의 목도리를 자랑하고 다니거나 무릎 아래 바짓자락을 노끈으로 동여매거나 도랑에서 담배꽁초를 주워 깡통에 담아두지 않는다. 배회하는 사람들은 이제 모두 술꾼이거나 약에 취해 있고 길거리의 전통적인 방식에는 아무런 관심이 없다. 특히 중독자들은 새로운 부류인데 늘 바쁘고 늘 임무가 있어 빠른 걸음으로 지칠 줄 모르고 혼잡한 보도를 따라 걷거나 부주의하게 차량들 사이를 요리조리 빠져나가며, 프레리도그처럼 늘씬하고 홀쭉한 엉덩이에 평발이다. 젊은 남자들은 눈이 죽었고 목소리는 슬쩍 긁어대듯 가벼우며 뒤에서 비틀비틀 그들을 따라가는 여자들은 괴로운 눈의 아기를 끌어안고 알 수 없는 말로 비명을 지른다.

내가 지금까지 한동안 눈여겨보고 있는 한 방랑자를 나는 '트리니티 맨 트레버'라고 부른다. 그는 매우 우수한 유형으로, 이 부류의 귀족이다. 그가 처음 내 눈에 띈 것은 오륙 년 전쯤이 분명한데, 그때 그는 건강해 보였고 술에 취하지 않았고 생기가 가득했다. 눈부신 여름 아침 그는 강에 놓인 다리를 건너고 있었다. 선명한 빛 속에서 두 팔을 휘저으며 깡충깡충 뛰어가고 있었다. 짙은 파란색 피코트에 두툼한 크레이프 고무 밑창이 달린 노란색 새 스웨이드 부츠 차림이었다. 또 챙이 있는 매우 경쾌한 코듀로이 모자를 멋지게 쓰고 여름 더위에도 불구하고 목에 트리니티\* 스카프를 둘러 매듭을 묶었다―내가 그를 부르는 별명은 여기에서 나왔다. 희끗희끗한 수염은 끝이 뾰족해지도록 단정하게 다듬었으며 눈은 맑았고 얼굴은 불그레한데 아주 가벼운 장식무늬처럼 핏줄이 끊어진 곳이 비쳐 보일 뿐이었다. 그의 어떤 점 때문에 내가 관심을 가지게 되었는지는 잘 모르겠다. 어딘가 무시무시한 곳에서 돌아와 건강과 정력을 회복한 듯한 모습 때문인 것 같기는 하다. 나는 그가 세인트 빈센트나 세인트 존 오브 더 크로스 알코올중독자 치료소에 있었다고 확신하기 때문이다. 마르타와 마리아가 묘지에서 집으로 데

---

\* 더블린 트리니티 칼리지를 말한다. 아일랜드 작가 윌리엄 트레버가 이 학교에 다녔다.

려와 수의를 다 벗기고 일으켜세워 단장해준 나사로가 아마 그런 모습이었을 것이다. 나는 거리에서 그를 두어 번 더 보았는데 여전히 통통 튀는 듯하고 밝았다. 어느 날 아침에는 신문 가판대에서 〈타임스〉를 사고 있던 그의 뒤에 섰다가 그의 목소리가 아주 낭랑하여 귀가 쫑긋 서기도 했다.

그러다가 재앙이 닥쳤다. 안개 낀 가을 아침의 이른 시간, 여덟시나 여덟시 반이었고 나는 그를 처음 보았던 다리를 건너고 있었으며 그곳에 그가 있었다. 스카프, 경쾌한 모자, 노란 부츠 다 그대로인 채 길을 서두르는 사무 노동자들의 물결 속에 갇혀 비스듬하게 정지한 상태로 마리오네트처럼 늘어져 위태롭게 흔들리고 있었다. 졸린 것처럼 눈을 감고 아랫입술은 벌겋게 아래로 늘어져 있었으며, 왼손에는 갈색 종이 봉투에 든 큰 병을 움켜쥐고 있었다.

하지만 이것으로, 이런 위신 실추로 그가 끝난 것은 아니었다, 전혀 아니었다. 그는 여러 번 수레 위로 다시 기어올라왔으며 그때마다 다시 떨어지긴 했지만, 또다시 떨어질 때마다 보통 더 심각한 대가를 치러야 했지만, 그가 끝내 이렇게 연거푸 소생하는 것에 나는 기분이 좋아지며, 불길한 부재의 기간 뒤에 그가 다시 눈을 빛내고 스웨이드 부츠를 솔질하고 트리니티 스카프를 깨끗하게 빨고 침자국 없이 거리에서 나를 향해 활달하게 다가올 때면 나도 모르게 환영의 미소를 활짝 짓는다. 물론 그는 나에게 전혀 주의를 기울이지 않으며, 한 번도, 확신컨대, 자신을 열렬하게 따라다니는 내 눈길의 압박을 느낀 적도 없다.

그는 술을 마시고 있을 때는 구걸을 한다. 그는 연기를 갈고닦아 감탄할 만큼 일관성을 유지한다. 손을 찻종 모양으로 내밀고 가능성이 있는 표적으로 발을 질질 끌며 다가가 지치고 목마른 아기처럼 애처롭게 흥얼거리는데, 얼굴은 완전히 한쪽으로 일그러져 있고 충혈된 눈은 떨어지지 않는 눈물 속에서 헤엄친다. 하지만 그것은 연기일 뿐이다. 어느 날 나는 특별히 아량을 느껴 그에게 10파운드짜리 지폐를 주었고—점심식사 뒤였고 나도 술을 마셨다—예기치 않은 너그러움에 깜짝 놀란 그는 즉시 자신이 맡은 인물에서 빠져나와 나를 향해 활짝 웃으며 우스터*를 연상시키는 강한 억양으로 따뜻하게 감사 인사를 했다. 만일 내가 허락만 했다면 그는 두 손으로 내 손을 잡고 동지로서 감사와 애정을 담아 손에 힘을 꽉 주었을 거라고 생각한다. 그러나 내가 지나가자마자 그는 다시 자신의 역으로 돌아가 아까처럼 손을 내밀고 음매 울어대며 강도짓을 했다.

운좋은 날이면 그는 돈을 꽤 번다, 내 생각으로는. 한번은 도무지 그와 연결이 되지 않는 장소 중에서도 은행에서, 금전 출납원의 창구에서 그가 카운터를 꽉 채운 동전을 지폐로 바꾸는 것을 본 적이 있다. 그를 담당한 유니폼 차림의 젊은 여직원이 얼마나 인내심이 강하던지, 얼마나 관대하고 선량하던지. 심지어 그가 내뿜는 숨을 멎게 할 듯한 악취도 전혀 상관하지 않는 것처럼 보였다. 그는 차분하게 직원이 동전을 세는 것을 지켜보고, 그녀가 교환해준 얄팍한 지폐 다발을 우아하게 받아들어, 이제는 닳고 절대 지워지지 않을 때가 묻은 피코트의 안쪽 깊숙한 곳에 보관했다. "고맙소, 착한 아가씨, 정말 친절하구려." 그는 중얼거리며—그래, 나는 그가 하는 말을 들을 수 있을 만큼 살금

---

* P. G. 우드하우스의 코믹한 소설 시리즈에 등장하는 신사.

살금 그의 뒤에 바싹 다가가 있었다―고맙다는 뜻으로 더러운 손가락
의 맨 끝으로 젊은 여자의 손등을 가볍게 건드렸다.

그의 배회 범위는 아주 넓다. 도시 전역에서, 심지어 외곽에서도 눈
에 띄기 때문이다. 한번은 얼음이 얼 것처럼 춥던 어느 봄날 아침 비행
기를 타러 가는 길에 공항로에서 그를 보았다. 그는 시내를 향해 단호
하게 걸어가고 있었는데, 내쉬는 숨은 연기로 피어오르고 오래되고 망
가진 가엾은 코 끝에 걸린 콧물 방울은 서리가 앉은 듯한 분홍빛 햇빛
속에서 새로 깎은 보석처럼 반짝였다. 그가 거기서 무엇을 하고 있었
을까, 어디에서 오는 길이었을까? 그가 해외에 갔고, 거기에서 막 돌아
온 길, 새벽 비행기로 막 돌아온 길이었다고 생각하는 것이 가능한 일
일까? 그가 국제적으로 유명한 학자, 가령 산스크리트어 전문가나 노*
공연의 비길 데 없는 권위자가 아니라고 어떻게 자신할 수 있을까? 위
대한 실용주의 철학자 찰스 샌더스 피어스는 빵을 구걸해야 했고 심지
어 한동안은 거리에서 살았다. 뭐든 가능하다.

그의 걸음걸이. 미끄러지듯 발을 끌며, 장애가 있는 느린 속보라고
할 만한 방식으로 움직이는 것을 보면 발에 뭔가 문제가 있는 게 틀림
없다―혈액순환 불량, 그게 내 짐작이다. 하지만 그래도 놀랄 만큼 빠
르게 나아간다. 손도 안 좋으며―이것도 혈액순환 문제―누가 그를
위해 떠준 더러운 흰색 손가락 없는 양모 장갑을 끼기 시작한 게 눈에
띈다. 그는 걸을 때 팔꿈치를 구부리고 두 팔을 계속 들어올려 장갑을
낀 손을 앞으로 내민다, 느린 동작으로 몸을 푸는 펀치 드렁크 상태의

_____
\* 일본의 전통 가면극.

권투선수처럼.

그가 나보다 족히 스무 살은 연하일 게 틀림없다고 생각하면 충격을 받게 된다.

오늘 오후에 산책을 하다 우연히 그를 만났다. 내심 그렇게 되기를 바라고 있었는데, 이제 그는 나에게 일종의 부적이기 때문이다. 나는 개 경주 트랙 옆을 걸어내려가고 있었다. 그곳에는 낡은 가스탱크의 뼈대가 아직도 서 있다. 거기가 내가 어슬렁거리기 좋아하는 종류의 동네, 추레하고 꾸밈없는 동네. 나는 가난한 부류의 한량flâneur으로 화려한 대로나 널찍하게 펼쳐진 도시공원은 절대 찾지 않았다. 나는 버스 정류소 맞은편 얼마 안 남은 부서진 담에 흡족한 표정으로 앉아 있는 트리니티 트레버와 마주쳤다. 허벅지에는 플라스틱 상자가 놓여 있었고 거기에 담긴 것을 먹고 있었다. 길 아래쪽 주유소에 붙은 가게에서 산 게 틀림없었다. 나는 그게 무슨 파이나 누가 먹다 남긴 것처럼 생긴 그 울퉁불퉁한 소시지롤 중 하나일 거라고 생각했지만, 그와 같은 높이까지 다가갔을 때 그것이 하고많은 것들 가운데 크루아상이라는 것을 알 수 있었다. 우리의 멋진 트레브, 늘 삶의 작고 세세한 부분까지 소홀히 하지 않는단 말이지! 게다가 종이컵에 든 커피도 있었다―차가 아니었다. 커피콩의 진한 갈색 아로마가 풍겨왔기 때문이다. 하지만 그는 술에 취해 있었고 정신을 차리지 못했으며, 먹으면서 혼잣말을 웅얼거려 얇은 페이스트리 조각들이 앞에 떨어져내리고 있었다. 나는 발을 멈추고 그의 옆에 앉을 수도 있었다. 심지어 그럴 생각으로 속도를 늦추고 잠깐 멈칫거리기도 했지만 배짱이 사라져 그냥 계속 걸어가고 말았다, 아쉬워하며. 그는 평소와 마찬가지로 내 존재는 까맣게 모르고 있었다. 좋은 트위드 외투를 입고 교살자의 새끼 염소 가죽 장갑을 낀 채 슬금슬금 지나가는 회색의 늙고 바랜 마티네 아이돌*에 주목하기에는 너무 취해 있었다.

그가 누구인지, 또는 누구였는지 알고 싶다. 그가 어디 사는지 알고 싶다. 그에게는 몸 둘 곳이 있다, 그 점은 확신한다. 누군가가 그를 보살피고 돌봐주고 신던 부츠가 닳으면 새 부츠를 사주고 스카프를 빨아주고 술을 끊게 하려고 병원에 데려다준다. 나는 그게 딸이라고 확신한다. 그래, 헌신적인 딸, 틀림없이.

---

\* 마티네는 연극이나 영화의 낮시간대 상연을 뜻하는 말로, 마티네 아이돌은 여자 관객들에게 인기 있는 남자 배우를 가리킨다.

이제 나와 은막. 나도 당신이 이 이야기를 꼭 듣고 싶어하리란 걸 안다. 물론 이제는 은막이 아니라 야하게 색을 입히는데 이건 개악에 불과하다, 내 의견으로는. 마시 메리웨더는 내가 악셀 판더 역을 제안받은 첫번째 후보였다고 힘주어 말했지만 나중에 알고 보니 내 연식인 배우 적어도 셋한테 먼저 제안이 갔고, 그들 모두가 거절하자 절박해진 마시 M.이 나한테 연락해서 그 늙은 괴물 역을 맡아달라고 부탁한 것이었다. 내가 왜 수락했을까? 나는 일하며 사는 내내 무대 연기자였고 다른 방향으로 새 출발을 한다는 건 내 경력에서는 이미 좀 늦었다고 생각했다. 그래서 제안을 받았을 때 우쭐했던 것 같으며―음, 그래, 나는 우쭐했다. 물론 그랬다. 이번에도 허영심, 떨쳐내지 못하는 나의 죄―하겠다고 답할 수밖에 없었다. 나중에 겪어보니 영화 연기는 밤에 하는 무대 위의 고역에 비해 분명히 편한 듯하다—대개는 우두커니 서 있고 분장을 늘 새로 하고 고치고. 잼으로 버는 돈*이다, 사실. 아니면 햄**으로, 누가 방금 그렇게 말하지 않았나?

대본 독회는 이 일을 위해 특별히 빌린 템스강변의 크고 희고 괴괴하게 텅 빈 집에서 열렸는데, 새 글로브극장이 자리잡은 곳 근처였다. 이 새롭고 막연하게 걱정이 따르는 세계로 과감하게 들어서면서 나는 신경이 곤두서 있었음을 고백한다. 출연진 몇 명은 함께했던 무대 공연 덕에 알고 있었고, 다른 사람들도 여러 영화 때문에 아주 익숙하여 전부터 아는 사이라는 느낌이 들었다. 그 결과 나에게 그 독회는 오랜 방학을 마치고 학교로 돌아간 첫날과 비슷한 분위기가 있었다. 상대해야 할 새로운 반과 새로운 교사들, 수많은 새로운 얼굴과 지난 학기에 봐서 기억나지만 약간 바뀌고, 약간 커지고, 상스러워지고, 위협적으로 바뀐 얼굴들. 빌리 스트라이커도 그곳에 있었다. 군데군데 불거진 청바지에 목이 긴 스웨터 차림이라 오늘은 어느 때보다도 눅눅한 판지처럼 보였다. 그녀는 나에게 조심스럽게 손을 흔들며 머뭇머뭇 지치고 우울해 보이는 미소를 지어 보였다. 드문 일이었다. 그녀를 보자 나는 마음이 차분해졌고, 그것은 물론 그때 나에게 얼마나 나를 안심시켜주는 존재가 필요했는지 보여준다.

빌린 집은 동굴 같고 뼈처럼 하얘서 마치 거대한 두개골의 안을 다 파내고 표백한 것 같았다. 온갖 종류의 통로와 작은 방과 구불구불한 층계가 있어 우리 목소리가 그곳들을 통과하며 반향을 일으키고 합쳐

---

\* 수월하게 버는 돈이라는 뜻.

\*\* ham. 과장되고 서툰 연기를 한다는 뜻이 있다.

지고 충돌하면서 두통을 유발하는 요란한 소리가 되었다. 날씨는 묘했다—10월에 가끔 찾아오는 열에 들뜬 듯한 날 가운데 하루, 흘러가던 한 해가 순전히 장난기 때문에 일시적으로 역진하여 봄으로 돌아가버린 듯한 날이었다. 황갈색 햇빛은 단단하고 온기가 없었으며, 뻣뻣한 근육질의 바람은 강을 따라 질주하며 물을 휘저어 진흙빛 갈색 물결을 일으켰다.

돈 데번포트가 당연히 맨 마지막에 도착했다. 우리 가운데 가장 빛나는 스타였기 때문이다. 그녀의 리무진, 늘씬하고 검고 반짝거리는 그 특별한 물건은 아마도 방탄일 것이며 창문은 색깔이 들어가 불투명했고 앞에는 위협적인 그릴이 달려 있었다. 차는 문으로 다가오면서 강화된 서스펜션 위에서 무겁게 넘실거렸다. 비둘기 회색으로 말쑥하게 차려입고 반짝거리는 챙이 달린 모자를 쓴 기사가 그들이 흔히 그러는 것처럼 건장한 몸으로 발레하듯이 움직이며 튀어나와 뒷문을 얼른 열었고, 여인은 숙련된 동작으로 깊숙한 뒷자리에서 몸을 끌어내며 벌꿀색 긴 다리의 한쪽 밑면을 살짝 보여주었다. 그녀의 팬 스무 명 정도가 그녀를 맞이하기 위해 살을 에는 바람을 맞으며 웅크린 채 기다리다가—어디로 찾아가야 하는지 대체 어떻게 아는 걸까, 아니면 내가 순진한 건가?—이제 들쭉날쭉 환호성을 내질렀는데 내 귀에는 애정보다는 조롱이 담긴 소리로 들렸다. 그들 사이를 움직이며 그녀는 걷는 것이 아니라 두둥실 떠서 오는 것 같았다. 침범할 수 없는 아름다움의 거품 안에 들어가 떠내려오는 것 같았다.

그녀의 본명은 스텁스Stubbs, 또는 스크럽스Scrubbs,* 어쨌든 어울리지 않게 무딘 그런 이름이며, 따라서 그녀가 서둘러 이름을 바꾼 것도 놀랄 일은 아니다—하지만 왜, 오, 왜 데번포트일까? 업계에서 그녀는, 불가피하게, '배역 책임자의 소파'**로 알려져 있다. 하지만 오늘날의 젊은이들이 그런 것을 안다는 게 놀랍다, 그것은 분명히 메트로, 골드윈, 메이어 같은 것***과 함께 사라졌을 텐데. 그녀는 진실로 매혹적인 피조물이다. 내가 그녀의 아리따움에서 찾아낼 수 있는 유일한 흠은 그녀의 피부 전체에 걸쳐 희미한, 아주 희미한 회색 느낌의 솜털이 있다는 것인데, 그 때문에 카메라 밑에서는 피부가 떨리는 복숭아꽃으로 보이지만 실제로는 거리의 부랑아처럼 지저분해 보인다. 서둘러 덧붙이자면 나는 이렇게 슬럼가를 연상시키는 것이 뭐라고 설명할 수 없는 방식으로 흥미진진하다고 생각한다. 내가 지금보다 젊었다면—뭐 지금보다 젊었다면 내가 온갖 종류의 일을 할 수 있다고 상상하고 그러다 결국 나 자신을 엄청난 바보로 만들 것이다. 그녀는 우리들 가운데로 들어섰다. 우리는 그 집의 크고 외풍이 심한 현관에서 그녀를 기다리고 있었다. 수컷들이 목청을 가다듬는 소리가 합창처럼 울려퍼졌고—짝짓기 철의 후끈한 절정에 황소개구리들이 내는 소리처럼 들렸을 것이다—그녀는 해마가 몸을 약간 앞으로 기울인 각도로 곧장 우리 감독인 토비 태거트에게 미끄러져 가 그의 손목에 손가락 두 개를 얹더니 그 유명한 스치는 미소를 흘리고 흐릿하게 한쪽 옆으로 시선을 돌리며 그에게만 들리도록 숨가쁘게 한두 마디를 빠르게 토

---

* 철자는 조금 다르지만 stub에는 토막, scrub에는 문지른다는 뜻이 있다.
** 배우가 캐스팅 책임자와 성관계를 하는 대가로 배역을 얻어내는 관행을 빗댄 표현.
*** 미국의 유명 영화사 MGM은 메트로픽처스, 골드윈픽처스, 메이어픽처스가 합병해 탄생한 회사이며 각 영화사의 앞 글자를 따서 회사명으로 삼았다.

해냈다.

그녀가 몸집이 작다는 걸 알면 놀랄 것이다. 물론 스크린에서 보이는 것보다 훨씬 작은데, 스크린에서 그녀는 다름 아닌 '세 길의 디아나'*의 웅장함과 당당함을 뽐내며 거대한 광휘에 휩싸여 나타난다. 또 요즘은 다들 그래야 하듯이 불가능할 정도로 말랐는데—"어머, 하지만 나는 먹지 않아요." 그녀는 점심 휴식 시간이 되어 내가 정중하게 샌드위치를 갖다주겠다고 하자 딸랑거리는 웃음을 터뜨리며 말했다—특히 위팔의 안쪽 면이 눈에 띄게 말라서, 확연하게 홀쭉하고 창백한 피부밑으로 힘줄들이 불쾌하게 전시되어 있어 말하기 미안하지만 털 뽑힌 닭이 생각난다. 그녀의 나머지가 어떤지는 알기 힘들다, 그러니까 실물로 보았을 때. 스크린에서는 관객의 눈에 이미 거의 모든 게 드러나 있으니까, 특히 그녀가 자신의 세계를 관리하는 지친 매머드들에게 자신이 무엇으로 만들어진 사람인지 열심히 보여주려고 하던 가장 초기의 배역들을 통해. 하지만 커다란 스크린에서는 모든 살이 고유의 특징을 잃고 부드럽고 플라스틱처럼 밀도 높은 탄성을 가진 것처럼 보이게 된다. 그녀에게는 왠지 1920년대 신여성 같은 분위기가 있는데, 이런 인상은 그녀가 일부러 길러낸 게 분명하다. 그녀는 앞코가 뾰족하고 양옆이 높으며 앞쪽 위에 단추가 달린 작은 구두, 솔기가 있는 구식 스타킹, 아주 얇고 튜닉 같은 원피스를 좋아하는데, 그 원피스 안에서 그녀의 나긋나긋하고 무게가 없어 보이는 몸이 마치 모든 속박으로부터 독립한 것처럼 그 자체의 구불구불하고 불안한 박자

---

* 디아나는 로마신화에서 달과 숲, 사냥의 여신으로, 세 갈래의 갈림길은 디아나의 상징 중 하나다.

에 맞추어 움직인다. 그녀의 손을 클로즈업으로 본 적이 없다는 사실을 깨달은 적이 있는가? 그 또한 결점이다. 나는 그 손도 좋아하지만. 그녀의 손은 크다. 가느다란 손목에 비해 분명히 지나치게 크고 핏줄이 힘차게 불거져 있으며 손가락은 관절이 불거진 주걱 같다.

그녀가 대중에게 제시하는, 노력해서 만든 연약한 이미지에도 불구하고 그녀에게는 어떤 남자 같은 면이 있는데 이 또한 마음에 든다. 그녀는 담배를 피울 때—피운다, 몰랐나?—억세게 전심전력을 다하여, 얼굴을 앞과 옆으로 쭉 빼고 입술을 내밀면서 담배를 빨아들이는데, 그 때문에 여느 조명 담당이나 촬영기사처럼 서민적으로 보인다. 그녀는 두 팔꿈치를 무릎에 박고 앉아 물건을, 찻잔이나 둘둘 만 대본을 두 손으로 꽉 쥐고 있다. 그러면 굵은 손가락 관절이 팽팽하게 늘어나 반짝이는데 관절이라기보다는 놋쇠 너클*처럼 보인다. 목소리도 어떤 음역에서는 마땅히 그래야 하는 것보다 분명히 더 쉰 소리가 난다. 혹시 영화 인생에는 마치 지나친 운동이 근육을 과도하게 발달시키는 것처럼 여배우를 거칠게 만들고 감수성을 무디게 만드는 특별한 뭔가가 있는 것은 아닌지 궁금하다. 아마도 그것이 관객 가운데 반을 이루는 남성 대부분에게, 또 아마도 나머지 반인 여성 가운데 반에게도 그렇게 정신 못 차릴 만큼 매력적으로 다가가는지 모른다. 그런 배우들이 주는 압도적이고 난공불락인 제3의 성性이라는 인상이.

하지만 그 얼굴, 아, 그 얼굴. 그것은 묘사할 수가 없다. 그 말은 묘사하지 않겠다는 것이다. 어차피 누가 그것을 모르겠는가, 모든 면과

---

* 손가락 관절에 씌워 사용하는 무기.

그늘과 구멍까지? 그 얼굴, 그 엄숙하고, 잿빛 눈이 반짝이고, 달콤하게 서글프고, 누구에게나 에로틱하게 다가가는 얼굴이 나타나지 않은, 또는 그런 얼굴을 들여다보지 않은 젊은 남자의 열에 들뜬 꿈이 어디 있겠는가? 콧마루 양옆으로는 희미하게 뿌려놓은 듯한 주근깨가 있는데 적갈색, 광택 없는 황금색, 짙은 초콜릿색이다. 스크린에서는 그 부분에 화장을 더 짙게 해서 감추지만 그러지 말아야 한다. 우리 배우들이 말하듯이 그 미세한 매력이 무시무시한 영향을 주기 때문이다. 상상할 수 있다시피 그녀는 균형이 잘 잡혀 있고 완벽하게 침착하지만 나는 그녀의 깊은 곳에서, 그녀 존재의 가장 밑바닥에서, 한 박자의 원시적 공포, 신경을 따라 너무 빠르고 희미하게 움직여 거의 자취를 남기지도 않는 떨림, 우리 업계의 모두가―그리고 아마도 그 바깥의 모두가―빠지는 경향이 있는 그 공포의 전율을 탐지해낼 수 있다―들킬 것이라는 단순하고 텅 비고 견딜 수 없는 공포.

느릿느릿한 토비 태거트가 그녀의 팔꿈치를 잡고―그 대조적인 모습이라니!―내가 손톱을 열심히 살피며 어정거리고 있는 곳으로 그녀를 인도해 와 나에게, 그녀의 너무 노쇠한 주연 남우에게 소개하던 순간부터 나는 그녀가 마음에 들었다. 다가오다가 나를 바라볼 때 두 눈썹 사이의 창백하고 흠 하나 없는 피부에 주름이 잡히게 만든 그 희미한 찌푸림, 반은 실망이고 반은 오싹한 재미를 암시하는 찌푸림을 나는 놓치지 않았다. 또 그녀 스스로도 막을 길 없이 두 어깨가 미세하게 뒤로 젖혀지며 딱딱하게 굳는 것도 놓치지 않았다. 그러나 불쾌하지 않았다. 각본은 그녀와 나 사이에 어떤 힘겨운 드잡이를 요구하는데, 그것은 그렇게 어여쁘고 그렇게 섬세하고 그렇게 노골적으로 젊은 사람에게는 구미가 당기는 전망일 리 없다. 토비가 우리를 소개해주었을 때 내가 무슨 말을 했는지, 아니 더듬거렸는지 기억나지 않는다. 그녀는 추위를 불평했던 것 같다. 토비는 물론 그녀의 말을 잘못 들어서였 겠지만 크고 느리고 필사적으로 느껴지는 웃음을 터뜨렸는데, 마치 묵 직한 가구가 카펫을 깔지 않은 나무 바닥에서 옮겨지는 소리 같았다. 그때쯤 우리는 모두 희미한 히스테리 상태에 들어가 있었다.

악수를 하면 늘 그 전율, 그 근거 없는 끈끈한 친밀감, 뭔가가 뿜어 져 나왔다는 끔찍한 느낌, 거기에 더해 정확히 언제 가엾게 움츠러든 손을 풀고 거두어들여야 할지 도무지 알 수 없다는 느낌이 찾아온다. 하지만 돈 데번포트는 그간 경험으로 배운 게 있는 것이 분명했다. 그 녀의 그 정맥이 튀어나온 손은 내 손에 닿자마자 재빠르게 뒤로 빠졌 다—아니, 재빠르게는 아니고, 놓으면서 사분의 일 초 동안 살짝 느려 지는 방식으로 신속하게 미끄러지는 애무였다. 마치 공중곡예사들이 공중에서 헤어질 때 아쉬워하는 듯 나른하게 서로의 손끝을 놓아주는 것처럼. 그녀는 또 토비에게 그랬던 것과 똑같이 나에게도 옆으로 흘끗 던지는 미소를 보내주고 뒤로 물러났으며 잠시 후 우리는 모두 일층의 천장이 높고 창문이 많은 방으로 무리 지어 들어갔다. 스타, 스타 중의 스타 뒤에서 비틀거리며 걸어갔다. 눈에 보이지 않는 차꼬를 찬 채 서 로의 뒤꿈치를 밟듯이 걸어가는, 사슬로 함께 묶인 죄수들 같았다.

방은 전부 흰색으로 칠했고, 심지어 바닥에도 파이프 점토처럼 보이 는 것을 발라놓았으며, 안에는 네 벽을 따라 배치된, 등받이가 아치형 인 싸구려로 보이는 의자 스무 개 정도만 빼면 아무것도 없어, 걱정스 럽게도 벌을 주려는 용도인 것처럼 보이는 한가운데의 헐벗은 커다란 공간만 남았다. 우리 가운데 열등생, 대사를 잊어버리거나 소도구에 걸려 넘어지는 사람을 골라내 혼란과 수치를 겪으며 거기 서 있게 하려는 것 같았다. 키가 큰 내리닫이창 세 개가 밖의 강을 내다보고 있었다. 토비 태거트는 우리를 편하게 해주려는 생각에 넓적하고 각진 손을 흔들며 아무데나 원하는 자리에 앉으라고 말했고 우리는 모두 가장 눈에 띄지 않는 구석처럼 보이는 자리를 찾아 떼로 몰려가며 서로 부딪쳤다. 그러자 우리가 밖의 현관에서 몰려다닐 때 거기 있던 어떤 것, 우리 모두 순간적으로 느꼈던 어떤 마법적 가능성의 암시가 갑자기 사라지고, 기운 빠지게도 우리는 이 환상적인 꿈의 기획의 시작이 아니라 맨 끝에 와 있는 듯한 기분이 들었다. 다른 사람인 척, 무엇보다도 나 자신이 아닌 척하며 평생을 보낸 이 부조리한 업계는 얼마나 연약한지.

우선 토비는 각본가를 불러, 그의 표현을 빌리자면, 우리 이야기의 배경을 알려달라고 하겠다고 말했다. 우리 이야기라. 가장 상류층 양식으로 작동할 때 토비의 아주 전형적인 모습이다―그의 어머니가 귀족 누구누구라는 건 알고 있겠지? 이름은 잊어버렸지만 아주 거창했는데. 배우인 그의 아버지와는 얼마나 대조적인지, 테러웨이* 태거트, 그것이 황색 언론이 이 실제보다 부풀려진, 그의 세대에서 가장 사랑받았던 최악의 배우에게 즐겨 붙이던 딱지다. 보다시피 그동안 나는 앞으로 몇 주 또는 몇 달 동안 내가 일하게 될 뜨거운 온실 같은 회사를 주무르는 주요 인물에 관해 모을 수 있는 사실은 열심히 다 모았다.

---

\* Tearaway. 불량배라는 뜻.

토비가 작가를 언급하자 우리 모두 마치, 그래, 학처럼 목을 길게 뽑았다. 그가 우리 사이에 있다는 걸 대부분 몰랐기 때문이다. 우리는 얼른 그를, 그 수수께끼의 미스터 제이비를 가려냈다. 그는 한쪽 구석에 숨어 있었는데, 우리 모두의 시선이 집중되자 거미가 나타났을 때 낮은 대 위에 앉아 있던 미스 머핏*처럼 깜짝 놀란 표정이었다. 사실 내가 또 잘못 들었다는 사실을 알게 되었는데, 그는 제이비Jaybee가 아니라 JB였다. 이 악셀 판더의 전기 작가는 그와 조금이라도 친밀하다고 주장하는 사람들 사이에서는 그렇게 알려져 있었다. 그래, 각본이라는 범행을 저지른 자는 그 인생 이야기를 쓴 사람과 동일인이었는데, 그것은 내가 그때까지도 알지 못하던 사실이었다. 그는 나와 비슷한 연식에, 약간 구린 데가 있는 것처럼 자기를 내세우지 않는 사람이다. 나는 그가 이 자리에 있게 된 것을 불편해한다는 인상을 받았다—아마도 자신이 시시한 영화 작업보다는 훨씬 수준 높은 일을 하는 사람이라고 생각하는 것 같았다. 그러니까 이 사람이 망상에 빠진 월터 페이터**처럼 쓰는 바로 그 작자인 셈이다! 그는 잠시 음음 에에 소리를 냈고 그러는 동안 토비는 짜증스러워하면서도 자비로운 미소를 지으며 기다렸다. 마침내 어찌어찌해서 우리 이야기의 이야기꾼이 말을 시작하게 되었다. 그는 각본에 있는 것 외에는 우리에게 해줄 이야기가 거의 없었지만, 늙은 사기꾼, 그러니까 가짜 판더의 가면을 벗겼다고 주장하는 학자를 안트베르펜—그동안 주의를 기울이고 있었다면 기억하겠지만 그곳은 진짜, 원형-판더의 출생지다—에서 운좋게 만난 뒤

---

* 〈리틀 미스 머핏〉이라는 동요의 한 구절.
** 19세기 영국 작가.

악셀 판더의 전기를 쓰게 되었다며 그 경위를 길고 복잡하게 늘어놓았다. 이 부분 자체가 대단한 이야깃거리다. 이 학자, 네브래스카대학에서 포스트펑크를 연구하는 명예교수인 파고 드윈터*라는 사람은— "아니요, 선생님, 선생님 말씀이 맞습니다. 파고라는 아름다운 도시는 네브래스카에 없습니다, 많은 사람이 생각하는 것과는 달리요"—근면하게 전심전력을 다해 판더가 전쟁 동안 부역자 신문 〈플람스허 가제트〉에 쓴 반유대주의 글을 다수 발견하여 공개했다. 드윈터는 판더가 저지르고도 처벌받지 않은 극악무도한 행위들에 충격을 받았다기보다는 흥미를 느꼈다고 고백했다. 지금은 폐간된 신문에 쓴 더러운 글들만이 아니라, 믿어야 할지 말아야 할지 모르겠지만 병들고 짐스러운 배우자 살해, 악당 본인이라면 틀림없이 안락사라고 주장했을 짓에서도. 이 두번째 나쁜 짓은 JB가 빌리 스트라이커를 시켜 판더의 역겨운 냄새를 쫓게 하여 진실 전체가 드러나기 전에는 감춰져 있었다—그렇다고, JB가 병적인 미소를 지으며 말한 대로, 진실 전체라는 것이 존재한다거나, 존재한다 해도 그것이 드러날 가능성이 있다는 뜻은 아니지만. 이런 폭로는 너무 늦게 이뤄져 이미 고인이 된 극악한 판더는 아무런 해를 입지 않았지만 그의 사후 평판은 박살난 것이나 다름없었다.

우리는 한낮까지 일했다. 현기증이 났고 머릿속이 웅웅거렸다. 어디에나 흰색 면, 창을 창틀에서 쾅쾅 흔들어대는 바깥의 질풍, 밀려드는 강물과 성난 물에서 반짝이는 차가운 햇빛, 이 모든 것 때문에 나는

---

* 파고 드 윈터(Fargo DeWinter)는 네브래스카대학 출판부에서 폴 드 만 연구서 『거대한 빛Titanic Light』을 출간한 영문학자 오트윈 드 그래프(Ortwin de Graef)의 철자를 바꾼 것으로 보인다.

선박의 유흥, 가령 범선에서 올린 아마추어 연극 작품에 참여하고 있다는 느낌이 들었다. 승무원들이 배역을 맡아 뱃사람들이 상륙용 옷차림으로 등장하고 급사들이 주름 장식 달린 여자 옷을 입고 나오는 연극. 위층의 한 방에서 샌드위치와 병에 든 물을 나눠주었다. 나는 종이 접시와 종이컵을 들고 커다란 창문이 달린 벽을 피난처 삼아 찾아가, 곤두선 신경을 바깥의 빛에 씻겨주었다. 이곳은 지대가 높은 편이었기 때문에 강이 더 넓게, 더 가파른 각도에서 보였으며 나는 어지럼증에도 불구하고 임시 점심식사가 놓여 있는 뒤의 가대식 탁자 주위에서 몰려다니는 다른 사람들로부터 눈을 떼어 이 깎아지른 물 풍경에 시선을 고정하고 있었다. 터무니없어 보일지 몰라도 나는 특히 제작이 시작되는 시점에는 언제나 배우들 무리 사이에서 수줍음을 느꼈다. 수줍음과 희미한 위협을 느꼈는데, 어떻게 또는 무엇에 위협을 당하는지는 나도 잘 몰랐다. 배역을 맡은 배우들은 어떤 면에서는 다른 어느 집단보다 다루기 힘들다. 그들은 자신에게 목적을 주고, 자신에게 서 있을 자리를 보여주고, 자신을 차분하게 해줄 어떤 것, 명령, 연출을 기다린다. 그래서 내 생각으로는 바로 이렇게 초연해지려고 하는 경향 때문에 나는 자기중심주의자—자기중심주의자라니, 배우들 사이에서!—라는 평판을 얻게 되었고 성공을 거두던 시절에는 원한을 사기도 했다. 그러나 나는 늘 나머지 사람들과 똑같이 불안한 상태였고 머릿속으로는 내 대사를 지껄이면서 무대공포증에 떨고 있었다. 사람들이 그것을 보지 못했는지 궁금하다. 관객은 아니라 해도 적어도 내 동료 연기자들, 그들 가운데 그래도 더 예민한 사람들이.

질문이 다시 떠올랐다. 내가 왜 여기 있을까? 어떻게 해서 지원을 하지 않고도, 심지어 오디션도 없이 이런 근사한 배역을 나에게 주었을까? 출연진 가운데 젊은 축에 속하는 한두 명이 분노와 조롱이 섞인 표정으로 내 쪽을 보고 히죽거리는 느낌이 들었는데 제대로 본 건가? 내가 그들 가운데 다수에게 등을 돌리고 있는 또하나의 이유. 하지만 주여, 나는 실제로 내 세월의 무게를 느끼고 있었다. 나는 늘 무대에 올라갔을 때보다 아래에 있을 때 무대공포증을 심하게 느꼈다.

나는 오른쪽을 흘긋 보아 그녀가 내 옆에 서 있다는 것을 확인하기 전부터 그녀의 존재를 느끼고 있었다. 그녀는 두 손을 모아 종이컵을 꼭 쥐고 나와 마찬가지로 밖을 내다보고 있었다. 나는 모든 여자에게 아우라를 느끼지만 돈 데번포트는, 그런 여자는 매우 드문데, 정말이지 활활 너울거렸다. 영화판 〈과거의 발명〉은 등장인물이 여남은 명이지만 이렇다 할 역은 사실 둘, 판더로 나오는 나와 그의 코라로 나오는 그녀뿐이며, 이런 일들이 그렇듯이―그녀는 아마 다른 사람들의 질투에 나만큼이나 면역이 안 되어 있는 듯했다―우리 사이에는 이미 일종의 유대가 생겨나기 시작했고, 우리는 거기 함께 있는 것이 아주 편하다는 것, 혹은, 서로의 빛을 가리는 두 배우가 바랄 수 있는 만큼은 편하다는 것을 알았다.

나는 주연을 맡은 여성을 많이 알았지만 진짜 영화 스타와 이렇게 가까이 있어본 적이 없었으며, 돈 데번포트가 그녀의 공적 자아, 전문적인 솜씨로 만들어 완벽하게 살아 있지만 어떤 본질적인 불꽃이 빠져 있는 공적 자아의 크기를 줄여 만든 복제품이라는 묘한 인상을 받았고―더 무디고, 약간 더 볼품없고, 내 생각으로는 그냥 인간적, 그냥 평범하게 인간적이었다―내가 실망을 해야 하는지, 그러니까 환멸을 느껴야 하는지 아닌지 알 수가 없었다. 아래층 현관에서 소개를 받았을 때 무슨 말을 했는지 기억하지 못하는 것과 마찬가지로 이 두번째 만남에서 우리가 무슨 이야기를 했는지도 기억나지 않는다. 그녀에게는, 그녀의 약한 면과 희미하게 남자 같은 면의 결합에는 뭔가 내 딸에 대한 기억을 예리하게 자극하는 데가 있었다. 나는 돈 데번포트가 나오는 영화를 한 편도 보지 않은 것 같은데 그건 중요하지 않다. 그녀의 얼굴, 놀리듯 뿌루퉁한 얼굴, 또 그 깊이를 모르는 새벽 잿빛 눈은 달의 얼굴만큼이나 익숙했고, 동시에 멀었다. 그러니 어찌 거기 그 키 크고 빛으로 가득한 창 아래 서서 내가 잃어버린 딸을 떠올리지 않겠는가?

내가 평생 사랑했던 아우라 넘치는 모든 여자는, 지금 나는 사랑했다는 말을 가장 넓은 의미에서 사용하고 있는데, 나에게 자신의 자국을 남겼다. 옛 창조의 신들이 진흙을 빚어 우리를 만들었을 때 인간의 관자놀이에 엄지 지문을 남겼다고 하는 것처럼. 바로 그렇게 나는 내 기억의 밑면에 지울 수 없는 자국을 남긴 나의 여자들—그들 모두를 여전히 내 여자라고 생각하기 때문에—각각의 특정한 자취를 간직하고 있다. 거리의 분주한 군중 사이에서 밀 색깔의 머리카락으로 덮인 머리가 멀어져가는 모습, 혹은 위로 올라간 늘씬한 손이 특정한 방식으로 흔들리며 작별인사를 하는 모습이 흘끗 눈에 띄곤 한다. 호텔 로비의 맞은편에서 짧은 웃음소리 한 토막 또는 귀에 익은 따뜻한 억양으로 말하는 단어 딱 한 마디가 들리곤 한다. 이런저런 것을 만나는 순간 그녀는 그곳에 있다, 생생하게, 덧없이. 그러면 나의 심장은 늙은

개처럼 기어올라와 그리움에 잠겨 컹컹 짖는다. 그렇다고 이 여자들이 모든 속성 가운데 하나만 남기고 다 사라졌다는 말은 아니고, 가장 강하게 남아 있는 것이 가장 특징적이라는 뜻이다. 그게 정수다, 라는 느낌이다. 물론 미시즈 그레이는 마지막으로 보고 나서 오랜 세월이 흘렀음에도 전체로서 나에게 남아 있다, 또는 사람이 자신이 아닌 피조물에게서 끌어낼 수 있는 최대한의 전체로서. 어떻게 했는지 나는 그녀의 따로 떨어진 부분들을 전부 모아, 최후 심판의 나팔소리가 울리면 우리가 자신의 유해를 가지고 하게 될 거라는 방식으로 그 부분들을 합쳐서 기억이라는 목적을 위해서라면 충분히 쓸만한 완전하고 실물 같은 모델로 만들어놓았다. 이런 연유로 그녀는 거리에서 보이지 않고, 낯선 사람이 고개를 돌리는 모습에서 그녀가 소환되는 일도 없고, 관련 없는 군중 한가운데서 그녀의 목소리가 들리지도 않는다. 그녀는 나에게 충분히 임재하고 있기 때문에 조각난 신호를 보낼 필요가 없다. 또는 어쩌면 그녀의 경우에는 내 기억이 특별한 방식으로 작동하는지도 모른다. 기억은 자기가 그녀를 내 안에 꽉 붙들고 있다고 생각할지 몰라도, 그녀를 붙드는 것은 기억이 아니라 완전히 다른 어떤 기능일지도 모른다.

그 시절에도 그녀가 늘 나의 그녀는 아니었다. 내가 그들의 집에 있고 거기에 가족이 있을 때 그녀는 미스터 그레이의 부인, 또는 빌리의 어머니, 더 심할 때는 키티의 어머니였다. 빌리를 데리러 갔다가 집안으로 들어가 부엌 식탁에 앉아서 그애를 기다려야 할 때면—정말이지 느려터진 애였다—미시즈 그레이는 초점이 딱 맞지 않는 눈길을 내쪽으로 슬쩍 미끄러뜨리며 한껏 거리를 둔 느낌으로 미소를 짓고 마치 나를 보자 떠올랐다는 듯이 이런저런 허드렛일을 시작했다. 그럴 때면 그녀는 평소보다 느리게 움직이고, 평소와 다르게 꿈을 꾸는 듯한 모습이 역연하여 다른 사람들, 가족이 아니라 정말로 다른 사람들이었다면 틀림없이 수상쩍은 낌새를 챘을 것이다. 그녀는 뭔가를, 찻잔, 행주, 버터 묻은 나이프를 비롯해 무엇이든 집어들고 마치 그것이 자신의 의지로 그녀 앞에 나타나 그녀의 관심을 요구하는 것처럼 바라보았다. 그러나 잠시 후 더 멍해진 모습으로 그 물건을 다시 내려놓았다. 그녀가 거기 부엌 식탁 옆에 있는 모습이 눈에 보인다. 물건을 원래 있던 곳에 내려놓지만 완전히 손에서 놓지는 않고 있다. 마치 그 물건의 정확한 느낌, 정확한 질감을 간직해두려는 것처럼 여전히 물건 위에 손을 가볍게 얹고 있다. 다른 손의 손가락은 말을 안 듣고 튀어나오는 귀 뒤쪽 머리카락을 꼬고 또 꼬고 있다.

그럼 나는, 그런 때 나는 무엇을 했을까, 나는 어떻게 행동했을까? 이렇게 말하면 공상처럼 들릴 거라는 걸, 아니면 그냥 완전히 극단적으로 들릴 거라는 걸 알지만, 그레이네 집 부엌이라는 바로 그 위험한 막간에 나는 스스로 의식하지 못한 채 더듬더듬 나의 첫 무대로 걸어나갔다. 연기자 일의 기초를 가르쳐주는 데는 초기의 은밀한 사랑만 한 것이 없다. 나는 나에게 요구되는 것, 내가 해야 하는 역을 알았다. 무엇보다도 멍청할 만큼 순진해 보여야만 했다. 그래서 나는 놀라운 솜씨로 얼빠진 사춘기 소년의 보호막을 쓰고 열다섯 살짜리의 자연스러운 어색함을 과장하여 비틀거리고 웅얼거리고, 어디를 보아야 할지 내 손으로 무엇을 해야 할지 모르는 척하고, 어울리지 않는 말을 늘어놓고 소금통을 쓰러뜨리거나 우유 주전자에서 우유를 따르다 흘렸다. 심지어 나에게 말을 걸면 얼굴을 붉히기까지 했다. 물론 죄를 지어서가 아니라 괴로울 정도로 수줍어서 그런 것처럼. 세련된 나의 연기가 얼마나 자랑스러웠던지. 내가 터무니없이 과장된 연기를 한 것은 분명하지만 빌리도 그의 아버지도 내가 연기하고 있다는 것을 전혀 눈치채지 못했을 거라고 믿는다. 평소와 마찬가지로 내가 걱정한 사람은 키티였다. 작은 팬터마임을 하다가 그녀가 나를 바라보는 게 눈에 띄었을 때 그녀의 눈에서 다 안다는 냉소적인 반짝임을 너무도 자주 보았기 때문이다.

미시즈 그레이가 열심히 노력하여 거리를 두는 듯한 그 모든 흐릿한 분위기를 만들어냈음에도 언제나 갈고리에 걸려 있는 곤란한 상태였다는 것에는 의심의 여지가 없다. 조만간 내가 선을 넘는 바람에 엉덩방아를 찧고 그 결과 그녀가 사랑하는 사람들이 놀라 지켜보는 가운데 우리가 저지른 배신의 너저분한 꼴이 드러나며 그들의 발치에 우리 둘 다 널브러지게 될 수밖에 없을 거라고 두려워하고 있었다. 그리고 나는, 말하기 창피하지만, 잔인하게도 그녀를 놀렸다. 이따금 가면이 벗겨지도록 내버려두는 게 재미있었다, 순간적이기는 했지만. 다른 사람들이 보고 있지 않다고 판단하면 격정적으로 윙크를 하기도 하고, 지나가면서 우연인 듯 그녀의 몸 어떤 부분에 살짝 부딪히기도 했다. 가령 내가 아침 식탁 밑으로 그녀의 다리를 건드리면 그녀가 겁에 질려 깜짝 놀란 얼굴을 감추려 하는 것이 귀엽고 에로틱하다고 생각했다. 우리가 어울리던 초기에 그녀를 스테이션왜건 뒷자리에 밀어넣고 급하게 그녀의 옷을 헤집으며, 드러난 살의 여기저기 불룩하거나 우묵한 곳을 집적거리고 그 살은 내게서 움츠러드는 동시에 계속하라고 나를 유혹하던 시절, 그녀가 허둥거리며 무력하게 정숙한 태도를 유지하려던 모습이 떠올랐다. 그때 그녀는 자신의 부엌에서 얼마나 압박감을 느꼈을까, 어떤 공황과 공포를 느꼈을까. 반면 나는 얼마나 무정했는지, 경솔했는지, 그녀가 그런 시련을 겪게 하다니. 그러나 아무리 두려워했다 해도 그녀에게는 내가 그녀의 일상의 밋밋하고 가정적인 표면을 무신경하게 쿡쿡 찌를 때 그 자극에 전율을 느낄 수밖에 없는 면, 음탕한 면이 있었다.

나는 지금 키티의 파티 때를 생각하고 있다. 내가 어쩌다 거기 가 있게 되었을까, 누가 나를 초대했을까? 키티 자신은 아니었다, 그건 안다. 빌리도 아니었다. 당연히 미시즈 그레이도 아니다. 이상하다, 좀먹은 과거라는 직물을 지나치게 집요하게 내리누를 때 만나게 되는 이런 구멍들은. 어쨌든, 이유가 무엇이건 간에, 나는 거기에 있었다. 그 작은 괴물은 자기 생일을 기념하고 있었다, 몇번째 생일인지는 기억나지 않지만—내 눈에 그 아이는 나이를 안 먹는 것처럼 보였다. 그것은 난폭한 무질서가 지배하는 행사였다. 손님은 모두 여자애로, 이십 명쯤 되는 자그마한 말괄량이들이 무리를 지어 제멋대로 집안 곳곳에서 뛰놀며 서로 팔꿈치로 찌르고 옷을 잡아당기고 비명을 질렀다. 그들 가운데 하나, 유청乳淸 색깔 얼굴에 목이 없고 뚱뚱한 아이가 나에게 놀랄 만큼 관심을 보이며 들러붙었다. 부풀어오른 은근한 웃음을 흘리며 계속 내 팔꿈치를 툭툭 쳤다. 키티가 내 이야기를 한 게 틀림없었다. 모든 파티 게임은 격렬한 실랑이로 끝나 서로 머리카락을 잡아당겼고 주먹질이 오갔다. 미시즈 그레이가 부엌으로 피신하기 전에 질서를 유지할 책임을 맡겼기 때문에 빌리와 나는 해안에 잠깐 상륙한 선원 패거리가 토요일 밤 무허가로 문을 연 부두 옆 선술집에서 일으킨 폭동을 진압하려고 애쓰는 갑판 장교와 그의 동료처럼 소리를 지르고 찰싹찰 싹 때려가며 난투극 속으로 들어갔다.

이 왁자지껄한 파티가 특히 활기를 띠는 구간으로 접어들었을 때 는 나도 드잡이에 지치고 기가 죽어 부엌으로 물러났다. 키티의 뚱뚱 한 친구, 내 기억이 맞는다면 이름이 마지였는데―아마 요정으로 성 장하여 눈썹을 한 번 치켜올리는 것만으로도 남자들 마음깨나 흔들어 놓았을 것이다―그 아이가 나를 쫓아오려 했지만 내가 고르곤\*처럼 꼼짝 못하게 만드는 눈길로 노려보자 아이는 애절한 표정으로 물러서 서 내가 면전에서 부엌문을 닫아도 가만히 있었다. 나는 미시즈 그레 이를 찾으러 들어간 것은 아니었지만 그곳에 그녀가 있었다. 앞치마 를 둘렀고 소매를 걷어붙인 팔은 밀가루투성이였으며 오븐에서 페어 리 케이크\*\* 쟁반을 들어올리느라 허리를 구부리고 있었다. 페어리 케 이크! 내가 골반께를 끌어안을 생각으로 살금살금 다가갔을 때, 그때 그녀가 여전히 허리를 구부린 채 고개를 돌리고 나를 보았다. 내가 무 슨 말을 시작했지만 그녀는 이제 내 너머, 방금 내가 들어온 문을 보고 있었고 얼굴에는 경악과 경고의 표정이 떠올랐다. 빌리가 소리도 없이 나를 따라 들어와 있었던 것이다. 나는 바로 허리를 세우고 두 손을 양 옆으로 늘어뜨렸지만 내 행동이 충분히 빨랐는지, 아니면 빌리가 그곳 에서 내가 몸을 웅크리고 원숭이처럼 팔을 활짝 펼치고 손가락을 갈고

---

\* 그리스신화에 나오는 세 자매로, 머리카락은 뱀이고 쳐다보는 사람은 돌이 되었다고 한다. 메두사가 이 자매 중 하나다.
\*\* 작은 종이컵에 넣어서 굽는 컵케이크. 페어리(fairy)는 요정이라는 뜻이다.

리처럼 구부린 채 자기 어머니의 팽팽하게 내민 둔부를 향해 나아가고 있는 것을 보았는지 알 수가 없었다. 그러나 다행히도 빌리는 관찰력이 예민한 아이가 아니었고, 별 관심 없는 곁눈질로 우리 둘을 훑어본 뒤 식탁으로 가 플럼 케이크 조각을 집어들더니 지저분한 동작으로 얼른 입에 쑤셔넣었다. 그렇다 해도, 내 심장은 그 아슬아슬한 순간의 환희에 찬 공포에 얼마나 벌렁거렸는지.

미시즈 그레이는 짐짓 나를 무시하며 다가와 식탁에 케이크 쟁반을 놓고 다시 몸을 일으키더니 아랫입술을 내밀며 빠르게 숨을 위로 내뿜어 이마에서 흘러내린 머리카락을 불어 올렸다. 빌리는 여전히 케이크를 씹으며 자기 누이와 누이의 난폭한 친구들에 대한 불평을 웅얼웅얼 늘어놓았다. 그의 어머니는 지나가는 말처럼 입에 음식을 넣은 채 말하지 말라고 했지만—그녀는 여전히 골심지 컵에 담겨 쟁반의 얕은 구획 안에 각각 편안하게 자리잡은 채 바닐라 냄새를 따뜻하게 풍기는 케이크들을 보며 감탄하고 있었다—빌리는 들은 척도 하지 않았다. 그러자 그녀는 손을 들어 빌리의 어깨에 얹었다. 이 동작 또한 무심코 한 것이었지만, 그랬기 때문에 나에게는 더욱더 충격적이었다. 나는 격분했다, 둘이 거기 함께 있는 것을 보고 격분했다. 그녀는 그 모든 가정적인 분위기 한가운데서 빌리의 어깨에 손을 가볍게 얹고 함께 익숙한 세계를 공유하고 있는 반면, 나는 잊힌 것처럼 옆에 서 있었다. 미시즈 그레이가 나에게 어떤 자유를 준다 해도 나는 절대 그 순간의 빌리만큼 그녀 가까이 있을 수 없을 거다. 그는 늘, 매 순간 그렇게 가까이 있었고 앞으로도 늘 가까이 있을 거다. 나는 밖으로부터 그녀 안으로 들어갈 수밖에 없지만 빌리, 빌리는 그녀 안의 씨앗에서 움터 성장했고, 야만스럽게 어깨를 움직여 그녀에게서 빠져나온 뒤에도 여전히 그녀의 살 중의 살이요 피 중의 피다. 오, 이런 게, 정확히 이런 게 내가 그때 했던 생각이라고 말하는 건 아니다. 하지만 대충 그런 생각을 했다. 그리고 갑자기, 그 순간에, 몹시 아팠다. 모두가 모든 것이 나에게 질투심을 일으켰다. 질투는 털을 곤두세운 녹색 눈의 고양이처럼 내 안에 웅크리고 있다가 자극을, 진짜 또는 상상의—이 경우가 더 많겠지만—자극을 조금만 주어도 뛰어오를 태세였다.

그녀는 빌리에게 접시에 남은 플럼 케이크 조각과 커다란 레모네이드 병을 챙기게 했고, 바나나 샌드위치를 기와처럼 첩첩이 담은 나무쟁반을 들고 빌리 뒤를 따라 부엌을 나갔다. 거기에 스윙도어가 있었던가? 그래, 있었다. 그녀는 발을 멈추고 무릎으로 열린 문을 지탱한 채 책망과 용서가 모두 담긴 아주 엄숙한 눈길로 나를 흘끗 돌아보며 따라오라고 말없이 권했다. 나는 뚱해서 그녀를 향해 얼굴을 찌푸리며 고개를 돌렸고, 그녀가 놓아준 문이 제자리로 돌아와 닫히면서 스프링이 희극적인 고무질의 소리—보잉-잉-잉!—를 내는 것을 들었다. 문은 그러다 마지막으로 삐걱이는 소리를 내고 묵직한 끝맺음의 한숨을 내쉬었다.

혼자 남은 나는 식탁 옆에서 미적거리며 식어가는 페어리 케이크가 담긴 양철 쟁반을 우울하게 노려보았다. 사위가 고요했다. 심지어 말괄량이들도 잠잠해졌다. 바나나 샌드위치와 레모네이드 때문에 일시적으로 말을 하지 못하는 게 분명했다. 겨울 햇빛—아니, 아니, 여름이었다, 제발 제대로 좀 따라가자!—여름 햇빛, 차분하고 꿀처럼 묵직한 햇빛이 냉장고 옆 창에서 빛났는데 냉장고 또한 소리가 없었다. 미

154

시즈 그레이가 스토브에 올려놓고 간 물주전자만 얕은 불 위에서 혼자 툴툴거리고 있었다. 당시에는 아주 인기였지만 모두 전기 주전자로 돌아선 요즘은 거의 볼 수 없는 원뿔 모양의 휘파람 주전자였다. 하지만 그 주전자에는 휘파람이 달리지 않았고 뭉툭한 주둥이에서는 널찍한 증기가 느릿느릿 기둥처럼 피어오르고 있었다. 증기는 안에 담긴 햇빛 때문에 밀도가 높았으며, 느긋하게 물결치고 똬리를 틀면서 우아한 소용돌이를 이루어 꼭대기까지 올라갔다. 나는 스토브로 다가갔다. 나 자신의 밀도 높은 아우라의 일부가 나보다 앞서갔는지 그 마법에 홀린 코브라 같은 증기가 마치 희미하게 놀란 것처럼 반대편으로 살짝 몸을 기울였다. 내가 잠깐 멈추자 코브라의 자세도 원래대로 돌아왔고 다시 움직이자 코브라도 전과 같이 움직였다. 그렇게 우리는, 이 친근한 유령과 나는 여름의 묵직한 공기에 의해 전율하는 평형을 유지한 채 그곳에서 흔들리며 서 있었다. 그때 전혀 예기치 않게, 내가 떠올릴 수 있는 어떤 이유도 없이, 느릿느릿 행복감이 분출하여 나를 감쌌다. 무게도 대상도 없는 행복감, 그냥 창의 단순한 햇빛처럼.

그러나 막상 파티로 돌아가자 이 밝고 행복한 빛은 미스터 그레이의 예상치 않은 귀가로 즉시 흐려졌다. 그는 가게를 직원―미스 플러싱이라는 사람인데, 내키면 바로 그녀 이야기를 하겠다―에게 맡기고 키티 생일 선물을 들고 퇴근해 있었다. 키가 크고 뼈가 앙상하게 마른 모습으로, 베네치아의 석호에 비뚜름하게 서 있는 장대들처럼 부엌에서 어린 여자애들의 웅덩이 속에 서 있었다. 그의 머리는 눈에 두드러질 만큼 작고 균형이 맞지 않아 늘 실제보다 멀리 떨어져 있다는 착각을 일으켰다. 그는 후줄근한 연갈색 리넨 재킷과 헐렁한 갈색 코듀

로이 바지에 앞단이 여기저기가 닳은 스웨이드 구두 차림이었다. 그가 애용하는 보타이는 그 옛 시절에도 걸치레였으며, 다른 면에서는 빛바랜 모습만 세상에 보여주는 그에게서 내가 유일하게 분별할 수 있는 색깔 또는 성격의 표지이기도 했다. 그는 가게 한가득이었을 다양한 스타일과 상표의 안경테를 물리치고 싸구려 철테 안경을 선택했으며, 마치 코안경을 다루듯 엄지와 두 손가락으로 한쪽 다리의 경첩 부분을 살짝 잡고 천천히 벗은 뒤 눈을 감으며 다른 손의 첫 두 손가락과 엄지로 콧마루의 도드라진 살을 천천히 마사지했고 그러는 동안 혼자 한숨을 쉬었다. 미스터 그레이의 부드러운 한숨은 저주하는 동시에 체념하는 것처럼 들려, 오래전에 종교적 불신에 굴복한 목사가 드리는 기도 같았다. 그는 늘 곤혹스러운 무능의 분위기를 풍겼으며 일상의 실제적인 일들을 처리할 능력이 없는 것처럼 보였다. 이런 침침하고 괴로움에 찬 모습은 대신 관리해줄 사람을 주위에 모으는 효과가 있었다. 사람들이 그를 도우려고, 그의 길을 편하게 해주려고, 그의 행로를 곧게 펴주려고, 그의 기울어진 어깨에서 보이지 않는 짐을 덜어주려고 늘 간절한 마음으로 앞다투어 밀고 들어오는 것 같았다. 심지어 지금 그의 주위에 모여 있는 키티와 친구들도 숨을 죽이고 그를 도우려는 태도를 드러내고 있었다. 미시즈 그레이 또한 세심하게 배려하는 모습으로 컷글라스 유리잔에 그가 퇴근 후 마시는 위스키 반 인치를 따라 아이들의 머리 위로 건네주었다. 아마 내가 위층에서 빌리와 함께 마실 때 사용하던, 또 마신 뒤에 죄책감을 느끼며 깨끗하지 못한 손수건으로 지문을 닦곤 하던 바로 그 유리잔이었을 것이다. 그가 그녀에게 건네는 감사의 미소는 얼마나 지쳐 보이던지, 그가 맛보지도 않고 술을 뒤에 있는 탁자에 내려놓을 때 그 손은 얼마나 피곤해 보이던지.

어쩌면 그는 실제로 아팠던 것인지도 모른다. 그레이 부부가 우리에게서 달아난 뒤 사람들이 의사와 병원 이야기를 숨죽여 하던 것을 나는 기억하지 않는가. 당시 나는 비통한 슬픔에 푹 가라앉아, 처음 드러났을 때는 다들 그렇게 재미있어하던 스캔들을 이제 품위를 위해 덮으려고 타운 사람들이 평소처럼 이야기를 지어내고 있을 뿐이라고 생각했다. 하지만 어쩌면 내가 잘못 알고 있었을지도 모른다. 어쩌면 그는 내내 어떤 만성적인 병으로 고생하고 있었는데 자신의 아내와 내가 저지른 일을 알게 되자 그 병이 위기에 이른 것인지도 모른다. 그건 편치 않은 생각이다. 어쨌든 편치 않아야 마땅하다.

키티가 받은 생일 선물은 현미경이었는데—그애는 과학적 소질이 있다고 여겨지고 있었다—어쨌든 이것 또한, 앙심을 품은 내가 추측하기로는, 그레이 안경점에서 원가로 가져올 수 있는 물건이었다. 하지만 호화로운 도구였다. 색은 무광 검정이고 하나뿐인 반원형의 발로서 있어도 견고해 보였고, 통은 만져보면 비단결 같고 차가웠으며 태엽을 감는 작은 너트는 아주 부드럽게 움직였고, 렌즈는 아주 작지만크게 확대된 세상의 모습과 연결되어 있었다. 물론 나는 그것을 탐냈다. 특히 그것이 담겨 온, 그리고 사용되지 않는 동안 안에 들어가 사는 상자에 반했다. 재료는 발사나무만큼이나 가볍게 느껴지는, 광택을낸 연한 목재였고 모서리는 열장이음으로 맞추었으며—그런 섬세한작업을 하려면 얼마나 작은 날이 필요했을까!—손톱 모양의 금이 새겨진 뚜껑은 왁스를 바른 옆면의 두 홈을 따라 세로로 미끄러지며 열렸다. 상자 안에는 놀랄 만큼 섬세한 일군의 아주 작은 가대들이 부착

되어 있었는데, 이 가대는 제병처럼 얇은 합판을 깎아 만든 것으로, 이 도구는 맞춤 제작한 요람에 잠들어 있는 한껏 사랑받는 검은 아기처럼 그 위에 편안하게 누워 있었다. 키티는 기뻐했고, 소유욕으로 눈을 반짝반짝 빛내며 구석으로 가서 그것을 바라보며 흡족해했고, 갑자기 잊힌 존재가 된 친구들은 토끼처럼 불안정한 상태로 여기저기 서 있었다.

이제 나는 키티를 부러워하는 것과 하루 밥벌이를 마치고 지쳐 시든 모습으로 집에 돌아온 남편을 돌보는 미시즈 그레이를 계속 질투 섞인 눈으로 바라보는 것 사이에서 갈등을 느끼고 있었다. 그의 도착으로 분위기가 바뀌어 난장판 파티의 기운은 공기 중에서 쫙 빠져나갔고, 흥분이 가라앉아 맨송맨송해진 손님들은 자그마한 여주인에게 여전히 무시당한 채 후줄근한 몰골로 집에 갈 준비를 하고 있었다. 미스터 그레이는 자신의 긴 몸을 마치 섬세한 기하학 장비처럼, 예를 들어 캘리퍼스나 나무로 만든 커다란 컴퍼스처럼 접으며 스토브 옆의 낡은 팔걸이의자에 앉았다. 쥐의 털가죽을 닮은, 닳고 보풀이 뭉친 직물로 덮인 이 의자, 그의 의자는 주인보다 더 지쳐 보였다. 앉는 자리는 실제로 심하게 꺼졌으며 바퀴가 사라진 한쪽 모퉁이는 취한 것처럼 기울어져 있었다. 미시즈 그레이는 탁자에서 위스키 잔을 가져와 다시 한번 남편에게 내밀었다. 이번에는 더 부드럽게 내밀었고, 다시 그는 그녀에게 병약자의 괴로운 미소를 지으며 고맙다고 말했다. 그러자 그녀는 다시 몸을 일으키고 가슴 밑에서 두 손을 맞잡더니 걱정스러워하는 얼굴로 무력하게 그를 바라보았다. 그들 사이는 늘 이런 식인 것 같았다. 그는 오직 최대의 노력을 기울여야만 다시 채울 수 있는 어떤 생명의 자원이 거의 바닥날 처지에 있고, 그녀는 그를 돕고 싶은 마음이 간절하지만 방법을 몰라 당황하고 있었다.

빌리는 어디 있을까? 나는 빌리의 행방을 쫓지 않고 있었다. 어떻게—다시 묻는다—어떻게 그는 자기 어머니와 나 사이에 벌어지고 있는 일을 보지 못했을까? 어떻게 그들 모두 보지 못했을까? 그러나 답은 간단하다. 그들은 자기가 보게 될 거라고 예상하는 것은 보고 예상하지 않는 것은 보지 못했다. 그런데 내가 왜 이렇게 소리치고 있을까? 나 자신도 그들만큼이나 총기가 없었던 게 분명한데. 그런 종류의 근시는 풍토병이다.

미스터 그레이가 나에게 보여주는 태도는 묘했다—즉 이상했다. 물론 아무런 관심의 흔적을 드러내지 않았기 때문이다. 그의 눈길은 나에게 떨어지곤, 아니, 기름을 친 볼베어링처럼 나에게로 굴러오곤 했지만 나에게 닿아도 아무것도 기록하지 않았다, 어쨌든 나는 그렇게 믿었다. 그는 한 번도 나를 알아본 적이 없는 것 같았다. 어쩌면 시력이 나빠 내가 그 집에 나타날 때마다 다른 사람을 보고 있다고 상상했을지도 모른다. 어떻게 된 일인지 죄다 겉모습이 비슷해 보이는 일련의 빌리 친구들. 아니면 집에 자주 오기도 하고 또 그가 마땅히 잘 알고 있어야만 하는 사람, 친척, 예를 들어 아이들의 사촌이라서 이렇게 뒤늦게 누구냐고 묻는 게 너무 민망한 일이라고 걱정하고 있었는지도 모른다. 어쩌면 내가 둘째 아들, 어떻게 된 일인지 여태껏 까맣게 잊고 있었고 이제는 아무 말 없이 받아들여야만 하는 빌리의 동생이라고 생각했을지도 모른다. 특별히 나만 그가 관심을 갖지 않는 대상이었던 것 같지는 않다. 내가 아는 한 그는 세상 전체를 똑같이 약간 곤혹스러운, 약간 걱정스러운, 안개 덮인 눈길로 보았고 그의 보타이는 삐뚜름

했으며 길고 뼈만 앙상한 잔가지 같은 손가락들은 미약하고 성과 없는 심문을 하며 사물의 표면을 스쳐가고 있었다.

우리는, 미시즈 그레이와 나는 그날 저녁, 키티의 파티 날 저녁에 밀회를 가졌다. 밀회. 내가 좋아하는 말이다. 실제로 벨벳 망토와 삼각모자, 나풀거리는 부채, 팽팽한 새틴 밑에서 들썩이는 가슴이 떠오른다. 안됐지만 우리의 신중한 외출에는 그런 번쩍임과 서두름이 없었다. 어떻게 그녀가 빠져나올 수 있었을까, 파티 뒤라 할일이 아주 많았을 텐데? 당시 여자들은 도움을 기대하지도 않고 항의할 생각도 못한 채 치우고 설거지를 했다. 사실 그녀가 우리의 절박한 정사를 매번 어떻게 성사시켰는지, 또는 들키기 전까지 어떻게 들키지 않았는지 모른다는 게 분하다. 우리가 무릅쓴 위험을 생각하면 우리의 운은 놀랍도록 오래 유지되었다. 나만 사랑의 신의 코를 잡아당긴 것이 아니었다. 미시즈 그레이 자신도 고집스럽게 위험을 감수했다. 공교롭게도 그날이 우리가 과감하게 함께 판잣길로 산책을 나간 바로 그 저녁이었다. 그것은 그녀의 생각이었다. 나는 이때 우리가 둘만 있게 되면 늘 하던 것을 하게 될 것이라고 기대하고 있었다. 아니 열렬히 고대하고 있었다. 그러나 약속 장소인 개암나무숲 위의 도로에 나타난 그녀는 나를 스테이션왜건에 태워 바로 떠났고, 어디로 가느냐고 물어도 대답하지 않았다. 나는 다시 더 애처롭게, 더 징징거리며 물었지만 그래도 답을 얻지 못해 부루퉁해졌다. 솔직히 고백하지만 부루퉁해지는 것이 내가 그녀에게 사용한 주요한 무기였다. 나는 그렇게 지저분하고 조그만 말썽꾸러기였던 것이다. 게다가 나는 오직 나처럼 무정한 소년만이 가능했을 기술과 멋진 판단력으로 그것을 이용했다. 그녀는 최대한 버틸 수 있을 만큼 버텼고, 나는 가슴에 팔짱을 꼭 끼고 턱을 빗장뼈에 처박고 아랫입술을 족히 일 인치는 삐죽 내민 채 말없이 씩씩거렸다. 결국 굴복하는 것은 늘 그녀였다. 이번에 그녀는 강가를 따라 덜컹거리며 테니스 클럽 입구를 지나갈 때까지 버텼다. "넌 정말이지 이기적이구나." 그녀는 거기서 그렇게 불쑥 말하더니 마치 그게 내가 받을 자격이 없는 칭찬이라도 되는 것처럼 웃음을 터뜨렸다. "정말이지, 너는 짐작도 못할 거야."

이 말에 물론 나는 즉시 분개했다. 그녀가 어떻게 나에게 그런 말을 할 수 있나, 그녀를 위해 교회와 국가와 어머니의 노여움을 살 위험을 감수하고 있는 사람에게? 나는 그녀를 내 마음의 군주로 대접하지 않는가, 그녀의 모든 변덕을 받아주지 않는가? 나는 너무 흥분하여 분노와 독선이 목구멍에서 하나의 뜨거운 덩어리를 이루었으며, 따라서 말을 할 생각이 있었어도 할 수 없었을 것이다.

6월이고 한여름이었다. 끝나지 않는 저녁과 하얀 밤의 시간이었다. 소년으로 존재하며 세상의 그런 날씨 속에서 사랑을 받는다는 것이 어떤 기분인지 누가 상상할 수 있을까? 내가 아직 너무 어려서 알아보지 못했던, 또는 인정하지 못했던 것은 한 해가 찬란한 절정에 오른 그때 이미 이울 채비를 하고 있었다는 점이다. 내가 시간과 시간의 사라짐을 제대로 보았다면 아마 나의 심장을 가시처럼 찔러대는 뭐라고 딱 집어 말할 수 없는 슬픔을 이해할 수 있었을 것이다. 하지만 나는 어렸고 시야에 끝이 없었고, 어떤 것에도 끝이 없었고, 여름의 슬픔은 무르익어 빛나는 사랑이라는 사과의 뺨에 번지는 희미한 혈색, 흐릿한 거미집 그늘에 불과했다.

"좀 걸을까." 미시즈 그레이가 말했다.

뭐, 안 될 게 뭔가? 세상에서 가장 간단하고, 가장 순수한 일인데. 당신은 그렇게 생각할 것이다. 하지만 생각해보라. 우리의 작은 타운은 경계심을 절대 늦추지 않는 교도관들이 순찰하는 원형 교도소였다. 물론 품위 있는 기혼녀가 아들의 가장 친한 친구인 소년과 함께 여름 저녁의 환한 빛 속에서 부둣가를 따라 산책하는 광경에는 별로 언급할 게 없어야 마땅했다. 그러나 별로 언급할 게 없다는 것은 추측하지 않고 의심하지 않는 기질을 지닌 평균적인 관찰자에게 그렇다는 것이고, 이 타운과 그 안의 모든 사람은 절대 계산을 멈추지 않았고, 하나와 하나를 함께 놓으면 늘 서로의 죄 많은 품에 꼭 안겨 헐떡거리는 불륜의 둘이 나타나는 대책 없이 더러운 마음을 가지고 있었다.

판잣길—이 구조물을 지역에서는 그렇게 불렀다—을 따라가는, 겉으로 보기에는 흠잡을 데 없는 그 산책은, 내가 지금 생각하기에, 우리가 무릅쓴 가장 대담하고 경솔한 모험이었다. 물론 우리가 파멸로 곤두박질친 그 마지막 모험—그렇다는 것을 알기만 했다면—은 빼놓고. 우리는 항구에 이르렀고 미시즈 그레이는 스테이션왜건을 철로변의—판잣길을 따라 단선철도가 달리고 있었는데, 우리 타운은 그것으로 유명했고 내가 알기에는 지금도 그렇다—클링커*가 깔린 곳에 세웠고 우리는 차에서 내렸다. 나는 여전히 부루퉁했고 미시즈 그레이는 나의 침울하게 노려보는 눈길을 눈치채지 못한 양 콧노래를 부르고 있었다. 그녀는 한 손을 얼른 뒤로 뻗어 엉덩이에 들러붙은 원피스 자락

---

\* 석탄을 연소시켰을 때 타고 남은 단단한 물질.

을 떼어냈는데 그녀가 그렇게 할 때마다 나는 자극을 받아 안에서 고통스러운 욕망을 느끼며 숨을 헉 들이켜곤 했다. 바다 위의 공기는 잠잠했고, 만조의 움직임 없는 물에는 정박한 석탄선에서 흘러나온 기름이 엷게 둥둥 떠 있었는데, 이 때문에 마치 뜨겁게 달아올랐던 강철판이 갑자기 식으면서 은색을 띤 분홍색, 에메랄드색, 부서질 듯 어여쁘게 반짝이는 파란색으로 이루어진 다채로운 색조가 공작새 깃털의 광택처럼 아른거리며 소용돌이치는 것 같았다. 우리는 결코 유일한 산책자가 아니었다. 꽤 많은 커플이 나와 늦은 저녁 태곳적 햇빛의 부드러운 광채 속에서 팔짱을 끼고 꿈꾸듯 천천히 걷고 있었다. 아마 사실은 아무도 우리에게 눈길을 주지 않았고 어떤 관심도 없었을 것이다. 죄지은 마음이 사방에서 흘끔거리는 눈과 다 안다는 싱글거림을 볼 뿐이다.

이제는 이게 사실이기에는 너무 터무니없다고 확신하지만 내 기억에 그때 그녀는 짧은 소매의 여름 원피스 차림이었으며 투명하고 곧 바스러질 듯한 불그스름한 파란색 망사 재질에—지금도 눈에 보인다—손목에는 더 짙은 자주색 비슷한 색조의 주름 장식이 달린 예쁜 장갑을 끼고 있었다. 더 터무니없는 것은, 거기에 어울리는 접시처럼 작고 둥글고 납작한 모자를 정수리 중앙에서 약간 벗어난 곳에 얹고 있었다는 점이다. 나는 어디에서 그런 공상을 가져오는 걸까? 이 말도 안 되는 화류계 여자 같은 모습에서 빠진 것은 빙빙 돌릴 수 있는 양산과 저 너머를 살필 수 있는 진주 손잡이가 달린 안경뿐이다. 거기에 덤으로 치마 뒷자락을 부풀게 하는 허리받이도 있으면 어떨까? 어쨌든 우리는 그곳에 있었다. 팔의 맨살을 드러낸 오데트*와 믿을 수 없게도 그녀를 동반한 어린 마르셀. 우리는 판잣길을 따라 나란히 걸었고, 우리 발꿈치가 부딪히자 판자가 속이 빈 채 울리는 소리를 냈고, 나는 아무 말 없이 얼마 전만 해도 물이 빠졌을 때 개구쟁이 친구들과 함께 이 길 밑에 숨어서 위를 지나가는 여자애들의 치마 속을 볼 수 있을까 싶어 눈을 가늘게 뜨고 침목들 사이를 살피던 일을 떠올리고, 이전의 충분히 발달하지 않은 자아에 동정심을 느끼며 으스대고 있었다. 이런 공공장소의 여러 눈길 속에서 그녀를 만진다는 생각은 할 수 없었지만 우리 둘 사이를 가르는 공간 건너편에서 미시즈 그레이가 자신의 이런 과감한 행동에 경악해 전율을 일으키며 딱딱 금이 가는 것은 느낄 수 있었다. 경악, 하지만 또 뻔뻔스럽게 이것을 헤쳐나가겠다는 결의. 그녀는 우리와 마주치는 누구도 쳐다보지 않으려 했으며 배의 선수상船首像처럼 꼿꼿하게, 또 의도된 텅 빈 눈으로 가슴을 앞으로 내민 채 머리는 높이 쳐들고 계속 걸어갔다. 도대체 무슨 생각으로 이처럼 타운 앞에서 퍼레이드를 하는 건지 당혹스러웠지만 그녀에게는 여전히 뛰노는 소녀 같은 면이 있었고 그뒤로도 그것은 달라지지 않았다.

지금은 그녀 또한 스스로 완전히 깨닫지는 못하면서도 은근히 발각되기를 원한 게 아니었는지, 그것이 이런 도발적인 과시가 노리던 바가 아니었는지 궁금하다. 아마도 우리의 정사는 나에게 자주 그랬듯 그녀에게도 너무 감당하기 힘든 일이었을 것이며 그래서 어쩔 수 없이 끝나기를 바랐을 것이다. 말할 필요가 있을까, 당시에는 그런 가능성이 내 머리에 들어오지 않았을 거라고. 여자애들 문제에서는 나도 다른 여느 보통 남자애와 마찬가지로 불안정하고 자기 의심이 강했지만,

---

* 마르셀 프루스트의 『잃어버린 시간을 찾아서』의 등장인물.

미시즈 그레이가 나를 사랑한다는 사실은 전적으로 당연하게 여겼다. 마치 그것이 사물의 자연스러운 질서 안에서 정해진 일이라는 듯이. 어머니는 아들을 사랑하라고 이 땅에 나왔으며, 나는 그녀의 아들이 아니었지만 미시즈 그레이는 어머니였으니 어떻게 그녀가 나에게 어떤 것이든 거부할 수 있을까, 설사 자기 육체의 가장 내밀한 비밀이라 해도? 그것이 내가 생각하는 방식이었고, 그 생각이 나의 모든 행동, 그리고 비非행동을 지배했다. 그녀는 그냥 거기에 있었고, 한순간도 그것을 의심하지 않았다.

우리는 석탄선 한 척의 고물 옆에 발을 멈추고 건너편 엄호사격 둑을 바라보았다. 항구 한가운데 박힌 볼썽사나운 콘크리트 덩어리를 그렇게 불렀는데, 원래 그 기능이 무엇이었는지는 아마 그 덩어리도 잊어버렸을 것이다. 배의 더러운 엉덩이의 경사면 아래쪽 수면 밑에서 잿빛을 띤 커다란 물고기가 종잡을 수 없이 물을 누비고 있었고, 더 아래쪽 얕은 갈색 물속에서 게들이 돌과 가라앉은 맥주병과 깡통과 타이어 없는 유아차 바퀴 사이를 은밀히 옆걸음으로 종종거리는 모습이 희미하게 보였다. 미시즈 그레이가 고개를 옆으로 돌렸다. "자, 가는 게 좋겠어." 이제 그녀는 지친 목소리였고 갑자기 우울해 보였다. 무슨 일이 있었기에 그녀의 기분이 그렇게 빠르게 바뀌었을까? 우리가 함께 있었던 그 모든 시간 동안 나는 그녀의 머릿속에서 무슨 일이 벌어지고 있는지, 어떤 현실적인 또는 감정이입적인 방식으로도 전혀 알지 못했고 구태여 알아내려고 노력한 적도 거의 없었다. 물론 그녀는 이런저런 이야기를 했다. 늘 온갖 종류의 이야기를 했다. 그러나 대부분 나는 그것을 그녀의 혼잣말이라고, 제멋대로 뻗어나가는 여러 가지 서로 연결되지 않는 이야기를 자기 자신에게 들려주는 것이라고 받아들였다. 나는 그것이 귀찮지 않았다. 그녀의 횡설수설과 반추와 숨가쁘게 늘어놓는 기이한 경탄을, 내가 그녀를 그 후피厚皮 동물 같은 낡은 스테이션왜건 뒷좌석에 들어가게 하거나 코터의 집 지저분한 바닥의 울퉁불퉁한 매트리스에 눕게 하기 전에 견뎌야 하는 예비 단계이겠거니 여겼다.

우리가 차에 탔을 때 그녀는 바로 시동을 걸지 않고 앞유리 너머 점점 짙어지는 어스름 속에서 아직도 좌우로 지나다니는 커플들을 지켜보며 앉아 있었다. 지금은 그 망사 장갑도, 그 멍청한 모자도 보이지 않는다. 틀림없이 내가 만들어냈을 것이다. 충동적인 경솔함으로. '기억 여사'는 장난스러울 때가 있으니. 미시즈 그레이는 좌석에 등을 딱 붙이고 앉아서 두 팔을 뻗어 운전대 윗부분을 두 손으로 나란히 꽉 쥐고 있었다. 내가 그녀의 팔 이야기를 했던가? 그 팔은 우아한 형태였지만 통통했으며 팔꿈치 밑에는 소용돌이 꼴로 작게 파인 데가 있었고, 손목까지 멋지게 곡선을 그리는 호를 보면 토요일 아침에 학교 운동장에서 체조할 때 사용하던 인도 곤봉이 떠오르며 기분이 좋아졌다. 팔 뒤쪽에는 밝은 주근깨가 있었고 아랫면은 비늘 같은 푸른색이었는데 만지면 놀랄 만큼 서늘하고 매끈했으며, 나는 그곳의 보라색 정맥이 그리는 섬세한 줄무늬 위로 혀끝을 미끄러뜨려 그 무늬가 팔꿈치의 약간 촉촉하고 우묵한 곳에서 갑자기 시야에서 푹 꺼져버릴 때까지 쭉 따라가는 것을 좋아했다. 그녀가 좋으면서도 간지러워 바들바들 떨고 꿈틀거리며 자비를 빌고 신음을 토하게 만드는 여러 방법 가운데 하나였다.

나는 그녀의 허벅지에 손을 얹어 재촉했다. 어서 떠나고 싶었기 때

문이다. 그러나 그녀는 알아채지 못했다. "묘하지 않니." 그녀는 꿈을
꾸듯 경이감에 사로잡힌 목소리로 말하며 여전히 앞유리 너머를 바라
보고 있었다. "사람들이 얼마나 영원해 보이는지? 마치 늘 여기 있을
것 같아, 똑같은 사람들이 계속 저렇게 오르내리면서."

나는 어떤 이유에서인지 부엌의 주전자에서 흔들거리며 올라오던
연기 기둥, 한없이 지친 모습으로 손대지 않은 위스키 잔을 탁자에 내
려놓던 미스터 그레이를 생각했다. 그러다가 미시즈 그레이가 나를 코
터의 집까지 데려가 자신의 몸 위에 엎드리게 하고 그녀에 대한, 또 한
없이 욕망을 불러일으키는 그녀의 육체에 대한 그렇게 격렬하고 부드
럽고 뿌리 깊은 나의 욕구를 잠시 달래줄 시간이, 이 긴 하루의 빛이,
아직 충분히 남아 있을지 의문을 품었다.

돈 데번포트도, 내가 알게 된 바로는, 사별을 겪었다. 나보다 훨씬 최근에. 한 달 조금 더 전에 아버지가 죽었다. 예고 없는 심장마비였고 나이는 쉰 얼마였다. 전날 저녁 하루 치 촬영이 끝났을 때, 이번주에 우리가 일하고 있는 스튜디오 뒤편의 야외를 함께 걸으면서 그녀가 그 이야기를 해주었다. 그녀는 자신의 하루 배급량이라고 주장하는 담배 여섯 대 가운데 다섯번째를 피우러 나와 있었다—왜 여섯 대일까, 궁금하다. 그녀는 자신이 담배 피우는 모습을 출연진이나 촬영팀에게 보이는 것을 좋아하지 않는다고 하는데, 내가 예외인 것은 분명하다. 이미 나는, 내 예상대로, 아주 최근에 그녀의 삶에서 종적을 감춘 아버지의 대리자이기 때문에. 우리 둘 다 오후 내내 찍고 또 찍었던 잔인하고 격렬한 감정이 폭발하는 장면의 여파에 약간 시달리고 있었고—토비 태거트가 내키지는 않는 표정으로 됐다고 동의하기까지 길게 아홉 테이크를 찍었는데, 혹시 내가 영화 연기가 쉽다고 얘기했던가?—저멀리 나무들 뒤로는 청동 색조로 물든 늦가을의 쌀쌀하고 담배 냄새 나는 공기가 우리의 욱신거리는 이마에 향유가 되어주었다. 카메라 앞에서 거짓으로 사랑을 나누는 행위를 어쩔 수 없이 하는 것만으로도 부담스러운데, 그런 연기 뒤에 충격적일 만큼 무방비한 상태로 맨살을 드러내고 있는 그녀의 작은 젖가슴 사이에 가짜로 주먹질을 해야 했기 때문에—악셀 판더는, 적어도 JB가 쓴 그는 단연코 좋은 사람이 아니다—나는 입안이 말랐고 몸이 떨렸다. 스튜디오의 높고 창이 없는 포금砲金회색 뒷벽 밑에 긴 띠 모양으로 자리잡은, 계절감을 상실한 풀밭을 걸을 때 그녀는 짧고 빠르게 터뜨리듯 자기 아버지 이야기를 하며 담배를 길게 빨아들였다가 만화의 말풍선처럼 연기를 푹푹 내뿜었는데, 그 풍선 안에는 슬픔과 분노와 믿을 수 없음을 표시하는 느낌표들이 아직 새겨지지 않았다. 그녀의 아빠는 택시 기사였고, 내가 받은 느낌으로는 명랑한 사람이었으며, 또 평생 하루도 아픈 적이 없었는데 매일 사십 대씩 사십 년 동안 담배를 피운 끝에 꽉 막힌 동맥이—그녀는 자기 손에 들린 담배를 보며 시큼하게 웃음을 터뜨렸다—어느 10월 아침에 밸브를 잠가버렸고 엔진은 기침소리를 내다가 멈추고 말았다.

알고 보니 그녀에게 돈 데번포트라는 이름의 짐을 지운 사람은 아빠, 사랑하는 그리운 아빠였다. 그는 그녀가 열 살짜리 댄서가 되어 웨스트엔드의 동화 연극에서 첫번째 요정 역을 맡았을 때 그녀를 위해 그 이름을 생각해냈다. 왜 그녀가 그 이름을 계속 고수했는지 나는 모른다. 과잉 효도, 아마도. 그녀가 갓길에 서서 필사적으로 신호를 보내는데도 그 늙은 택시 운전사가 그런 식으로 느닷없이 빠르게 내빼버렸다는 것이 그녀는 어리둥절하고 약이 올랐다. 마치 그의 죽음이 다른 무엇보다 의무의 방기이기라도 한 것처럼. 그녀 또한, 내가 보기에는, 리디아와 나처럼, 사랑하는 사람을 잃었다기보다는 그가 자신을 피해 달아났다고 느낀다. 그녀가 아직 애도하는 법을 배우지 못했다는 것을 알 수 있었고—하지만 사람이 과연 그 어려운 것을 배울 수 있을까?—세트에서 밖으로 나서다가 조명들 너머의 갑작스러운 어둠 속에서 그녀가 스튜디오 바닥을 뱀굴로 만든 그 악의에 찬 뚱뚱하고 검은 케이블에 발이 걸려, 넘어지지 않으려고 내 손목을 잡았을 때 나는 그녀의 강하고 남자 같은 손의 뼈들 전체가 내적 괴로움으로 떨리는 것을 느꼈다.

괴로움 이야기가 나와서 말인데, 나는 빌리 스트라이커가 나에게 말해준 그 기이한 사실을 그녀에게 이야기해주고 싶은 유혹을 느꼈다. 악셀 판더, 다름 아닌 그가 이탈리아에 있었고, 단지 이탈리아가 아니라 리구리아에 있었고, 단지 리구리아가 아니라 포르토베네레 근처에 있었다는 것, 내 딸이 죽은 그날 또는 그즈음, 증인석에서 증언하는 경찰이 흔히 사용하는 표현대로 그날 또는 그즈음에 그곳에 있었다는 것. 이것을 어떻게 생각해야 할지 모르겠다. 사실 전혀 생각하지 않는 쪽을 택하고 싶다.

이상한 사업이다, 영화 제작은, 내가 예상했던 것보다 더 이상하다. 그러나 묘한 방식으로 익숙하기도 하다. 다른 사람들이 그 과정의 불가피하게 분절된, 단편적 성격에 관해 미리 주의를 주었지만 내가 놀라는 점은 이것이 나의 나 자신에 대한 감각에 주는 영향이다. 나의 배우 자아만이 아니라 진짜 자아도 단편과 분절로 이루어진 것으로 바뀌는 느낌이다. 카메라 앞에 서 있는 짧은 시간 동안만이 아니라 내 역할—나의 부분*—에서 빠져나와 나의 진짜, 또는 진짜라 여겨지는 정체성을 다시 떠안을 때도 마찬가지다. 그렇다고 지금까지 나 자신을 통일체의 생산물이나 보존자라고 상상한 적이 있다는 말은 아니다. 나는 한때 개별적 자아라고들 생각하던 것의 비일관성과 다면성을 인정할 만큼 오래 살았고 또 오래 생각했다. 일주일 가운데 어느 날이라도 집을 나서서 거리에 들어서면 공기 자체가 빳빳하게 곤두선 칼날로 이루어진 숲이 되고, 이 칼날이 실내에서는 나 자신이라고 내세우고 또 실제로 그렇게 받아들여지던 특이성을 알지도 못하는 사이에 여러 버전으로 잘라놓는다. 하지만 카메라 앞에서의 이 경험, 하나가 아니라 여럿이라는 이 감각—내 이름은 군대다!**—에는 추가된 차원이 있다. 그 여럿이라는 것이 개체가 많다기보다는 하나를 이루는 조각이 많다는 뜻이기 때문이다. 따라서 영화 안에 들어가 있는 것은 이상하지만, 동시에 전혀 이상하지 않다. 그것은 이미 알고 있는 것의 강화이고 다양화이며, 분기分岐하는 자아에 집중하는 것이다. 이 모든 것이 흥미롭고 혼란스럽고 전율을 일으키는 동시에 나를 불안하게 한다.

지난 저녁 돈 데번포트에게 이 모든 이야기를 해보려 했지만 그녀는 웃음을 터뜨릴 뿐이었다. 그녀는 처음에는 방향감각을 상실하게 된다는 데 동의했지만—"모든 걸 놓치게 되죠"—시간이 지나면 익숙해질 것이라고 다독거린다. 내가 말한 걸 그녀가 완전히 파악했다는 생각은

---

* part. 배역을 가리키기도 한다.
** 마가복음 5장 9절에서 예수가 귀신에게 이름을 묻자 귀신이 한 말.

들지 않는다. 앞서 말한 대로 나는 내가 들어오게 된 그 다른 곳을 이미 알고 있는 느낌이고, 차이점은 경험의 강도, 경험의 특수성뿐이다. 돈 데번포트는 반쯤 피운 담배를 풀밭에 던지고 실용적인 검은 가죽구두—그녀는 기독교 순교자가 늙었지만 허기진 사자에게 자신을 내주듯이 악셀 판더에게 자신을 내주는 수녀 같은 젊은 여자 코라의 의상을 입고 있었다—의 뒷굽으로 밟으며 친절하면서도 은근히 조롱하는 것처럼 보이는 그림자 같은 미소를 띤 채 곁눈질로 나를 흘긋 보았다. "우리는 살아야 해요, 네." 그녀가 말했다. "이건 사는 게 아니다—우리 아빠라면 선생님한테 그렇게 말했을 수도 있을 것 같아요." 그게 무슨 뜻일 수 있을까? 돈 데번포트에게는 약간 무녀 같은 데가 있다. 하긴, 마법에 걸린 나의 눈에는 모든 여자가 예언자 같은 면을 소유하고 있지 않은가?

그녀는 나와 함께 어슬렁거리다가 어느 지점에서 멈추더니 빌리 스트라이커에게 딸 이야기를 했느냐고 물었다. 나는 했다고 대답했다. 사실 빌리가 집으로 찾아와 다락방에 있는 나의 돛대 위 망대에 그렇게 뚱하게 앉아 있던 첫날 불쑥 다 말해버리는 바람에 나 자신도 놀랐다고. 그녀는 웃음을 짓더니 비난조로 고개를 저었다. "저 토비란 인간." 그녀가 말했다. 나는 무슨 뜻이냐고 물었다. 우리는 계속 걸었다. 그녀의 의상은 얇았고 어깨에 가벼운 카디건만 걸치고 있어서 나는 그녀가 감기에 걸리지나 않을까 걱정되어 내 재킷을 주려고 했지만 그녀는 사양했다. 새로운 배우와 작업을 시작하려 할 때, 그녀는 말했다, 빌리 스트라이커를 보내 예비 정찰을 하여 내밀한 고급 정보를 들고 돌아오게 하는 것이 토비의 전술이라는 것은 잘 알려져 있다. 그게 수치스럽거나 비극적인 성격의 정보라면 더 좋다. 그걸 마치 엑스레이 판처럼 살피고 또 조심스럽게 쟁여두었다가 필요한 때가 오면 다시 꺼낸다. 빌리에게는 사람들이 자기가 뭘 고백하고 있는지 의식하지도 못한 채 고백하도록 꾀어내는 재주가 있는데, 토비 태거트는 이 재주를 높이 평가하고 자주 이용해왔다. 그 순간 빌리 스트라이커가 스카우트라고 하던 마시 메리웨더의 말, 그리고 화창한 카버시티로부터 전화선을 타고 나에게까지 그 먼길을 온 그녀의 목쉰 웃음소리가 떠올랐다. 나는 돈 데번포트와 우리 나머지가 함께 몽유병을 겪듯 헤쳐가고 있는 이 야한 조명이 빛나는 혼합된 꿈속에서, 처음도 아니고 또 내 상상으로는 마지막도 아니겠지만, 머리 회전이 느리고 멍청한 사람이 된 느낌이 들었다. 그러니까 그게 빌리 스트라이커였던 거다. 스카우트라기보다는 순전한 염탐꾼. 놀랍게도―적어도 나는 놀란다―내가 속았다는 것에 나 자신은 개의치 않는 느낌이다.

꿈 이야기가 나와서 말인데, 어젯밤에 꽤나 난폭한 축에 드는 꿈을 꾸었다. 그리고 그게 방금 다시 떠올랐다. 마치 그 모든 미심쩍은 세목까지 다시 짚어보기를 요구하는 것 같다. 어떤 꿈은 그런 특질을 갖고 있다. 이 꿈을 제대로 다루려면 광상시狂想詩를 쓰는 사람이 필요할 것이다. 나대로 최선을 다해보겠다. 나는 강기슭의 어떤 집에 있었다. 낡은 집이었는데 높고 흔들거렸으며 지붕은 불가능할 정도로 가팔랐고 굴뚝들은 기울어져 있었다―동화에 나오는 일종의 생강 쿠키 오두막인 셈으로 예스럽지만 불길했다. 또는 예스럽기 때문에 불길했다, 동화에서 흔히 그렇듯이. 나는 거기에 묵고 있었는데 무슨 워킹 홀리데이로 가 있었던 것 같다. 다른 사람들과 함께였고, 그들은 가족 또는 친구 또는 둘 다였다. 다만 그들 가운데 누구도 눈에 보이지는 않았다. 이제 우리는 떠나려 하고 있었다. 나는 위층에서 짐을 싸는 중이었다. 작은 방이었는데 큰 창문이 활짝 열려 있었고 그 너머로 아래에 있는 강이 내다보였다. 바깥의 햇빛은 독특했다. 얇고 어디에나 퍼져 있었으며 레몬 같은 원소로 이루어져 있어, 아주 고운 액체 같았다. 그 빛만 보고는 지금이 몇시인지, 아침인지 한낮인지 저녁인지 알 수가 없었다. 하지만 우리가 늦었다는 것은 알았고―기차 같은 게 곧 떠날 예정이었다―나는 초조했으며, 서두르느라 내 물건, 말도 안 될 정도로 많은 물건을 좁은 침대 위에 열린 채 서 있는 가망 없이 작은 여행 가방 두세 개에 대충 쑤셔넣고 있었다. 그 지역은 만성적 가뭄에 시달리는 것이 분명했다. 큰물이 나도 넓거나 깊어지지 않을 것임을 알 수 있는 강은 끈적끈적하고 밝은 잿빛 진흙으로 이루어진 얕은 바닥뿐이었기 때문이다. 나는 짐을 싸느라 바빴지만 그러면서도 또 뭔가를 찾고 있었는데 그게 뭔지는 알지 못했고, 계속 짐을 싸면서 창밖의 광경을 훑기 위해 연신 뒤로 몸을 기울였다. 바깥을 흘끔거리다 이제 강바닥을 가로질러 누운 채 번들거리는 진흙으로 끈끈하게 덮여 있는 죽은 나무줄기라고 생각했던 것이 사실은 생물, 악어 같지만 딱 악어는 아니고 그 이상일 수도 있는 생물이라는 것을 깨달았다. 그 커다란 턱이 움직이고 고대의 눈꺼풀이 열렸다 닫히는 것을 볼 수 있었는데 그렇게 움직이는 것조차 아주 힘겨워 보였다. 아마도 가뭄 전에 있었던 큰물에 쓸려왔다가 그 늪에 처박혀 무력하게 죽어가고 있는 것 같았다. 이게 내가 보려고 하던 것일까? 나는 비통과 짜증을 똑같이 느꼈다. 괴로워하는 생물로 인한 비통이었고 어떤 식으로든 내가 그것을 처리해야 할 것이라는, 구출을 돕거나 안락사를 지시해야 한다는 데 대한 짜증이었다. 하지만 그 생물은 통증에 시달리는 것 같지 않았고, 심지어 크게 괴로워하지도 않는 것 같았다. 오히려 체념한 듯 아주 차분해 보였다―거의 무심했다. 어쩌면 쓸려온 게 아닐지도 몰랐다. 어쩌면 원래 그 진흙탕에 사는 생물로 최근 큰물이 마구 휘젓고 지나가면서 노출되어 모습이 드러났지만 물이 다시 오면 빛 없이 잠겨 있던 예전의 세계 속으로 다시 가라앉을지도 몰랐다. 나는 아래로 내려갔고 심해 다이버의 납이 든 장화처럼 느껴지는 것을 신은 두 발을 쿵쾅거리며 서툴게 좁은 계단을 디디다 그 이상한 액체 느낌의 햇빛 속으로 들어갔다. 강기슭에서 나는 그 생물이 진흙탕에서 빠져나와 거무스름하고 어여쁜 젊은 여자로 변했다는 것을 알았다―꿈에서도 이 변화는 진부하고 또 너무나도 안이하게 느껴졌고, 이 때문에 나의 짜증과 불안한 안달은 심해졌다. 그 여행 가방들은 여전히 채워지지 않았는데 나는 여기에서 일은 하지 않고 마법을 가장한 하찮은 것에 한눈을 팔고 있었다. 그러나 그 여자, 깊은 곳에서 나온 이 젊은 여자는 강기슭의 생기 넘치는 녹색 잔디에 놓인 진짜 통나무에 앉아 있었다. 오만하고 심통이 난 표정으로 깍지 낀 두 손을 한쪽 무릎에 올려놓았고 빛이 나는 거무스름한 긴 머리카락은 어깨 위로 내려와 아주 꼿꼿한 등을 타고 흘러내리고 있었다. 나는 그녀를 잘 알고 있거나, 아니면 적어도 그녀가 누구인지 정도는 알아야 하는 것 같았다. 그녀는 집시 스타일, 혹은 옛날 여자 족장 차림으로 잘 꾸미고 있었다. 팔찌와 구슬을 주렁주렁 달고, 에메랄드와 황금 오트밀과 진한 포도줏빛이 극적으로 섞인 색조가 묵직하고 은은하게 빛을 발하는 띠 모양 천으로 몸을 감고 있었다. 그녀는 안달하며 기다리는 중이었고 짜증내며 내가 뭔가 하기를, 어떤 봉사를 수행하기를 바랐는데, 그녀는 그런 봉사가 필요하다는 것에 화가 나 있었다. 꿈에서 흔히 그렇듯이 나는 내가 해야 할 일의 성격을 아는 동시에 알지 못했으며 그것을 수행한다는 것이 전혀 마음에 들지 않았다, 그것이 무엇이든. 꿈속에서 내가 아주 젊었다는, 청년에 지나지 않았다는 이야기를 했던가? 그럼에도 나는 내 나이를 훨씬 넘어서는 돌봄과 책임이라는 부담을 지고 있었다. 예를 들어 높은 방에서 짐 싸던 일은 아직 끝나지 않았다. 이제 나는 그 방의 열린 사각형 창을 올려다볼 수 있었고, 그 방으로 시간을 초월한 창백한 햇빛이 흘러들고 있었다. 양쪽 벽으로 활짝 열어젖힌 덧창의 재질은 골풀 매트처럼 보였는데, 나는 이 특징을 눈여겨보았고 설명할 수는 없지만 이것에 어떤 의미가 있는 것 같았다. 나는 그 자리에서, 즉시, 이 어린 여자, 이 오만한 공주와 사랑에 빠질 위험을 의식하고 있었지만 그렇게 되면 내가 파괴당할 것임을, 적어도 큰 고통을 겪어야 할 것임을 알았다. 게다가 그렇게 경솔하게 굴복하기에는 할일이 아주, 너무도 많았다. 이제 꿈이 초점을 잃으면서 흐릿해지기 시작했다. 어쨌든 내가 기억하는 꿈에서는 그렇게 되고 있다. 장소는 갑자기 집안으로 바뀌어, 깊고 그늘진 총안이 있는 아주 작은 사각형 창문이 달린 비좁은 방으로 들어갔다. 또 한 여자가 나타났다. 공주의 친구, 또는 동행으로 우리 둘보다 나이가 많고 활달하고 사무적이며 어쩐지 강압적이었다. 그 강압에 공주는 저항했고 나도 마찬가지였지만, 그녀는 결국 우리에게 인내심을 잃고 아주 긴 코트의 아주 깊은 호주머니에 두 주먹을 찔러넣더니 몹시 분노하며 떠나버렸다. 거무스름한 머리의 미녀와 단둘이 남게 되자 나는 그녀에게 키스하려 했다, 의례적으로―나는 여전히 위층에서 둥지의 병아리들처럼 입을 벌린 채 지저분하게 흘러넘치는 반쯤 찬 여행 가방을 걱정하고 있었다―그러나 그녀는 내 태도에 걸맞은 퉁명스러운 방식으로 퇴짜를 놓았다. 그녀의 모습으로 나타난 게 누구일 수 있을까, 그녀는 누구를 재현한 것일까? 돈 데번포트도 분명한 후보지만, 나는 아니라고 생각한다. 꿈에서 늘씬해지고 아름다워진 빌리 스트라이커? 거의 가능성이 없다. 나의 리디아, 옛 사막의 딸? 흠. 하지만 잠깐―알겠다. 그녀는 코라, 악셀 판더의 여자였다, 당연히. 돈 데번포트가 그려낸 코라는 아니고, 솔직히 말하자면 지금까지는 그 연기가 피상적이었다고 생각하는데, 그것이 아니라 내 상상 속에서 보이는 대로의 그녀, 이상하고 소외되고 까다롭고 오만하고 헤매는 여자. 꿈의 끝은, 내가 기억하는 바로는, 흔들리면서 모호해졌고 그 매혹적인 여자는―나는 그녀를 공주라고 불렀지만 그것은 편의를 위한 것일 뿐, 그녀는 당연히 평민이다, 물론 평범하지는 않지만―불모의 강기슭을 따라 나로부터 멀어져갔다, 걷는 것이 아니라 공중에 떠가듯이. 그렇게 소리 없이 멀어져가면서도 동시에 어떻게 했는지 나에게로 돌아오고 있었다. 이 현상은 한참 계속되었다, 이 불가능한, 오면서 동시에 가는, 떠나면서 동시에 돌아오는 현상. 자고 있는 나의 정신은 더는 그것을 다 감당할 수 없었고 결국 모든 게 느슨해지면서 천천히 가라앉아, 아무것도 기록되지 않는 어둠 속으로 들어갔다.

왜, 나는 돈 데번포트에게 물었다―우리는 여전히 스튜디오 뒤의 짓이겨진 긴 잔디밭을 걷고 있다―왜 토비 태거트는 빌리 스트라이커를 고용하여 자기 배우들의 은밀한 약점과 슬픔을 염탐하는가? 물론 나는 답을 알고 있었다. 그런데 왜 물었을까? "자기 딴에는 우리를 휘두를 수 있는 무기를 가지려고." 그녀는 말하고 웃음을 터뜨렸다. "그 사람은 자기가 스벵갈리*라고 상상해요—다 그러지 않나요?"

아마도 이상해 보이겠지만 나는 이것 때문에 토비를 나쁘게 생각하지는 않았다. 빌리 스트라이커를 나쁘게 생각하지 않은 것과 마찬가지였다. 그는 프로다. 나와 마찬가지로. 말을 바꾸면 우리는 식인종이다. 우리 한 쌍은. 그래서 한 장면을 위하여 우리 어린 것들을 잡아먹곤 한다. 나는 그를 좋아할 수밖에 없다. 그는 몸집이 크지만 엉성하게 조립되어 있고 버펄로의 윤곽 비슷하게 체형이 잡혀 있으며 발은 터무니없이 작고 다리는 뼈만 앙상하며 가슴은 넓은데 어깨는 더 넓고 텁수룩한 자루걸레 같은 마호가니색 곱슬머리 밑으로 윤이 나는 슬픈 갈색 눈이 반짝거리며 사랑과 관용을 간청한다. 그의 이름은 토비아스다—그래, 내가 물어봤다—이것은 어머니 쪽에서 물려받은 이름으로, 어머니의 아버지인 공작으로부터 수백 년을 거슬러올라가면 그 이름의 기원이 되는 '무시무시한 토비아스'가 나오는데, 그는 헤이스팅스에서 싸웠고 치명상을 입은 해럴드왕을 갑옷 덮인 팔로 안아 날랐다고 전해진다. 방금 이 이야기가 토비가 가족의 과거라는 지하 금고에서 자랑스럽게 꺼내 보여주며 우리가 감탄해주기를 바라는 먼지 낀 가보다. 그는 감상주의자이고 구식 애국자이며 용맹한 조상들의 행위에 대한 나의 무시를 이해하지 못한다. 나는 그에게 내게는 이렇다 할 조상이 없으며, 전투에서 도끼를 휘두르거나 눈에 화살이 박힌 왕을 위로해본

---

* 조지 듀 모리에의 소설 『트릴비』에 나오는 악당으로, 사악한 의도를 가지고 타인의 마음을 조종하는 사람을 가리킨다.

적이 없는 소상인이나 농민에 가까운 사람들로 이루어진 잡다한 계보만 있을 뿐이라고 설명했다. 토비가 영화계에서 시대착오적 인물이라고 말할 수도 있겠지만, 사실 여기에 그렇지 않은 사람이 하나라도 있겠는가—나를 보라, 맙소사. 그가 세트에서 얼마나 고민을 하는지. 우리 모두 우리 배역에 만족하는가? 자신이 JB의 훌륭한 각본의 정신을 충실하게 따라가고 있는가? 스튜디오의 돈을 잘 쓰고 있는가? 관객이 우리가 시도하려는 것을 이해할까? 그는 늘 거기에, 카메라맨 오른쪽 약간 뒤에, 어수선한 전선과 바닥에 아무렇게나 흩어져 있는, 모서리에 강화 금속을 붙인 그 수수께끼 같은 길고 검은 상자 사이에 서서, 커다란 갈색 점퍼와 너덜너덜한 청바지 차림으로 열매를 든 다람쥐처럼 손톱을 씹으며, 마치 손에 잘 잡히지 않는 자기 자신의 본질에 다가가려고 하듯이, 걱정하고 또 걱정하며 서 있다. 제작팀은 그를 흠모하며 사납게 보호하려 든다. 누가 약간이라도 모욕하려는 것처럼 보이기만 하면 이두근을 구부리고 매섭게 노려본다. 그에게는 성자 같은 데가 있다. 아니, 성자 같은 게 아니다, 딱 그런 것은 아니다. 나는 안다, 그를 보면 떠오르는 것이 무엇인지 나는 안다. 전투의 교회*가 배출하곤 하던 그 고위 성직자들 가운데 하나, 근육질이지만 부드럽고 마음이 넓으며, 죄의 소굴인 이 세상을 잘 알지만 절대 기죽지 않고, 매일 자신을 낮춰 들어가야만 하는 이 혼돈의 주마등이 결국은 구원을 받아 빛과 은총과 눈부신 광채를 발하며 신나 뛰어다니는 영혼으로 가득한 낙원의 비전으로 바뀔 것임을 잠시도 의심하지 않는 사람.

---

* 현세의 악에 맞서 싸우는 지상의 기독교도들을 통틀어 일컫는 말.

믿을 수가 없다―우리는 벌써 촬영의 마지막 주에 이르렀다. 정말 빠르게 움직인다, 영화는.

내가 세트에 있는 걸, 자신의 아이가 이렇게 훌륭해진 걸 볼 수 있다면 미시즈 그레이는 얼마나 기쁘고 자랑스러울까. 그녀는 영화광이라고 할 수 있었다, 영화를 사진들pictures이라고 불렀지만. 거의 매주 금요일 밤 그레이 가족은 옷을 차려입고 부모가 앞장서고 자식 둘은 뒤에서 따라오는 대열을 이루어 알람브라 키노에 갔다. 메인 스트리트를 반쯤 내려가다가 모퉁이에서 꺾어 들어가야만 찾을 수 있는, 뮤직홀을 개조한 헛간 같은 곳이었다. 이곳에서 그들은 가장 비싼 1실링 6페니짜리 자리에 나란히 앉아 파라메트로, 워너골드윈폭스, 골링, 이몬트 스튜디오스 등에서 제공하는 최신작을 보았다. 우리 어린 시절의 사라진 영화관에 관해 무슨 말을 할까? 알람브라는 나무 바닥의 침과 더러운 공기 속 싸구려 담배 연기에도 불구하고 나에게는 에로틱한 암시

가 짙은 장소였다. 무엇보다도 웅장한 주홍색 커튼이 좋았다. 그 부드
럽게 굴곡진 홈 장식과 섬세한 황금빛 주름 장식 때문에 마음속에서
는 불가피하게 주름 잡힌 드레스와 레이스 달린 속치마 차림의 케이
저 본더 레이디가 떠오를 수밖에 없었다. 이 커튼은 이곳이 뮤직홀이
었던 시절에는 틀림없이 위로 올라갔겠지만 알람브라에서는 가운데서
갈라져 비단이 조용히 쉬익 하고 움직이는 소리와 함께 양옆으로 당겨
졌고, 그러면 영화관 불빛이 침침해지면서 4페니짜리 좌석의 막돼먹은
녀석들은 앵무새처럼 휘파람을 불고 미끄럼방지 밑창이 달린 뒤꿈치
로 나무 바닥을 두드려 밀림의 북 같은 소리를 냈다.

　그해 봄 금요일 밤에 두 주 연속으로—너무 늦게 깨닫게 되지만 바
람직하지 않은 짓이었고 결국 나에게 거의 고문이 되었다—나는 어머
니를 잘 구슬려서 1플로린*을 얻어내 직접 알람브라에 갔다. 영화를 보
려는 게 아니라 그레이 가족을 염탐하려는 것이었다. 자, 이 일을 하려
면 시간과 장소를 잘 맞추고 조심스럽게 행동할 필요가 있었다. 예를
들어 들키지 않으려면 영화가 시작될 때 불이 꺼지고 나서 들어간 다
음 마지막에 불이 다시 켜지기 전에 빠져나와, 국가가 흘러나오는 시
간에 걸리지 말아야 했다. 미시즈 그레이의 깜짝 놀라 화가 나서 노려
보는 눈길, 놀란 빌리의 느리게 번져가는 싱글거림을 그려볼 수 있었
고, 키티의 아버지가 우산을 찾아 의자 아래를 더듬는 동안 키티가 자
리에서 펄쩍 뛰며 즐겁게 적의에 찬 손가락질을 하는 모습이 눈에 선
했다. 광고와 본영화 사이의 틈, 램프에 불이 켜지면서 작은 쟁반을 풀

---

* 과거에 영국에서 통용되던 2실링짜리 동전.

먹인 가슴 밑까지 들어올리고 커튼 앞 정해진 자리에서 자세를 잡은 마법의 유령 같은 아이스크림 파는 소녀가 모습을 드러내던 그 시간은 어땠을까? 영화관 좌석에서는 얼마나 몸을 아래로 끌어내릴 수 있었을까? 처음에는 너무 늦게 도착해서 자리가 거의 만원이라 내가 찾을 수 있는 유일한 자리는 그레이 가족으로부터 여섯 줄 뒤였는데, 거기에서는 애타게도 미시즈 그레이의 머리라고 생각되는 것의 뒷부분만 간헐적으로 보였다. 그러나 결국 그것은 어찌된 영문인지 목덜미에 커다란 종기가 익어서 반들거리는 뚱뚱한 늙은 남자의 정수리였다. 다음번에는 좀 나았다. 즉 더 잘 보이기는 했는데, 대신 훨씬 심한 좌절과 고통을 경험했다. 그렇다고 전보다 아주 잘 보이는 것도 아니었다. 그레이 가족 두 줄 앞이었지만 통로 맞은편 끝 쪽이어서 미시즈 그레이를 잠깐이라도 보려면 머리를 옆으로 또 뒤로 비틀어야 했다. 마치 셔츠 칼라가 너무 조이기라도 하는 것처럼, 아니면 삼십 초 정도마다 움찔거리며 고개를 돌리는 어떤 병에 걸리기라도 한 것처럼.

미시즈 그레이가 그런 순수한 즐거움에 사로잡혀 있는 걸 보는 게 얼마나 끔찍했는지—즐거움보다는 순수함 쪽이 끔찍했다, 나에게는. 그녀는 거기 앉아 몸을 약간 뒤로 기대고 있었고 꿈같은 환희에 빠진 듯 화면을 향해 얼굴을 들어올리고 벌어진 입술에는 아무리 애를 써도 결코 완전한 상태에 이르지 못하는 미소를 띤 채 행복한 망각에 푹 빠져 자신을 잊고 주변을 잊고, 무엇보다도 아픈 것은, 나를 잊고 있었다. 화면에서 흘러나와 확확 바뀌며 그녀의 얼굴 위로 미끄러지는 빛 때문에 그녀는 회색 실크 장갑으로 연거푸 음탕하게 따귀를 맞고 있는 것처럼 보였다. 내가 그녀를 보고 있는 방식, 반복해서 고개를 옆으로 빠르게 돌려 일련의 이미지를 움직임으로 포착하는 과정은 우리 뒤의 작은 방에 있는 딸깍거리는 영사기 안에서 벌어지는 과정을 조악하게 흉내낸 것이었다. 나의 비밀 작전에도 불구하고 그녀는 내가 들어오는 것을 발견했을까? 내가 거기에 있는 것을 알고도 무시하고 나 때문에 자신의 재미를 망치는 일은 용납하지 않겠다고 마음먹었을까? 그렇다 해도 그녀는 전혀 티를 내지 않았으며, 나중에는 내가 너무 창피하여 차마 묻지를 못했다. 그런 비열한 훔쳐보기를 어떻게 인정할 수 있단 말인가? 나는 옆에 있는 그녀의 남편에게, 빌리에게, 그의 여동생에게는 전혀 눈길을 주지 않았으며―볼 테면 보라지, 이제 나는 상관하지 않았다―내 시선은 그녀에게, 그녀에게, 그녀에게 고정되어 있었다. 마침내 내 하나 건너 옆에 앉은 녀석, 꼭 끼는 양복을 입은 건장한 녀석, 반짝거리는 앞머리에서 머릿기름냄새가 강하게 풍기는 녀석이 자기 여자친구를 가로질러 내 쪽으로 몸을 기울이더니 뭔가를 털어놓듯 낮은 목소리로, 자꾸 고개를 홱홱 젖히는 걸 그만두지 않으면 내 앞니를 내 좆같은 목구멍 안으로 밀어넣겠다고 힘주어 말했다.

내 연인의 영화 취향은 폭이 넓었지만 가리는 게 있었다. 뮤지컬은 좋아하지 않았다. 스스로 인정한 대로 선율에 대한 감각이 없었기 때문이다. 당시에도 여전히 매우 인기가 있던 애절하고 급전직하하는 러브스토리, 여자들은 모두 어깨 뽕을 넣고 립스틱을 칠하고 남자들은 비겁하거나 기만적이거나 둘 다인 영화들도 좋아하지 않았다―"너절한 것들." 그녀는 내치듯 냉소적으로 말하며 입을 오므려 베티 허턴*

---

* 미국의 유명 배우이자 가수.

같이 비틀곤 했다. 그녀는 액션을 아주 좋아했다. 폭발이 많고, 벽돌이 분수처럼 치솟는 곳에서 사각 철모를 쓴 독일 병사들이 포에 맞자마자 박격포 포탄처럼 허공에 날아오르는 전쟁영화를 사랑했다. 하지만 가장 좋아하는 것은 서부영화, 또는 그녀 표현으로 하자면 '카우보이와 인디언' 영화였다. 그녀는 그것을 다 믿었다. 고상한 마음을 가진 총잡이와 가죽 바지를 입은 카우보이, 체크무늬 옷을 입은 여교사, 예상에서 벗어날 만큼 특별할 건 없지만 그래도 감상적인 노래가 흘러나오는 가운데 주저 없이 싸움꾼의 머리에 위스키병을 깰 수 있는 야하게 꾸민 술집 아가씨. 또 그냥 영화를 보는 걸로는 충분하지 않았다. 나중에 그 전체를 다시 말로 상영해봐야 했다. 나는 그녀가 그렇게 들려주는 이야기의 이상적인 청자였는데, 그 이야기 속에서 영화는 수도 없이 옆길로 새고 다시 뒤로 돌아가고 반쯤 기억하는 이름들이 마구 뒤섞이고 사건의 동기는 완전히 사라져 대책 없이 뒤얽힌 플롯을 갖고 있었다. 그래도 나는 행복하게 귀를 기울였다. 또는 그런 척했다. 그녀가 스테이션왜건 뒷좌석이나 코터의 집 매트리스에서 내 품에 누워 있겠다고 동의하기만 하면. 그녀는 자기가 본 이야기를 계속 전하면서 누가 누구를 배신했는지 독일놈들이 벌지*의 어느 부분에 구멍을 뚫지 못했는지 정리해보려 했고, 그러는 동안 나는 그녀의 따뜻한, 또 그녀가 일시적으로 방치하고 있는 여러 부위를 찔러보며 갖고 놀았다. 그녀에게는 그녀 나름의 영화 어휘가 있었다. 서부영화에서 남자 주인공은 늘 '녀석'이고 여자 주인공은 '여자애'였다. 배우 나이는 상관없었다.

---

* 군함의 선체 밑부분에 불룩하게 튀어나온 곳으로 어뢰 방어용이다.

등장인물의 이름을 잊어버리면 그들이 지닌 속성으로 대체했고—"그랬는데 '턱수염 얼굴'이 총을 잡더니 '큰 눈알'을 쏘는 거야"—가끔 그런 호칭에서는 '외로운 놈' '바의 미녀' 또는 내가 가장 좋아하는 '더러운 의사'의 경우처럼 괴상하지만 시적인 또는 그림 같은 울림이 느껴지기도 했다.

지금은 이 모든 자세한 되풀이가 적어도 부분적으로는, 어서 누워서 내가 절대 물리지 않는 그 일을 하게 해달라는 다급한 요구로부터 휴식을 좀 확보하려는 구실이었다고 추측한다. 그녀는 셰에라자드와 페넬로페를 하나로 합쳐놓은 존재로서 영화에서 나온 이야기를 끝도 없이 짰다가 다시 풀었다.* 인간 남성은 교접 후 딱 십오 분 뒤면 자신의 액을 재생하여 완전한 발기에 이를 수 있다는 이야기를 어디에선가 읽은 적이, 또는 학교에서 누군가에게—이런 가장 놀라운 일들을 알고 있는 아이가 있었는데 이름이 하인스였던 것 같다—들은 적이 있었다. 그것은 내가 검증해보기를 간절히 원하던 명제였다. 성공했는지는 기억나지 않지만 물론 응용을 하여 시도해보았다. 그러나 그 모든 것에도 불구하고 늘 내 마음 한구석에는 나의 노력, 배가된 노력이 받을 수도 있을 만큼 또는 그녀가 나에게 되풀이해 그렇다고 안심시키는 만큼 미시즈 그레이에게 환영받는 것은 아니라는 의심이 있었다. 남자들은 모두 여자가 사실 사랑의 신체적 표현을 좋아하지 않고, 우리들, 자신의 갓난아기들, 지나치게 커버려 요구는 많고 만족은 모르는 아기들

---

* 셰에라자드는 『천일야화』의 등장인물로 매일 밤 이야기를 이어가 살아남았다. 페넬로페는 『오디세이아』에 등장하는 오디세우스의 아내로, 남편이 없는 동안 구혼자가 몰려들자 옷감을 짰다 풀었다 하며 시간을 끌었다.

의 응석을 받아주기 위해서 그냥 응해주기만 할 뿐이라고 걱정한다, 나에게는 그런 관념이 있다. 그래서 색녀의 신화가 흔들림 없이 우리를 장악하고 있는 것인데, 유니콘이나 유니콘의 여인보다 구경하기 힘든 이 엄청난 피조물은 일단 발견만 되면 우리의 가장 깊은 공포를 가라앉혀줄 것이기 때문이다. 그녀의 젖가슴에 달라붙어 있거나 허벅지 주변에 얼굴을 처박고 있다가 우연히 고개를 들었을 때 그녀가 모성적인 것 이하도 아니고 또 이상도 아닌 다정한 자비의 표정으로 나를 내려다보며 웃음 짓고 있는 것을 본 순간들이 있었다. 또 끝도 없이 졸라대는 자식에게 여느 어머니가 그러듯이 짜증을 낼 때도 있었다―"좀 떨어져!" 그녀는 툴툴거리며 나를 밀쳐내고 화가 나 찌푸린 얼굴로 일어나 앉아 자기 옷가지를 찾곤 했다. 하지만 나는 늘 그녀를 다시 눕힐 수 있었다. 혀끝으로 그녀의 어깨뼈 사이 초콜릿빛 갈색 점을 핥거나 부드럽고 물고기 배처럼 흰 그녀의 팔 안쪽을 손가락 두 개로 따라 올라가는 것으로. 그러면 그녀는 몸을 바르르 떨며 한숨 이상이고 신음 이하인 어떤 것을 토하며 나를 돌아보았다. 눈은 감겨 있었고 눈까풀이 떨렸다. 무력해진 그녀는 느슨하게 열린 뜨거운 입을 키스를 위해 나에게 바쳤다. 그런 내키지 않는 굴복의 순간만큼 그녀에 대한 욕망이 솟구칠 때가 없었다. 특히 나는 그 눈까풀을 사랑했다. 줄무늬가 있는 투명한 대리석을 깎은 조개껍질, 입술을 갖다대면 늘 서늘하고, 늘 달콤하게 촉촉했다. 우윳빛 오금 또한 묘하게 소중했다. 나는 심지어 그녀 배의 반짝거리는 자개 같은 임신선도 귀하게 여겼다.

이런 것들을 지금 감사하게 생각하듯이 그때도 감사하게 생각했을까, 아니면 그저 뒤돌아보면서 탐닉하고 있는 것뿐일까? 열다섯 살 먹은 사내아이가 지금의 내 눈, 늙은 난봉꾼의 분별하는 굶주린 눈을 소유하고 있었을까? 미시즈 그레이는 나에게 많은 가르침을 주었는데, 그 가운데 첫번째이자 가장 귀중한 것은 인간이라는 죄를 지은 다른 인간을 용서하라는 것이었다. 나는 아이였고 따라서 마음의 눈으로는 플라톤적으로 완벽한 소녀를 보고 있었다. 땀도 흘리지 않고 변소에도 가지 않는 마네킹처럼 밋밋한 피조물, 유순하고 나를 사모하고 엄청나게 순종적인 피조물. 미시즈 그레이는 이런 환상과 그렇게 다를 수가 없었다. 그러나 그녀의 웃음소리, 횡격막의 낮은 울림이 깔린 부비강의 높은 히힝 소리만으로 그 생명 없는 인형은 내 머리에서 너덜너덜해져 날아가버렸다. 그러나 진짜 여자가 상상 속의 이상理想을 순조롭게 대체한 것은 아니다. 초기에 나는 미시즈 그레이의 살이 붙은 몸 자체가 어떤 순간, 어떤 자세에서는 당황스러웠다. 잊지 마라, 그때까지 여성의 형태에 대한 나의 지식은 케이저 본더 레이디의 다리와 오래전 헤티 히키가 알람브라의 뿌연 어둠 속에서 만지게 해주었던 봉오리 같은 젖가슴에 한정되어 있었다. 미시즈 그레이는 키에서 헤티보다 훨씬 압도적인 것은 아니었지만, 적어도 초기에는 이따금 나를 굽어보는 여자 거인, 난공불락의 에로틱한 힘을 가진 형체로 보였다.

하지만 그녀는 철저하게, 불가피하게, 때로는 실망스럽게도 인간적인, 인간 피조물의 모든 약함과 결함을 가진 존재였다. 어느 날 우리가 코터의 집 바닥에서 드잡이를 하던 중—그녀는 옷을 입은 채 떠나려하고 있었지만 나는 그녀를 붙들어 매트리스에 털썩 주저앉혔고 내 손이 그녀 엉덩이에 깔렸다—그녀가 얼떨결에 내 손바닥에 갑자기 가벼운 방귀를 뀌었다. 그 한 번의 소리 뒤에 무시무시한 정적, 권총 총격

소리 또는 지진의 첫 울림 뒤에나 있을 법한 정적이 뒤따랐다. 물론 나에게는 큰 충격이었다. 나는 연동운동의 문제에서는 양성이 똑같다는 것을 알고는 있지만 그렇다는 사실을 속으로는 간단하게 부정해버릴 수 있는 그런 나이였다. 그러나 방귀는 이론의 여지가 없는 것이었다. 이 방귀 뒤에 미시즈 그레이는 어깨를 들썩이며 나에게서 얼른 물러났다. "이거 봐." 그녀는 화가 나서 말했다. "너 때문에 내가 무슨 짓을 하게 됐는지 봐. 땜장이랑 헤프게 놀아나는 그런 여자처럼 나를 그렇게 잡아당겨서." 이 말의 부당함에 나는 말을 잃고 말았다. 하지만 그녀는 고개를 돌려 내 격분한 표정을 보고 캑캑거리는 웃음을 터뜨리더니 내 가슴을 세게 밀치고 계속 웃으면서 스스로 정말 부끄러운 줄은 아느냐고 다그쳐 물었다. 자주 그랬듯이 그 순간을 구한 것은 그녀의 웃음이었고, 시간이 지나면서 나는 그녀가 방출했던 그 근본적인 소리를 생각할 때 역겨움을 느끼기는커녕 마치 그녀가 전에는 아무에게도 허락한 적이 없는 곳에 자신과 함께 있자고 나를 초대한 것처럼 특권을 얻은 느낌이 들었다.

사실 그녀 때문에 나에게서 대부분의 다른 여성은 박살이 났다. 이제 헤티 히키 같은 여자애들은 내게 아무것도 아니었다. 그 아이들의 빈약한 젖가슴과 남자 같은 엉덩이, 안짱다리, 땋은머리나 꽁지머리―그 모든 것을 나는 하찮게 여겼다. 어른 여자의 풍만함, 옷의 제약 안에서 팽팽하게 죄어지고 있는 그득한 살의 느낌, 정열로 과육질이 된 입술의 뜨거운 기름짐, 약간 얽은 뺨을 내 배에 댈 때의 서늘하고 촉촉한 감촉을 아는 나는. 그녀에게는 살만이 아니라 가벼움, 우아함이라는 특질도 있었는데 여기에 아이의 앙증맞은 슬림은 상대가 되지 않는 것이었다. 그녀의 색깔은, 나에게는 물론 회색이었지만 특수한 라일락 회색이었고 엄버*였고 장미였으며, 그녀의 가장 은밀한 장소들, 아래쪽 입술 가장자리를 따라, 또 엉덩이의 갈라진 틈 안에 가려진 오므라든 작은 별 모양의 원광圓光 안에서 흘끗 본 또다른 이름할 수 없는 색조─짙은 차茶? 멍든 인동?─였다.

그녀는 나에게 유일무이했다. 인간의 잣대 어디에 그녀를 놓아야 할지 알 수가 없었다. 사실 여자, 나의 어머니 같은 여자는 아니었고, 물론 내가 아는 여자아이들도 아니었다. 그녀는, 이미 말한 것 같지만, 오직 하나뿐인 성별이었다. 동시에 물론 그녀는 여성성의 정수, 의식적으로든 아니든 내 인생에서 그녀 뒤에 온 모든 여자를 가늠하게 되는 기준이었다. 그러니까 한 명만 빼고 모두. 캐스는 그녀를 어떻게 생각했을까? 리디아가 아니라 미시즈 그레이가 내 딸의 어머니였다면 어땠을까? 이 질문 때문에 내 마음은 불안과 당혹으로 가득차지만 기왕 던져졌으니 품을 수밖에 없다. 아주 부질없는 추측 하나가 순간적으로, 또 한순간 동안 모든 걸 뒤집어놓는 것처럼 보일 수 있다니 놀라운 일이다. 마치 세상이 어떻게 된 일인지 반원만큼 돌아 익숙하지 않은 각도에서 나에게 자신을 드러낸 듯하다. 나는 곧바로 행복한 슬픔처럼 느껴지는 것 속으로 푹 빠져든다. 내가 잃어버린 두 사랑─그래서 내가─? 오, 캐스─

---

* 암갈색의 천연 안료.

방금 빌리 스트라이커가 전화해서 돈 데번포트가 자살을 기도했다
고 말해주었다. 그러나 실패했다, 아마도.

2부

아주 어렸을 때 딸아이는 특히 한여름 무렵이면 불면증을 겪었고, 아이도 나도 가끔 절망하여 그 하얀 밤 늦게 나는 아이를 담요로 말아 차에 싣고 해안 뒷길을 따라 북쪽으로 차를 달리곤 했다. 그 무렵 우리는 아직 바닷가에 살고 있었기 때문이다. 아이는 이런 짧은 여행을 즐겼다. 여행이 비록 아이를 잠들게 해주지는 못했지만 나른하고 차분한 상태를 유도하기는 했다. 아이는 잠옷을 입고 차에 타고 있으니 웃긴다고, 실제로 잠이 들어 꿈속을 여행하는 느낌이라고 말했다. 세월이 흘러 아이가 어엿한 여자가 되었을 때, 우리 둘은 어느 일요일 오후 해안을 따라 우리의 옛길을 다시 짚어가보았다. 우리는 그 여행의 감정적 함의를 서로 알은체하지 않았고, 나는 과거 이야기를 전혀 하지 않았지만—캐스에게는 말을 조심해야 했다—그 구불구불한 길로 나섰

을 때 아이도 나와 다름없이 그 밤의 드라이브와 희끄무레한 잿빛 어
둠을 뚫고 미끄러지던 감각을 떠올리고 있었다고 생각한다. 우리 양옆
에 모래언덕이 있었고 그 너머 바다는 신기루가 분명하다고 여겨질 만
큼 높은 수평선 아래에서 빛나는 한 줄 수은이었다.

북쪽으로 아주 멀리, 그곳을 뭐라고 부르는지는 모르는데, 길이 좁
아지다 한동안 절벽 옆을 달리는 구간이 있다. 아주 높은 절벽은 아니
지만 위험할 만큼은 높고 가파르며 내내 일정한 간격을 두고 노란 경
고 표지판이 있다. 그 일요일, 캐스는 차를 멈추고 내려서 자기와 함께
절벽 가장자리를 걷자고 했다. 나는 늘 높은 곳이 무서웠기 때문에 내
키지 않았으나 딸의 그런 간단한 요청을 거부한다는 건 있을 수 없는
일이었을 것이다. 늦은 봄, 아니면 초여름이었고, 닦아낸 것 같은 하늘
아래 날은 찬란했으며 바다 저멀리서 따뜻하고 강한 바람이 불어왔고
소금기 가득한 공기에서는 아이오딘이 얼얼했다. 그러나 나는 반짝거
리는 풍광에 관심이 없었다. 저 아래 일렁이는 물과 바위를 갉아먹는
파도가 보여 구역질이 났지만 최대한 용감한 겉모습을 유지하고 있었
다. 불과 몇 야드 거리에서는 새들이 우리 눈높이에서 상승기류를 탄
채 꼼짝도 하지 않고 정지해 있었다. 날개가 떨렸고 끼익끼익 하는 새
소리는 조롱처럼 들렸다. 조금 더 가자 좁은 길이 더 좁아지다 느닷없
이 아래로 꺾였다. 이제 한쪽은 진흙과 느슨하게 박힌 돌로 이루어진
가파른 비탈이고 반대편에는 하늘과 으르렁거리는 바다 말고는 아무
것도 없었다. 그 어느 때보다 아찔한 느낌이었다. 나는 무시무시한 공
포에 사로잡혀 오른쪽의 바람 부는 파란 심연으로부터 멀어지려고 왼
쪽의 비탈로 몸을 기울인 채 걸었다. 길이 아주 좁고 발 딛기도 아주

어려워 앞뒤로 서서 걸어야 했지만 캐스는 내 옆에서, 길 바깥쪽 가장자리에서 나와 팔짱을 끼고 걷겠다고 고집을 부렸다. 아이가 겁이 없다는 데 놀랐고 아이의 태평함에 심지어 분개하기도 했다. 이제 나는 너무 겁이 나 땀을 흘리고 몸도 떨리기 시작했기 때문이다. 그러나 캐스도 두려워한다는 게 점차 분명해졌다. 구슬픈 노래를 부르며 구애하는 바람소리를 듣고 자신의 코트를 쥐어뜯는 공허를, 불과 반 발짝 떨어진 곳에서 그렇게 유혹하듯 두 팔을 벌리고 있는 긴 추락을 느끼며 아마 나보다 더 두려워하고 있었을 것이다. 평생 죽음에 발을 담그고 첨벙거리는 사람이었다, 나의 캐스는—아니, 그 이상이었다, 감식가였다. 그 절벽 가장자리를 따라 성큼성큼 걷는 것이 아이에게는, 확신하건대, 가장 깊고 가장 거무스름한 양조주, 가장 풍부한 빈티지를 홀짝이는 것이었다. 아이가 내 팔에 꼭 달라붙어 있을 때 나는 아이 안에서 두려움이 퉁퉁 소리를 내는 것을 느꼈다. 아이의 신경을 따라 공포의 전율이 꿈틀거리고 있었다. 그 순간, 아마도 아이의 공포 때문이겠지만, 이제 나는 무섭지 않다는 것을 깨달았다. 그렇게 우리는, 아버지와 딸은 활달하게 계속 걸었다. 우리 둘 중에 누가 누구를 지탱하고 있었는지, 그걸 말하는 건 불가능하다.

만일 아이가 그날 뛰어내렸다면 나도 함께 데려갔을까? 대단했을 것이다, 우리 한 쌍이 아래로 곤두박질쳤다면. 발 먼저, 팔짱을 끼고, 밝고 파란 공기를 통과하여.

그들이 혼수상태에 빠진 돈 데번포트를 서둘러 데려간—다름 아닌 헬리콥터로—개인 병원은 아주 짧게 이발을 한, 비현실적으로 보이는 넓은 풀의 바다 속 멋진 부지에 우뚝 서 있다. 크림 같은 흰색에 창이 많이 달린 입방체 하나, 그것은 대양을 누비던 구식 호화 정기선을 정면에서 본 모습과 꼭 닮았으며, 산들바람에 당당하게 펄럭이는 커다란 깃발, 굴뚝이라고 해도 좋을 에어컨 통풍구까지 다 갖추고 있다. 어린 시절 이후 나는 병원이 로맨틱한 매혹의 장소라는 생각을 은밀히 품고 있었다. 몇 번인지도 모를 음울한 면회와 몇 번의 짧지만 불쾌한 체류로 그런 생각은 완전히 버리게 되었지만. 그런 환상이 생긴 것은 대여섯 살 때 아버지가 나를 자전거 앞쪽 핸들에 싣고 우리 타운 밖의 포트마운틴에 데려갔던 어느 가을 오후로 거슬러올라간다. 그곳에서 우리는 가파른 비탈의 고사리 덤불 속에 앉아 버터를 바른 간단한 샌드위치를 먹고 유산지 스크루로 입구를 막은 레모네이드 병에 든 우유를 마셨다. 그때 우리 뒤에는 결핵 병원이 높고 거대하게 자리잡고 있었는데 그 또한 크림색이었고, 또 창도 많았다. 나는 그 건물의 보이지 않는 테라스에서 창백한 소녀들과 신경쇠약인 젊은 남자들, 세상에 살기에는 너무 섬세하고 까다로운 사람들이 단정하게 줄을 맞추어 넓게 펼친 갑판 의자에 드러누워 밝은 빨간색 담요를 덮고 졸다가 잠깐씩 꿈을 꾸고 있다고 상상했다. 병원냄새조차 내게는 하얀 가운을 입고 멸균 마스크를 쓴 전문가들이 쓰러진 거물과, 그래, 괴로워하는 영화 스타의 혈관에 귀하기 짝이 없는 이코르*를 한 방울씩 똑똑 흘려넣는 작은 유리병들이 걸린 좁은 침대 사이를 소리 없이 오가는 이국적으로 오염되지 않은 세계를 암시한다.

돈 데번포트가 먹은 것은 알약, 한 병 전부였다. 알약은, 내가 보기

---

* ichor. 그리스신화에서 신의 몸속에 흐른다고 하는 신비한 액체.

에는, 우리 직업에서 선호하는 선택지다, 이유는 모르겠지만. 그녀의
의도의 진지성에는 의문이 있다. 하지만 한 병 전부, 그건 인상적이다.
내가 어떤 기분이었더라? 공포, 혼란, 또 어떤 명함, 어떤 짜증. 아무
걱정 없이 낯설고 쾌적한 거리를 거닐다가 갑자기 문이 활짝 열리면서
멱살을 잡혀 이상한 장소에 볼품없이 내동댕이쳐졌는데 알고 보니 그
곳은 내가 너무 잘 아는 장소, 다시는 들어가고 싶지 않다고 생각하던
장소인 것 같은 느낌이다. 끔찍한 장소.

　처음 병실로 걸어들어가ー살금살금 다가가, 그게 나은 표현인 것
같다ー지금까지 그렇게 생생하던 젊은 여자가 수척한 모습으로 가만
히 누워 있는 모습을 보자 내 심장이 침을 꿀꺽 삼켰다. 그들이 나에게
해준 말에 착오가 있는 게 틀림없다고, 그녀는 하고자 했던 일에 성공
했고 이것은 매장 준비를 하고 방부 처리자를 기다리는 그녀의 시체라
고 생각했기 때문이다. 이내 그녀가 눈을 뜨고 미소를 짓는 바람에 훨
씬 더 놀랐다ー그래, 그녀는 미소를 지었다. 처음에는 기쁨과 진짜 온
기로 보이는 것을 드러내며! 이것을 좋은 징조로 받아들여야 할지 나
쁜 징조로 받아들여야 할지 알 수가 없었다. 자포자기와 절망 때문에
이성을 잃고 저렇게 미소 지으며 병원 침대에 누워 있는 것일까? 그러
나 더 자세히 보자 그것은 미소라기보다는 당황하여 찌푸린 표정이었
다. 실제로 그녀가 일어나 앉으려고 애쓰면서 처음 한 말이 그것이었
다, 당황스럽고 창피하다. 그녀는 떨리는 손을 내밀며 잡아달라고 했
다. 마치 열이 나는 것처럼 살갗이 뜨거웠다. 나는 그녀를 위해 베개의
위치를 바꿔주었고 그녀는 자신을 향해 분노의 신음을 토하며 거기 등
을 기댔다. 손목의 플라스틱 이름표가 눈에 들어와 거기 적힌 이름을

읽었다. 그녀가 얼마나 작아 보이던지, 얼마나 작고 속이 텅 비어 보이던지, 둥지에서 떨어진 어린 새처럼 무게도 없어 보이는 모습으로 거기 그렇게 기대 있으니. 커다란 눈은 머리에서 튀어나올 것 같고 힘없이 늘어진 머리카락은 뒤로 쓸어넘겨져 있고 날카로운 뼈들은 빨아서 바랜 칙칙한 녹색 병원 가운의 어깨를 밀치며 불거져 있었다. 그녀의 그 커다란 두 손은 평소보다 더 커 보였고 손가락들은 더 뭉툭해 보였다. 입꼬리에는 얇은 잿빛 조각들이 말라붙어 있었다. 그녀는 어떤 요동치는 깊은 곳 위로 몸을 내밀었을까, 어떤 바람 부는 심연이 그녀를 불렀을까?

"알아요." 그녀가 애처롭게 말했다. "나는 우리 어머니 임종 때와 같은 모습이에요."

오기 전부터 내가 오는 게 맞는지 전혀 확신이 서지 않았다. 내가 여기 올 만큼 그녀를 잘 아나? 이런 환경에는, 뜻을 이루지 못한 죽음이 원한에 젖어 미적거리고 있는 곳에는, 밖에, 살아 있는 자들의 영역에 적용되는 어떤 것보다도 철통같은 예절 규약이 있다. 하지만 내가 어떻게 오지 않을 수 있었겠는가? 우리는 카메라 앞에서만이 아니라 카메라를 벗어난 곳에서도 단순한 연기를 한참 넘어선 친밀함을 형성하지 않았는가? 우리는, 그녀와 나는, 우리의 상실을 공유하지 않았는가? 그녀는 캐스에 관해 알고 나는 그녀의 아버지에 관해 알았다. 하지만 바로 이런 앎이 두 배로 강력해진 성가신 유령처럼 우리 사이에 떠돌다 우리가 입을 다물게 하지 않을까 하는 의문이 있었다.

내가 그녀에게 무슨 말을 했던가? 생각나지 않는다. 진부한 위로를 웅얼거렸을 것이다, 틀림없다. 내 딸이 어떻게 해서든 포르토베네레의 그 곳 발치에 있는 끈적한 흙이 덮인 녹슨 빛깔 바위들에서 살아남았다면 나는 아이한테 무슨 말을 했을까?

나는 플라스틱 의자를 침대로 끌어다 놓고 앉아서 두 팔뚝을 무릎에 올리고 두 손을 깍지 끼며 몸을 앞으로 기울였다. 고해신부 그 자체로 보였을 게 분명하다. 내가 확신하던 한 가지. 돈 데번포트가 캐스를 입에 올리면 나는 한마디도 하지 않고 그 의자에서 일어나 걸어나갈 것이다. 우리 주위에서 병원의 여러 소음이 합쳐져 메들리로 이어지는 콧노래가 되었고, 난방이 과한 병실 공기는 따뜻하고 축축한 면포의 질감이었다. 침대 건너편 창으로 산, 멀고 희미한 산, 그리고 가까운 곳에는 널찍한 건설 현장이 보였다. 크레인과 굴착기와 원근법 때문에 줄어든 모습으로 잡석더미 여기저기를 기어오르는 헬멧과 노란 안전 재킷 차림의 많은 노동자들. 그것은, 일하는 세계는 자신이 얼마나 무정한지 모른다.

돈 데번포트는 나에게 잠깐 내밀었던 손을 거둬들여 이제 손은 그녀 옆에 늘어져 있었다. 그것이 놓인 시트만큼이나 창백했다. 플라스틱 신분표 팔찌에 있는 이름은 그녀의 것이 아니었다. 그러니까 거기 인쇄된 이름은 돈 데번포트가 아니었다는 말이다. 그녀는 내가 그걸 쳐다보는 것을 보고 다시 미소를 지었다. 음울하게. "그게 나예요." 그녀는 런던내기 억양으로 말했다. "내 본명, 스텔라 스테빙스. 혀가 좀 꼬여요, 그죠?"

정오에 청소부가 오스텐테이션 타워스에 있는 그녀의 호텔 스위트룸 침실에서 그녀를 발견했다. 커튼이 닫혀 있고 그녀는 입에 거품을 문 채 흐트러진 침대에서 몸을 반쯤 밖으로 뺐고 있었고 주먹에는 빈

약통을 꼭 쥐고 있었다. 나는 그 장면을 볼 수 있었는데, 내 눈에 보이는 그 장면은 프로시니엄 아치*를 암시하는 것 밑에, 아니 이 경우에는, 아마도, 음울하게 빛나는 직사각형 스크린 안에 고전적인 방식으로 연출되어 있었다. 왜 그랬는지 모르겠다, 그녀는 말하며 다시 한 손을 뻗어 나의 꽉 쥔 두 주먹 위를 감쌌다. 그럴 만큼 넓은 손이었다—그것은, 그녀의 손은 틀림없이 아버지에게서 물려받았을 것이다. 아마도, 그녀는 말했다. 충동적인 행동이었던 것 같지만 어떻게 그럴 수가 있을까? 그녀는 알고 싶어했다. 그 모든 약을 삼키는 데는 엄청난 노력이 필요한데. 아주 약한 약이었다, 아니면 그녀는 틀림없이 죽었을 테니까, 의사는 자신 있게 말했다. 그는, 의사는, 인도인이었다. 태도가 부드러웠고 미소가 아주 달콤했다. 그는 그녀가 〈배반의 정사〉 리메이크에서 폴린 파워스로 나온 것을 보았다. 그건 그녀의 아버지가 가장 좋아하는 영화였다, 물론 플레임 도밍고가 폴린 역으로 나오는 원작 이야기지만. 영화배우가 되라고 권한 것은 그녀의 아버지였다. 그는 딸의 이름이 빛나는 것을 보며 무척 자랑스러워했다. 아이가 셀로판 날개와 튀튀** 차림의 발이 빠른 신동이었을 때 아이를 위해 생각해낸 바로 그 엄청난 이름. 조개 같은 그녀의 손이 내 두 손을 꽉 조여왔다. 나는 손가락을 풀고 한 손을 뒤집어 그녀의 뜨거운 손바닥을 내 손바닥으로 느꼈다. 우리 사이의 이런 접촉이 델 것처럼 뜨거웠는지 그녀는 얼른 손을 다시 빼내고 몸을 앞으로 기울이고 무릎을 끌어당겨 텐트처럼 만들며 창밖을 내다보았다. 이마의 축축한 광택과 귀 뒤에 고리처

---

\* 고전적 형태의 극장에서 무대 위쪽을 감싸고 있는 아치형 구조물.
\*\* 발레를 할 때 입는 치마.

럼 걸린 머리카락과 전체적으로 빛을 발하는 피부의 반음영 半陰影 솜털
과 열이 오른 어슴푸레한 빛으로 밝혀진 눈. 그렇게 거기 앉아 있으니,
그렇게 꼿꼿하게 빛을 배경으로 옆모습을 또렷하게 새기며 앉아 있으
니, 상아를 깎아 만든 원시의 형체처럼 보였다. 나는 손가락 끝으로 그
녀의 턱선을 따라가는 상상을 했고, 내 입술을 그녀의 부드럽고 그늘
진 목 옆쪽에 갖다대는 상상을 했다. 그녀는 코라, 판더의 여자였고 나
는 판더였다. 그녀는 손상된 미녀, 나는 야수. 우리는 지금까지 몇 주
동안 그들의 맹렬한 사랑을 연기했다. 어떻게 우리가 어떤 식으로인
가 그들이 되지 않을 수 있었겠는가? 그녀는 울기 시작했고 크고 반짝
이는 눈물이 시트에 튀어 회색 얼룩을 남겼다. 나는 그녀의 손을 꾹 눌
렀다. 떠나라, 나는 그녀에게 말했다. 감정이 가득 실린 목소리였고 나
스스로도 마음이 몹시 흔들려 그 감정이 무엇인지 헤아려보려고 하지
도 못했다─토비 태거트에게 말해 일주일, 한 달간 촬영을 정지시키
고 모든 것으로부터 떠나야 한다. 그녀는 듣고 있지 않았다. 먼 산들은
움직임이 없는 창백한 연기처럼 푸르스름했다. 방황하는 나의 아이. 각
본에서 판더는 그녀를 그렇게 불렀다. 방황하는 나의 아이.

조심.

결국 우리는 서로 할 이야기가 많지 않았고─내가 그녀를 엄하게
꾸짖었어야 했을까, 기운 내고 밝은 면을 보라고 다그쳐야 했을까?─
잠시 후 나는 내일 다시 오겠다고 하며 자리를 떴다. 그녀는 여전히 자
신 속으로 또는 그 멀고 푸르스름한 산들 속으로 멀리 가 있었고 아마
내가 자리를 뜨는 것도 알아채지 못했을 것이다.

복도에서 토비 태거트와 마주쳤다. 불안하게 배회하며 잠시도 가만

히 있지 못하고 손톱을 물어뜯는 모습이 그 어느 때보다 상처받은 되새김동물처럼 보였다. "물론," 그는 바로 큰 소리로 말했다. "선생님은 내가 촬영 걱정만 하고 있다고 생각하겠죠." 그러더니 겸연쩍은 표정으로 다시 손톱을 격렬하게 잘근잘근 씹기 시작했다. 그가 자신의 추락한 스타를 보러 들어가는 것을 미루고 있음을 알 수 있었다. 나는 그에게 그녀가 깨어났을 때 나에게 어떻게 미소를 지었는지 말해주었다. 그는 크게 놀란 표정으로 이 말을 받아들였는데, 내 생각으로는 질책도 섞여 있었다. 다만 그가 개탄한 것이 돈 데번포트의 적절하다 할 수 없는 웃음이었는지 아니면 내가 그에게 그 이야기를 했다는 점인지는 알 수 없었다. 나는 충격을 받은 상태—강한 전류가 내 신경을 통과하는 것처럼 온몸에 거품이 이는 듯한 감각이 있었다—로부터 빠져나오기 위해 병원이란 것이 얼마나 방대하고 복잡한 장치인가 하는 생각을 하고 있었다. 사람들이 끝도 없이 물줄기를 이뤄 계속 우리를 양방향으로 지나쳐 걸어갔다. 삑삑 소리를 내는 고무창이 달린 하얀 신발을 신은 간호사, 청진기를 대롱거리는 의사, 벽에 바짝 붙어 조심스럽게 조금씩 움직이는 드레싱가운 차림의 환자, 그리고 녹색 작업복을 입은 정체가 불확실한 바쁜 사람들. 이들은 외과의 아니면 잡역부일 텐데 나는 도무지 구분할 수가 없다. 토비는 나를 살펴보고 있었지만 내가 그의 눈길을 잡자 얼른 다른 쪽을 보았다. 나는 그가 캐스 생각을 하고 있었다고 상상한다, 돈 데번포트가 실패한 대목에서 성공한 아이. 그는 나의 속 이야기를 끌어내기 위해 빌리 스트라이커를 보낸 일에 관해서도 생각하며 죄책감을 느끼고 있었을까? 그는 캐스에 관해 알고 있다는 내색을 한 적이 없고, 한 번도 내 앞에서 그 아이 이름을

언급조차 한 적이 없다. 그는 어기적거리며 돌아다니는 둔한 사람이라
는 인상을 주고 싶어하지만 교활한 자다.

우리 옆에는 지붕과 하늘과 어디에나 있는 그 산들을 넓게 보여주
는 긴 직사각형 창이 있었다. 중경中景에서 굴뚝 꼭대기 통풍관들 사이
로 비치는 11월의 햇빛이 뭔가 반짝이는 것, 창문 유리의 은 또는 강철
덮개를 집어내고 있었다. 그 물건은 계속 반짝거리며 나를 향해 윙크
했는데 상황이 상황인지라 냉담하고 경박해 보였다. 그냥 무슨 말이라
도 하려고 나는 토비에게 이제 영화는 어떻게 할 거냐고 물었다. 그는
어깨를 으쓱하며 곤란한 표정을 지었다. 벌어진 일을 아직 스튜디오에
이야기하지 않았다고 했다. 캔에 이미 상당한 양의 필름이 담겨 있기
때문에 그걸로 작업을 하겠지만, 물론 마지막 장면은 아직 찍지 않았
다. 우리 둘 다 고개를 끄덕였고 둘 다 입을 꾹 다물었고 둘 다 얼굴을
찌푸렸다. 쓰여 있는 대로라면 마지막에 판더의 여자 코라는 물에 투
신한다. "어떻게 생각하세요?" 토비가 조심스럽게 물었는데 여전히 나
를 보지 않고 있었다. "그걸 바꿔야 할까요?"

휠체어를 탄 늙은 사람이 빠르게 지나갔다. 하얀 머리에 군인 같은
느낌이며 한쪽 눈에는 붕대를 감았고 다른 쪽 눈은 사납게 노려보고
있었다. 휠체어 바퀴들이 바닥의 고무 타일 위를 부드럽게 움직이며
유쾌하면서도 끈적거리는 소곤거림을 만들어냈다.

내 딸은 자살을 가지고 농담을 하곤 했다, 나는 토비에게 그렇게 말
했다.

토비는 반만 듣고 있는 것처럼 멍하니 고개를 끄덕였다. "안타까운
일이네요." 그가 말했다. 캐스 이야기를 한 건지 돈 데번포트 이야기를

한 건지 모르겠다. 아마 둘 다일 것이다. 나는 그래, 안타까운 일이라고 동의했다. 그는 그냥 고개만 끄덕였다. 여전히 그 마지막 장면 생각에 빠져 있었을 것이라고 생각한다. 그건 그에게 골치 아픈 문제였다. 그래, 자살은, 설사 기도에 불과하다 해도, 분위기를 어색하게 만드는 게 확실하다.

집에 도착해 거실로 들어가 그곳에 연결된 전화기로 갔다. 리디아가 내 말소리가 들리는 곳에 있지 않다는 것만 확인하고 바로 빌리 스트라이커에게 전화를 걸어 만나러 와줄 수 있느냐고 물었다. 당장. 빌리는 처음에는 내키지 않는 목소리였다. 뒤쪽에서 시끄러운 소리가 들렸다. 그녀는 텔레비전 소리라고 했지만, 그 형언하기 힘들 만큼 고약한 남편이었을 것이다. 그녀를 비난하고 있었다—협박과 징징거림이 섞인 특유의 말투를 분명히 알아들을 수 있었다. 어느 대목에서 그녀는 손으로 송화구를 가리더니 누군가에게 성난 목소리로 소리쳤는데 그 대상은 틀림없이 남편이었을 것이다. 내가 그 사람 이야기를 했던가? 무시무시한 자—빌리는 나와 처음 만났을 때 있던 눈가의 멍든 흔적이 지금까지도 누르게하게 남아 있다. 고성들이 더 들리고 그녀는 다시 송화구를 막아야 했지만 결국 서둘러 소곤거리는 목소리로 만나러 오겠다고 말하고 전화를 끊었다.

나는 뒤꿈치를 들고 복도로 다시 나가 리디아가 어디 있는지 계속 귀를 기울이며 모자며 코트며 장갑을 챙기고 나서 건물 외벽을 타고 오르는 도둑처럼 날렵하고 부드러운 걸음으로 다시 집을 빠져나왔다.

마음속에서 나는 늘 나 자신이 약간 비열한 인간이라고 상상한다.

내가 평생 알았던 모든 여자 가운데 리디아를 가장 알지 못한다는 생각이 든다. 그 생각이 들자 발을 멈추게 된다. 정말 그럴 수 있을까? 내가 이 긴 세월을 수수께끼와 함께 산 것일 수 있을까—내가 만든 수수께끼와? 어쩌면 그저 그녀와 이렇게 가까운 거리에 아주 오래 있었기 때문에, 내가 애초에 우리에게, 즉 인간에게 가능하지 않은 만큼 그녀를 알아야 한다고 느끼기 때문에 드는 생각일 수도 있다. 아니면 그냥 내가 이제는 그녀를 제대로, 원근법에 따라 제대로 볼 수 없다는 말일까? 아니면 우리가 아주 멀리까지 함께 걸어왔기 때문에 그녀가 나와 합쳐진 것일까? 가로등을 향해 걸어가는 사람의 그림자가 점차 그와 합쳐지다 더는 보이지 않게 되는 것처럼? 그녀가 무슨 생각을 하는지 나는 알지 못한다. 전에는 안다고 생각했는데 이제는 아니다. 내가 어떻게 알겠는가? 나는 어느 누구의 생각도 알지 못한다. 나 자신이 무슨 생각을 하는지도 모른다. 그래 바로 그거다, 아마도. 그녀는 나의 일부가 된 것이다. 나의 모든 수수께끼 가운데도 가장 큰 것, 즉 나 자신의 일부가 되었다. 우리는 싸우지 않는다, 이제는. 전에는 지진을 일으킬 듯 싸웠다. 몇 시간에 걸쳐 격렬하게 터뜨리고 나면 우리 둘 다 부들부들 떨고 있었다. 나는 얼굴이 잿빛이었고, 격분해서 말을 잃은 리디아는 분노와 좌절 때문에 눈물이 투명한 용암의 냇물처럼 뺨을 타고 흘러내렸다. 캐스의 죽음은, 내 생각에, 우리에게 또 우리가 함께하는 삶에 가짜 무게, 가짜 심각함을 얹어놓았다. 우리 딸이 가면서 우리 능력으로는 불가능하지만 그래도 계속 완수하기를 갈망하게 되는 어떤 커다란 과제를 남긴 것 같았고, 그 계속되는 노력에 시달려 우리는 반복적으로 격분과 갈등에 빠져들었다. 그 과제란 내 생각에는 계속 그 아이를 애도하는 것 이상도 이하도 아니었다. 아낌없이 불평 없이, 아이가 가버린 후 처음 며칠 동안 그랬던 것처럼, 몇 주, 몇 달, 심지어 몇 년 동안 그랬던 것처럼 격하게 애도하는 것. 그렇게 하지 않으면, 애도가 약해지면, 아주 짧은 순간이라도 짐을 내려놓으면 최종적으로, 죽음 자체보다도 최종적이라고 느껴지는 방식으로 아이를 잃게 될 것 같았다. 따라서 우리는 계속했다. 서로 할퀴고 찢었다. 눈물이 그치거나 우리의 뜨거움이 식지 않도록. 그러다 마침내 진이 다 빠졌고, 아니면 너무 늙어버렸고, 그래서 내키지 않는 휴전에 이르러 요즘은 이따금 소형 무기를 발사할 때만 짧고 미지근하게 휴전이 흔들릴 뿐이다. 따라서 이것이, 내 짐작으로는, 내가 리디아를 알지 못한다고 생각하게 된, 그녀를 아는 걸 그만두었다고 생각하게 된 이유다. 싸움은, 우리에게는, 친밀함의 표현이었다.

빌리 스트라이커와는 운하 옆에서 만나기로 약속했다. 이런 늦가을 오후 태고의 햇빛을 내가 얼마나 사랑하는지. 지평선 낮은 곳에는 잔주름이 진 금박조각 같은 구름 부스러기가 있었고 더 높은 하늘에는 백토, 복숭아, 연록의 띠들이 층층이 자리잡았으며 운하에 그득한 움직임 없는 물에는 이 모든 것이 반사되어 알록달록한 얇은 연보라색 막이 희미하게 덮여 있었다. 나에게는 여전히 돈 데번포트의 병상 옆에 있을 때 안에서 시작된 그 흥분의 느낌, 감전된 듯한 피의 부글거림이 있었다. 이런 느낌은 정말 오랜만이었다. 내가 어리고 모든 것이 새롭고 미래는 무한할 때 느끼던 것으로 기억에 남아 있는 그 느낌, 두렵고 고양된 기다림의 상태. 그 속으로, 그 모든 세월 전, 미시즈 그레이가 귀 뒤의 말을 듣지 않는 곱슬머리를 비틀며 무심결에 나지막이 노래를 흥얼거리며 걸어들어왔다. 오늘 그 소리굽쇠로 내 어깨를 두드린 것은 무엇이었을까? 또다시 과거였을까, 아니면 미래?

빌리 스트라이커는 청바지와 한쪽 끈이 풀어져 질질 끌리는 낡은 운동화, 짧고 반짝거리는 검은 가죽 재킷 밑에 너무 작은 하얀 조끼라는 익숙한 차림이었다. 조끼는 그녀의 가슴과 허리띠 위의 배를 제2의 피부처럼 덮고 있었는데, 배의 살은 중간의 깊은 주름에 의해 둘로 나뉘어 두 개의 부푼 베개처럼 보였다. 머리는 이틀 전에 본 뒤로 오렌지색으로 염색하고 아주 짧게 잘랐다. 내 판단으로는 그녀 자신의 손으로 자른 것이었는데, 두개골 전체에 머리카락 다발이 달린 다트를 박아놓은 것처럼 빳빳하고 짤막한 덤불이 잔뜩 엉켜 있었다. 그녀는 자신의 어여쁘지 않은 면을 계발하는 데서, 다른 사람이 아름다움을 가꾸듯 그런 면을 애지중지 가꾸는 데서 복수심 섞인 만족감을 끌어내는 듯하다. 그녀가 자신을 학대하는 것을 보면 슬프다. 스스로 그러지 않아도 끔찍한 남편이 그녀 대신 그 일을 충분히 효과적으로 해줄 것이 분명하다는 생각이 들었기 때문이다. 지난 몇 주 동안 느릿느릿 되풀이해 다른 사람인 척하는 일을 하다보니 나는 그녀의 튼실한 실용적 태도, 고집스러움, 환멸에 찬 결의를 높이 평가하게 되었다.

그 남편. 나는 그가 독특하게 입맛 떨어지는 인간의 표본이라고 생각한다. 그는 키가 크고 여위었으며 마치 옆구리, 배, 가슴에서 얇은 조각을 떼어낸 것처럼 오목하게 파인 곳이 많다. 핀 모양의 머리에 썩은 이가 입안 가득이다. 싱글거린다고 웃지만 으르렁거리는 것에 가깝다. 그가 주위를 둘러볼 때면 눈길이 닿는 곳마다 그 오염시키는 시선에 움찔하는 것 같다. 그가 일찍부터 세트 주변에 어슬렁거리기 시작하자, 늘 그렇듯이 마음이 여린 토비 태거트는 그에게 잡다한 일을 맡겨야 한다고 느꼈다. 나 같으면 필요할 경우 협박을 해서라도 현장에서 쫓아냈을 것이다. 달리 생계를 위해 뭘 하는지는 알지 못하지만─빌리는 다른 많은 것과 마찬가지로 이 문제에도 대답을 피한다─그는 늘 바쁘고, 곧 중대한 일이 시작될 참이고, 거대한 기획이 그의 말 한 마디면 성사될 것 같은 인상을 풍긴다. 나는 회의적이다. 나는 그가 자신의, 또는 빌리의 변통수에 의존해 살아간다고 생각하는데, 그 면에서는 빌리가 그보다 나을 수밖에 없다. 그는 일꾼 같은 모습으로 나타난다. 물 빠진 덩거리* 바지에 칼라 없는 셔츠, 일 인치 두께 고무바닥이 달린 장화 차림으로. 또 늘 먼지가 뽀얗게 앉은 모습으로 나타나는데 심지어 머리마저 그렇다. 앉을 때는 지친 것처럼 몸을 늘어뜨리며 한쪽 발목을 가느다란 무릎에 걸치고 팔 하나는 의자 등받이에 걸친다. 마치 징벌처럼 긴 일을 끝내고 이제 마땅히 누려야 할 휴식을 취하러 잠깐 들른 것 같다. 고백하거니와 나는 그가 약간 무섭다. 그는 가없은 빌리를 때린 게 분명하며 그가 나에게 주먹을 휘두르는 모습도 쉽게 떠올릴 수 있다. 왜 빌리는 그를 떠나지 않을까? 쓸모없는 질문. 왜 누가 어떤 일을 하느냐.

이제 나는 빌리에게 미시즈 그레이를 추적해주기를 바란다고 말했다. 그녀가 반드시 성공할 거라고 믿는다고 말했다. 지금도 믿는다. 물에서 백조 한 쌍이 다가왔다. 틀림없이 암컷과 그 짝일 것이다, 일부일

---

* 작업복 바지에 많이 사용되는 거친 무명천.

처를 하는 종 아닌가? 우리는 발을 멈추고 그들이 다가오는 것을 지켜 보았다. 내 눈에 백조들은 기이하고 꾀죄죄한 느낌으로 화려하며, 늘 차분한 앞모습을 보여주지만 그 뒤에서는 사실 자의식과 의심으로 인한 고통에 웅크리고 있는 것처럼 보인다. 능숙한 위선자인 이 두 백조 는 가늠하는 눈길로 우리를 물끄러미 보다가 우리 손에 빵 부스러기가 없다는 것을 알자 차가운 경멸을 드러내며 계속 미끄러져갔다.

빌리는 평소처럼 눈치 있게 왜 내가 갑자기 이 과거의 여자를 추적 하는 데 열을 내는지 묻지 않았다. 어떤 문제에서든 빌리의 의견을 추 측하기란 어려운 일이다. 그녀와 이야기하는 것은 깊은 우물에 돌을 던지는 것과 같다. 돌아오는 답은 한참 지연되고 또 소리가 나지 않는 다. 그녀는 여러 번 이용당하고 위협당한 경험—역시 그 남편—이 있 는 사람처럼 경계심이 많고 말하기 전에 모든 단어를 신중하게 이리 저리 뒤집어보고 모든 각도에서 검토하여 상대를 불쾌하게 하거나 도 발할 가능성이 있는지 확인하는 것 같다. 하지만 그녀도 궁금했을 것 이 분명하다. 나는 그녀에게 미시즈 그레이가 지금은 늙었고 살아 있 지 않을 가능성도 있다고 했다. 그냥 그녀가 내 절친한 친구의 어머니 이고 반세기 가까이 그녀를 보거나 소식을 들은 적이 없다고만 말했 다. 내가 말하지 않은 것, 말하지 않아서 더 두드러지는 질문은 왜 내 가 그녀를 다시 찾고 싶어하느냐였다. 왜 내가 찾고 싶어할까?—왜 그 럴까? 노스탤지어? 변덕? 늙어가면서 과거가 현재보다 더 생생해지 기 시작했기 때문에? 아니, 뭔가 더 다급한 것이 나를 몰아붙이고 있 다, 그게 뭔지는 모르지만. 빌리가 속으로 내 나이쯤 되면 돈키호테적 자기 방종도 용납이 된다고, 내가 어린 시절에 알았던 어떤 노파를 찾아주는 대가로 많은 돈을 내놓을 준비가 되어 있는 마당에 나의 어리석음에 의문을 제기하는 것은 스스로 바보가 되는 일이라고 혼잣말을 했을 거라 나는 상상한다. 그녀는 전에 어떤 일을 두고 경멸 가득한 표정으로 문란하다고 언급한 적이 있는데 내가 미시즈 그레이와 한 일도 그런 쪽과 관련이 있다고 짐작했을까? 아마 그랬을 것이고, 내가 창피했을 것이다. 그녀의 눈에는 틀림없이 다정하고 늙은 영감탱이로 보일, 또 실제로 내 눈에도 그렇게 보이는 내가. 우리가 이야기하는 동안 병원 침대에 누워 있는 그 고통받는 젊은 여자를 두고 내가 하는 생각을 그녀가 안다면 무슨 생각을 했을까? 문란하다. 정말이지.

우리는 계속 걸었다. 이제는 쇠물닭들이다, 또 쉭쉭 소리를 내는 갈대밭, 그리고 여전히 그 조그만 황금 구름들.

우리 딸의 죽음이 그애 어머니와 나에게 훨씬 더 견디기 힘들어진 것은 그게 우리에게 수수께끼, 완전하고 봉인된 수수께끼가 되었기 때문이다. 우리에게, 바라건대 그 아이에게는 아니었겠지만. 우리가 놀랐다는 말은 아니다. 어떻게 놀랄 수 있었겠는가, 캐스의 내적 삶의 혼란스러운 상태를 생각한다면? 아이가 죽기 전 몇 달 동안, 아이가 외국에 있을 때, 아이의 이미지가 낮 동안 내 꿈 아닌 꿈에 계속 나타났다. 말하자면 대기중인 유령. 아이가 어떻게 할지 당신은 알았잖아! 리디아는 캐스가 죽자 나에게 소리쳤다. 당신은 알았는데 한 번도 말하지 않았어! 내가 알았을까? 그런 식으로 출몰하는 살아 있는 아이의 존재에 시달렸다면 아이가 하려고 했던 일을 마땅히 예측할 수 있었어야 하는 걸까? 그런 유령 같은 방문으로 아이는 미래로부터 나에게 어떤 식으로인가 경고 신호를 보내고 있었던 걸까? 리디아가 옳았을까? 내가 아이를 구하기 위해 뭔가 할 수 있었을까? 이런 질문들이 나를 짓누르지만 안타깝게도 마땅히 그래야 하는 만큼 무겁게 짓누르지는 않는다. 십 년의 가차없는 심문이라면 종적을 감춘 영靈에게 아무리 고집스럽게 헌신하는 사람이라도 지쳐버릴 것이다. 실제로 나는 지쳤다, 몹시 지 쳤다.

내가 무슨 말을 하려고 했더라?

캐스가 리구리아에 있었다는 것.

캐스가 리구리아에 있었다는 것은 아이를 포르토베네레의 그 황량한 바위 위 죽음으로 끌고 간 수수께끼의 사슬 가운데 첫번째 고리였다. 그녀는 무엇 또는 누구 때문에 리구리아에 있었을까? 답을 찾아, 답으로 가는 실마리를 찾아, 나는 몇 시간이고 아이가 쓴 글을 살피곤 했다. 아이가 자디잔 글자를 휘갈겨놓은 구겨지고 번진 풀스캡판* 종이 뭉치가 있었는데—지금도 버리지 않고 갖고 있다—내가 절대 잊지 못할 포르토베네레의 그 더럽고 작은 호텔방에 아이가 남겨놓은 것이었다. 호텔은 산피에트로교회의 추한 탑이 보이는 자갈 깔린 거리 끝에 있었고, 그 탑이 바로 아이가 몸을 던진 곳이었다. 나는 마지막 극단에 놓인 정신이 미친듯이 휘갈긴 것처럼 보이는 그 글이 사실은 나에게, 오직 나만 보라고 보낸 정교하게 암호화된 메시지라고 믿고 싶었다. 게다가 실제로 나에게 직접 하는 말처럼 보이는 곳들도 있었다. 그러나 결국 나의 바람과 달리 아이가 말한 대상은 내가 아니라 어떤 다른 사람, 아마도 나의 대리자, 그림자 같고 손에 잡히지 않는 대리자라는

---

* A4 사이즈보다 약간 크다.

사실을 받아들여야 했다. 그 페이지들에서 다른 존재, 아니, 선명한 부재라고 부르는 게 더 나은 것, 그림자의 그림자를 탐지할 수 있었기 때문이다. 그녀는 그를 오직 또 언제나 스비드리가일로프*라는 이름으로만 불렀다.

몸을 던진. 왜 나는 아이가 그 장소에서 몸을 던졌다고 했을까? 어쩌면 아이는 자신을 깃털처럼 가볍게 떨어지도록 놓아두었는지도 모른다. 어쩌면 아이 자신은 죽음을 향해 서서히 떠내려가고 있다고 느꼈는지도 모른다.

"임신중이었어요, 내 딸은, 죽었을 때." 내가 말했다.

빌리는 아무 말 없이 내 말을 받아들였다. 그냥 얼굴을 찌푸리고 분홍색으로 빛나는 아랫입술을 쑥 내밀었을 뿐이다. 그렇게 얼굴을 찌푸리자 짜증난 아기 천사처럼 보였다.

하늘이 희미해지며 쌀쌀한 어스름이 다가오고 있었고, 나는 어디 술집에 들어가 한잔하자고 제안했다. 이것은 드문 일이었다, 나에게는—언제 마지막으로 술집에 들어가봤는지 기억도 나지 않았다. 우리는 운하의 어느 다리 옆 모퉁이에 있는 곳으로 들어갔다. 갈색 벽, 더러운 카펫, 바 위의 거대한 텔레비전은 소리를 줄여놓아서 화려한 운동복을 입은 선수들이 달리고 밀치며 끈질긴 무언극을 하고 있었다. 여느 오후처럼 앞에 파인트 잔을 놓고 경마 신문을 들여다보는 남자들, 꽤 말쑥하게 양복을 차려입은 젊은 사람 두세 명, 그리고 아주 작은 테이블을 가운데 두고 마주앉아 지저분한 위스키 잔을 손에 들고

---

* 표도르 도스토옙스키의 『죄와 벌』에 등장하는 악인.

언제부터인지 기억도 할 수 없을 만큼 오랜 정적 속에 가라앉아 있는, 이런 데 빠질 수 없는 영감 한 쌍. 빌리는 시큼한 경멸의 표정으로 주위를 둘러보았다. 그녀에게는 어떤 거만 같은 게 있다, 전부터 눈에 띄었다. 그녀는, 내 생각으로는, 일종의 청교도이며 내심 자신이 우리 나머지보다 한 눈금 높이 있다고, 자신이 우리의 모든 비밀을 알고 또 우리의 가장 지저분한 죄를 아는 것이 허용된 비밀 요원이라고 생각한다. 그녀는 조사원 일을 너무 오래 했다. 결국 그녀가 마시는 술은 커다란 오렌지 크러시 잔에 넣어 익사시킨 다음 거기에 신음을 토하는 각얼음까지 묵직하게 한 삽 추가해 더 무력하게 만든 아주 소량의 진이라는 것이 드러났다. 나는 그녀라면 틀림없이 계집애의 술이라고 생각할 미지근한 포트와인 극소량을 껴안듯이 들고, 빌리 그레이와 내가 시간이 지나면서 그의 아버지의 위스키보다 진이 낫다는 사실을 알게 되었다는 이야기를 하기 시작했다. 그럴 만도 한 것이, 우리가 칵테일 캐비닛에서 조금씩 꺼내 마시던 위스키는 몇 주가 지나면서 물에 너무 희석되어 색깔마저 거의 잃어버렸기 때문이다. 이제 우리에게는 수은 같으면서도 고요한 진이 위스키의 거친 황금보다 훨씬 세련되고 위험해 보였다. 세탁실에서 미시즈 그레이와 처음 즐거운 놀이를 한 직후 나는 빌리와 마주치는 게 몹시 두려웠다. 내 이마에 선명히 새겨져 있을 것이 틀림없는 죄의 주홍색 표시를 바로 탐지해낼 사람은 나의 어머니보다, 심지어 그의 여동생보다도 빌리라고 생각하고 있었다. 하지만 물론 그는 아무것도 눈치채지 못했다. 그러나 그가 다가와 내 잔에 진을 일 인치 더 따르려고 몸을 기울였을 때, 나는 그의 정수리에서 머리카락이 소용돌이를 그리는 6펜스 동전 크기의 창백한 공간을 보았고, 그 순간 불가사의한 느낌이 나를 쓸고 지나가면서 몸이 떨릴 지경이었다. 나는 그에게서 물러나 움츠러들었다. 그의 숨냄새를 맡으면 그 안에서 그의 어머니의 자취를 인식하게 될 것 같아 숨을 죽이고 있었다. 그의 깊은 갈색 눈을 들여다보지 않으려고, 심란하게 만드는 촉촉한 분홍 입술을 생각하지 않으려고 했다. 갑자기 내가 그를 모른다는 느낌이 들었다. 아니, 더 심하게, 그의 어머니를 알게 됨으로써, 그 말의 옛날과 현대의 모든 의미에서* 알게 됨으로써, 내가 빌리 또한 알게 되었다는, 너무나 친밀하게 알게 되었다는 느낌이 들었다. 그래서 나는 거기 깜빡거리는 텔레비전 앞에 놓인 그의 소파에 앉아 진을 삼키면서 은밀하고 강렬한 수치심에 어쩔 줄 몰랐다.

나는 빌리 스트라이커에게 잠시 떠나 있을 거라고 말했다. 이 말에도 그녀는 아무런 반응을 하지 않았다. 그녀는 정말이지 말수가 적은 젊은 여자다. 내가 뭐 놓치고 있는 게 있나? 대개는 있다. 나는 떠날 때 돈 데번포트를 데려가겠다고 말했다. 이 소식을 토비 태거트에게 전하는 일은 그녀에게 맡기겠다고 말했다. 그의 주연배우 둘 다 적어도 일주일 동안은 일을 할 수 없을 것이다. 그 말에 빌리는 미소를 지었다. 그녀는 약간 문제 있는 것을 좋아한다, 정말로 그렇다, 약간의 갈등을 좋아한다. 그런 게 있으면 자기 혼자 가정의 무질서 속에 고립되어 있다는 느낌이 덜할 거라고 상상이 된다. 그녀는 어디로 떠나느냐고 물었다. 이탈리아, 나는 그녀에게 말했다. 아, 이탈리아, 그녀가 말했다. 마치 그곳이 자신의 두번째 집이라도 되는 것처럼.

---

* 안다는 뜻의 동사 know는 고어에서 성교를 통해 안다는 의미로도 쓰였다.

이탈리아 여행은 공교롭게도 미시즈 그레이가 갈망하고 또 장차 당연히 누려야 한다고 느끼던 일들의 목록에서 높은 곳에 자리잡고 있었다. 그녀의 꿈은 니스나 칸이나 그런 리비에라의 멋진 도시 가운데 한곳에서 출발하여 자동차로 해안을 따라 로마까지 가서 바티칸을 보고 교황을 알현하고 스페인 계단에 앉아보고 트레비 분수에 동전을 던지는 것이었다. 그녀는 또 일요일 미사에 입고 갈 밍크코트, 낡고 오래된 스테이션왜건—"저 고물!"—을 대체할 멋진 새 차, 타운의 더 부유한 동네에 있는 피카디 애비뉴가 내다보이는 퇴창 달린 빨간 벽돌집을 소망했다. 그녀는 남편이 하급 안경사 이상의 존재였으면 하는 마음이었고—그는 제대로 된 의사가 되고 싶었으나 그의 가족이 대학 학비를 댈 수가 없었거나 댈 마음이 없었다—그래서 빌리와 그의 여동생은 잘되게 하겠다고 마음먹고 있었다. 잘되는 것은 모든 일에서 그녀의 목표였다. 그래서 이웃들에게 한 방 먹여주고, 타운—"이 쓰레기장!"—이 벌떡 일어나 앉아 주목하게 만드는 것. 숲속 우리의 다 허물어져가는 사랑의 둥지 바닥에서 서로의 품에 누워 있을 때 그녀는 자신의 백일몽을 중얼거리는 걸 좋아했다. 그녀의 상상력이 얼마나 대단했는지! 그녀가 유명한 신경외과 전문의인 남편을 옆에 태우고 몸에 모피를 두른 채 뚜껑 열린 스포츠카를 타고 푸르른 해안을 따라 달리는 공상을 자세하게 이야기할 때 나는 그녀의 젖가슴—이것이, 잊지 마라, 내 친구 빌리에게 빨린 그 젖이었다!—을 꼭 쥐어 젖꼭지가 통통하고 단단해지게 한다든가 하프 슬립의 고무줄이 그녀의 부드러운 엉덩이에 남긴 분홍빛으로 달아오른 울퉁불퉁한 자국을 입술로 따라간다든가 하는 일에 한눈을 팔고 있었다. 그녀는 로맨스의 삶을 꿈꾸었으나 그녀가 얻은 것은 나, 여드름이 나고 이가 썩고, 그녀가 종종 웃음을 터뜨리며 한탄했듯이 머릿속에 한 가지 생각밖에 없는 소년이었다.

성공과 부로 이루어진 이런 행복한 환상을 직조하고 있을 때보다 그녀가 더 젊게 보이는 적은 없었다. 그녀는 지금 내 나이의 반이 약간 넘은 나이였는데 당시 나는 그녀 나이의 반도 안 되었다는 것을 생각하면 이상하다. 내 기억의 메커니즘은 이런 격차와 드잡이를 하는 데 어려움을 겪고 있지만, 당시 나는 세탁실에서 그 비 오는 오후에 받은 최초의 충격이 지나간 뒤에는 모든 것을, 그녀의 많은 나이, 나의 어린 나이, 우리의 있을 법하지 않은 사랑, 그 모든 것을 담백하게 의문 없이 받아들이기 시작했다. 열다섯 살의 나에게는 아무리 있을 법하지 않은 일이라도 한 번 이상만 일어나면 규범이 되었다. 진짜 수수께끼는 그녀가 무슨 생각을 하고 무엇을 느꼈느냐이다. 그녀가 우리―아직도 그걸 뭐라고 불러야 할지 모르겠다, 내 귀에 딱 맞는다는 느낌은 들지 않지만 우리의 정사라고 말할 수밖에 없을 것 같다―정사의 불균형과 부조화를 한 번이라도 소리 내어 인정한 기억은 없다. 미시즈 그레이가 읽는 잡지의 이야기에 나오는 사람들, 또는 그녀가 금요일 밤에 보러 가는 영화 속 인물들이 하는 일, 그것이 정사였다. 그녀에게 그랬듯이 나에게도 우리가 함께 하는 일은 어른의 간통 같은 일보다 훨씬 단순하고, 훨씬 기본적이고, 훨씬―이런 맥락에서 이런 말을 사용해도 좋다면―유치했다. 아마도 그것이 나를 통해 그녀가 이루어낸 일일 거다. 유년으로의 회귀. 그러나 인형과 머리 리본의 유년이 아니라 부푼 흥분의, 땀에 젖은 더듬거림과 행복한 흙투성이의 유년. 이야, 그녀는 가끔 짓궂은 소녀가 될 수 있었다.

우리의 숲에는 강이 있었다. 갈색으로 구불거리며 흐르는 은밀한 물줄기로, 훨씬 더 중요한 어딘가로 가는 길에 숲이 우거진 이 작은 빈터로 일탈해 들어온 것 같았다. 그 시절 나에게는 물을 깊이 존중하는 마음, 심지어 숭배하는 마음이 있었으며, 만일 그게 내 마음속에서 캐스의 죽음과 그렇게 섬뜩하게 연결되지만 않는다면 지금도 그럴 것이다. 물은 어디에나 존재하지만—공기, 하늘, 빛과 어둠, 이런 것들과 마찬가지로—그럼에도 불가사의하다는 느낌을 준다. 미시즈 그레이와 나는 우리의 작은 강, 물줄기, 시내, 개울 뭐라고 부르건 그걸 아주 좋아했다. 특정한 지점에서 강은 오리나무 수풀, 나는 그게 오리나무였다고 생각하는데, 어쨌든 그걸 둘러싸고 원을 그렸다. 그곳의 물은 깊었고 아주 느리게 흘러 전혀 움직이지 않는다고도 할 수 있었다. 다만 수면에 작지만 숨길 수 없는 소용돌이가 생겼다 사라졌다 다시 생기곤 했다. 가끔 송어가 있었는데, 그 점박이 유령은 강바닥 근처에서 간신히 눈에 띄었으며 물살에 맞서 꼼짝도 하지 않고 있었다. 그러나 겁을 먹으면 아주 빨라져 부르르 떨다 즉시 사라져버리는 것 같았다. 우리는, 내 사랑과 나는, 그 여름의 가장 향그러운 며칠 동안 그곳에서, 그 지지러지고 금방 흥분하는 나무들 밑 서늘한 그늘에서 함께 행복한 몇 시간을 보냈다. 미시즈 그레이는 걸어서 물에 들어가기를 좋아했고 물의 깊은 곳은 그녀의 눈과 마찬가지로 광택 나는 갈색이었다. 강둑에서부터 조심조심 바닥의 뾰족한 돌을 살피며 자신을 망각한 미소를 띠고 엉덩이까지 치마를 들어올린 채 물로 나아가는 그녀는 자기만의 엄버와 황금의 세계에 종아리까지 담근 렘브란트의 사스키아*였다. 어느 날은 너무 더워, 그녀는 원피스를 완전히 벗더니 머리 위로 잡아빼

나더러 받으라고 뒤쪽으로 던졌다. 그 밑에 아무것도 입지 않았던 그녀는 이제 벌거벗은 채 물 한가운데로 나가더니 허리까지 잠기는 그곳에 서서 두 팔을 양옆으로 펼쳐 손바닥으로 행복하게 수면을 두드리며 콧노래를 불렀다—그녀가 머릿속에 음표가 하나도 들어 있지 않아도 상습적으로 흥얼거리는 사람이라고 내가 이야기했던가? 오리나무 잎들 사이로 들어온 해가 그녀에게 깜빡이는 금화를 뿌렸고—나의 다나에!**—어깨의 우묵한 곳과 젖가슴 아래쪽은 물에 반사되어 흔들리는 빛으로 희미하게 반짝였다. 나는 순간적인 광기에 사로잡혀—타운에서 산책 나온 사람이 우연히 현장을 목격했으면 어떻게 되었을까?—카키 반바지와 셔츠 차림으로 그녀를 따라 물로 걸어들어갔다. 그녀는 내가 목을 앞으로 뺀 채 팔꿈치를 앞뒤로 움직이며 자신을 향해 다가오는 것을 지켜보면서, 속눈썹 밑으로 그녀가 나만을 위해 아껴둔다고 내가 상상하기 좋아하던 표정을 지었다. 턱은 끌어당겨지고 꼭 다문 입술은 위로 올라가며 얇고 장난스러운 호를 그렸다. 그 순간 나는 물로 뛰어들어 갈색 물속 아래로 내려갔다. 반바지가 갑자기 물에 젖어 묵직해지고 셔츠는 숨이 멎을 듯 차갑게 가슴에 달라붙었다. 나는 몸을 뒤집어 위쪽을 보고—그 나이 때, 하느님, 나는 그 반점 박힌 송어처럼 민첩했다!—두 손을 뻗어 그녀의 엉덩이를 감싸 내게로 당기며 얼굴을 그녀의 허벅지 사이로 밀어넣었다. 허벅지는 처음에 저항하다가 부르르 떨리며 느슨해졌다. 나는 물고기 같은 입으로 바깥은 차가운 굴 같

---

* 사스키아는 화가 렘브란트의 부인으로, 그녀가 치마를 들어올리고 목욕하는 장면을 그린 그림이 있다.
** 그리스신화에 등장하는 인물로, 제우스가 그녀를 만나기 위해 황금 비로 변한다.

고 안은 뜨거운 그녀의 아래쪽 입술을 눌렀다. 그 순간 차가운 충격과 함께 물이 콧구멍을 타고 올라오며 즉시 눈 사이가 아파왔다. 나는 그녀를 놓아주고 허우적거리며 물위로 올라와 두 팔을 휘저으며 헐떡거렸다. 그러나 의기양양하기도 했다―아 그래, 내가 그런 식으로 그녀에게서 얻어낸 것들은 모두 나의 자존심과 그녀를 지배한다는 느낌을 고양시키는 심술궂은 작은 승리를 뜻했다. 물에서 나오자 우리는 다시 코터의 집으로 재빨리 돌아갔다, 나는 품에 그녀의 원피스를 안고 그녀는 여전히 벌거벗은 채. 숲의 햇빛과 그림자 속에서 자작나무처럼 창백한 드리아스*가 내 앞에서 깜빡이고 있었다. 곧 우리는 헐떡거리며 우리의 임시변통 침대로 몸을 던졌고, 나는 그때 느꼈던 그대로 지금도 그녀의 소름 돋은 두 팔의 거친 질감을 느낄 수 있고, 그녀의 피부에서 맡았던 강물의 퀴퀴하고 얼얼한 자극적 냄새도 맡을 수 있고, 그녀의 허벅지 사이에 아직 남은 염분 섞인 냉기도 맛볼 수 있다.

아, 놀이의 시절, 그리고―감히 이렇게 말해도 될까?―순수의 시절.

"왜 그랬는지 들으셨어요?" 빌리가 물었다.

그녀는 내 앞의 높은 나무 스툴에 앉아 그 꼭 끼는 청바지에 들어간 튜브 같은 허벅지를 벌리고 무릎 사이에 두 손으로 잔을 잡고 있었다. 나는 잠시 혼란을 느꼈다. 내 정신은 멀리 떠나 미시즈 그레이와 대담한 일을 하고 있었기 때문이다. 그러다 그녀가 캐스 이야기를 하고 있다고 생각했다. 아니, 나는 말했다, 아니, 물론 못 들었다, 나는 아이가 왜 그랬는지 감조차 잡지 못했다. 어떻게 알 수가 있었겠나? 그러자 그

---

* 그리스신화에 나오는 나무의 요정.

녀는 특유의 악의적으로 비난하는 그 표정으로 나를 보았고—그녀는
눈이 툭 튀어나온 것처럼 보이게 만드는 재주가 있었는데 그게 희한하
게 사람 기를 죽였다—나는 그녀가 말한 게 돈 데번포트라는 것을 깨
달았다. 나는 실수를 덮기 위해 시선을 돌리고 얼굴을 찌푸리면서 포
트와인 잔을 만지작거렸다. 내 귀에도 약간 고지식하게 들리는 목소리
로 그게 실수였다고 확신한다고, 돈 데번포트는 진짜로 그럴 작정이
아니었다고 말했다. 빌리는 관심을 잃은 듯 그냥 툴툴거리는 소리를
내면서 느긋하게 바 주위를 흘끔거렸다. 나는 그녀의 부풀어오른 옆모
습을 살폈고, 그러다 잠깐 어찔했다. 마치 갑자기 깎아지른 높은 절벽
의 맨 가장자리에 올려지게 된 느낌이었다. 그것은 가끔 내가 다른 사
람들을 바라볼 때, 그러니까 정말로 볼 때 느끼게 되는 것으로, 자주
그러지는 않는다. 아무도 자주 그러지는 않겠지, 아마도. 그것은 가끔
무대에서 나에게 닥치곤 하는 느낌과 신비한 방식으로 연결되어 있다.
어찌된 일인지 내가 연기하고 있는 인물 안으로 넘어지는 느낌, 말 그
대로 넘어지는 느낌이다. 마치 발이 걸려 어떤 사람의 얼굴로 넘어지
는, 그래서 나의 다른, 연기하지 않는 자아의 모든 감각을 잃어버리는
느낌.

  통계학자들은 신비한 우연의 일치 같은 것은 없다고 말하는데 나는
그 말에 일리가 있다는 사실을 받아들일 수밖에 없다. 만일 내가 혹시
라도 사건들의 어떤 합류가 우연히 일어나는 일들의 일반적인 흐름 외
부에 존재하는 특별하고 독특한 현상이라고 믿는다면 평범한 현실 위
에서, 또는 뒤에서, 또는 안에서 어떤 초월적 과정이 작동하고 있다는
사실을 받아들여야 할 텐데, 나는 그런 것을 받아들이지 않는다. 하지

만 나는 자문한다, 그냥 받아들이면 안 되나? 왜 내가 겉으로는 우연으로 보이는 사건들의 은밀하고 교활한 조정자를 허용하지 말아야 하나? 악셀 판더는 내 딸이 죽었을 때 포르토베네레에 있었다. 이 사실, 나는 이것을 사실로 받아들이는데, 이 사실은 내 앞에 거대하고 확고하게, 나무처럼, 우뚝 서서 그 모든 뿌리를 어둠 속 깊숙이 감추고 있다. 왜 아이는 거기 있었고, 왜 그는 거기에 있었는가?

스비드리가일로프.

포르토베네레에 갈 생각이다, 나는 이제 빌리에게 말하고 있었다. 돈 데번포트를 데려갈 생각이지만 그녀는 아직 그것을 모른다. 그때 처음으로 빌리 스트라이커가 웃음을 터뜨리는 소리를 들었던 것 같다.

이전 시대에 그 작은 타운들로 가는 유일한 방법은 바다를 통해 가는 것이었다. 그 해안을 따라 놓인 후배지後背地는 대체로 사슬처럼 이어진 산들로 이뤄져 있고 그 양 측면은 예각을 그리며 만으로 머리를 쑥 내밀고 있기 때문이다. 지금은 바위를 뚫고 좁은 철로가 놓여, 많은 터널을 통과하다가 느닷없이 가파른 풍경과 점각무늬를 새긴 강철처럼 둔하게 빛나는 바다가 있는 작은 만의 어찔한 전망과 마주친다. 겨울에는 빛에 멍이 든 듯한 느낌이 있으며 공기에는 소금기가 있고 해초 무더기 냄새와 더불어 아주 작은 항구에 가득 들어찬 어선의 디젤 매연 냄새가 난다. 내가 빌린 차는 알고 보니 무례하고 다루기 힘든 짐승이어서 제노바에서 동쪽으로 가는 동안 도로에서 문제를 많이 일으켰기 때문에 여러 번 겁을 먹기도 했다. 아니, 아마 문제는 나였을 것

이다. 내가 약간 흥분한 상태였기 때문이다—나는 훌륭한 여행자가
아니어서 낯선 지역에서는 신경이 예민해지는데다 언어 능력도 형편
없기 때문이다. 차를 타고 가면서 미시즈 그레이 생각이 났다. 그녀가
우리를, 여기 이 파란 해안에 내려와 있는 우리를 얼마나 부러워했을
지. 키아바리에서 우리는 차를 버리고 기차를 탔다. 나는 짐 가방을 나
르느라 애를 먹었다. 기차는 냄새나고 좌석은 딱딱했다. 칙칙폭폭 동
쪽으로 움직이자 산들을 쓸고 내려온 폭풍우가 열차의 창을 휘갈겼다.
돈 데번포트는 폭우를 지켜보면서 세워놓은 커다란 코트 깃 속 깊은
곳에서 말했다. "화창한 남쪽이라더니."

외국 땅에 발을 디딘 순간부터 그녀는 어디를 가나 알아보는 사람을
만났다. 머리에 스카프를 쓰고 거대한 선글라스를 써도 소용없었다.
아니, 아마 그것 때문에 그랬을 것이다. 그건 어김없이 문제가 생겨 달
아나는 스타의 변장이니까. 이렇게 눈에 띄는 건 내가 예상하지 못했
던 부분이었다. 나는 그녀 옆에서, 아니, 더 많은 경우 그녀 뒤에서 대
체로 무시당하는 존재였지만 그럼에도 불안하게 노출되어 있는 느낌
이었다. 적응력을 잃어버린 카멜레온. 우리는 그날 레리치에 있을 예
정이었기 때문에 미리 그곳의 호텔방 두 개를 예약해두었지만 그녀는
친퀘테레*를 먼저 보자고 했고 그래서 우리는 여기에 와, 이 칙칙한 겨
울 오후에 불안정하게 헤매고 있었다.

돈 데번포트는 전과 달랐다. 발끈하며 짜증을 내곤 했고 계속 이런
저런 걸로 법석을 떨었다. 핸드백, 선글라스, 코트 단추. 나는 그녀가

* Cinque Terre. 이탈리아 리구리아주 리비에라 해안을 따라 자리한 다섯 개의 해안 마을.

나이를 먹으면 어떻게 될지 미리 생생하고 불안하게 훔쳐보고 있었다. 그녀는 또 심하게 담배를 피웠다. 그리고 새로운 냄새가 있었다. 그것을 가리려는 향수와 얼굴의 분 냄새 뒤에 희미하지만 분명하게 자리잡고 있었다. 먼저 부패했다가 그다음에 말라붙고 오그라든 어떤 것의 김빠지고 메마른 냄새. 신체적으로 그녀는 전보다 삭막한 새로운 면을 보여주었고, 그런 면을 무디게 견뎌내는 듯한 분위기를 풍겼다. 너무 오래 고통을 겪어 통증 속에 사는 게 또하나의 삶의 양식이 되어버린 환자 같았다. 가능해 보이지 않는 일이었지만 그녀는 전보다도 더 말라서, 팔과 정교한 발목은 약하고 또 아주 쉽게 부러질 것 같았다.

나는 그녀가 나와 함께 떠나자는 제안에 저항할 것이라고 예상했지만 결국 놀랍게도, 또 솔직히 말하자면 은근히 불안하게도, 설득이 필요 없었다. 나는 그냥 그녀에게 여행 계획을 제시했고 그녀는 얼굴을 약간 찌푸리고 마치 귀가 잘 안 들리는 것처럼 고개를 한쪽으로 돌린 채 이야기를 들었다. 그녀는 바랜 녹색 가운을 입고 병원 침대에 앉아 있었다. 내 말이 끝나자 그녀는 고개를 돌려 파란 산들을 바라보다 한숨을 쉬었다. 다른 아무런 표시가 없었기 때문에 나는 그것을 순응으로 받아들였다. 저항은, 말할 것도 없이, 토비 태거트와 마시 메리웨더에게서 왔다. 오, 어찌나 시끄럽던지. 토비의 낮게 우르릉거리는 불평과 대서양 횡단 전화선을 타고 오는 마시의 앵무새 같은 높은 비명! 이 모든 것을 나는 무시했고, 다음날 우리는, 돈 데번포트와 나는, 그냥 비행기에 올라타 날아가버렸다.

이상했다. 그녀와 함께 있으니. 마치 완전히 여기 있지 않은, 의식이 완전히 깨어 있지 않은 어떤 사람과 함께 있는 것 같았다. 아주 어렸을 때 인형이 하나 있었다. 어떻게 내 손에 들어왔는지는 모른다. 물론 어머니가 나더러 가지고 놀라고 여자애 장난감을 주지는 않았을 것이다. 나는 그것을 다락방에, 나무 궤 뒤쪽 낡은 옷 밑에 감추어두었다. 이름을 멕Meg이라고 지었다. 그 다락방은 세월이 흐른 뒤 어느 날 죽은 아버지의 그림자가 주춤주춤 어슬렁거리는 것을 언뜻 보게 된 곳이기도 한데, 층계참에서 벽에 붙여 설치한 좁은 나무 층계를 이용해 쉽게 올라갈 수 있었다. 어머니는 양파를 그곳 바닥에 펼쳐놓고 보관했다. 그게 양파였다고 생각한다. 냄새가 기억나는 것 같다. 하지만 사과였을지도 모르겠다. 한때는 틀림없이 머리카락이 풍성했을 그 인형은 이제 대머리가 되어, 두개골 뒤쪽 반짝거리는 노란 고무 덩어리에 빈약한 금발 술 장식 몇 가닥만 붙어 있었다. 어깨와 골반에는 관절이 있었지만 팔꿈치와 무릎은 뻣뻣했으며 팔다리는 활 모양으로 만들어져 뭔가와, 아마도 어디론가 사라진 쌍둥이와 간절한 포옹으로 얽혀 있는 느낌을 주었다. 눕히면 눈을 감았고, 눈까풀에서 희미하지만 날카로운 딸각 소리가 났다. 나는 어둡고 곤혹스러운 열정을 느끼며 이 인형에 푹 빠졌다. 그 인형에 천 조각들로 옷을 입혔다가 다시 애정어린 손길로 옷을 벗기며 격정에 찬 수많은 시간을 보냈다. 또 모의 수술도 하여 편도선을 제거한다거나, 더 흥미진진하게는 맹장을 제거하는 척했다. 이런 과정이 뜨거운 기쁨을 주었는데, 이유는 알지 못했다. 인형의 가벼운 상태, 속이 비어 있는 상태—어딘가에서 떨어져나온 조각 하나가 안에서 마른 콩처럼 달가닥거리며 돌아다녔다—와 관련된 뭔가 때문에 나는 보호자라도 된 듯한 느낌이 들었으며 동시에 내 안에서 갓 태어난 희미하고 에로틱한 잔혹성이 그것에 반응했다. 돈 데번포트와도 바로 그런 식이었다. 지금. 그녀를 보며 나는 멕을 생각했다. 뼈가 없고 팔다리는 부서질 것 같고 눈까풀은 딸깍거리는 그녀. 멕과 마찬가지로 돈 데번포트 또한 속이 비어 있고 거의 무게가 나가지 않는 것 같았으며 내 마음대로 할 수 있을 것 같았다. 동시에 어찌된 일인지, 놀랍게도 그녀 또한 나를 마음대로 할 수 있었다.

우리는 다섯 타운 가운데 아무데나 한 곳에서 내렸는데 어디인지는 기억나지 않는다. 그녀는 고개를 숙이고 핸드백은 옆구리에 붙이고 플랫폼을 따라 빠르게 걸어갔다. 1920년대의 그 여위고 열정적인 젊은 여자들처럼. 옷깃이 크고 품이 좁은 코트, 솔기가 있는 스타킹, 늘씬한 구두 차림으로. 나는 다시 뒤에 남아 우리의 여행 가방 세 개, 즉 그녀의 커다란 가방 두 개와 내 작은 가방 하나를 운반하느라 씨름하고 있었다. 비는 그쳤지만 여전히 축 가라앉은 하늘은 젖은 황마 색깔이었다. 우리는 항구의 사람 없는 식당에서 늦은 점심을 먹었다. 거무스름한 파도들이 거칠게 내던져지는 수많은 커다란 금속 상자처럼 밀치락달치락하는 조선대造船臺 끝에 있는 식당이었다. 돈 데번포트는 등을 구부린 채 손도 대지 않은 해산물 접시 위로 몸을 웅크리고, 이로 나뭇조각을 깎기라도 하는 것처럼 담배를 잘근거리며 안달하고 있었다. 나는 그녀에게 말을 걸고 생각나는 대로 이것저것 물어보았지만—그녀의 이런 침묵이 불안했기 때문에—그녀는 좀처럼 대답하려 하지 않았다. 내가 그녀와 함께 시작한 이 모험은 이미 그녀의 자살 기도와 그에 이어진 우리의 도주가 심각하게 망가뜨린, 그리고 내가 아는 바로는 완성되지 못한, 완성할 수 없는, 수치스러운 종말에 이르렀을 수도 있는 그 빛과 어둠의 화려한 오락보다도 있을 법하지 않은 일로 여겨지기

228

시작했다. 우리가 얼마나 어울리지 않는 짝으로 보였을까. 스카프를 두르고 거무스름한 안경을 쓴 채 모호한 괴로움에 사로잡힌 삭막한 표정의 젊은 여자와 침울한 불안에 잠겨 잿빛으로 늙어가는 남자, 그 둘이 겨울 바다 위의 어두컴컴하고 지붕이 낮은 장소에 말없이 앉아 있었고, 여행 가방들은 유리 현관에서 서로 기대선 채, 상황을 이해하지 못해도 끈기를 잃지 않는 유순하고 커다란 사냥개 세 마리처럼 우리를 기다리고 있었다.

리디아는 돈 데번포트와 함께 떠난다는 내 계획을 듣자 웃음을 터뜨리며 믿지 못하겠다는 얼굴로 나를 보았다. 머리를 뒤로 젖히고 한쪽 눈썹으로 아치를 그리는 표정. 자기 생각에 내가 멍청하거나 제정신이 아닌 소리를 했을 때 캐스가 나를 향해 짓곤 하던 바로 그 표정. 진심인가, 아내는 물었다. 여자애, 또, 내 나이에? 나는 그런 게 아니라고, 절대 그런 게 아니라고, 이 여행은 순수하게 치료가 목적이고 내 쪽에서는 자비로운 행동을 하는 것일 뿐이라고 뻣뻣하게 대답했다. 말을 하는 순간에도 내 귀에 그 말은 버나드 쇼의 거만하고 겉과 속이 다른 멍청한 주인공 가운데 하나가 하는 소리처럼 들렸다. 리디아는 한숨을 쉬고 고개를 저었다. 어떻게, 그녀는 마치 엿듣는 사람이 있을지도 모른다는 듯이 조용히 물었다, 어떻게 누군가를, 그것도 하필이면 돈 데번포트를, 그 장소에, 세상 모든 장소 가운데 하필이면 그 장소에 데려갈 수가 있는가? 이 질문에 나는 대답을 하지 못했다. 그녀는 마치 내가 캐스의 기억을 더럽힌다고 비난하는 것 같았고, 나는 충격을 받았다. 그 점은, 내 말을 믿어주기 바란다, 생각도 해보지 않았기 때문이다. 나는 그녀도 얼마든지 함께 가도 좋다고 말했지만 그 말은 상황을 더 악화시킬 뿐인 듯했다. 아주 오랜 정적이 흘렀고 우리 사이의 공기가 전율하고 있었다. 천천히 그녀는 고개를 숙였고 이마가 불길하게 어두워졌다. 나는 무시무시하게 냉정하고 계산적인 황소와 마주한 아주 작은 기마 투우사가 된 느낌이었다. 그래도 그녀는 나를 위해 여행 가방을 싸주었다. 내가 아직 투어를 다니던 시절에 해주던 것처럼. 일을 마치자 그녀는 오만하게 구부정한 자세로 부엌으로 향했다. 그녀는 문가에서 멈춰 서더니 나를 향해 돌아섰다. "다시 데려오지 못해, 알잖아." 그녀가 말했다. "이런 식으로는 안 돼." 나는 그녀가 돈 데번포트 이야기를 하는 것이 아님을 알았다. 그녀는 막을 마무리하는 대사를 던지고—긴 세월을 배우와 살아온 것이 쓸모없는 일은 아니었던 셈이다—자기 굴로 들어가 문을 쾅 닫았다. 그러나 나는 그녀가 이 모든 일을 다른 어떤 것보다도 부조리하다고 생각한다는 확신을 갖게 되었고, 그래서 몹시 실망했다.

나는 돈 데번포트에게 캐스 이야기를 하지 않았다—그러니까, 포르토베네레가 내 딸이 죽은 곳이라는 이야기를 하지 않았다는 뜻이다. 리구리아가 마치 우연히 떠오른 곳인 양 그녀에게 제안했다. 아마도 조용할 남쪽의 한 장소, 연중 이맘때면 붐비지 않는 고요한 회복의 장소로서. 돈 데번포트에게는 어디로 가는지, 내가 자신을 어디로 데려가는지는 별로 중요하지 않았을 거라고 생각한다. 그녀는 인사불성 상태에서, 마치 나에게 팔을 잡혀 이끌려가는 졸린 아이라도 되는 양 나와 함께 떠나왔다.

이제 느닷없이, 그 식당에서, 그녀는 내가 펄쩍 뛸 만한 말을 했다. "나를 스텔라라고 불러주면 좋겠어요." 그녀는 화가 난 작은 목소리로, 악문 잇새로 새어나오는 소리로 말했다. "그게 내 이름이에요, 알 잖아요. 스텔라 스테빙스." 왜 그녀는 갑자기 그렇게 심사가 뒤틀린 걸 까? 나 자신이 더 화창한 기분이었다면 그것을 그녀가 삶과 활력을 회복하고 있다는 표시로 여겼을지도 모른다. 그녀는 테이블의 플라스틱 재떨이에 담배를 박박 비벼 껐다. "선생님은 나에 관해 가장 기본적인 것도 모르죠, 그렇죠?" 그녀가 말했다. 나는 창 너머로 까불거리는 파도를 보았고, 짜증이 나서 참을성 있지만 그럼에도 희미하게 불쾌함이 묻어나는 부드러운 어조로 자신에 관한 가장 기본적인 것이 뭐라고 생각하느냐고 물어보았다. "내 이름." 그녀가 쏘아붙였다. "우선 그걸 배우는 것부터 시작할 수 있죠. 스텔라 스테빙스. 말해보세요." 나는 말했고, 바다로부터 눈길을 돌려 똑바로 그녀를 보았다. 이 모든 것, 여자와 다투는 일의 시작이 되는 이런 작은 싸움들은 한탄스럽게도 나에게 익숙했다. 다 외우고 있지만 안다는 것을 잊었다가 이제 고통스럽게 되살아오는, 내가 출연했지만 실패하고 만 시끄러운 연극 같은 것이었다. 그녀는 독한 경멸로 보이는 것이 담긴 눈을 가늘게 뜨고 나를 노려보았으며, 그러다 갑자기 의자 등받이에 몸을 기대며 한쪽 어깨를 으쓱했다. 조금 전까지 격분했던 것만큼이나 이제는 무관심했다. "그거 알아요?" 그녀가 지친 혐오를 담아 말했다. "애초에 내가 구태여 왜 나를 없애버리려고 했는지 모르겠어요. 나는 여기 있는 것도 아닌데, 이름조차도 본명이 아닌데."

우리 웨이터, 흔한 매부리코 옆모습에 숱 많은 검은 머리를 이마에서부터 뒤로 매끈하게 넘긴 터무니없이 잘생긴 그 남자는 주방장이 머리를 내밀고 있는—가슴받이가 달린 얼룩진 앞치마를 걸친 주방장은 늘 내 눈에는 병원에서 잘린 외과의사처럼 보인다—뒤쪽 주방 문간에 서 있었는데, 이제 두 사람 다 거기에서 앞으로 나왔다. 주방장은 전혀 기죽지 않는 오만한 동료 뒤에서 수줍게 주춤거렸다. 나는 그들이 뭘 하려는지 알았다. 우리가 이탈리아 땅에 발을 디딘 이후 대체로 똑같은 제의祭儀를 수도 없이 목격했기 때문이다. 그들은 우리 테이블로 다가왔고—이제 그 식당에는 손님이 우리뿐이었다—웨이터 마리오는 야단스럽게 주방장 파비오를 소개했다. 파비오는 땅딸막한 중년 남자였으며 이 거무스름한 바람둥이들의 땅에는 흔치 않은 모랫빛 머리의 소유자였다. 물론, 그는 사인을 받으러 왔다. 그전에는 이탈리아인이 얼굴을 붉히는 모습을 본 적이 없었던 것 같다. 나는 흥미를 느끼며 돈 데번포트의 반응을 기다렸지만—일 분 전까지만 해도 핸드백으로 나를 때리기라도 할 기세였다—물론 그녀는 작은 은색 펜 하나도 소홀히 하지 않는 철두철미 프로였다. 그녀는 그 펜을 꺼내 얼굴이 붉어진 파비오가 내민 메뉴판에 긁적이더니 그것을 돌려주며 팬과 가까이서 만날 때를 위해 예비해둔 슬로모션 미소를 지어 보였다. 사인을 슬쩍 볼 수 있었는데, 고리를 그리는 크고 호화로운 D 두 개가 옆으로 누운 눈까풀처럼 보였다. 그녀는 내가 보고 있는 것을 보고 다 안다는 듯 교활한 작은 미소를 내게 하사해주었다. 스텔라 스테빙스는 무슨. 주방장은 귀중한 메뉴판을 더러운 앞자락에 끌어안고 행복하게 서둘러 물러났고 으스대는 마리오는 눈에 띄게 나를 무시하면서 허세를 부리는 태도로 디바*에게 혹시 카페caffè를 드시겠는지 여쭈었다. 다들 내가 그

---

* 원래는 오페라의 유명한 여성 가수를 가리키는 말로, 여성 배우나 유명인을 지칭하기도 한다.

녀의 매니저 또는 에이전트라고 생각하는 듯하다. 그 이상이라고는 보지 않는 것 같다.

창조된 것은 절대 파괴되지 않고 다만 해체되거나 흩어지는 것 같은데, 개인의 의식을 두고도 같은 말을 할 수 있지 않을까? 우리가 죽으면 그게, 우리였던 그 모든 게 어디로 갈까? 내가 사랑했으나 잃어버린 그 모든 사람을 생각할 때면 나는 어둠이 깔리는 정원에서 눈 없는 조각상 사이를 헤매는 사람과 같다. 주위의 공기는 부재들로 웅얼거리는 듯하다. 나는 작디작은 황금 지저깨비들이 박힌 미시즈 그레이의 촉촉한 갈색 눈을 생각하고 있다. 우리가 사랑을 나눌 때면 그 눈은 호박에서 엄버를 거쳐 청동의 탁한 색조로 바뀌었다. "우리에게 음악이 있다면," 그녀는 코터의 집에서 말하곤 했다. "우리에게 음악이 있다면 춤을 출 텐데." 그녀는, 혼자서, 늘, 어긋난 음정으로 〈유쾌한 과부의 왈츠〉〈몬테카를로에서 대박이 난 남자〉〈피카르디에 피는 장미〉를 노래했다. 또 종달새, 종달새에 관한 무슨 노래를 불렀는데, 가사는 몰라 콧노래로만, 음조도 음정도 맞지 않게 흥얼거렸다. 우리 사이에 있는 이런 것들, 이런 것들과 또 수많은 다른 것들, 많고 많은, 그녀의 이 남은 것들. 하지만 내가, 그것들의 저장소이자 유일한 보존자인 내가 사라지면 그건 어떻게 될까?

"뭔가가 보였어요, 죽었을 때." 돈 데번포트가 말했다. 그녀는 두 팔꿈치를 탁자에 올리고 다시 웅크린 자세로 몸을 앞으로 기울이더니 재떨이의 차가운 재를 손가락 끝으로 만지작거렸다. 그녀는 얼굴을 찌푸린 채 나를 보지 않았다. 창밖에서 오후는 재의 색깔로 바뀌었다. "나는 거의 일 분 동안 이론적으로는 죽었다, 그렇게 말하더군요―그거 알았나요?" 그녀가 말했다. "그런데 그때 뭔가 봤어요. 내가 상상한 거였겠죠, 죽었으면서 어떻게 뭔가를 상상할 수 있는 건지는 모르겠지만."

아마도 그녀가 그런 경험을 한 것은, 나는 말했다, 죽기 전이거나 후였을 거다.

그녀는 고개를 끄덕였지만 여전히 얼굴을 찌푸린 채 듣지 않고 있었다. "꿈 같은 건 아니었어요." 그녀가 말했다. "어떤 것과도 달랐어요. 그게 말이 되나요, 뭔가가 어떤 것과도 달랐다는 게? 하지만 그건 그런 거였어요—나는 아무것과도 비슷하지 않은 뭔가를 봤어요." 그녀는 재가 묻은 손가락 끝을 살피다가 묘하게 냉정한 표정으로 나를 보았다. "무서웠어요." 그녀가 아주 차분하게 사무적으로 말했다. "나는 전에는 없었지만 지금은 있어요. 그거 이상하지 않나요?"

우리가 나갈 때 웨이터와 주방장이 문간에 서서 고개를 숙이며 싱글거렸다. 주방장 파비오는 명랑한, 형제 사이에 주고받을 듯한 조롱이 담긴 표정으로 나에게 윙크를 했다.


레리치에 도착했을 때는 시간이 늦었고, 우리는 여전히 점심 때 마신 시큼한 와인과 그후에 만난 나쁜 공기와 시끌벅적한 열차의 여파로 고생하고 있었다. 눈이 내리기 시작했고, 산책로의 낮은 담 너머 바다는 어스레한 소란이었다. 나는 만 건너에서 포르토베네레의 불빛을 분간해보려 했지만 안개가 자욱한 공기 속에 되는대로 몰려다니는 그 거대한 흰색의 무리들 때문에 그럴 수가 없었다. 가로등이 밝혀진 타운은 우리 앞쪽에서 언덕 사면을 따라 카스텔로*의 야만적인 덩어리를 향해 제멋대로 뻗어 올라가고 있었다. 눈이 소리를 삼켜버린 정적 속에서 바람 부는 좁은 거리들은 폐쇄된 듯 어두컴컴했다. 이 가차없고 유령 같은 낙하의 광경 앞에서 모든 것이 놀라 숨을 죽이고 있는 느낌이었다. 호텔 레 로제는 작은 식료품점과 치장 벽토를 바른 땅딸막한 교회 사이에 박혀 있었다. 늦은 시간이었음에도 가게는 아직 열려 있었다. 창문 없이 환하게 밝혀진 이 상자 같은 건물 안에는 물건이 들어찬 선반이 천장까지 층층이 쌓여 있었고 앞쪽의 기울어진 커다란 카운터에는 축축하게 반들거리는 야채와 광택 나는 과일이 푸짐하게 전시되어 있었다. 크림색과 황갈색 버섯이며, 뻔뻔스러운 토마토가 든 상자들, 내 팔목만큼이나 굵고 수염이 달린 리크의 대열, 윤이 나는 종려잎 색깔의 주키니, 또 사과며 오렌지며 아말피 레몬이 들여다보이는 마대도 있었다. 택시에서 내린 우리는 발을 멈추고 어리둥절한, 또 일종의 실망이 담긴 표정으로 이 철에 어울리지 않게 바글거리는 풍요를 바라보았다.

호텔은 낡고 초라했으며 안은 전체적으로 갈색 색조인 듯했다―카펫은 원숭이 모피처럼 보였다. 흔한 배수구 냄새―마치 오래되어 썩어가는 허파에서 올라오는 것처럼 일정한 간격으로 바람에 실려 왔다―와 더불어 다른 냄새, 메마른 채 그리워하는 냄새, 구석과 틈에 갇혀 곰팡이가 되어버린 지난여름 햇빛의 냄새도 났다. 우리가 들어서자 수많은 고개 숙인 인사와 환한 웃음이 있었고 돈 데번포트는 활달

---

* 성(城)이라는 뜻의 이탈리아어.

하고 오만하게 앞으로 나아갔다―대중의 관심은 늘 그녀에게 기운을 주었다. 우리 업계 누가 그렇지 않겠는가? 코트의 높은 모피 깃 때문에 그녀의 안 그래도 여윈 얼굴은 더 여위고 훨씬 더 작아 보였다. 그녀는 〈선셋 대로〉에 나오는, 이름을 잊어버린 그 여자 배우 스타일로 스카프를 접어서 두개골에 바짝 당겨 두르고 있었다. 그녀가 선글라스를 쓴 채로 어떻게 로비의 어스레한 어둠을 뚫고 걸어나갈 수 있었는지는 모르겠지만―선글라스는 불길하게 반짝이는 벌레의 프리즘 같은 눈을 불안하게 암시하고 있다―그녀는 빠르고 활달하게 또각거리며 앞장서서 데스크로 가 꼭지가 튀어나온 황동 벨 옆에 핸드백을 내려놓고 모로 선 자세를 취하여, 카운터 뒤 녹슨 흑옥 색깔 재킷과 너덜너덜해진 하얀 셔츠 차림의 이미 완전히 넋이 나간 사내에게 당당한 옆모습을 보여주었다. 언뜻 그녀가 아주 수월하게 일으키는 것처럼 보이는 이런 효과가 매번 새로 계산해야 하는 것인지, 아니면 이제는 완벽하게 다듬어져서 그녀의 레퍼토리, 그녀의 무기고의 일부로 자리잡은 것인지 궁금하다. 이해를 당부하거니와, 그녀의 광채가 드러나는 광경 앞에서는 나도 늘 데스크 뒤의 가엾은 사내처럼 비굴해지는 느낌이었다―이 부조리, 오 심장이여, 오 괴로운 심장이여.*

그다음에는 덜커덩거리는 승강기, 지렁이 모양의 복도, 자물쇠 안에서 열쇠가 으스러지는 소리, 어슴푸레한 방에서 방출되는 공기의 퀴퀴한 한숨. 등이 굽은 포터가 구시렁거리며 앞서나가 가방들을 커다란 정사각형 침대의 발치에 정확하게 늘어놓았는데 침대의 한가운데

---

* W. B. 예이츠의 시 「탑」에서 인용한 부분.

가 움푹 꺼져 있어 마치 여러 세대의 포터들, 이 포터의 전임자들이 그 안에서 태어난 것처럼 보였다. 일단 자리를 잡은 여행 가방은 사람을 얼마나 비난하는 눈길로 바라보는 것처럼 보일 수 있는지. 옆방에서는 돈 데번포트가 내는 수많은 신비하고 작은 소리가 들렸다. 그녀가 짐을 풀면서 나는 딸랑 톡톡 소리, 그리고 부드럽게 암시적인 바스락거림. 이윽고 옷을 걸고 신발을 보관하고 면도 도구를 욕실의 대리석 선반, 누군가가 잊고 놓아둔 담배가 태운 자국, 가장자리가 호박색인 검은 얼룩이 남은 선반에 놓았을 때, 그 가벼운 공황의 순간이 찾아왔다. 아래 거리에서 차 한 대가 쌩 지나가면서 갑자기 환한 헤드라이트가 커튼 틈 사이로 노란 빛다발을 쑤셔넣었고, 이 빛은 방의 한쪽 면에서 다른 쪽 면까지 훑다가 빠르게 물러났다. 위층에서 변소가 꿀꺽거리며 삼키는 소리가 들렸고, 그 응답으로 이곳의 욕실 배관이 장단을 맞추듯 목 깊은 데서 나는 소리를 냈는데, 마치 외설적으로 까르륵거리는 웃음소리처럼 들렸다.

아래층은 웅웅거리는 고요가 지배했다. 나는 카펫의 조악한 펠트 위를 소리 없이 걸어갔다. 식당은 닫혀 있었다. 많은 의자가 마치 바닥에 있는 뭔가가 무서워 뛰어오른 듯이 탁자 위에 올라가 있는 것이 유리 너머로 흐릿하게 보였다. 데스크를 맡은 사람은 룸서비스가 가능할지 모른다고 언급했지만 그다지 자신 있는 목소리는 아니었다. 포스코, 나는 그의 옷깃에 붙어 있는 명찰을 보고 그가 에르콜레 포스코라는 것을 알 수 있었다. 그 이름이 어떤 전조처럼 보였지만,* 무엇의 전조

---

* 포스코(Fosco)는 이탈리아어로 어둡거나 안개가 끼었거나 우울하다는 뜻이다.

인지는 알 수가 없었다. 에르콜레 포스코. 그는 야간 매니저였다. 그의 모습이 마음에 들었다. 중년에 관자놀이는 희끗희끗하고 턱살은 무겁게 늘어지고 안색은 약간 누렇고—아이콘이 되기 전 중년의 알베르트 아인슈타인. 부드러운 갈색 눈은 미시즈 그레이의 눈과 약간 비슷한데가 있었다. 그의 태도에는 우울이 묻어 있었지만 그래서 마음이 놓이기도 했다. 그를 보면서 어렸을 때 크리스마스 무렵이면 선물을 들고 나타나곤 하던 미혼의 친척 아저씨들 가운데 하나가 떠올랐다. 나는 데스크에서 꾸물거리며 그에게 할 만한 이야기를 찾으려 했으나 아무것도 떠오르지 않았다. 그는 사과하는 미소를 지으며 한 손으로 작은 주먹을 만들더니—손이 얼마나 작던지—그걸 입에 대고 기침을 했고, 그러자 그의 눈꼬리가 축 처졌다. 나 때문에 긴장하는 게 보였는데 이유가 궁금했다. 나는 그가 아마 이 지역 출신이 아닐 거라고 생각했다. 북쪽 사람 얼굴이었기 때문이다—아마도 마법의 수도 토리노, 아니면 밀라노, 아니면 베르가모, 아니면 심지어 더 멀리 어딘가, 알프스 산맥 너머. 그는 지친 음색으로 방이 만족스러우냐는 의례적인 질문을 던졌다. 나는 그렇다고 대답했다. "그리고 그 시뇨라*, 그분은 만족하십니까?" 나는 그렇다, 그렇다, 그 시뇨라도 만족한다고 말했다. 우리 둘 다 매우 만족한다, 매우 행복하다. 그는 고맙다는 뜻으로 살짝 고개를 숙였는데 머리가 한쪽 옆으로 까닥거리는 바람에 인사라기보다는 으쓱거림으로 보였다. 나는 그의 태도나 동작이 나에게 이국적으로 보이듯이 나도 그에게 그럴까 하는 한가한 궁금증을 느꼈다.

---

\* 부인이라는 뜻의 이탈리아어.

나는 앞문으로 걸어가 바짝 다가서서 유리 너머 밖을 내다보았다. 밖은 두 가로등 사이의 빈 곳이라 어둠이 짙었고 눈도 거의 검게 보였다. 눈은 작게 웅얼거리는 정적 속에서 크고 축축한 송이를 이루어 빠르고 곧게 떨어져내리고 있었다. 아마 이맘때, 이런 날씨에는 포르토베네레로 가는 페리가 운행되지 않을 것이고—그게 내가 야간 매니저 에르콜레와 이야기할 만한 주제였다—따라서 아마 도로로 가야 할 것이다, 라스페치아를 통과한 다음 해안을 따라서. 먼길이었고 거친 절벽 위로 난 도로에는 구불구불한 곳과 굽이가 많았다. 딸이 죽은 곳으로 가는 길에 남편이 다른 조건이지만 비슷한 방식으로 바위에 부딪혀 박살이 났다, 그런 소식을 듣는다면 리디아는 어떻게 될지.

나는 몸을 움직였지만 어찌된 일인지 유리에 비친 내 모습은 함께 움직이지 않았다. 이윽고 눈이 적응하자 내가 내 모습을 보고 있는 게 아니라 밖에서 누군가가 나를 마주보고 있다는 것을 깨달았다. 그가 어디에서 나타났을까, 어떻게 그가 거기에 오게 되었을까? 아무것도 없다가 한순간에 그곳에 나타난 것 같았다. 그는 외투도 입지 않고 모자나 우산을 쓰지도 않았다. 이목구비가 잘 보이지 않았다. 나는 뒤로 물러나 그를 위해 문을 열었다. 문에서 빨아들이는 소리가 났고, 털 속에 차가운 공기를 품은 민첩하고 절박한 동물처럼 밤이 안으로 뛰어들었다. 남자가 들어왔다. 어깨에 눈이 묻어 있었다. 남자는 카펫에 발을 굴렀다. 한 발, 다른 발, 각각 세 번씩. 그는 날카롭게 재는 눈으로 나를 보았다. 젊은 남자였고 높은 이마가 우뚝했다. 아니 어쩌면, 나는 다시 흘끗 보며 생각했다, 어쩌면 젊지 않은 것 같기도 하다. 단정하게 정리한 턱수염은 잿빛이고 눈꼬리 쪽에 가는 주름이 있었기 때문이다. 그는 테가 가늘고 알이 타원형인 안경을 쓰고 있어 은근히 학자 같은 느낌을 주었다. 우리는 그곳에 서서 잠시 서로 마주보고—서로 맞서고, 라고 말하려고 했다—있었다. 조금 전에 그랬던 것처럼, 그러나 이번에는 유리를 사이에 두지 않고. 그의 표정은 유머로 누그러진 회의주의를 드러내고 있었다. "춥네요." 그가 와인 시음자처럼 그 말 주위로 입술을 오므렸다. 그는 입에 작은 장애물, 씨나 돌멩이가 있어 계속 그것을 피해 혀를 움직여야 하는 것처럼 말했다. 내가 그를 어딘가에서 본 적이 있던가? 나는 그를 아는 것 같았다, 하지만 어떻게?

내가 아직 일을 하던 시절, 그러니까 극장에서 일하던 시절, 공연이 계속되는 중에는 꿈을 꾸지 않았다. 그러니까, 심지어 잠을 잘 때도 정신은 게으름을 피울 수 없다고들 하니 꾸기야 했겠지만, 꾸었다 해도 무슨 꿈을 꾸었는지 잊었다는 것이다. 무대에서 일주일에 다섯 밤 그리고 토요일에는 두 번 점잔 빼고 걸으며 수다를 떠는 것이 원래 꿈이 맡은 기능을, 그게 무슨 기능이든 대신 해주었던 것이 분명하다. 하지만 은퇴를 하고 나자 나의 밤이 폭동을 일으켜, 아침이면 땀범벅에 모든 게 뒤엉킨 채 기진맥진하여 숨을 헐떡이며 잠을 깨는 날이 많았다. 공포의 방, 또는 사랑의 터널, 또는 가끔은 그 둘을 합친 것을 오랫동안 고통스럽게 통과하면서 무력하게 비틀거리며 온갖 종류의 괴상한 재앙을 정면으로 돌파한 뒤였기 때문이다, 종종 바지도 입지 않고 셔츠 뒷자락을 펄럭이며 엉덩이는 다 내놓은 채로. 얄궂게도 요즘 나의 가장 흔한 악몽—그 통제 불가능한 말*—은 저항할 겨를도 주지 않

---

* 악몽을 뜻하는 nightmare는 글자 그대로는 밤의 암말이라는 뜻이다.

고 나를 무대로 데려가 다시 각광 앞에 내던진다. 나는 어떤 웅장한 드라마 또는 대책 없이 복잡한 희극에서 연기를 하고 있고, 어떤 긴 대사 한가운데서 말이 말라붙는다. 이것은 실제로 나한테 일어났던 유명한 사건이다. 진짜 삶에서, 그러니까 깨어 있는 삶에서 일어났고—나는 클라이스트*의 암피트리온을 연기하고 있었다—이로 인해 나의 연극 경력은 갑자기 불명예스럽게 끝이 나버렸다. 이상한 일이었다, 그런 실수는. 나는 놀라운 기억력을 갖고 있었는데, 한창때는, 심지어 소위 사진 기억력이라고도 할 수 있을 정도였다. 내가 대사를 암기하는 방법은 텍스트 자체, 그러니까 페이지 자체를 머릿속에 일련의 이미지로 고정하고 거기 적힌 것을 읽고 읊는 것이었다. 하지만 이 특정한 꿈이 무시무시한 것은 내가 암기해둔 그 페이지, 그 텍스트가 어느 순간에는 너무나 검고 선명하다가, 다음 순간에는 내 정신의, 내 잠든 정신의 필사적으로 가늘게 뜬 눈 앞에서 부식되어 바스러져버리기 때문이다. 처음에는 큰 걱정을 하지 않는다. 대사 가운데 상당 부분을 기억해내서 허세를 부리며 헤쳐나갈 수 있다고, 만일 최악의 상황이 되면 전체를 즉흥적으로 꾸며낼 수 있다고 확신하기 때문이다. 그러나 관객은 곧 뭔가가 심하게 빗나가고 있음을 깨닫고, 함께 무대에 있는 배우들은—아주 많은 배우가 떼를 지어 몰려다니고 있다—갑자기 그들 가운데 하나가 시체**임을 깨닫고 안달하며 눈을 크게 뜨고 서로 쳐다보기 시작한다. 어떻게 해야 하나? 나는 관객을 내 편으로 만들기 위해 비굴하게 환심을 사는 쪽으로 가기로 하고, 미소를 지으며 혀짤배기소리를

* 독일 극작가 하인리히 폰 클라이스트.
** 연극중에 대사를 잊어버려 연기를 할 수 없게 된 사람을 가리킨다.

내고, 어깨를 으쓱하며 이마의 땀을 닦고, 얼굴을 찌푸리며 발을 보고, 고개를 들어 천장을 살피고, 그러면서 내내 조금씩 옆걸음질해서 무대 옆의 행복한 피난처로 향한다. 이 모든 것에는 무시무시한 희극이 달라붙어 있다, 배우의 몸짓과는 아무런 관계가 없어서 더욱더 괴로운 희극. 사실 이것이 이 악몽의 핵심이다. 모든 연극적인 겉치레가 벗겨져 나가고, 그와 더불어 모든 보호 장치도 벗겨져 나간다는 것. 나에게 달라붙어 있는 의상 조각들은 투명해졌거나 거의 그런 상태이고 나는 맨몸으로 노출된 채 거기 있으며, 내 앞에는 점점 동요하는 만원을 이룬 관객이, 등뒤에는 할 수만 있다면 기꺼이 나를 죽여 진짜 시체로 만들 출연진이 있다. 첫 야유가 터질 때 나는 놀라서 잠을 깨고, 내가 뜨겁고 땀에 젖은 채 흐트러진 침대 한가운데 애처롭게 웅크리고 있다는 것을 알게 된다.

　문 앞에 누가 있었다. 누가 문을 두드리고 있었다. 나는 내가 어디 있는지 몰랐고, 배수로에 웅크린 추격당하는 범죄자처럼 두근거리며 꼼짝도 하지 않고 침대에 누워 있었다. 모로 누운 탓에 몸 밑으로 들어간 한쪽 팔이 저렸고 다른 팔은 공격을 방어하듯 위로 들어올리고 있었다. 창문의 거즈 커튼은 노르스름하게 빛을 발했고 그 뒤로 창문을 가득 채우며 빠르게 아래로 너울거리는 움직임이 있었다. 나는 그 움직임을 이해하지도 무엇인지 알지도 못하다가 마침내 눈을 기억했다. 문에 있는 사람은 이제 두들기기를 그쳤으며 대신 몸을 바짝 갖다 대고 낮고 날카로운 소리를 냈는데 그 소리가 나무에 부딪혀 웅웅거렸다. 나는 침대에서 일어났다. 방은 추웠지만 나는 여전히 땀을 흘리고 있었고 나 자신의 강한 악취 때문에 불쾌해진 공기를 통과해 걸어갈 수밖에 없었다. 문에서 손잡이에 손을 댄 채 망설였다. 나는 램프를 켜지 않았고 방의 유일한 조명은 내 뒤의 커튼을 통해 들어오는 가로 등의 유황색 빛뿐이었다. 문을 열었다. 처음에는 복도에 있는 누군가 가 나에게 얇은 옷가지를 던진 줄 알았다. 안에 아무것도 들어 있지 않은 어떤 비단 같은 것이 차갑게 떨며 미끄러져 온다는 느낌을 받았기 때문이다. 그 순간 돈 데번포트의 손가락들이 나의 손목을 할퀴었고, 갑자기 그녀가 잠옷 안에서 나타나 떨고 헐떡이며 밤과 공포의 냄새를 풍겼다.

그녀는 뭐가 문제라고 말을 하지 못했다. 사실 거의 어떤 말도 하지를 못했다. 꿈 때문인가, 내가 물었다, 혹시 배우의 악몽, 그녀가 문을 두드리는 바람에 내가 깨어나 빠져나왔던 그것과 비슷한? 아니다— 그녀는 잠을 자지 않았다. 그녀는 방에 어떤 거대한 것이 있다는 느낌을 받았다, 모든 것을 아는, 악의에 찬, 눈에 보이지 않는 존재. 나는 그녀를 침대로 이끌고 가 그 옆 탁자에 있는 램프를 켰다. 그녀는 침대에 앉아 고개를 숙였다. 머리카락이 늘어졌고 손바닥이 위를 향한 두 손은 허벅지 위에 힘없이 놓여 있었다. 잠옷은 진줏빛 새틴이었으며 아주 곱고 얇아 그녀의 등뼈 연결부를 헤아릴 수 있을 정도였다. 나는 재킷을 벗어 그녀의 어깨 위에 걸쳐주었고, 그제야 내가 옷을 다 입고 있다는 것을 깨달았다—방에 들어와 침대로 기어올라 그대로 잠이 든 게 분명했다. 이제 이 떨리는 존재를 어찌해야 할까, 잠옷을 입은 그녀는 그 옷이 없었을 경우보다 더 벌거벗은 것처럼 느껴지는데, 그래서 감히 손도 댈 수가 없는데? 그녀는 내가 아무것도 할 필요가 없다고, 그저 무엇인지 몰라도 이게 지나갈 때까지만 잠시 이대로 있게 해주면 된다고 말했다. 그녀는 말하면서 고개를 들지 않았고 여전히 비참하게 몸을 떨며 앉아 머리를 축 늘어뜨리고 두 손바닥은 무력하게 위로 펼친 채 옆의 램프 불빛에 반짝이는 창백한 목덜미를 드러냈다.

이것이 얼마나 이상한지, 다른 존재가 이렇게 밀접하고 친밀하게 가까이 있다는 것이. 아니면 이상하다고 생각하는 건 나뿐인가? 어쩌면 다른 사람들에게는 다른 사람이 전혀 다르지 않거나, 어쨌든 내가 느끼는 만큼 다르지는 않을지도. 나에게는 다름의 양식이 딱 두 가지뿐이다. 사랑하는 사람의 다름 아니면 낯선 사람의 다름. 전자는 다르다기보다는 나 자신의 연장에 가깝다. 이런 상황에 대하여 나는 미시즈 그레이에게 감사하거나 아니면 그녀를 탓해야 한다고 믿는다. 그녀가 나를 너무 일찍 자신의 품에 받아들이는 바람에 나는 제대로 된 원근법의 법칙을 배울 여유가 없었다. 그녀가 너무 가까웠기 때문에 나머지는 불가피하게 균형을 깨며 멀리 밀려났다. 여기에서 나는 잠시 멈추고 생각해본다. 정말로 그런 것일까, 아니면 가장 이른 시기부터 나를 괴롭힌 그 궤변에서 아직 헤어나오지 못하고 있는 것일까? 하지만 내가 그런지 아닌지 어떻게 알 수 있을까? 나는 그렇다고, 미시즈 그레이가 원본이라고, 동시에 어느 정도는 나와 다른 사람들의 관계를 규정하는 영원한 결정권자라고 느끼며, 아무리 애써 생각을 해도, 아무리 오래 열심히 생각해도 그 느낌은 바뀌지 않는다. 설사 생각의 힘으로 내가 억지로 반대 의견을 가지게 된다 해도 느낌은 여전히 자신이 옳다고 느끼고, 절대 사라지지 않는 불만스러운 잔당殘黨이 되어 아주 작은 기회만 생기면 언제라도 자신의 주장을 내세울 것이다. 이런 게 눈 오는 새벽에 가정의 온기로부터 멀리 떨어져 있다가 호텔방에서 예기치 않게 잠옷만 입은, 유명하고 악명 높을 정도로 아름다운 영화 스타를 맞이하게 된 남자가 빠져들기 마련인 사변이다.

그녀를 나의 향기롭지 못하고 땀에 전 침대에 뉘고―그녀가 너무 축 늘어져 있어 두 발목 뒤에 손을 대 바닥에서 차가운 발을 들어올리도록 거들어야 했다―몸에 담요를 덮어주었다. 그녀는 어깨에 여전히 내 재킷을 걸치고 있었다. 아직 잠이 완전히 깨지 않은 것이 분명했고, 그 모습을 보니 우리의 잃어버린 딸을 찾아 밤에 미친듯이 집안을 날아다닐 때의 리디아가 떠올랐다. 이제 이것이 나의 유일한 역할일까, 감정이 극에 달한 괴로운 여자들의 위로자? 나는 앉는 자리가 골풀로 된 의자를 침대로 끌어당기고 거기 앉아 나의 처지, 여기 이 겨울 해안에서 잘 알지도 못하는 이 젊은 여자, 잠 못 이루며 어찌할 바를 모르는 여자와 함께 있는 처지를 생각해보았다. 그렇지만 나의 척추 맨 아랫부분에서 뭔가가 시작되고 있기도 했다, 은밀한 흥분의 뜨겁고 가느다란 흐름. 어린 시절, 인형 멕은 지나고 미시즈 그레이는 아직 도래하지 않았던 시기에 나는 여자 어른이 화장할 때 시중들어야 하는 상황을 되풀이하여 상상하곤 했다. 여자는 한 번도 구체적이지 않고 일반적이었다, 추상적인 여자, 그 유명한 '영원한 여성'* 같은 존재. 내가 하는 일은 모두 아주 순수했다, 적어도 행동에서는. 내가 요청받은 일은 이 상상의 우상에게 가령 꼼꼼하게 머리를 감겨주거나, 아니면 손톱을 깨끗하게 닦아주거나, 아니면 예외적인 상황에서 립스틱을 발라주는 것뿐이었으니까―그런데 이 마지막 일은 쉽지 않았고, 그것은 나중에

---

* Ewig-Weibliche. 괴테의 『파우스트』에 나오는 표현.

미시즈 그레이의 허락을 받아 내 눈에는 늘 초현실적으로 부드럽게 반들거리는 주홍색 총알이 박힌 황동 탄약통처럼 보이던 그 진홍색 왁스 막대로 그녀의 멋진 과육처럼 말랑하고 고정 불가능한 입에 칠을 한번 해보았을 때 알게 되었다. 지금, 여기 이 우중충한 호텔방에서 내가 느끼는 것은 그 오랜 세월 전 환상의 여인의 화장을 돕는다고 상상할 때 누렸던 그 가볍게 부풀어오른 쾌감 같은 것이었다.

"말해주세요." 예상치 못했던 방문객이 이제 다급하고 작은 목소리로 숨을 헐떡이며 말했다. 약간 이내가 낀 듯한 그 회색 눈을 크게 뜨고 있었다. "따님한테 있었던 일을 이야기해주세요."

그녀는 두 손을 포개 가슴에 얹고 머리는 내 쪽으로 돌리고 누워 있었다. 뺨이 내 재킷의 깃을 짓눌렀다. 이제는 알게 되었지만, 그녀는 가장 예상하지 못한 순간에 불쑥 이렇게, 갑자기 작은 목소리로 말을 꺼내는 습관이 있다. 그리고 그런 갑작스러움 때문에 그녀가 하는 말은 신탁처럼 느껴진다. 그녀가 하는 말은 아무리 그 내용이 일상적이거나 하찮다 해도 아주 오래된 맥박이 고동치는 느낌이다. 아마 이건 그녀가 카메라 앞에서 오랜 시간을 보내는 동안 배운 요령일 것이다. 아닌 게 아니라 영화 세트에는 뭔가 고대 무녀의 성소 같은, 공기조차 사라진 강렬함 같은 게 있다. 그곳, 뜨거운 조명이 비추는 그 동굴에서, 붐 끝에 달린 마이크가 머리 위에서 대롱거리고 촬영진이 숨죽인 탄원자들처럼 원을 그리고 선 채 어둠 속에서 우리에게 시선을 고정한 상황에서라면, 우리가 외우고 있는 대사가 우리를 통해 전달되는 수수께끼 같은 신 자신의 말이라고 상상한다 해도 용서받을 수 있을지 모른다.

나는 딸에게 무슨 일이 일어났는지 모른다고 말했다, 죽었다는 것 빼고는. 캐스가 목소리들을 듣곤 했으며, 아마 그게, 그 목소리들이 아이를 그렇게 몰고 갔을 거라고, 흔히 그렇듯이 그랬을 거라고, 나는 그렇게 이해한다고, 마음이 손상을 입고 결국 자신에게 손상을 입히게 되는 사람들이 흔히 그러지 않느냐고 말했다. 나는 놀랄 만큼 차분했다, 초연했다고까지 말할 수 있을 것 같다. 마치 이 상황—익명의 호텔 방, 늦은 시간, 이 젊은 여자의 흔들림 없는 묵직한 눈길—이 한 방에, 아주 간단하게, 내가 캐스의 영과 맺은 자제와 과묵이라는 십 년 협약의 올가미로부터 나를 풀어준, 어쨌든 가석방은 해준 것 같았다. 여기서는 어떤 이야기를 해도 좋을 것 같다, 그렇게 보였다. 어떤 생각이라도 불러내 자유롭게 표현해도 좋을 것 같다. 돈 데번포트가 기다리고 있었다. 커다란 눈이 나에게 고정된 채 깜빡거리지도 않았다. 누군가가 아이와 함께 있었다, 나는 그녀에게 말했다. "그래서 여기 온 거군요, 그게 누구였는지 알아내러." 그녀가 말했다.

나는 그 말에 얼굴을 찌푸리며 그녀에게서 고개를 돌렸다. 가로등 빛이 얼마나 노랗던지, 그 너머로 그림자들이 얼마나 짙게 모여 있던지. 창밖에서 거미집 같은 커튼 뒤로 젖은 눈송이들이 떨어져내렸다, 떨어져내렸다.

그 남자한테, 그 남자가 누구건, 나는 천천히 말했다, 아이가 붙인 이름은 스비드리가일로프였다. 그녀는 담요 밑에서 한 손을 뻗더니 내한 손 위에 가볍게, 잠깐 얹었다. 부추기기보다는 억제하는 쪽, 그렇게 느껴졌다. 촉감은 서늘했고 묘하게 개인적인 느낌이 없었다. 체온을 재는, 맥박을 재는 간호사라고 해도 좋을 것 같았다. "아이는 임신중이었어요. 그랬지요." 내가 말했다.

내가 그녀에게 그 이야기를 이미 했던가? 기억이 나지 않았다.

살짝 놀랍게도, 그것으로 우리 대화는 끝이었다. 잠자리에서 듣는 이야기의 도입부만으로 만족한 아이처럼 돈 데번포트는 한숨을 쉬더니 얼굴을 돌리고 잠이 들었다, 또는 든 척했다. 나는 의자가 삐걱거려 그녀를 다시 깨우기라도 할까봐 꼼짝도 못하고 기다렸다. 그 고요 속에서 밖에서 눈이 내리는 소리를 들을 수 있다고 상상했다, 여전히 아낌없는 노동과 흔들림 없이 묵묵하게 견디는 고통을 보여주는 희미하고 우아한 속삭임. 세상은 어떻게 불평 없이, 무슨 일이 있어도, 해야 할 일을 하면서 계속 움직여가는지. 나는 평화롭다, 그것을 깨달았다. 나에게 향유처럼 작용하는 맑은 어둠의 웅덩이에서 마음이 멱을 감고 있는 것 같았다. 머나먼 시절 프리스트 신부와 고해소에서 만났던 그 날 이후로 이렇게 가벼워지고—뭐라고 해야 하나?—시원하게 깎여나간? 그런 느낌이 든 적이 없었다. 나는 침대 옆 탁자의 전화기를 보았고 리디아에게 전화를 걸까 생각했지만 너무 늦은 밤이었고 도대체 무슨 말을 할지도 알 수 없었다.

나는 조심스럽게 일어나 자고 있는 젊은 여자 밑에서 재킷을 살살 빼낸 다음 의자를 치우고 열쇠를 챙겨 방을 나섰다. 문을 닫으며 램프 불빛이 낮은 캐노피처럼 드리운 침대를 흘긋 돌아보았지만 움직임은 전혀 보이지 않았고 돈 데번포트가 고르게 숨을 쉬는 소리 외에는 아무 소리도 들리지 않았다. 그녀도 이 순간만큼은, 이 순간이나마 평화를 얻은 것일까?

복도는 그 숨죽인 느낌을 간직하고 있었다. 나는 엘리베이터—우묵

하게 찌그러진 흔적들이 있는 두 짝짜리 좁은 스테인리스스틸 문이 불
길하게 빛을 발했다—를 피해 층계를 택했다. 층계는 나를 처음 보는
로비 구역에 데려다주었다. 풍성한 종려나무 화분과 담배 자동판매기
가 있었다. 세워놓은 석관만한 자동판매기는 옆면이 거무스름한 오팔
빛으로 은은하게 빛났다. 잠시 나는 방향을 완전히 잃고 순간적으로
공황을 겪었다. 이쪽저쪽으로 방향을 틀고 뱅글뱅글 맴돌다 마침내 접
수 데스크를 찾아냈다. 풍성함을 자랑하는 그 먼지 쌓인 종려나무 잎
들 너머로 멀찍이 보였다. 야간 매니저 에르콜레가 그곳에 있었다. 어
쨌든 머리는 있었다. 옆모습으로. 그게 내 눈에 보이는 그의 전부여서
마치 머리가 카운터의 사탕 접시 위에 놓여 있는 것처럼 보였다. 나는
살로메가 쟁반에 받은 섬뜩한 보상을 생각했다. 그런데 그 사탕은 옛
통화를 사용하던 시절, 내버려도 좋을 잔돈 한 줌 대신 사탕이 제공되
던 시절의 유물이다. 내가 간직하고 있는 것들, 기억이란 가치 없는 동
전이다.

나는 데스크로 다가갔다. 데스크는 높았고, 에르콜레는 그 뒤의 낮
은 스툴에 모로 앉아 구식 만화책을 읽고 있었는데 책에는 묘하게도
그림 대신 색 바랜 사진들이 있었다. 그는 존중과 희미한 짜증이 섞인
표정으로 나를 흘끗 올려보았고 지친 눈은 어느 때보다도 암울해 보였
다. 혹시 술을 한잔할 수 있겠느냐고 묻자 그는 한숨을 쉬며 물론, 물
론이다, 먼저 바에 가 있으면 곧 뒤따라가겠다고 말했다. 그러나 내가
멀어지자 그는 내 이름을 불렀고 나는 발을 멈추고 돌아섰다. 그는 만
화책을 치우고 스툴에서 일어나 비밀을 털어놓는 듯한 자세로 몸을 앞
으로 약간 숙인 채 앞쪽 데스크의 양옆에 내려놓은 주먹으로 몸을 받

치고 있었다. 나는 그쪽으로 돌아갔다. 천천히 또—경건하게, 라고 말하려다 말았다. 시뇨라 데번포트, 그가 물었다. 그분은 괜찮은가? 그는 목이 메어 씨근거리며 작은 소리로 말했다. 슬픔과 탄식이 가득한 어떤 제의에 참여하고 난 직후인 것처럼. 사람 마음을 녹이는 그의 눈이 맹인 점쟁이의 손끝처럼 내 얼굴 전체를 더듬었다. 나는 말했다. 그래, 다 괜찮다. 그는 미소를 지었는데 약간 미심쩍어하는 표정이었다, 내가 보기에는. 그의 질문이 무슨 뜻인지 알 수 없었다. 무슨 의도로 그런 질문을 한 것인지 알 수 없었다. 경고일까? 돈 데번포트가 내 문을 쾅쾅 두드리는 소리가 들렸을까, 조난당한 사람처럼 내 방으로 들어오는 모습이 눈에 띄었을까? 나는 호텔 규칙에는 늘 자신이 없다. 옛날에는 숙녀가 밤에 몰래 신사의 방에 가면 상주 탐정이 쏜살같이 나타나 두 사람을, 아니면 적어도 숙녀는, 절대 숙녀로 봐줄 수 없다는 판단하에, 멱살을 잡고 끌어내 눈 바닥에 내던져버렸을 것이다. 에르콜레는 탐색하듯 말을 멈추었다가, 내 생각으로는 아쉬워하는 듯한 표정으로 고개를 끄덕였다. 마치 내가 어떤 식으로인가 그에게 실망을 주기라도 한 것 같았다. 아주 많은 거짓말과 작은 회피들을 그는 상대해야 했을 것이다, 매일 밤. 나는 그의 슬픈 갈색 눈에 비친 나의 잘못이 무엇이든 그것을 만회하고자 덧붙일 말을 떠올리려 애썼지만 뜻대로 되지 않아 그냥 몸을 돌리고 말았다. 그러나 그 모든 것에도 불구하고 나는 구원을 받은 느낌이었다. 어떻게 그리되었는지는 모른다. 어떤 축복. 이마에 성유聖油로 성호가 그어지고 나의 영은 치유를 얻고.

내가 찾아낸 바는 뜻밖에도 새것이었고 매끈했다. 어두운 거울과 검은 대리석 탁자, 그리고 빛이 아니라 일종의 빛나는 어둠 같은 것을 뿜려 이 장소를 기만적인 색조로 감싸는 낮은 램프들이 있는 곳이었다. 나는 이 침침하고 유리가 많은 미로를 조심스럽게 헤치고 나아가 바의 높은 스툴에 자리를 잡았다. 바 뒤에는 또 거울이 있고, 그 앞에는 병들이 늘어선 선반이 있었는데 아래로부터 으스스하게 조명을 받고 있었다. 거울 속의 나를 간신히 볼 수 있었다. 병들 뒤에 조각조각 비춰지고 있어 심지어 나 자신으로부터 피하고 숨는 것처럼 보였다. 나는 에르콜레가 오기를 기다리며 손가락으로 바를 톡톡 두드렸다. 늦은 시간이고 긴 하루를 보낸 뒤였지만 전혀 피곤하지도 자고 싶지도 않았다—오히려 고통스러울 정도로 정신이 맑았고, 머리카락의 모낭들이 부글부글 끓고 있었다. 이런 이상하게 들뜬 상태, 이상하게 기대하는 상태의 원인은 대체 무엇일까? 뒤에서 누군가가 작게, 그리고 내 느낌으로는 묻듯이 기침을 했다. 나는 스툴에서 얼른 고개를 돌려 어둠 속을 살폈다. 옆의 작은 테이블에 앉은 사람이 차분하게 나를 보고 있었다. 왜 들어올 때 그 남자를 보지 못했을까? 그 테이블을 그냥 지나쳐 온 게 분명했다. 그는 두 다리를 앞으로 뻗어 발목을 교차시킨 채 낮고 검은 가죽 팔걸이의자에 깊이 등을 기대고 있었으며 양손 손가락은 서로 맞닿아 턱 앞에서 첨탑을 이루었다. 처음에 나는 그가 누구인지 알지 못했다. 그러다 우연히 내 뒤의 조명을 받는 선반에서 나온 빛 한줄기가 쏜살같이 그의 안경을 가로질렀고 나는 그가 아까 호텔 앞문에서 만났던 남자, 어깨에 눈이 쌓여 있던 남자임을 알아보았다. "부에나스 노체스."* 그가 말하며 아주 살짝 고개를 숙였다. 머리를 일 인치쯤

---

* Buenas noches. 저녁에 하는 스페인어 인사.

기울였을까. 그의 앞 테이블에는 병이 하나, 그리고 잔이 하나―아니, 둘 있었다. 누가 오기를 기다리고 있었던 것일까? 아마도 나인 듯했다. 그가 이제 첨탑을 만든 손으로 병을 가리키며 함께할 생각이 있느냐고 물었기 때문이다. 그래, 뭐 어떠랴, 이상한 마주침과 운명적인 엇갈림이 일어나는 이 무한한 밤에?

그가 맞은편의 팔걸이의자를 가리켰고 나는 앉았다. 인제 보니 그는 나보다 분명히 젊었다. 그래, 훨씬 젊었다. 술병이 아직 가득차 있다는 것도 눈에 들어왔다―정말로 나를 기다리고 있었던 것일까? 내가 올 것을 어떻게 알고? 그는 내 쪽으로 몸을 기울이더니 서둘지 않고, 신중하게 우리 잔 두 개를 거의 가장자리까지 꽉 채웠다. 그는 나에게 내 잔을 건네주었다. 묵직한 레드 와인은 표면이 검은색으로 보였고, 가장자리를 따라 자주색 거품이 서로 밀치고 있었다. "아쉽게도, 아르헨티나 빈티지입니다." 그가 미소를 지었다. "나처럼."

우리는 잔을 들어올리고 말없이 건배를 한 다음 마셨다. 약쑥, 쑬개, 잉크, 달콤한 부패. 우리 둘 다 뒤로 등을 기댔고 그는 묘하게 물이 흐르듯 아치를 그리는 동작으로 두 팔을 펼치더니 소매를 강하게 털어냈다. 나는 옛 종교 관행을 따르던 시절 사제가 신자들에게 등을 돌린 채 성배를 내려놓은 다음 제의복이라는 무거운 명에 밑에서 바로 그런 식으로 어깨와 두 팔을 들어올리는 모습을 생각했다. 그는 자기소개를 했다. 그의 이름은 페드리고 소란이었다. 그는 나를 위해 작고 검은 수첩에서 찢어낸 페이지에 자기 이름을 적어주었다. 나는 먼 평원, 그곳을 떠도는 가축떼, 말을 탄 하급 귀족을 생각했다.

에르콜레가 와서 우리를 보고 이 모든 게 미리 준비된 일이라도 되는 것처럼 고개를 끄덕이고 미소를 지었다. 그러고는 바닥을 단단히 디디며 조용히 걸어 다시 나갔다.

우리가, 남쪽에서 온 남자와 내가 처음에 이야기한 것이 뭐였더라? 그는 밤이 좋다고, 낮보다 좋다고 말했다. "아주 조용하지요." 그는 납작하게 편 손바닥으로 앞의 공기를 쓰다듬으며 악센트가 강한 발음으로 그렇게 말했다. 그는 내 이름을 들어본 것 같다고 말했다―그게 가능할까? 나는 전에 배우였지만 그가 내 이름을 들어보았을 것 같지는 않다고 말했다. "아 그럼 선생님은 친구시로군요"―그는 한 손가락으로 천장을 찌르며 눈썹을 치켜세우고 눈을 동그랗게 떴다―"멋진 세뇨리타 데번포트의 친구."

우리는 쓴 와인을 조금 더 마셨다. 그리고 내가 물었다. 무슨 일을 하는가? 그는 내 질문을 잠시 생각해보더니 다시 두 손의 손가락을 맞대고 손가락 끝을 입술에 가볍게 갖다댔다. "나는, 어디 보자," 그가 말했다. "광산 일을 합니다." 그런 식으로 표현한 것이 즐거운 듯했다. 그는 짐짓 의미심장한 눈으로 바닥 쪽을 가리켰다. "지하에서." 그가 작은 소리로 말했다.

그때 내 정신은 어디론가 배회하고 있었던 듯하다. 와인과 수면 부족으로 길을 잃고 헤매고 있었다. 아니 사실은 아마 잤을 것이다, 조금은, 어떤 식으로인가. 그는 광산과 금속, 땅속 깊이 묻혀 있는 금과 다이아몬드와 모든 귀한 원소에서부터 이야기를 시작했지만, 이제 어떻게 된 건지도 모르는 새에 이야기는 우주의 깊은 곳까지 넓어져 그는 퀘이사와 펄서, 적색거성과 갈색왜성과 블랙홀, 열죽음과 허블상수, 쿼크quark와 쿼크quirk 같은 입자와 다중 무한 이야기를 하고 있었다.

또 암흑물질에 관하여. 그에 따르면 우주에는 우리가 보거나 느끼거나 측정할 수 없는 사라진 질량이 있다. 그게 다른 어떤 것보다 훨씬, 훨씬 많으며 눈에 보이는 우주, 우리가 알고 있는 우주는 그에 비하면 성기고 보잘것없다. 나는 그것을, 무게 없고 투명한 물질이 들어 있는 눈에 보이지 않는 바다를 생각했다. 이 물질은 어디에나 있고, 우리가 탐지할 수 없고, 우리는 아무것도 모르는 채 수영하는 사람들처럼 그 속에서 움직이고 그것도 우리를 통과해 움직인다. 소리 없고 은밀한 본질.

이제 그는 백만―십억―일조!―마일을 거쳐 우리에게 도달하는 은하의 오래된 빛 이야기를 하고 있었다. 그가 말했다. "여기, 이 테이블에서도 내 눈의 이미지라는 빛이 선생님 눈에 도달하는 데는 시간, 아주 작은 시간, 극소량이기는 하지만 시간이 걸립니다. 따라서 어디를 보든, 어디에서나, 우리는 과거를 보고 있는 겁니다."

우리는 한 병을 다 마셨고 그는 찌꺼기까지 따르고 있었다. 그는 자기 잔 가장자리를 내 잔으로 기울여 땡 하는 소리를 냈다. "선생님의 스타를 돌봐야 합니다. 여기에서요." 그는 가장 작은 목소리로 소곤거리며 미소 지었다. 그가 의자에서 앞으로 몸을 너무 기울이는 바람에 나는 그의 안경 렌즈에 반사된, 이중으로 반사된 내 모습을 볼 수 있었다. "신들이 우리를 지켜보고 있습니다. 근데 질투심이 강하지요."

더운 여름이었다, 미시즈 그레이의 그 여름. 기록은 깨졌고, 새 기록이 수립되었다. 가뭄이 몇 달 동안 계속되었고 물이 배급되었으며 거리 모퉁이에 수도가 설치되어 짜증난 어머니들이 소매를 호전적으로 걷어붙이고 물통과 냄비를 들고 줄을 서서 불평을 늘어놓았다. 소떼가 들판에서 죽거나 아니면 미쳐갔다. 가시금작화에서 저절로 불길이 터져나왔다. 언덕 사면 전체가 시커메지며 연기를 뿜었고 그뒤에도 몇 시간 동안 타운의 공기가 연기로 매캐하여 목이 칼칼해지고 모두 두통을 느꼈다. 길과 포석鋪石 사이 틈의 타르가 녹아 샌들 바닥에 들러붙었고 자전거 타이어가 그 속으로 가라앉았는데, 그 바람에 한 사내아이는 자전거에서 떨어져 목이 부러졌다. 농부들은 애처로운 목소리로 참담한 수확량을 경고했고, 교회에서는 비를 기원하는 특별 기도를 드렸다.

나 자신은 그 몇 달을 그냥 밝고 부드럽게 기억하고 있을 뿐이다. 그 시절 이 지역에서 아주 인기가 좋았던 그 공들여 제작한 풍경화 가운데 하나에서처럼 솜 같은 구름이 커다란 하늘을 떠다니고, 멀리 금빛 벌판에는 푸딩 모양의 건초 더미와 함께 압정의 못처럼 가늘게 솟은 첨탑 하나가 있고, 지평선에는 바다가 흘끗 보인다는 것을 암시하기 위해 코발트블루 빛깔이 살짝만 스치고 간 이미지가 떠오른다. 말도 안 되지만 나는 심지어 비도 기억한다—미시즈 그레이와 나는 코터의 집 바닥에서 서로의 품에 안긴 채 조용히 누워 비가 나뭇잎 사이에서 지글거리는 소리에 귀기울이는 것을 무척 좋아했다. 열정적인 지빠귀가 근처 어딘가에서 심장을 토해낼 듯 휘파람을 불어대고 있었다. 그때 우리가 얼마나 안전하게 느껴지던지, 우리를 위협하는 모든 것으로부터 얼마나 멀게 느껴지던지. 우리 주위에서 바싹 마른 세계는 쪼그라들고 불쏘시개로 변한다 해도 우리는 사랑으로 해갈하겠지.

나는 우리의 목가가 절대 끝나지 않을 거라고 생각했다. 아니, 그것에 끝이 있다는 생각을 받아들이지 않으려 했다. 나는 어리기 때문에 미래에 회의를 품었으며 그것을 오직 가능성의 문제로만 보았다. 일어날 수도 있고 일어나지 않을 수도 있지만 아마도 절대 일어나지 않을 상황. 물론 관찰되는 표지標識, 직접적인 종류의 표지가 있었다. 예를 들어 여름은 분명히 끝이 날 것이고 방학도 끝날 것이고 아침 등굣길에 내가 다시 빌리를 부르러 가기 시작할 것이라고들 예상한다는 것—내가 어떻게 그걸 해낼 수 있을까? 내가 여름 전, 미시즈 그레이와 내가 아직 황금 벌집과 청회색 어여쁜 대리석 절벽과 작은 골짜기의 벌거벗은 님프를 완전하게 갖춘 히메투스산*에 오르지는 않고 그저 낮은 비탈을 손 잡고 산책만 하던 시절에 그러던 대로 태평한 겉면을 유지할 수 있을까? 진실은, 아이의 모든 과감성과 반항에도 불구하고 내 머리 바로 위에 작은 예감의 구름이 떠돌고 있었다는 것이다. 그것은 구름에 불과했다. 무게도 없고 일정한 형태도 없었지만, 악의에 차 빛을 발하는 은빛 가장자리 말고는 어두웠다. 나는 대체로 그것을 무시할 수 있었고 그게 없는 척했다. 사랑의 이글거리는 태양과 비교할 때 그깟 구름이 무엇이겠는가?

우리 주위 사람들이 우리의 비밀을 짐작 못한다는 것을 나는 도무지 이해할 수가 없었다. 가끔은 나도 모르게 그들의 통찰력 부족에, 상상력 부족에—한마디로 그들이 우리를 과소평가하는 것에—거의 분개했다. 어머니, 빌리, 미스터 그레이, 이들은 큰 두려움을 일으킬 만한 막강한 사람들이 아니었지만—종종 내 머리 위의 그 위협적인 구름에서 체셔 고양이처럼 고소하다는 듯 싱글거리는 키티의 얼굴이 흘끗 보이는 것 같기는 했으나—남 일에 끼어들기 좋아하는 타운 사람들, 도덕의 수호자들, 연한 청색의 '마리아 군단'**이라면? 왜 그들은 미시즈 그레이와 내가 육욕과 욕정을 표출하는 무한히 창의적인 행위에 부끄러운 줄 모르고 빠져들고 있는데도 우리를 탐지하는 일, 반드시 이행해야 할 그 의무를 그렇게 게을리하는 것일까? 우리가 위험을 무릅썼다는 것을 하늘은 알고 있고, 그것에 하늘 자체도 경악했을 게 틀림없었다. 이 점에서는 우리 둘 가운데, 이미 말한 게 분명하지만, 미시즈 그레이가 단연 무모했다. 그것은 내가 설명할 수도 없는 것, 이해할

---

* 그리스 동남부의 아테네 동쪽 지역에 있는 산.
** 아일랜드 더블린에서 시작된 국제적인 가톨릭 평신도 결사체.

수도 없는 것이었다. 막 그녀에게는 두려움이 없었다고 말하려 했는데, 그건 아니었다. 그녀가 공포에 젖어 몸을 떠는 것을 한 번 이상 보았기 때문인데, 나는 그게 나와 함께 있다가 걸릴 거라는 생각 때문이리라 짐작했다. 하지만 다른 때에는 불안에 떨던 순간 같은 건 알지도 못한다는 듯 행동하며, 예를 들어 그날 판잣길에서처럼 뻔뻔스럽게 나와 행진을 하거나 환한 대낮에 벌거벗은 채 숲을 뚫고 달리기도 했다. 숲의 나무들마저 그녀의 모습에 충격받고 분개하여 두 팔을 들고 뒤로 물러서는 것 같았다. 나는 이런 일에 미숙했지만 그런 행동이 우리 타운의 점잖은 부인들에게 흔한 일은 아니라고 자신 있게 말할 수 있을 것 같은 느낌이었다.

그녀가 세상더러 우리를 찾아내보라고 의도적으로 도발하고 있었는지 다시 자문해본다. 어느 날 그녀는 의사를 만나러 갔다 온 뒤에ㅡ"여자의 문제," 그녀는 퉁명스럽게 말하고 얼굴을 찌푸리곤 했다ㅡ만나자고 나를 불렀고, 만나기로 한 개암나무숲 위쪽 도로에 스테이션왜건을 타고 도착하더니 바로 그 자리에서, 즉시 자신과 사랑을 나눠야 한다고 고집을 부렸다. "어서." 그녀는 거의 화를 내며 말했고, 스테이션왜건 뒷자리로 기어가는 그녀의 궁둥이가 나를 향해 흔들거렸다. "해줘, 어서." 나는 그녀의 부끄러움을 모르는 태도에 충격을 받았다고 인정할 수밖에 없는데, 이때만은 나도 약간 내키지 않았지만ㅡ그런 날것 그대로의 욕망의 광경이 나를 위축시키겠다고 위협하고 있었다ㅡ그녀는 남자의 팔처럼 단단해 보이는 팔을 내 목에 두르더니 거칠게 자신 쪽으로 끌어내렸고, 나는 그녀의 심장이 이미 망치질하고 배가 흔들리는 것을 느낄 수 있었다. 물론 나는 그녀에게 그녀가 요구하는 일을 했다. 그것은 일 분 후에 끝이 났고 그러자 그녀는 완전히 나를 무시하며 혼자 바쁘게 움직여, 나를 밀어내고 옷을 끌어내리고 팬티로 몸을 닦았다. 우리는 우리 사이의 가죽 좌석에 번들거리는 얼룩을 남겼다. 차는 도로에서 십 야드도 떨어지지 않은 곳에 주차되어 있었다. 그 시절에는 차량이 거의 없기는 했지만 어떤 운전자라도 속도를 늦추고 지나가면 우리를 볼 수 있었다. 그녀의 들어올린 스타킹 신은 두 다리와 그 사이에서 내려갔다 올라왔다 하는 나의 벌거벗은 하얀 엉덩이. 이제 우리는 다시 앞좌석으로 기어 돌아갔고, 햇볕을 받은 가죽이 뜨거워 소리를 질렀다. 그녀는 담배에 불을 붙이고 팔꿈치를 창밖으로 내밀더니 주먹으로 턱을 괸 채 나에게서 반쯤 몸을 돌리고 앉아 아무 말도 하지 않았다. 나는 유순하게 그녀의 이런 기분이 지나가기를 기다리며 얼굴을 찌푸린 채 내 손만 보고 있었다.

무슨 일이기에 저렇게 짜증이 났을까? 나는 궁금했다. 내가 그녀의 화를 돋우는 무슨 일을 했을까? 대개 나는 그녀의 사랑에 대한 흔들림 없는 자신감이 있었다. 어린아이의 완전히 무신경한 자신감이었다. 그러나 그녀의 가혹한 말 한마디나 힐책하는 눈길 한 번이면 그 자리에서 모든 게 끝난 것이나 다름없다고 굳게 믿고 말았을 것이다. 묘하게 흥분되는 일이었다. 그녀의 애정을 확신하면서도 늘 그것을 박탈당할까 걱정한다는 것은. 이 정열적인 여자를 어떤 식으로인가 통제하면서도 동시에 그녀에게 휘둘린다는 것은. 인간의 마음에 관해 그녀는 그런 가르침을 주고 있었다. 하지만 그날은, 늘 그랬듯이, 오래지 않아 우울이 가셨다. 그녀는 몸을 살짝 흔들더니 반쯤 남은 담배를 창밖으로 던지고—그러다 개암나무숲과 더불어 우리의 사랑의 둥지까지 다

태워버릴 수도 있었을 것이다─몸을 앞으로 굽혀 치마를 걷어올리고 무릎을 살폈다. 그녀는 나의 깜짝 놀라 믿을 수 없다는 표정을 보고─ 다시 시작할 준비가 되었다는 건가, 벌써?─걸걸한 웃음소리를 냈다. "걱정 마." 그녀가 말했다. "네가 뜯어낸 가터 단추를 찾고 있을 뿐이 니까." 그러나 단추는 찾을 수 없었고 결국 나에게서 3페니짜리 동전 을 빌려 대신 사용할 수밖에 없었다. 내게는 익숙한 방편이었다. 어머 니가 그렇게 하는 걸 한 번 이상 보았기 때문이다. 어머니도 지금 미시 즈 그레이가 사용하는 것과 같은 폰드 콜드크림을 사용했다. 그녀는 크림이 담긴 작고 통통한 단지를 핸드백에서 꺼내더니 작은 생물의 목 을 능숙하게 비틀듯이 손목을 잽싸게 틀어 뚜껑을 열고 단지와 뚜껑을 모두 왼손으로 느슨하게 잡은 채 어깨춤을 추듯 좌석에서 앞으로 움직 여 허리를 꼿꼿이 세우고 백미러에 비친 자신을 보면서 손가락 끝으로 이마 뺨 턱에 얼음처럼 하얀 연고를 발랐다. 완전히 사심 없는 사랑 같 은 것이 있는지 모르겠지만, 만일 있다면 나는 이런 순간 거기에 가장 가까이 다가갔을 것이다. 그녀가 너무 자주 거행해서 이제 사실상 의 식하지도 않는 어떤 의례에 몰두해 있을 때, 그녀의 눈은 초점을 맞추 려 애쓰고 이목구비는 집중하느라 팽팽하게 좁혀져, 아주 잘게 찌푸려 진 미간을 빼면 어여쁘게 텅 비어버린 표정으로 느슨해져 있을 때.

그녀가 떠날 거라는 이야기를 했던 게 분명히 그날이었다고 생각한 다─가족이 바닷가에서 연례 휴가를 보낼 예정이었다. 처음에는 무슨 말을 하는지 이해하기가 어려웠다. 이것은 지금 돌이켜보면 흥미로운 부분이다. 아직 나의 마음이 경험에 난타당해 충분히 말랑말랑해지고 구멍도 많이 뚫리기 전이라 구미에 맞지 않는 것은 들으려 하지 않던 모습. 그 시절에는 나에게 맞기만 하면, 일이 이러저러해야 한다는 내 생각에 들어맞기만 하면 내가 믿지 못하거나 안 믿지 못할 것도 없고, 받아들이지 못하거나 거부하지 못할 것도 없었다. 그녀는 떠날 수 없었다. 우리가 헤어진다는 것은 그냥 가능하지가 않았다, 절대 가능하지가 않았다. 나는 홀로 남겨지고 그녀는 두 주 동안—두 주!—떠나 해변에서 반쯤 벗은 채 즐기고, 테니스와 클록 골프 게임을 하고, 멍청한 남편과 촛불 밝힌 저녁식사를 즐긴 뒤 얼근히 취해 비틀비틀 위층으로 올라가 웃음을 터뜨리며 호텔 침대에 벌러덩 눕다니—안 돼 안 돼 안 돼! 나는 이런 경악스러운, 이런 받아들일 수 없는 전망을 생각하다가, 칼날이 엄지의 도톰한 부분을 가르고 들어오거나 산酸이 눈에 튄 직후의 순간, 장난스러운 악마인 통증이 곧 심각한 일에 착수할 준비를 마치고 단호하게 깊은 숨을 들이쉬면서 모든 것이 정지해버리는 그런 순간 공포와 더불어 찾아오는 믿을 수 없다는 느낌에 사로잡혔다. 그 긴 시간 동안 그녀 없이 무엇을 하나—나는 무엇을 하나? 그녀는 나의 충격에 충격을 받아 당황하면서도 재미있어하며 나를 물끄러미 바라보고 있었다. 그녀는 멀리 가는 게 아니라고, 로스모어는 기차로 불과 십 마일 거리라고 설명했다—사실은 그냥 길을 따라 조금 내려가는 것일 뿐이다, 그녀는 말했다, 떠나는 것도 아니다. 나는 고개를 저었다. 어쩌면 심지어 탄원하는 자세로 그녀 앞에서 두 손을 모았을 수도 있다. 내 안에서는 낳을 수 없는 크고 부드럽고 따뜻한 달걀처럼 괴로운 흐느낌이 생겨나고 있었다. 그녀는 내가 그녀와 분리되는 것을 생각도 할 수 없다는, 내가 없는 장소에 그녀가 있다는 것을 상상도 할 수 없다는 핵심적 사실을 이해하지 못하는 것 같았다. 나한테 무슨 일이 생길 거다. 나는 선언했다. 아플 거다. 심지어 죽을지도 모른다. 그 말에 그녀는 웃음을 터뜨렸다가 얼른 다시 삼켰다. 어리석은 소리 하지 마라, 그녀는 기혼녀의 목소리로 말했다. 아프지도 않을 거고, 죽지도 않을 거다. 그럼 집을 나갈 거다, 나는 말하며 눈을 가늘게 뜨고 그녀를 보았다. 책가방에 짐을 싸 들고 로스모어로 가 그녀가 거기 있는 두 주 동안 해변에서 살 거다, 그녀와 그레이 가족이 문밖으로 나올 때마다 나도 거기 있을 거다, 호텔 주변, 테니스코트, 골프 코스에서 나 자신과 나의 슬픔을 질질 끌고 다닐 거다, 마음이 상해 눈이 퀭한 그녀의 어린 남자가 되어.

"잘 들어." 그녀가 말하더니 옆으로 몸을 돌리며 팔 하나를 운전대에 걸치고 고개를 숙여 나를 엄하게 노려보았다. "나는 이 휴가를 가야해—이해해? 가야 한다고."

나는 다시 고개를 저었다. 뺨이 덜거덕거릴 때까지 젓고 또 저었다. 그녀는 나의 격렬함에 깜짝 놀라고 있었다. 나는 만족스럽게 그 모습을 보았고, 또 그녀의 놀람 속에서 희망이 아주 작고 날카롭게 빛나는 것도 보았다. 밀어붙여야 한다—더 세게 밀어붙여야 한다. 해가 앞유리를 통해 강하게 내리쬐며 유리를 잿빛으로 만들고 있었다. 좌석에 씌운 가죽에서는 동물냄새가 강하게 났는데 미시즈 그레이와 내가 거기에 성교 후의 톡 쏘는 냄새를 보태고 있는 게 틀림없었다. 나는 불안정한 감각에 사로잡혔다. 내 안의 모든 것이 수정으로 변해 균일한 음 높이로 아주 빠르게 떨리고 있는 것 같았다. 만약 그때 차가 오는 소리가 들렸다면 나는 뛰쳐나가 길 한가운데 서서 손을 들어 차를 세우고 운전자에게 미시즈 그레이를 비난—선생님, 이 닳아빠진 냉정한 여자를 보세요! —했을 것이다. 괴로움 때문에 머리에서 분노의 김이 피어오르고 있었고, 내가 겪어야만 하는 이 억울하고 부당한 사태의 목격자라면 누구라도 환영했을 것이기 때문이다. 사랑에 빠진 소년보다 잔인하고 상처 주는 일을 잘할 사람이 누가 있겠는가? 나는 그녀를 로스모어에 보내지 않을 거고, 그 얘기는 더 하지 않겠다고 말했다. 나는 빌리에게 그의 어머니와 내가 해온 일을 말할 거고, 그러면 그가 아버지한테 말할 거고, 미스터 그레이가 그녀를 거리로 내쫓을 거고, 그러면 그녀는 나와 함께 잉글랜드로 달아날 수밖에 없을 거라고 말했다. 나는 그녀의 씰룩거리는 입술을 보고 그녀가 웃음을 힘들게 참고 있다는 것을 알았고, 이 때문에 분노가 새로이 극한까지 치달았다. 만일 떠난다면 후회할 거다, 나는 간신히 말했다. 돌아오면 나는 여기 없을 거고 그녀는 나를 다시는 보지 못할 거고, 그러면 그녀는 어떤 기분이겠는가? —그래, 나는 갈 거다, 이곳을 완전히 떠날 거다, 그러면 그녀도 버림받고 혼자가 되는 기분이 어떤 것인지 알게 될 거다.

이렇게 힘을 쓴 끝에 나는 마침내 에너지가 바닥나 그녀에게서 몸을 돌리고 팔짱을 낀 채 차가 서 있는 곳 옆의 들쭉날쭉한 산울타리를 노려보았다. 우리 사이에 정적이 유리 장벽처럼 솟아올랐다. 이윽고 미시즈 그레이가 몸을 뒤척이며 한숨을 쉬더니 집에 가야 한다고, 자신이 어디 있는지, 왜 이렇게 늦는지 다들 궁금해할 거라고 말했다. 오, 다들 그럴 거라고, 과연 그럴까? 나는 신랄하게 빈정거릴 생각으로 말했다. 그녀는 내 팔에 가볍게 손을 얹었다. 나는 누그러지지 않으려 했다. "가엾은 앨릭스." 그녀가 회유하는 목소리로 말했다. 그 순간 그녀가 내 이름을 거의 불러주지 않는다는 생각이 들었고, 그 덕분에 다시 분노와 억울하고 분한 마음을 불러올 수 있었다.

그녀는 시동을 걸었고 평소처럼 기어를 짓이겨 넣어 스테이션왜건을 뒤로 빼더니 먼지 폭풍을 일으키고 자갈을 날리며 방향을 틀었다. 그제야 우리는 도로 건너편에서 작은 소년 셋이 자전거와 함께 서서 우리를 지켜보고 있다는 것을 알아챘다. 미시즈 그레이는 나지막이 한 마디 내뱉다가 클러치에서 발을 너무 빨리 떼는 바람에 엔진이 푸드덕거리더니 들썩 하고는 죽었다. 먼지가 여전히 우리 주위에서 느긋하게 소용돌이치고 있었다. 소년들은 호문쿨루스* 같았다. 얼굴은 더러웠고 무릎은 딱지투성이였으며 머리카락은 아무렇게나 잘라놓았다—아마도 타운 쓰레기장 옆의 야영지에 사는 떠돌이 아이들. 그들은 아무 표정 없이 계속 우리를 지켜보았고, 우리는 무력하게 그들의 텅 빈 눈길을 받아들이며 앉아 있었다. 곧 그들은 메마른 경멸처럼 보이는 표정으로 고개를 돌리더니 자전거에 올라타 느긋하게 미끄러지듯 길을 따라 내려갔다. 미시즈 그레이는 불안하게 웃음을 터뜨렸다. "뭐, 그럼 이제 걱정할 필요 없겠네." 그녀가 말했다. "저 녀석들이 우리를 일러 바치면 나는 아무데도 가지 못할 테니까. 너도 그럴 테고, 어린 친구, 소년원이라면 몰라도."


하지만 그녀는 가버렸다. 마지막 순간까지도 나는 그녀가 나와 헤어져 나를 고통 속에 남겨둘 결단력이 있을 거라고 믿지 않았지만, 그녀

---

* 전설 속에서 연금술사가 만들어낸다고 하는 작은 인조인간.

가 가야 하는 순간이 찾아왔고 그녀는 갔다. 열다섯 살 소년이 사랑의 괴로움을 아는 것이 가능할까? 그러니까 정말로 아는 것이 가능할까? 물론 상실의 진정한 고통을 경험하려면 죽음의 불가피성을 완전히 또 암울하게 인식해야 할 텐데, 당시 나에게 언젠가 내가 죽을 것이라는 관념은 터무니없고 거의 받아들일 수 없는 것이었으며, 거의 기억나지 않는 나쁜 꿈의 내용이었다. 하지만 만일 내가 겪고 있었던 게 진짜 고통이 아니라면 그럼 무엇일까? 형태로만 보자면 그것은 일종의 고통스러운, 전반적으로 안절부절못하는 상태였다. 어쨌든 그것에 가장 가깝게 느껴졌다. 그래서 갑자기 내가 나이가 들어버린 것 같았다. 나이가 들고 안달복달하고 약해진 것 같았다. 그녀가 떠나기 전 견뎌야 했던 약 일주일 동안 내 안에서는 흥분의 감각, 내적인 떨림의 감각이 계속되고 강화되었는데, 그것은 그녀가 길가 스테이션왜건에서 처음 휴가 이야기를 하던 날 시작되었다. 그것은 학질의 한 형태, 내적인 시드넘무도병舞蹈病*이라고 해도 좋았다. 겉으로는 평소와 비슷했던 게 분명하다. 아무도, 심지어 어머니도 나에게서 뭔가 이상한 점을 눈치채지 못한 것 같았기 때문이다. 그러나 내부는 완전히 열과 혼란이었다. 사형선고를 받으면 그런 기분일 게 분명했다. 믿을 수 없다는 마음과 순전한 공포 사이에서 어쩔 줄 모르는 상태. 내가 조만간 그녀와 어떤 종류의 이별을, 비록 일시적이라 해도, 겪어야 할 거라는 생각을 한 번도 하지 않았던 걸까? 그래, 하지 않았다. 미시즈 그레이의 풍성하고 모든 것을 감싸안는 사랑의 무릎 위에 자족한 채 나른하게 누워 있던 나에

---

* 신체가 의지에 관계없이 움직이며 경련하는 증상을 보인다.

게는 오직 현재만 있었을 뿐 미래는 시야에 들어오지 않았다. 그녀가 등장하지 않는 미래는 말할 것도 없었다. 이제 선고가 내려지고 마지막 식사를 하고 나서 사형수 호송차에 실리자 바퀴가 거슬리는 소리를 내며 자갈 위를 굴러가는 소리를 들을 수 있었고, 광장 정중앙에 세워진 교수대를 똑똑히 볼 수 있었다. 형을 집행할 여자가 검은 두건을 쓰고 나를 기다리고 있었다.

그들이 떠난 것은 토요일 아침이었다. 원한다면 작은 타운의 여름날을 상상해보라. 흠 하나 없는 파란 하늘, 벗나무 가지에 앉은 새, 저멀리 인근의 돼지 농장 슬러리*에서 나는 달큼한 악취, 놀고 있는 아이들이 내는 두들기고 달가닥거리고 외치는 소리. 그리고 이제 나를 보라, 고민에 빠져 잔뜩 웅크린 채, 태평하게 찬란한 해를 받고 있는 거리를 슬금슬금 통과하여 동정심도 없이 엄청난 크기로 다가오는 젊은 인생의 첫 커다란 슬픔을 맞으러 가는 나. 고통에 대해 이 말은 하고 싶다. 고통은 사물에 엄숙한 무게를 부여하고, 그때까지 사물이 알았던 어떤 빛보다 더 삭막하고 더 많은 것을 드러내는 빛을 던진다는 것. 고통은 영靈을 확장시키고, 그것을 보호하던 외피를 벗겨내 내적인 자아가 날것 그대로 자연에 드러나게 하며, 결국 신경이 모두 노출되어 바람 속 하프 현처럼 노래하게 된다. 작은 광장을 가로질러 다가가면서도 나는 마지막 순간까지 그 집을 보는 것을 피하고 있었다. 창에 짙푸른 블라인드가 내려진 것, 빈 우유병 목에 우유 배달부에게 쓴 메모가 찔러져 있는 것, 앞문이 냉정하게 잠겨 나를 막고 있는 것을 보고 싶지 않았

---

* 가축의 배설물과 점토, 시멘트 따위가 섞인 물질.

다. 대신 나는 마치 상상의 힘으로 현실을 만들 수 있기라도 한 것처럼 열심히 집중하여 마음속에서 낡은 스테이션왜건, 나를 태워주는 그 충실한 오랜 친구가 평소와 마찬가지로 연석 옆에 서 있고, 집의 앞문이 약간 열려 있고 창은 모두 활짝 열려 있고, 한 창문에서 뉘우치는 미시즈 그레이가 몸을 밖으로 기울여 나를 굽어보며 환영하는 두 팔을 활짝 펼치고 찬란하게 미소 짓는 광경을 그려보았다. 그러나 나는 결국 그곳에 이르렀고, 봐야만 했다. 스테이션왜건은 보이지 않았고 집의 문과 창문은 닫혀 있었고, 내 사랑은 떠나고 나만 홀로 여기 슬픔의 웅덩이에 서 있었다.

내가 그날 나머지 시간을 어떻게 보냈던가? 나는 표류했다. 겉으로는 무기력했지만 안으로는 부들부들 떨고 있었다. 어제 미시즈 그레이가 있던 나의 세계는 새로 바람을 넣은 파티 풍선처럼 가볍고 광택나고 팽팽했다. 이제 그녀가 사라진 오늘은 모든 것이 갑자기 늘어졌고 손이 닿으면 끈적거렸다. 괴로움, 이 끊임없이 이어지는 괴로움 때문에 나는 지쳤지만, 몹시 지쳤지만 어떻게 하면 쉴 수 있는지 알 수가 없었다. 완전히 말라버린 느낌이었다. 마치 그슬린 것처럼 마르고 뜨거웠다. 눈이 아팠고 심지어 손톱에도 통증이 있었다. 나는 가을 질풍에 내몰려 보도를 따라 종종거리며 바닥에 몸이 긁히는, 바싹 마른 발톱을 닮은 그 커다란 플라타너스 잎 같았다. 내가 무슨 말을 하고 있는 거지? 그때는 가을이 아니었다, 여름이었다. 땅바닥에는 낙엽이 없었다. 그래도 내 눈에 보이는 건 그것이다, 쉽게 지는 잎, 그리고 배수로의 먼지 소용돌이, 그리고 겨울의 시작을 알리는 날 선 바람을 정면으로 받는 나의 괴로운 자아.

그러나 오후 늦게 큰 계시가 찾아오고, 이어 더 큰 결단이 따라왔다. 거리를 배회하다보니 어느새 미스터 그레이의 안경점 앞에 가 있었다. 의도적으로 갔다고 생각하지는 않는다. 온종일 떠나버린 애인과 관련이 있는 이런저런 장소에서 일부러 뭉그적거리기는 했지만. 전에 그녀가 테니스 치는 것을 본 적이 있는 코트라든가, 우리 자신과 우리의 사랑을 그렇게 두려움 없이 과시하며 행진하던 판잣길이라든가. 안경점은 그 주인과 마찬가지로 특별한 게 없었다. 앞쪽에 카운터가 있는 공간이 있고 손님이 앉아서 카운터 위에 편리한 각도로 설치된 동그란 은테 확대 거울에 비친 새로 맞춘 안경을 기분좋게 감상할 수 있는 의자 하나가 있었다. 내가 알기로 뒤쪽에는 상담실이 있었고, 그곳 벽면에는 안경테가 담긴, 높이가 낮은 나무 서랍들이 빽빽이 쌓여 있고, 미스터 그레이가 환자의 시력을 검사하는, 마치 깜짝 놀란 표정의 로봇눈 같은 크고 둥근 렌즈 두 개가 달린 기계가 있었다. 안경 사업을 보조하기 위해—그 시절 안경을 쓴 사람들이 얼마나 적었는지 기억하는가?—미스터 그레이는 비싼 장신구와 화장품, 또 내 기억이 틀리지 않다면, 심지어 다양한 크기의 증류기와 시험관도 팔았다. 진열장에 전시된 그런 물건들을 보다가, 비록 괴로움에 사로잡혀 있기는 했지만, 전에 키티가 받았던 생일 선물이 기억났다. 나는 여전히 그 선물이 부러웠으며, 그 생각을 하자 고통과 상처받았다는 느낌만 더욱 강해졌다.

그날 오후에는 손님이 많지 않은 것 같았다. 미스터 그레이의 조수인 미스 플러싱이 가게 문을 열어놓은 채 문간에 서서, 지붕들 위로 가파르게 기울기 시작했지만 그래도 아직은 강하고 밀도 높은 열기를 내뿜는 햇빛을 즐기고 있었기 때문이다. 미스 플러싱이 담배를 피우고 있었던가? 아니, 그 시절에는 여자가 사람들 앞에서 담배를 피우지 않았다. 대담한 미시즈 그레이는 가끔 그랬지만, 가끔은 심지어 거리에서도. 미스 플러싱은 뼈대가 큰 금발로, 가슴과 허리가 높았고 새하얀 이가 약간 무서울 만큼 두드러져 보이긴 했지만 어쨌든 인상적이었다. 그녀는 전체적으로 흰색과 분홍색이라는 느낌을 주었으며, 콧구멍 둘레와 약간 놀란 듯한 눈 테두리는 조개껍데기 안의 소용돌이처럼 늘 희미하고 섬세하게 빛났다. 그녀는 앙고라 카디건을 아주 좋아했는데, 자신이 직접 짠 게 틀림없었다, 그녀를 위해 짜줄 어머니가 있는 게 아니었다면. 카디건 단추를 맨 위까지 채워 완벽한 원뿔형 가슴의 믿을 수 없을 정도로 뾰족한 끝이 더욱 도드라졌다. 그녀는 심한 근시였으며 병 바닥만큼 두툼한 렌즈가 달린 안경을 꼈다. 역시 근시인 미스터 그레이가 시력이 자기보다도 훨씬 나쁜 직원을 고용했다는 것이 놀랍지 않은가? 일종의 광고, 결함 있는 시력을 방치하면 나타나는 결과에 대한 끔찍한 경고를 하려는 의도였다면 몰라도. 그녀는 약간 산만하기는 했지만 친절한 사람이었는데, 다만 굼뜨거나 우유부단한 손님에게는 가끔 분명하게 매몰찬 태도를 드러내기도 했다. 우유부단 마님이라 할 수 있는 어머니는 그녀를 싫어하고 못마땅해했으며, 일 년에 한 번 모아놓은 잔돈에서 10실링을 챙겨 시력검사를 받으러 갈 때면 반드시 미스터 그레이한테만 안내를 받고 검사를 받으려 했다. 어머니가 자주 아쉬운 듯 미소를 지으며 말했듯이 그는 사랑스러운 남자였기 때문이다. 어머니가 미스터 그레이의 전문적인 보살핌에 자신을 맡긴다는 생각에 나는 속이 불편하고, 심지어 메스꺼운 느낌마저 들었다. 그들이 미시즈 그레이 이야기를 할까? 어머니가 그녀의 안부를 물을까? 나는 그 주제가 등장했다가, 잠깐 잠정적으로 고려되다가, 안경처럼 조심스럽게 비단이 깔린 케이스에 들어가고, 그런 뒤 정적이 흐르면서 어머니가 작고 희미하게 기침을 한 번 하는 상상을 했다.

나는 미스 플러싱을 알지 못했다. 물론 절대 인구가 많다 할 수 없는 우리 작은 타운에서는 모두가 대체로 다른 모두를 안다고 할 수 있다는 의미에서는 알았지만. 내가 그날 저녁 그 거리에 도착하여 그녀가 문간에 있는 것을 보고, 턱을 쳐들고 이맛살을 찌푸리고 찡그린 얼굴로 다른 곳에 중요한 심부름이 있어 서두르는 것처럼 지나가려고 했을 때―내가 그레이 가족, 특히 미시즈 그레이와 관련된 이유로 그곳에 있다고 그녀가 상상하지 않는 것이 중요했다―그녀가 갑자기 나에게 말을 걸었는데, 내 이름을 부르는 바람에 깜짝 놀랐다. 심지어 약간 겁을 먹었다. 그녀가 내 이름을 아는 줄은 몰랐기 때문이다. 솔직히 고백하거니와 그 무렵 나는 호기심 많은 소년답게 눈을 반짝이며, 오로지 미시즈 그레이의 풍만한 살의 매력과 비교할 만한 모델을 찾고자 하는 욕망으로, 만일 어느 한가한 오후에 코터의 집 같은 곳에서 미스 플러싱이 내 설득에 넘어가 그 푹신해 보이는 카디건, 또 레이스와 고래수염으로 이루어진 그 밑의 뾰족한 용품을 벗는다면 어떤 모습일지 한 번 이상 추측해보았고, 그래서 그녀가 내 이름을 불렀을 때 나는 틀림없이 얼굴을 붉혔던 듯하다―그렇다고 해서, 내 생각엔, 그녀가 눈치를 챘을 것 같지는 않지만.

그녀는 그레이 가족이 떠나고 없다고 말했다. 나는 고개를 끄덕였다. 여전히 얼굴을 찡그린 채로, 여전히 중요한 볼일이 있어 가야 하는데 그녀가 막고 있는 척하려고 했다. 그녀는 근시 특유의 눈으로 나를 살피고 있었기 때문에 윗입술 전체가 중간쯤에서 약간 들어올려지고 코에는 주름이 잡혔다. 그 커다란 렌즈 속에서 그녀의 옅고 볼록한 눈은 쭈그러든 구스베리 두 알의 크기와 색깔이었다. "두 주 동안 로스모어에 갔어." 그녀가 말했다. "오늘 아침에 떠났어." 그녀의 말투에서 위로의 느낌이 감지되는 듯했다. 그녀도 어떤 식으로인가 혼자 남았다고 느끼는 건가? 그녀도 나처럼 슬퍼하여 공감을 드러내는 걸까? 해가 상점 진열장의 잘 닦인 표면에 반사되어 슬픔으로 멍하던 눈이 부셨다. "미스터 그레이는 매일 기차로 타운에 오실 거야." 미스 플러싱이 말하며 미소를 지었는데, 이제 나는 그 미소가 변할 리 없는 찬란한 불행에서 나오는 것이라 확신하게 되었다. "여기에서 일하다가 밤에 다시 그 사람들에게 내려가실 거야." 그 사람들. "멀지 않아, 기차로는." 그녀가 덧붙였고, 목소리가 흔들리기 시작했다. "전혀 멀지 않아."

그때 나는 보았다. 미스 플러싱은 나를 위로하는 것이 아니라 자신을 위로하고 있었다. 드러나는 것을 미처 막지 못한 슬픔은 내 슬픔이 아니라 그녀 자신의 슬픔이었다. 그럼 그렇지! 그녀가 미스터 그레이를 사랑하기 때문이다. 그 순간 갑자기 나는 그것을 확신했다. 그러면 그는? ―그는 그녀를 사랑할까? 그들도 미시즈 그레이와 내가 서로에게 그런 것처럼 그런가? 그렇다면 아주 많은 것이 설명되었다―예를 들어 자기 코앞에서 아내와 나 사이에 벌어지고 있는 일을 보지 못하게 막고 있는 미스터 그레이가 가진 다른 종류의 근시. 아마도 그것은 전혀 근시가 아니라, 나는 이제 생각하고 있었다, 애정이 다른 곳으로 옮겨가버린 사람의 무관심이다. 그래, 그거다, 그럴 수밖에 없다. 그는 자기 아내가 오후에 쇼핑한다고 해놓고 쇼핑을 하지 않거나 주부 친구들―애초에 그녀에게 무슨 주부 친구가 있단 말인가?―과 테니스를 치지 않고 코터의 집에서 나와 몸을 뒤집어가며 재주넘기를 한다 해도 관심이 없다. 그러는 동안 자기는 여기 뒷방에서 커튼을 치고 폐점 간판을 내건 다음 얼굴을 붉힌 미스 플러싱에게서 추한 안경과 몸에 둘러붙은 카디건과 컵 아랫부분에 와이어를 댄 장갑판을 벗기느라 바쁘니까. 오, 바로 그거다. 이제 나는 모든 것을 보았고 환희에 찼다. 삶의 가능성들을 담은 풍선이 순식간에 다시 터질 듯이 부풀어올라 끈을 끌며 올라가고 있었다. 그리고 나는 무엇을 해야 할지 알았다. 돌아오는 월요일 아침, 미스터 그레이가 올라오는 기차를 타고 타운으로 올 때 나는 내려가는 기차를 타고 엄청난 증기와 불꽃을 뿜어내며 나의 사랑에게로 달려가는 거다. 그녀의 아름다운 팔다리는 분명 그때쯤이면 살갗이 이미 유혹적으로 발그레하게 타기 시작했을 것이다. 하지만 어머니는 어떻게 하나, 어머니는 뭐라고 할까? 그래, 어머니는 어떨까? 아직 방학이었고 하루쯤 어디 갔다 올 핑계는 만들 수 있을 거다. 어머니는 반대하지 않을 거다. 어머니는 나의 모든 거짓과 속임수를 믿었으니까, 그 가엾고 둔한 사람.

잠깐 멈춤. 갑자기 그 기억, 어머니에 관한 기억의 침공을 받고 있다. 바람 부는 화창한 날 해변에서 피크닉의 잔해 사이에 앉아 있는 나의 어머니. 종이 접시와 구겨진 종이컵, 커다란 양철 비스킷 통 안의 빵 껍질, 무례하게 다리를 벌린 바나나 껍질, 안에 우유를 탄 차 찌꺼기가 담긴 채 모래 속에 취한 각도로 가라앉은 병. 어머니는 맨살이 드러난 얼룩덜룩한 두 다리를 앞으로 뻗고 허리를 곧추세우고 앉아 있다. 머리에 뭔가를 쓰고 있다. 스카프, 아니면 볼품없는 무명 모자. 뜨개질을 하고 있는 걸까?—자수를 놓을 때 짓곤 하는 멍한 반쪽짜리 미소를 짓고 있기 때문이다. 아직 죽지 않은 나의 아버지는 어디에 있을까? 보이지 않는다. 얕은 물에 가 있다, 틀림없다. 그는 종종 그곳에 가서 첨벙거렸다, 바짓자락을 걷어올려 종아리와 툭 튀어나온 발목을 드러낸 채. 잿빛을 띤 흰색 발목, 돼지기름 색깔. 그리고 나는, 나는 어디에 있나, 아니면 나는 뭘까?—허공에 걸린 눈, 그저 허공을 맴도는 목격자, 거기 있기도 하고 거기 없기도 한? 아, 어머니, 과거는 어떻게 이미 지나갔으면서 아직도 여기 있을 수 있는 건가요, 변색되지 않고 빛을 발하면서, 그 양철통처럼 반짝거리면서? 당신 아들이 뭘 하는지 한번도 의심한 적이 없나요, 단 한 번도, 그 타는 듯이 뜨겁던, 부어오른 여름 내내? 어머니라면 외아들의 열정에 그렇게 깜깜할 수는 없을 텐데. 당신은 아무 말도 하지 않고, 아무런 암시도 흘리지 않고, 아무런 날카로운 질문도 하지 않았습니다. 하지만 실제로 의심을 했는데, 실제로 알았는데, 그런데 너무 무서워서, 너무 끔찍해서, 말을 하지 못하고, 이의를 제기하지 못하고, 금하지 못한 거라면? 이 가능성이 나를 괴롭힌다. 심지어 모든 사람이 내내 알고 있었을 가능성보다도 더. 아주 많은 사람을 나는 살면서 배신했다, 첫 피해자인 어머니부터 시작해서.

정말로 로스모어에 가는 건가? 그 토요일 밤과 일요일 종일 나의 결심은 수도 없이 약해졌다가, 다시 굳어졌다가, 이내 주춤하며 다시 약해지고 말았다. 그러나 결국 갔고, 나 자신도 놀랐다. 떠나는 일은 결국 간단하기 짝이 없었다—비밀 연인들을 위한 길을 닦아주는 것을 특별 임무로 삼는 악마의 제자가 있는 게 틀림없다. 나는 어머니에게,

악마가 불러주는 대로, 빌리 그레이가 내려와서 하루를 함께 보내자고 초대했다고 말했다. 어머니는 의심하지 않았을 뿐 아니라 아주 흡족해했다. 그레이 가족은 어머니가 전문가 가족이라고 부르는 존재였으며 따라서 나는 그들과 바람직한 관계를 맺고 발전시켜야 했다. 어머니는 나에게 기찻삯과 더불어 아이스크림 살 돈까지 추가로 주었으며 가져갈 샌드위치를 만들어주고 괜찮은 셔츠 두 벌 가운데 한 벌을 다려주면서 파이프 점토로 캔버스화를 희게 닦으라고 고집을 부리기까지 했다. 나는 어서 떠나고 싶어 안달이 났기 때문에 어머니가 법석 떠는 것에 물론 화가 났지만, 그때까지는 뜻밖의 관용으로 나에게 미소를 짓던 변덕스러운 운명의 여신을 자극할까 걱정이 되어 성질을 죽였다.

기차를 타자 석탄 연기 냄새, 그리고 좌석 덮개의 까슬까슬한 촉감과 신비한 관련이 있는 날카로운 불안감을 느꼈다. 그때도 나는 해변의 어머니를 기억하고 있었을까? 그날 아침에 그렇게 매끄럽고 태연하게 어머니에게 거짓말을 한 것이 부끄러웠을까? 그 시절 내가 그런 양심의 가책의 피해자가 되는 일이 거의 없었다는 것은 놀라운 일인데—모두 나중을 위해, 지금을 위해 아껴두었다—그래도 그 순간, 기차가 쉭쉭거리고 덜커덩거리며 역에서 떠나는 순간에는 슬픔으로 불타는 평원과 타오르는 호수를 언뜻 볼 기회가 주어지고, 구덩이에서 올라오는 불운한 운명의 연인들이 우는 소리를 들었던 것일까? 이건 심각한 죄다, 나의 아이야. 프리스트 신부는 그렇게 말했고, 물론 그 말은 맞았다. 그래, 저주가 내리라지. 나는 상관하지 않았다. 나는 자리에서 일어났고, 좌석 덮개에서 오래된 먼지가 몇 줄기 강하게 뿜어져 올라왔다. 나는 굵은 가죽띠가 달린 묵직한 나무 창문을 내려서 열었다. 여름이 모든 약속과 함께 내 품으로 뛰어들었다.

　나는 늘 기차를 좋아했다. 물론 오래된 기차가 최고였다. 숯처럼 검은 기관차는 증기를 분사하며 모양이 일정한 하얀 연기의 사슬을 칙칙 뿜어내고 열차들은 덜거덕덜거덕 흔들거리고 바퀴들은 난폭하게 덜컹거렸다―그렇게 많은 힘과 노력을 기울이면서도 그런 즐겁고 장난감 같은 효과를 만들어냈다. 이윽고 풍경이 거대하고 느린 바퀴처럼 회전하는 듯하고, 또는 부채처럼 계속 펼쳐지는 듯하고, 전선이 가라앉았다 미끄러지고, 새들이 창을 지나 뒤로, 천천히, 힘들이지 않고, 버려진 검은 넝마 조각들처럼 날아가는 모습.

　여름에 기차가 떠난 뒤 역 플랫폼을 따라 펼쳐진 정적은 얼마나 넓고 납작한가. 내린 사람은 나 하나였다. 챙 달린 모자를 쓰고 군청색 코트를 입은 목이 굵은 역장은 철로에 침을 뱉고 어슬렁어슬렁 멀어져 갔다. 그가 운전사―운전사였던가? 아니면 승무원 객차에 있던 승무원이었던가?―에게서 받은 고리 같은 것이 어깨에서 대롱거렸다. 철로 건너편 바싹 마른 풀이 햇빛 속에서 톡톡 소리를 냈다. 기둥에 까마귀 한 마리가 앉아 있었다. 나는 작은 녹색 문을 통해 도로로 나섰다. 차가운 바람에 흔들리는 묵직한 검은 커튼이 내 안에서 출렁이는 듯한 느낌이 찾아오면서 이런 식으로 여기 온 것이 얼마나 미친 짓인지 희미하게나마 알게 되었다. 하지만 그래도, 그래, 상관없다, 상관하지 않을 거다. 돌아가기에는 너무 멀리 왔고, 어차피 올라가는 열차는 몇 시간 뒤에나 있었다. 호주머니에서 어머니가 만들어준 샌드위치를 꺼내 철로 건너 풀밭으로 던졌다. 약속의 표시, 굴하지 않겠다는 결심의 표시였다. 아마도 그랬을 것이다. 기둥 위의 까마귀가 자기를 속이지 말라는 듯 꽥 소리를 내고 검은 망토 같은 날개를 펼치더니 게으르게 몇 번 퍼덕거리다 기대하지 않는 표정으로 살피러 갔다. 이 모든 일이 전에도 어딘가에서 일어난 적이 있었다.

비치호텔, 그레이 가족이 머무는 곳, 유리를 끼운 베란다가 달린 길고 낮은 이 단층 건물은 이름만 호텔이지 거의 하숙집에 불과했다. 그래도 어머니가 운영하는 초라한 곳보다는 분명히 높은 등급이었지만. 나는 그 앞을 빠르게 지나쳤다. 하늘이 반사되는 그 많은 유리창 쪽을 감히 흘끔거릴 엄두도 내지 못했다. 빌리가, 더 큰 재앙으로는 키티가, 혹시라도 거기 나와 있다가 나를 본다면? 뭐라고 설명할 것인가? 알리바이를 뒷받침하는 데 필요한 소도구도 없는데, 심지어 수영복이나 타월도. 나는 계속 도로를 따라 내려갔고 곧 카페와 점포 사이의 공간에 이르렀는데 그곳이 해변으로 통하는 길이었다. 아침 날씨가 더워 어머니가 아이스크림을 사 먹으라고 준 돈이 떠올랐으나 기다리기로 했다. 하루가 얼마나 길지 알 수 없었기 때문이다. 샌드위치를 그렇게 헤프게 던져버린 것을 벌써 후회하고 있었다.

해변에 가서 앉아 주먹으로 깔때기를 만들어 그 안에 모래를 부으면서 처량하게 바다를 내다보았다. 해를 받고 있는 물은 넓은 판이었고 거기 박힌 광택 없는 주황색, 은색, 크롬색의 날카로운 금속 박편들이 빠르게 까닥이고 있었다. 사람들은 나와서 개와 산책을 하고, 바다에는 벌써 몇 명이 들어가 물을 튀기고 소리를 질렀다. 나는 모두의 눈길이 나에게 모여 있다고, 내가 관심의 초점이라고 확신했다. 가령 저 불도그를 데리고 나온 노인이, 또는 밀짚모자 밴드에 라일락 가지를 꽂은 저 바짝 마른 여자가, 그들 가운데 한 사람이 의심을 품고 나를 다

그친다면—내가 하는 일 없이 그 자리에 있는 것을 어떤 말로 변명할 수 있을까? 그리고 미시즈 그레이, 그녀는 나를 보면 무슨 말을 할까, 어떤 행동을 할까? 그녀가 나에게 그저 또 한 사람의 어른일 때, 다른 어른들과 똑같이 어딘가에 몰두해 있고 예측 불가능하고 까닭 없이 벌컥 화를 내는 때가 있었다. 나와 다를 때, 그러니까, 어른 세계에 속한 나머지 모두와 같을 때.

나는 적어도 한 시간은 되었다고 느껴지는 시간 동안 거기 모래밭에 비참하게 쭈그리고 앉아 있었지만 해변 뒤쪽 프로테스탄트 교회의 종탑에 걸린 시계를 확인하니 십 분도 채 지나지 않았다. 나는 일어서서 모래를 떨고 마을 안으로 걸어들어갔다. 뭐 좀 볼 게 있을까 해서였지만 마을은 그저 평범할 뿐이었다. 널찍한 반바지에 멍청한 모자를 쓴 휴가객들, 문간에 비치볼을 포도송이처럼 매달고 윙윙거리고 쿵쿵거리는 아이스크림 기계를 갖춘 상점들, 소매 없는 노란 풀오버를 입고 주름 장식 날개가 달린 커다란 구두를 신은 골프 코스의 골퍼들. 지나가는 차들의 앞유리에 반사된 햇빛이 출입구들에 선명한 그림자를 만들었다. 개 세 마리가 싸우는 것을 구경하려고 발을 멈췄지만 금방 끝이 났다. 외벽을 아연 철판으로 감싼 교회 옆을 지나다가 키티가 자전거를 타고 다가오다 산울타리 뒤로 숨은 것 같다는 생각에 심장이 자루에 든 고양이처럼 뜨거운 덩어리가 되어 가슴속에서 벌렁거렸다.

아무도 관찰하지 않는, 주목하지 않는 그 메아리 없는 텅 빈 시간의 동굴들 속에서 나는 점점 나 자신으로부터 멀어져갔고, 점점 몸으로부터 분리되었다. 순간순간 환영이 된 듯했고, 사람들에게 다가가 그냥 그들을 통과해 지나가도 그들이 내 숨소리 하나 느끼지 못할 것 같다는 느낌이 들었다. 한낮에 번 하나와 초콜릿바를 사서 마일러 식료품점 바깥 벤치에 앉아서 먹었다. 권태와 내리쬐는 해 때문에 속이 약간 메스꺼웠다. 절망에 빠진 나는 비치호텔을 찾아가 미시즈 그레이를 불러달라고 하려고 작전을 짜기 시작했다. 실수로 로스모어행 기차를 탔다가 이곳에 발이 묶였는데 그분에게 집에 갈 기찻삯을 빌려야 한다. 광장에 있는 그들의 집에 누가 침입하려 해서 알려주려고 달려왔다. 미스 플러싱이 헤어지겠다고 협박하는 바람에 미스터 그레이가 타운으로 올라가던 열차에서 뛰어내려 아직도 사람들이 철로에서 그의 엉망이 된 주검을 찾고 있다—그게 뭐가 중요했을까? 나는 무슨 말이든 할 준비가 되어 있었다. 하지만 여전히 흥분과 외로움에 사로잡힌 채 방황하고 있었고 시간은 점점 더 더디게 흘러갔다.

그러다 실제로 빌리를 만났다. 정말 이상한 일이었다. 모퉁이를 돌다가 딱 정면으로 마주쳤다. 그는 내가 모르는 아이들 서너 명과 함께 공용 테니스코트에서 돌아오는 길이었다. 우리는, 빌리와 나는 주춤거리다 발을 멈추고 서로를 물끄러미 바라보았다. 스탠리와 리빙스턴*도 이보다 놀라지는 않았을 것이다. 빌리는 하얀 테니스복 차림에 파란 띠무늬가 있는 크림색 스웨터를 허리에 두르고 스웨터의 두 팔을 앞에서 묶은 모습으로 라켓을 하나 들고 있었다—아니, 라켓 두 자루, 지금 눈앞에 보인다. 두 자루 다 반짝거리는 새 나무 프레스 사이에 들어가 있었다. 그는 이 순간의 절묘한 어색함 속에서 얼굴을 붉혔고, 틀림없이 나도 그랬을 것이다. 둘이 동시에 무슨 말을 하려다 멈추었다. 이

---

* 아프리카를 탐험한 영국의 탐험가들로, 스탠리가 리빙스턴을 극적으로 구조했다.

건 일어나지 않아야 하는 일이었다. 우리가 이렇게 여기서 만나서는
안 되는 일이었다―그런데 여기라는 건 또 무슨 뜻일까? 이제 어떻게
해야 하나? 빌리는 눈에 확 띄는 비싼 프레스로 눌러놓은 그 라켓 두
자루를 감추려 했고, 그래서 무심함을 과장하여 옆으로 늘어뜨려 들고
있었다. 다른 아이들은 조금 가다가 이제 멈춰서 별 호기심 없이 우리
를 돌아보고 있었다. 잘 들어라, 그 순간 나는 미시즈 그레이 또는 내
가 거기 간 목적을 생각하고 있지 않았다. 이런 당황스러운 느낌을, 당
혹, 무딘 공포, 날카로운 짜증이 뒤섞인 이 뜨거운 혼합물을 만들어낸
건 그것이 아니었다. 그럼 무엇이었을까? 그저 방심하다 들켰다는 놀
라움, 그거였다고 생각한다. 우리 둘 다 어떤 수치스러운 일에 아름답
지 못하게 얽힌 채 빠져나올 방법을 생각해내지 못하는 것 같았다. 당
장이라도 서로에게 으르렁거릴 것 같았다, 밀림의 좁은 길에서 주둥이
를 맞댄 채 멈춰 선 두 마리 짐승처럼. 그러다가 모든 게 갑자기 이완
되었다. 빌리는 그 비뚜름하고 희미하게 사과하는 듯한 미소를 지으며
머리를 한쪽으로 숙이더니―잠시 그는 그의 어머니였다―눈을 내리
깔고 조심스럽게 구불구불 움직이는 걸음으로 나를 지나쳐 갔다. 마치
길에 솟아오른, 가시가 돋고 빳빳한 털이 달린 장애물을 피해 가듯이.
뭐라고 한마디 하기도 했는데 나는 알아듣지 못했다. 그는 새 바닷가
친구들에게로 갔고, 그들은 이제 자기들이 봤지만 이해하지 못한 것을
남의 속도 모르는 채 즐기며 싱글거리고 있었다. 여전히 붉게 달아오
른 빌리의 목덜미가 내 눈에 분명하게 보였다. 한 아이가 마치 빌리가
어떤 까다로운 시련을 용맹하게 무사히 통과한 것처럼 그의 어깨를 툭
쳤다. 이어 그들은 함께 발걸음을 옮기며 웃음을 터뜨렸고 두번째 아

이가 빌리의 어깨에 팔을 두르며 악의와 경멸이 담긴 눈으로 나를 흘 끗 돌아보았다. 나는 계속 걸어갔다. 모든 일이 너무 빠르게 일어나 마 치 일어나지도 않은 듯한 느낌을 주었다. 나는 스스로도 놀랄 만큼 차 분한 태도로 계속 배회했다.

그날 미시즈 그레이가 여름 휴가객의 무리 속에서 나타나는 것을 얼 마나 자주 본 것 같았는지—아니, 실제로 보았는지—으스스할 정도였 다. 그녀는 어디에나 있었다. 그 많은 특징 없는 그림자들 사이에서 빠 르게 스쳐가는 감질나는 밝음이었다. 그녀를 알아보는 순간 기쁨이 솟 구치다 곧바로 다시 푹 꺾여버리는 그 감정의 동요를 감당하는 것은 진 빠지는 일이었다. 떠도는 군중 속에서 나와 숨바꼭질하는 짓궂고 잔인한 요정에게 놀림을 당하는 느낌이었다. 그녀를 보았다가 바로 다 시 놓쳐버리는 일이 잦아질수록 나는 그녀에 대한 갈망으로 더욱 미쳐 갔고, 급기야 진짜 그녀가 곧 나타나지 않으면 기절할 것 같았다, 아니 면 이성을 잃을 것 같았다. 하지만 실제로 그녀가 나타났을 때 나는 상 상 속에서 그녀의 모습을 너무 많이 보았기 때문에 처음에는 내 눈을 믿을 수가 없었다.

그때쯤 나는 희망을 버렸고 집으로 가는 마지막 기차를 타기 위해 터덜터덜 걷고 있었다. 너무 낙담하여 비치호텔을 지나치면서도 눈길 한 번 주지 않았다. 그녀는 역 쪽에서 해를 등지고 나에게로 다가왔다. 타오르는 금빛 속에 윤곽이 또렷하게 새겨진 움직이는 실루엣. 그녀는 샌들에 소매가 짧은 꽃무늬 원피스 차림이었고—내가 먼저 알아본 것 이 그 원피스였다—머리는 아주 젊어 보이게 뒤로 넘겨 핀으로 꽂았 다. 쇼핑백을 흔들고 샌들을 찰싹거리며 걸어오는 맨다리 소녀. 처음에는 그녀도 눈앞의 증거를 믿을 수 없었고, 그렇다는 게 내 눈에 보였다. 그녀는 좁은 길에서 발을 멈추고 놀라움, 그리고 서서히 떠오르는 공포에 사로잡힌 채 나를 물끄러미 보았다. 이것은 내가 상상하던 만남이 전혀 아니었다. 여기서 뭘 하고 있나, 그녀는 다그쳤다—무슨 일이 있는 건가? 나는 뭐라고 해야 할지 몰랐다. 햇볕에 그을린 부분은 내 예상이 맞았다. 그녀의 이마와 목의 오목한 곳이 분홍빛으로 타기 시작했고, 주근깨가 콧잔등을 가로질러 멋지게 흩뿌려져 있었다.

그녀는 고개를 한쪽으로 기울이고 곁눈으로 나를 날카롭게 응시하고 있었다. 눈이 좁아졌고 입은 꽉 다물렸다. 나를 처음 봤을 때 그녀의 얼굴에 떠올랐던 겁먹은 표정은 이제 의심과 성난 책망의 찌푸림으로 바뀌고 있었다. 내가 갑작스럽게 충격적으로 이곳에 나타남으로써 그녀가 떠안게 된 문제의 규모를 머릿속으로 다급하게 계산하는 것이 보였다. 당장이라도 그녀의 자식 가운데 하나가 길을 따라 백 야드도 떨어지지 않은 호텔 문에서 걸어나와 그곳에 있는 우리 둘을 볼 수도 있었다. 그러면 어떻게 될까? 나는 뚱한 표정으로 그녀를 보는 것으로 대응하며 발가락으로 보도의 갈라진 틈을 걷어찼다. 나는 실망했다—아니, 환멸을 느꼈다, 그것도 아주 씁쓸하게. 그래, 나는 그녀에게 충격을 주었다. 그래, 우리가 들킬 위험, 함께 있는 이유를 설명할 수 없는 상황에서 들킬 위험이 있었다. 하지만 그녀가 되풀이해 확인해주던 나에 대한 사랑은 어떻게 된 건가? 모든 관습에 개의치 않아야 하는 그 사랑은? 그녀가 4월의 어느 오후 자신의 세탁실에서 나와 함께 눕던, 여름 숲을 벌거벗고 활보하던, 그리고 환한 대낮에 기꺼이 공공도로변에 스테이션왜건을 주차하고 뒷좌석으로 기어가 냅다 치마를 허리까지 들어올리고 단호한 태도로 나를, 자신이 사랑하는 껑충거리는 소년을 자기 위에 엎드리게 하던 그 조심성 없는 열정은 어떻게 된 건가? 그녀는 이제 어찌할 바를 모르는 눈빛이었다. 계속 나 너머 길 아래 호텔 쪽을 흘끗거리며 혀끝으로 아랫입술 이곳저곳을 눌렀다. 나는 알았다, 뭔가 해야만 했다. 그것도 빨리. 그녀의 관심을 그녀 자신과 그녀가 잃을 수도 있는 모든 것에서 끌어내 나에게로 돌리려면. 나는 벌받은 사람처럼 어깨를 축 늘어뜨리고 눈을 내리깔았으며—오, 그래, 이렇게 배우가 만들어지고 있었다—흐느낌의 흔적이 살짝 묻어 있는 목소리로, 그녀와 떨어져 있는 걸 하루도 더, 한 시간도 더 견딜 수가 없는데 달리 어찌해야 할지 몰라서 로스모어에 왔다고 말했다. 듣기에는 나의 말이 강렬했기 때문에 그녀는 깜짝 놀라 오랫동안 나를 살피다 특유의 그 즐거움이 섞인 느리고 흐릿한 미소를 지었다. "이거 정말 무시무시한 사람일세." 그녀는 중얼거렸다. 목소리가 진해졌다. 그녀는 고개를 설레설레 저었고, 다시 내 것이 되어 있었다.

우리는 함께 그녀가 왔던 길을 되짚어갔고, 역을 지나갔고, 작은 곱사등이 다리를 건너 곧장 전원지대로 들어섰다. 그녀는 지금껏 어디에 있었을까, 나는 알고 싶었다. 어디에서 오는 건가? 그녀는 웃음을 터뜨렸다. 그녀는 타운에 있었다, 온종일. 그녀는 불룩한 쇼핑백을 보여주었다. "저기에는 아무것도 없어." 그녀가 말하며 경멸하는 표정으로 뒤쪽 비치호텔을 빠른 고갯짓으로 가리켰다. "오직 소시지와 감자, 감자와 소시지뿐이야, 염병할 매일매일." 그래서 오늘 아침에 올라갔다가 돌아오는 길인가, 지금, 기차로? 그래, 그리고 그녀는 빈둥거렸다, 나처럼, 몇 시간 동안 타운을 배회하고 내가 어디 있을까 궁금해하면서, 내가 여기 있는 동안 내내! 그녀는 분해서 쏘아보는 내 얼굴을 보고 다시 웃음을 터뜨렸다. 우리는 도로변을 따라 걸어가고 있었다. 해가 우리 눈으로 들어왔고 저녁 빛은 변색된 금빛으로 바뀌었다. 도랑에서는 긴 풀이 몸을 늘이고 있다가 느른하게 우리를 때려 다리에 흙먼지를 남겼다. 들판에서는 발목 높이로 쌓인 성긴 하얀 안개에 발을 담그고 선 소떼가 지나가는 우리를 지켜보았다. 그들의 아래턱이 그 기계적이고 따분한 방식으로 옆으로 위로 움직였다. 여름, 저녁의 정적, 그리고 내 사랑은 내 곁에.

그녀가 기차로 왔다면 미스터 그레이는 어떻게 된 건가, 내가 말했다―그는 어디에 있나? 그는 타운에서 꼼짝 못하고 있다, 그녀가 말했다. 늦게 우편열차를 탈 거다. 타운에서 꼼짝 못하고 있다. 나는 미스 플러싱의 굽이치는 금발과 높이 자리잡은 허리와 촉촉하게 반짝이는 커다란 앞니 두 개를 생각했다. 뭔가 말해야 할까, 내가 알게 되었다고 생각하는 미스터 그레이의 은밀한 죄에 대한 암시를 흘려야 할까? 아직은 아니다. 그러다 결국 말을 했을 때, 나중에 언젠가 말했을 때, 그녀가 손뼉을 치고 소리를 지르며―"오, 하느님, 나 지린 것 같아!"― 얼마나 웃어젖히던지. 그녀는 남편을 나보다 잘 알았다.

우리는 도로의 굽이진 곳에, 바스락거리는 나무들이 모인 숲의 자줏빛을 띤 갈색 그늘에 들어가 있었고 나는 그녀에게 키스했다. 그녀가 나보다 키가 컸다는 이야기는 했던가, 일 인치 정도? 나는 여전히 성장하고 있는 아이였다, 결국은. 그랬다는 게 지금은 상상하기 어려운 일이지만. 볕에 그을린 그녀의 피부는 내 입술에 닿았을 때 플러시 천 느낌으로 뜨거웠고 약간 부풀어 있었고 약하게 달라붙었으며, 바깥 피부라기보다는 내밀한 내벽 같은 느낌이었다. 우리가 나눈 그 모든 키스 가운데 그때 그것을 가장 선명하게 기억하는데, 오로지 그 생소함 때문인 것 같다. 그렇게 서 있는 것, 나무 밑에, 달리 주목할 만한 것이 없는 여름 저녁의 어스름에, 그렇게 서 있는 것이 생소했다. 우리 또한 우리 나름으로 순수했고, 그것도 생소한 것이기는 하지만. 나는 그 오래된 소박한 목판화, 사랑에 빠진 젊은 청년과 그의 주근깨 많은 플로라*가 그늘진 정자에서 인동과 이슬처럼 달콤한 들장미 덩굴 아래 정숙하게 포옹하고 있는 목판화 속의 우리를 보고 있다. 모든 게 공상이다, 보다시피, 모든 게 꿈이다. 키스가 끝나자 우리는 각각 한 걸음 뒤로 물러나 헛기침을 하고 함께 방향을 틀어 예의바른 침묵을 지키며 계속 걸었다. 우리는 손을 잡고 있었고 멋진 신사 지망생인 나는 그녀의 쇼핑백을 들고 있었다. 이제 무엇을 해야 하나? 시간이 늦어지고 있었고 나는 이미 마지막 기차를 놓쳤다. 우리를 아는 누군가가 차를 몰고 가다 거기에서 우리를 본다면? 그 안개 덮인 들판에서 이렇게 늦은 시간에 손을 잡고 거니는 것을. 턱수염도 나지 않은 소년과 결혼한 여자, 하지만 한 쌍의 연인, 분명히. 나는 그 광경을 그려보았다. 차가 난폭하게 방향을 틀고 운전대 위로는 운전자의 믿지 못하겠다는 표정, 놀라 소리를 지르려고 열린 입. 미시즈 그레이는 어렸을 때 이런 저녁이면 아버지가 자신을 데리고 버섯을 따러 나오곤 했다고 이야기를 시작했지만 이내 말을 끊고 생각에 잠겼다. 나는 그녀를 소녀로 보려고 해보았다. 맨발로 안개가 하얗게 덮인 초원에서 길을 찾고, 팔에는 바구

---

* 로마신화에 나오는 꽃의 여신.

니를 걸고 있는 그녀, 그리고 남자, 그녀의 아버지는 그녀보다 앞서가고 있다. 안경을 쓰고 구레나룻을 기르고 조끼를 입었다, 동화 속의 아버지처럼. 내 눈에 그녀에게는 우화가 아닌 과거가 있을 수 없었다. 내가 그녀를 만들어냈으니까, 오로지 내 심장의 미친 욕망 때문에 그녀를 불러냈으니까.

그녀는 돌아가서 스테이션왜건을 가져와 나를 집까지 태워다 주겠다고 말했다. 하지만 어떻게 그렇게 한단 말인가? 나는 알고 싶었다. 그녀가 어떻게 빠져나온단 말인가? ─이제 나도 마침내 우리의 곤경에 도사린 위험을 가늠하기 시작했기 때문이다. 오, 그녀는 말했다, 이런저런 이야기를 꾸며내보겠다. 아니면 나에게 더 좋은 계획이 있나? 그녀가 물었다. 나는 그녀의 비꼬는 말투가 마음에 들지 않았고 자주 그랬던 것처럼 부루퉁해지기 시작했다. 그녀는 웃음을 터뜨리며 내가 다 큰 아기라고 하면서 나를 두 팔로 끌어당겨 반은 가벼운 포옹이고 반은 잡아 흔드는 몸짓을 했다. 그러고는 나를 다시 밀어내더니 립스틱을 꺼내 입술을 내밀고 입을 새로 그린 다음 이가 없는 것처럼 보일 때까지 입술을 빨아들이다 가볍게 뻑 하는 소리를 냈다. 철교 옆에서 기다리면 된다, 그녀가 말했다, 돌아와 거기서 태워 가겠다. 그사이에 미스터 그레이의 열차가 도착할지 모르니 잘 살펴보아야 한다. 도착하면 어떻게 해야 하는가? 내가 물었다. "배수로 뒤에 숨어." 그녀가 딱딱하게 말했다. "이 밤늦은 시간에 어떻게 하다 여기서 어슬렁거리게 되었는지 설명하고 싶지 않으면 말이야."

그녀는 나에게서 쇼핑백을 받아들더니 떠났다. 나는 그녀의 침침해지는 형체가 어스름을 뚫고 다리를 건너 흔들리며 멀어지다 사라지는 것을, 두 세계, 그녀의 세계와 내 세계 사이의 틈을 통과하여 그림자처럼 미끄러지는 것을 지켜보았다. 왜 그녀에 대한 그렇게 많은 기억에서 그녀는 나에게서 멀어져만 갈까? 나는 그녀에게 타운에서 무엇을 샀느냐고 묻지 않았다. 알고 싶지 않았다. 하지만 이제 그 시절의 그 환하게 채색된 쾌활한 광고 중 하나에 들어가 있는 그녀를 그려보았다. 그을려 주근깨가 돋은 모습으로 여름 원피스를 입고 빌리와 키티와 함께 있는 그녀. 아이 둘은 장밋빛 뺨을 주먹으로 괸 채 그녀를 물끄러미 올려다보며 열띤 표정으로 활짝 웃고, 두 눈은 단추처럼 반짝이고. 그녀는 풍요의 뿔* 같은 가방에서 온갖 종류의 맛난 것을 내놓고—비스킷과 봉봉 사탕, 삶은 옥수수, 파라핀지 포장에 싸인 얇게 자른 빵, 볼링공만한 크기의 오렌지, 화려한 볏이 달리고 비늘에 덮인 파인애플—그러는 동안 배경에서는 남편이자 아버지이자 이 모든 풍요의 유일한 제공자인 미스터 그레이가 신문에서 고개를 들고 너그럽게 웃는다. 겸손하고 믿음직하고 턱이 네모난 미스터 그레이. 그들의 세계, 절대 내 것이 될 수 없는 세계. 여름이 끝나고 있었다.

나는 가서 디딤대**에 앉았다. 내 밑에서는 철로가 낮의 마지막 빛을 받아 반짝거리고 역장 사무실에서는 라디오가 웅웅거리는 소음의 바늘을 정적 속에 꽂아 넣고 있었다. 밤이 다가오며 자주색을 띤 회색 어스름을 퍼뜨렸는데 연중 이맘때는 그것을 어둠이라고 받아들였다. 이제 대합실 창에 불이 들어왔고 나방들이 취해서 이리저리 움직이며 플

---

* 그리스신화에 나오는 풍요의 상징으로, 뿔 안에 농작물이나 꽃 등이 가득 담긴 모습으로 묘사된다.
** stile. 울타리나 담장을 넘어갈 수 있도록 들판이나 목장 등에 설치하는 구조물.

랫폼 끝의 징징거리는 램프 밑에서 지그재그 패턴을 그렸다. 내 뒤쪽 들판에서 흰눈썹뜸부기가 집요하게 나무 딸랑이 흔드는 소리를 내기 시작했다. 박쥐들도 나왔다. 내 머리 위 인디고 빛깔 공기 속 여기저기서 박쥐들이 빠르게 움직거리는 것을 느낄 수 있었다. 그들의 날개가 티슈를 몰래 접는 듯한 아주 작은 소리를 냈다. 곧 꿀 색깔의 거대하고 뚱뚱한 얼굴을 가진 달이 어딘가에서 몸을 들어올려 눈을 휘둥그레 뜨고 나를 내려다보았다. 다 안다는 듯 명랑한 표정이었다. 그리고 유성들!ㅡ유성을 마지막으로 본 게 언제인가? 이제 걱정이 될 만큼 시간이 지났는데도 미시즈 그레이는 오지 않았다. 무슨 일이 생긴 걸까, 누군가에게 붙잡힌 걸까? 어쩌면 나를 태우러 돌아오지 못할지도 몰랐다. 점점 쌀쌀해졌고 배도 고팠다. 쓸쓸한 마음으로 집, 부엌의 어머니, 창가 의자에 앉아 반창고로 한쪽 다리 끝을 수리한 안경을 코끝에 건 채 책장을 넘기기 위해 엄지를 핥고 졸린 눈을 깜빡이며 도서관에서 빌린 탐정소설을 읽고 있는 어머니를 생각했다. 어쩌면 어머니는 책을 읽지 않고 있을지도 모른다. 걱정이 되어 창가에 서서 어둠 속을 살피며 왜 내가 이렇게 늦게까지 밖에 나가 있는지, 도대체 어디에 있는 건지, 뭘 하는 건지 궁금해하는지도 모른다.

철교 아래 철로 신호기의 팔이 갑자기 빠르게 내려오며 딸깍 소리를 내는 바람에 깜짝 놀랐다. 신호등 불빛이 빨간색에서 녹색으로 바뀌면서 멀리서 다가오는 우편열차의 빛이 보였다. 곧 미스터 그레이가 도착하여 서류 가방을 들고 둘둘 만 신문을 겨드랑이에 끼고 플랫폼에 내려 잠시 그대로 서서 제대로 내린 건지 아닌지 모르는 사람처럼 주위를 살피며 눈을 껌뻑일 것이다. 나는 어째야 하나? 그의 시선을 나에게로 돌려야 하나? 하지만 미시즈 그레이가 분별력 있게 말했듯이 내가 거기, 혼자, 그렇게 밤늦게, 추위에 떨며 서 있는 것에 무슨 핑계를 댈 수 있을까? 그때 스테이션왜건이 언덕 꼭대기를 넘어 나타났다. 헤드라이트 하나가 삐딱하게 고정되어 있어 불빛들이 우스꽝스럽게 사팔뜨기처럼 더듬으며 노려보고 있었다. 차가 다가오더니 디딤대 옆에 섰다. 운전석 쪽 창문이 열려 있고 미시즈 그레이는 담배를 피우고 있었다. 그녀는 나를 넘어, 다가오는 열차의 불빛을 흘끗 보았다. 불빛은 이제 달만큼 크고 노랬다. "어머나." 그녀가 말했다. "딱 맞춰 왔네, 응?" 나는 그녀 옆에 탔다. 가죽 좌석이 차갑고 끈적끈적하게 느껴졌다. 그녀는 손을 뻗어 내 뺨을 만졌다. "가엾어라." 그녀가 말했다. "이가 덜거덕거리네." 그녀는 난폭하게 기어를 움직였고 우리는 타이어 연기를 터뜨리며 밤 속으로 쏜살같이 내뺐다.

그녀는 너무 오래 걸려서 미안하다고 말했다. 키티는 자고 싶어하지 않았고, 빌리는 친구들하고 어디 나가 있었기 때문에 그녀는 그애가 돌아올 때까지 기다려야 한다고 생각했다. 녀석의 친구들, 나는 생각했다. 아, 그래, 녀석의 새 친구들, 순식간에 사귄 친구들. 그녀는 호텔에 묵는 한 노인 이야기를 하기 시작했다. 노인은 온종일 해변을 돌아다니며 여자애들이 수영복으로 갈아입는 것을 훔쳐본다. 그녀는 말하면서 담배로 원을 그리는 듯한 큰 몸짓을 했다. 담배가 분필이고 허공이 칠판이라도 되는 듯이. 그러면서 말처럼 힝힝 콧김을 뿜으며 웃음을 터뜨렸다. 세상 아무 걱정 없는 사람처럼 보였는데, 물론 나는 그게 짜증이 났다. 그녀는 여전히 창을 내리고 있어, 차가 달빛 비치는 풍경을 빠르게 통과하는 동안 밤이 계속 그녀의 팔꿈치를 찰싹찰싹 때렸으며 그녀의 머리카락은 바람에 떨렸고 어깨 근처에서 원피스 옷감이 물결치며 들썩였다. 나는 낮에 빌리, 그리고 그의 친구들을 만난 이야기를 해주었다. 그때까지 그 소식을 아껴두고 있었다. 그녀는 오랫동안 입을 다물고 생각에 잠겼다. 이윽고 그녀는 어깨를 으쓱하고는 빌리가 종일 나가 있었다고, 아침 이후로 거의 보지도 못했다고 말했다. 나는 그런 것에는 전혀 관심이 없었다. 나는 어디서 차를 좀 세울 수 없느냐고, 도로변이나 샛길에 세울 수 없느냐고 물었다. 그녀는 곁눈질로 나를 보면서 충격받은 척 고개를 저었다. "너는 다른 건 생각하지도 않아?" 그녀는 그렇게 물었지만 차를 세웠다.

나중에 타운에 도착했을 때 그녀는 내가 사는 거리의 반대편 끝으로 갔다. 집은, 멀리서 보니, 어두웠다. 어머니는 잠자리에 든 게 분명했다, 결국―그걸 어떻게 생각해야 할까? 미시즈 그레이는 내가 집에 들어가는 게 좋겠다고 말했지만 나는 뭉그적거렸다. 앞유리 너머로 보이는 거리는 달빛에 깎여나가 모서리가 날카로운 입방체와 원뿔이 뒤죽박죽 섞여 있었다. 은빛을 띤 잿빛 먼지가 모든 것을 얇고 부드럽게 덮고 있는 것처럼 보였다. 또하나의 유성, 그리고 또하나. 미시즈 그레이는 이제 입을 다물고 있었다. 자기 자식들을 생각하고 있을까? 돌아가서 남편에게 무슨 말을 할지 궁리하고 있을까? 자신이 자리를 비운 것에 대해 어떤 이유를 제시할까? 남편이 자지 않고 그녀를 기다리고 있을까? 유리로 둘러싸인 베란다의 어둠 속에 앉아 손가락을 두들기며 비난하듯 안경 렌즈를 반짝이고 있을까? 마침내 그녀는 한숨을 쉬고 지친 듯 뒤척이며 좌석에서 몸을 끌어올리더니 내 무릎을 토닥이면서 너무 늦었으니 들어가야 한다고 다시 한번 말했다. 그녀는 작별

키스를 하지 않았다. 나는 로스모어에 또 내려가겠다고 말했지만 그녀는 입을 굳게 다물고 시선을 앞유리에 고정한 채 짧고 빠르게 고개를 저었다. 진짜로 그럴 생각은 없었다. 어차피. 다시 그곳에 가서 방금 보낸 것과 같은 하루를 또 보내지 않을 것임을 나 스스로 알고 있었다. 그녀는 내가 거리를 따라 반쯤 내려갈 때까지 기다렸다가 떠났다. 나는 발을 멈추고 몸을 돌려 스테이션왜건의 쌍둥이 보석 같은 후미등이 줄어들다 희미해지는 것을 지켜보았다. 나는 스테이션 로드를 따라 자신에게 다가오는 나를 보았을 때 그녀의 모습이 어땠는지 돌이키고 있었다. 공황에 빠져 경악하며 깜짝 놀라던 것, 그리고 다음 순간 눈이 좁아지며 계산하는 표정으로 바뀌던 것. 언젠가, 마지막날에, 다시 그렇게 될까. 나에 맞서서, 나의 모든 간청과 울부짖음에 맞서서, 나의 쓰디쓴 눈물에 맞서서 그녀의 눈이 차가워지고 얼굴이 굳을까? 그렇게 되는 것일까, 결국에는?

하지만 무슨, 당신은 묻고 있을 것이다, 무슨 일이 일어났는가. 미시즈 그레이의 말을 빌리자면 어찌되었느냐고 물었겠지. 그날 밤 레리치의 눈에 갇힌 호텔에서 팜파스\*에서 온 수수께끼의 남자와 만난 뒤에? 틀림없이, 당신은 말할 것이다, 틀림없이 무슨 일이 일어났을 것이다. 사실 돈 데번포트 같은 피조물, 구원이 필요한 스타, 부드러운 돌봄을 원하는 여신이 부르지도 않았는데 내 침대에 들어온 것이야말로 나의 소년 시절 땀에 젖은 환상의 재료이지 않았는가? 소년 시절이 끝난 뒤에는 그런 상황에서 정확히 무엇을 할지 알고 그것을 하는 걸 잠시도 망설이지 않았을 때가 있었다. 그렇다고 내가 정말로 바람둥이였

---

\* 남미의 아르헨티나와 우루과이에 걸쳐 있는 대초원 지대.

다는 것은 아니다. 심지어 뜨거운 젊음과 정력의 시절에도, 어떤 사람들은 달리 말하겠지만. 그러나 비탄에 사로잡힌 여자 배우, 거기에는 절대 저항할 수 없었다. 순회공연 때는 특히 활발한 야간 활동이 많았다. 우리 작은 극단이 묵곤 하던 그 칙칙한 하숙집이나 빈대가 끓는 호텔, 하숙을 치던 집 아들인 나에게는 기운 빠지게도 익숙한 그런 시설의 방은 추웠고 침대는 쓸쓸했기 때문이다. 과열된 밤 공연의 여파로, 신문 첫 판에 상처를 주는 연극 단평만 실려도 아직 귓불 뒤에 분장용 화장품자국이 남아 있는 젊은 여자가 눈물을 흘리며 내 품으로 굴러들어오곤 했다. 나는 부드러운 손길로 알려져 있었다. 리디아는 이런 우연한 만남을 알고 있었다. 적어도 짐작은 하고 있었고, 나는 그걸 안다. 내가 멀리서 놀아날 때 그녀 또한 탈선했을까? 그랬다면 나는 그것을 어떻게 느끼고 있을까, 지금? 쓰라려야 할 곳을 눌러보지만 아무런 반응이 없다. 그러나 나는 한때 사모했고, 나 자신도 사모의 대상이 되었다. 아주 오래전, 그렇게나 먼 옛날, 나는 지금 사라진 고대 이야기를 하고 있는지도 모른다. 아, 리디아.

돈 데번포트는, 이 말은 해야겠는데, 코를 곤다. 그녀에게 도움이 되지 않는 이런 사실을 드러내는 걸 그녀가 뭐라 하지 않았으면 좋겠다. 그녀에게 해가 되지는 않을 거다, 분명하다―우리는 신들이 인간적 결함 한두 개를 일부러 내보이는 쪽을 더 좋아한다. 어쨌든 나는 여자가 코고는 소리에 귀기울이는 것을 좋아한다. 마음이 평온해진다. 내 옆에서 계속 이어지는 그 낭랑한 리듬과 함께 어둠 속에 누워 있으면 밤에 고요한 바다에 나가, 작은 배에 실려 좌우로 부드럽게 흔들리는 느낌이다. 양수를 항해하던 묻힌 기억, 어쩌면. 그날 밤, 마침내 내 방으로 다시 돌아갔을 때 바깥의 가로등은 여전히 창에 더러운 빛을 던지고 있었고 눈은 여전히 꾸준하게 내리고 있었다. 호텔방이 다 침실이라는 게 얼마나 이상한지 생각해본 적 있는가? 스위트라 해도, 아무리 화려한 스위트라 해도 침실 아닌 다른 방들은 침대가 캐노피를 웅장하게 두르고 으스대며 서 있는, 영락없는 희생제의 제단 같은 지성소至聖所에 딸린 곁방에 불과할 뿐이다. 내 침대에서는, 음, 돈 데번포트가 여전히 누워 자고 있었다. 나는 선택지를 생각했다. 어떻게 할까, 몇 시간 동안 불편하게─이제 시간이 아주 늦어 첫 빛이 멀지 않았기 때문에─앉는 자리가 골풀인 그 반 고흐 의자에 옷을 입은 채 웅크리고 있을까, 아니면 똑같이 편치 않은 소파에 목에 경련이 일어나도록 누워 있을까? 나는 의자를 보았고, 소파를 보았다. 의자는 내 눈길을 받자 움츠러드는 것 같았고, 소파는 등을 세우고 속을 넣은 팔로 바닥을 꽉 짚은 채 침대 맞은편 벽에 몸을 밀착하고 의심으로 부글거리는 분위기를 풍기며 어둠 너머 나를 지켜보고 있었다. 가면 갈수록 살아 있지 않다고 하는 물체들이 나의 존재를 싫어한다고 느끼게 된다는 사실에 마음이 쓰인다. 아마도 이 친절한 세계는 이렇게 나를 가구 사이에서 점점 환영받지 못하는 존재로 만들어 서서히 마지막 문으로 몰아가는 듯하다. 이제 곧 그 문으로 나가는 모습을 마지막으로 나는 시야에서 사라질 것이다.

결국 나는 침대를 택하는 모험을 했다. 나는 침대 옆쪽을 돌아 살살 걸어가 습관적으로 손목시계를 풀어 유리가 덮인 작은 탁자에 놓았다. 그것이 내는, 금속이 유리에 부딪히면서 내는 달그락 소리에 갑자기 어린 캐스가 아팠을 때 그 옆에서 깨어 있던 그 모든 밤이 떠올랐다.

불온한 어둠과 답답한 공기. 아이는 그 속에 쓰러져, 자는 게 아니라 반은 괴로움에 시달리는 어떤 무아지경으로 떠나 있는 것 같았다. 나는 소리 없이 신발을 벗었지만 옷은 그대로 입은 채로, 심지어 재킷 단추까지 얌전하게 채운 채로 이불을 들추지 않고 아주 조심스럽게—그래도 매트리스 안 깊은 곳에서 용수철 몇 개가 팅 하고 소리를 내며 의기양양하게 조롱했지만, 어쨌든 그렇게 들렸지만—잠든 여자 옆에 몸을 뻗고 누워 가슴에 깍지를 꼈다. 그녀는 몸을 약간 흔들며 코를 킁킁거렸으나 잠을 깨지는 않았다. 깼다면, 그래서 고개를 돌려 그곳에 있는 나를 보았다면 얼마나 겁을 집어먹었을까. 자기가 자는 동안 장례용 복장으로 아주 단정하게 포장된 시체 한 구가 자기 옆에 놓였다고 생각하고. 그녀는 모로 누워 자고 있었다, 내 반대편을 보면서. 침침하게 밝혀진 창문을 배경으로 그녀의 골반이 그리는 높은 곡선은 멀리 어둠 속에서 창백하게 밝혀진 하늘을 배경으로 자리잡은 우아한 언덕의 윤곽이라 해도 좋을 것 같았다. 나는 여성의 몸의 이런 형태, 기념비적이면서도 가정적인 형태에 감탄해왔다. 코고는 소리가 그녀의 콧구멍 통로에서 작게 덜거덕거리는 움직임을 만들었다. 잠은 불가사의하다, 나는 늘 그렇다고 생각해왔다. 죽어 있는 상태를 준비하는 최종 야간 리허설. 돈 데번포트가 무슨 꿈을 꾸고 있을지 궁금했다, 아무런 근거 없이 코를 골면 꿈꾸는 것이 방해받는다는 설을 믿긴 했지만. 나 자신은 환각이 동반된 심야의 각성 상태에 들어가 있어 잠이라는 생각 자체가 가당찮아 보였지만, 그럼에도 이내 좁은 길에서 갑자기 발을 헛디뎌 미끄러지는 듯한 느낌에 침대가 출렁할 만큼 화들짝 놀라며 정신을 차렸고, 그때마다 내가 결국 일종의 잠으로 빠져들고 있었음을 깨달았다.

 돈 데번포트도 잠을 깼다. 여전히 모로 누워 움직이지 않았지만 코고는 소리가 그쳤고 그녀의 고요함은 깨어서 주의를 집중하는 사람만의 것이었다. 너무 고요하여 두려움 때문에 경직된 것인지도 모른다는 생각이 들었다—그녀가 어떻게 하다가 여기에, 다른 사람 침대에, 한밤중에, 창에 저 으스스한 불빛이 비치고 밖에 눈이 내리는 곳에 와 있는지 기억하지 못하는 것도 얼마든지 가능한 일이었다. 나는 조심스럽게 헛기침을 했다. 침대에서 내려가 방을 빠져나가 다시 아래층으로 가야 할까?—세뇨르 소란은 여전히 바에 죽치며 아르헨티나 레드와인을 한 병 더 따고 있을지도 몰랐다—그러면 그녀는 내가 꿈이 꾸며낸 것에 불과하다고 생각하고 다시 안심하고 잠으로 돌아갈까? 머릿속에서 이런 대안들을 요리조리 굴려보았으나 어느 것도 설득력이 없었다. 그때 침대가 떨리는, 아니 요동치기 시작하는 것을 느꼈다. 처음에는 이유를 알 수 없었다. 그러다 원인을 알았다. 돈 데번포트가 울고 있었다. 억눌린 격한 흐느낌이었으며 거의 소리가 나지 않았다. 나는 충격을 받았고, 겁이 나 떨리는 가슴 위의 두 손은 서로 꽉 붙들고 있었다. 어떻게 해야 하나? 어떻게 위로를 해야 하나—내가 위로를 해야 하나? 나에게 뭐든 요구되는 게 있나? 나는 캐스가 어렸을 때 아이에게 불러주곤 하던 실없는 작은 노래 가사를 생각해내려고 했다. 침대에 누워 있는 바람에 눈물이 귀로 흘러든다는 노래였는데—캐스는 그걸 듣고 웃음을 터뜨리곤 했다—이 극단적 상황 때문에 그대로였다면 나도 곧 울음이 터졌을 거라는 생각이 든다. 그러나 돈 데번포트가 갑자기 일어나 앉아 시트와 담요를 힘차게 젖히고 침대 밖으로 자기 몸을

거의 내던지면서 분노로 느껴지는 감정을 드러내는, 말이 아닌 소리를
내지르고 방에서 달려나갔다, 문을 활짝 열어놓은 채.

나는 램프를 켜고 일어나 앉아 눈을 깜빡이다 두 다리를 침대 옆으
로 내려 양말만 신은 발로 바닥을 디뎠다. 갑자기 활처럼 휜 어깨에 피
로가 한꺼번에 내려앉았다. 밖의 저 모든 눈의 무게, 또는 밤 자체의
무게가 얹히는 것처럼. 내 위로 온통 어둠의 커다란 돔. 발이 차가웠
다. 발을 꿈틀거려 신발을 신고 몸을 앞으로 기울였지만 그냥 그렇게
두 팔을 늘어뜨리고 몸을 기울인 채 가만히 있었다. 신발끈을 묶는 일
조차 할 수 없었다. 자주는 아니지만 분명히 그런 순간이 있다. 시간의
어떤 아주 작은 이동이나 경과에 의해 나 자신이 잘못 놓인 것 같은,
나 자신보다 앞서나갔거나 뒤처진 것 같은 순간. 그렇다고 내가 길을
잃었다거나 탈선했다고, 또는 심지어 내가 지금 있는 곳에 있는 것이
어울리지 않는다고 생각하는 건 아니다. 그냥 어떻게 된 일인지 어떤
장소에, 그러니까 시간 속의 어떤 장소에―언어라는 게 얼마나 묘한
방식으로 사물을 표현하는지―나 자신의 의지로 도달하지 않은 장소
에 있게 되었다는 것이다. 그 순간 동안은 무력하며, 너무 무력하여 다
음 장소로 계속 나아가거나 그전에 있던 곳으로 돌아갈 수 없을 것이
라고 상상하게 된다―몸을 꼼짝도 할 수 없을 것이라고, 이 당혹 안에,
이해할 수 없는 페르마타* 안에 그대로 갇혀 있어야 할 것이라고. 그러
나 늘, 물론, 그 순간은 지나간다, 지금 지나갔듯이. 나는 일어나 끈을
묶지 않은 신발을 질질 끌고 가서 돈 데번포트가 열어둔 문을 닫고 돌

---

* 음악에서 사용하는 늘임표.

296

아와 램프를 끄고 다시 누웠다. 여전히 옷을 입고, 여전히 넥타이를 맨채. 그리고 즉시 축복받은 망각으로 빠져들었다. 마치 밤의 벽에서 벽판이 열리고 내가 어떤 평평한 바닥 위를 미끄러져 어둠 속으로 들어가는 순간 다시 벽이 닫혀버린 것처럼.


우리는, 돈 데번포트와 나는 결국 포르토베네레로 건너가지 않았다. 아마도 내가 그렇게 할 생각이 전혀 없었던 것 같다. 갈 수도 있었을 것이다. 우리를 막을 건 아무것도 없었으니까—물론 모든 게 막고 있었다고 말할 수도 있겠지만. 겨울 폭풍에도 불구하고 페리는 운행중이었고 도로는 뚫려 있었다. 그녀는, 나중에 보니, 내 딸이 죽은 곳이 만 건너편의 작은 항구라는 것을 내내 알고 있었다—빌리 스트라이커에게서 들었다, 내 추측으로는. 아니면 토비 태거트에게서. 하긴 그건 비밀이 아니었으니까. 그녀는 왜 내가 직접 말해주는 쪽을 택하지 않았는지, 왜 내가 우리 목적지를 무작위로 고른 척했는지 묻지 않았다. 그녀는 나에게 계획, 프로그램, 나 나름의 책략이 있고, 자기한테 더 나은 대안이 없는 상태이니 얼마든지 따라줄 수 있다고 생각하지 않았나 싶다. 어쩌면 아무 생각도 하지 않았을지 모른다. 그냥 자신을 데려가도록 내버려두었는지도, 마치 자신에게는 아무런 선택의 여지가 없고 그게 반가운 것처럼. "키츠*가 여기서 죽었죠." 그녀가 말했다. "맞죠? 익사였나 뭐였나?" 우리는 외투와 머플러 차림으로 호텔 아래 바닷가

---

* 존 키츠. 19세기 초에 활동한 영국의 시인.

를 걸고 있었다. 아니다, 내가 말했다, 셸리였다. 그녀는 내 말에 주의를 기울이지 않았다. "나는 그 사람 같아요, 키츠 같아요." 그녀가 말하며 요동치는 수평선 쪽으로 눈을 좁혔다. "나는 사후의 삶을 살고 있다―그게 어딘가에서 그가 자신을 두고 한 말 아닌가요?" 그녀는 짧게 웃었다. 스스로가 만족스러운 것 같았다.

아침이었다. 간밤의 혼란과 방해받은 잠 때문에 나는 찰과상을 입은 불안정한 상태라, 새로 껍질을 벗긴 나뭇가지처럼 생살이 드러난 느낌이었다. 반면 돈 데번포트는 멍하다고는 할 수 없어도, 불가사의하게 차분했다. 병원에서 여행중에 복용할 안정제를 준 게 분명했다―그녀의 주치의, 착한 인도인은 그녀가 여행 가는 것을 전혀 바라지 않았다. 그녀는 먼 곳에 있는 듯하고 약간 흐릿했으며, 주변의 모든 것을 회의적인 표정으로 보고 있었다, 그 모든 게 자신을 기만하는 일에 연루되어 있다고 확신하는 것처럼. 이따금 집중력이 살아날 때면 그녀는 손목시계를 들여다보며 눈을 좁히고 마치 일어나기로 한 중요한 일이 까닭 없이 지연되기라도 하는 것처럼 얼굴을 찌푸리곤 했다. 나는 페드리고 소란과 만난 일을 이야기해주었다, 비록 내가 지치고 여행으로 열이 오른 상태에서 그의 꿈을 꾸었거나 그를 만들어낸 것이 아니라고 확신할 수는 없었지만. 사실 지금도 나는 의심을 품고 있다. 그날 아침 호텔에서 그는 흔적도 보이지 않았고, 나는 그가 애초에 실제로 거기 있었다 해도 이제는 그곳에 묵지 않는다고 확신했다. 그녀가 내 방에 온 것에 관해, 우리의 정숙한 동침에 관해, 그녀의 눈물과 그 뒤의 갑작스럽고 폭력적인 떠남에 관해, 우리는 말하지 않았다. 오늘 우리는 전날 밤 부둣가 술집에서 만나 알딸딸한 기분에 사이좋게 함께 배에 탄 한 쌍의 낯선 사람들 같았다. 이제 항해는 시작됐는데 우리는 숙취에 시달리고 배를 타고 가야 할 길은 아직 잔인하게도 멀었다.

그는 리보르노에서 돌아가는 중이었다, 나는 그녀에게 말했다, 그때 타고 있던 배가 가라앉았다. 그녀는 나를 보았다. "셸리 말입니다." 내가 말했다. 친구 에드워드 윌리엄스가 함께 있었다. 그리고 이름이 기억나지 않는 소년도. 그들의 배 이름은 아리엘이었다. 어떤 사람들은 시인이 그 배를 가라앉혔다고 말한다. 그는 「삶의 승리The Triumph of Life」를 쓰고 있었다. 그녀는 이제 나를 보고 있지 않았고 나는 그녀가 듣고 있다고 자신할 수 없었다. 우리는 발을 멈추고 서서 만 건너를 보았다. 포르토베네레가 거기에 있었다. 우리는 실제로 배의 고물에 있고, 배는 우리의 목적지가 되어야 했을 곳으로부터 꾸준히 멀어지고 있다고 할 수도 있었다. 바다는 높았고 맹렬하게 푸르렀다. 나는 멀리 있는 그 곳의 맨 아래에서 물이 하얗게 북적거리는 것을 간신히 알아볼 수 있었다.

"거기서 뭘 하고 있었어요, 선생님 딸?" 돈 데번포트가 물었다. "왜 거기에?"

정말 왜일까?

우리는 계속 걸었다. 놀랍게도, 말이 안 되지만, 어젯밤 내린 눈은 완전히 사라졌다. 마치 무대 디자이너가 눈을 뿌려놓은 건 경솔한 생각이었다고 판단하여 그걸 다 쓸어버리고 미니멀리즘적인 진창 웅덩이 몇 개로 대체하라고 명령한 것 같았다. 하늘은 유리처럼 단단하고 옅은 빛이었고, 맑은 햇빛 속에서 우리 위 언덕 사면을 배경으로 작은 타운이 선명하게 새겨져 있었다. 노란 황토색, 석고 흰색, 바싹 마른 분홍색 색조의 각진 평면들이 혼란스럽게 배열되어 있었다. 돈 데번포트는 가장자리에 모피를 댄, 종아리까지 내려오는 코트의 호주머니에 두 손을 쑤셔넣고 내 옆에서 고개를 숙인 채 판석 위를 걸었다. 그녀는 그 거대한 선글라스와 커다란 모피 모자로 완전히 변장하고 있었다. 그녀가 말했다. "나는 생각했어요, 그렇게 했을 때, 그러니까 시도했을 때—약을 먹었을 때—나는 생각했어요, 내가 알게 될 곳, 환영받게 될 곳으로 간다고." 그녀는 말을 하는 데 약간 어려움을 겪고 있었다. 혀가 두꺼워져 잘 움직이지 않는 것처럼. "집에 가는 거라고 생각했어요."

그렇다, 내가 말했다, 아니면 미국으로, 스비드리가일로프처럼, 그가 머리에 권총을 대고 방아쇠를 당기기 전에 말했듯이.

그녀는 춥다고 말했다. 우리는 항구 바닷가의 카페로 갔고 그녀는 핫초콜릿을 마셨다. 작고 둥근 테이블에 몸을 웅크리고 그 큰 두 손으로 컵을 움켜쥐고 있었다. 남쪽에 있는 그 작은 카페들의 이상한 점은, 어쨌든 내 눈에는, 원래 다른 용도였던 것처럼 보인다는 점이다. 약재상이나 작은 사무실, 심지어 가정집의 거실. 그랬던 것이 점차 어떤 의도도 없이 이런 새로운 용도에 맞게 적응해온 것 같다. 카운터들도 좀 이상하다. 아주 높고 좁다. 아주 작은 테이블과 의자들이 비좁게 들어차 있는 방식도 이 장소가 즉흥적으로 꾸며낸 임시변통이라는 느낌을 준다. 직원들도 지루한 표정에 말수가 적으며 임시로 일하는 분위기다. 마치 부족한 인력을 메우려고 잠시 징발되어 온 터라 하루빨리 이곳을 떠나 뭔지는 몰라도 이전에 열심히 하던 훨씬 더 흥미로운 일을 다시 하고 싶어 안달이 나 있는 것 같다. 게다가 금전등록기 주위의 그 모든 전단지와 광고지, 바 뒤쪽 거울 액자에 끼워놓은 그림엽서와 서

명이 들어간 사진과 종이쪽지들을 보라. 그런 것들 때문에 거기 있는 뚱뚱한 주인—기름이 흐르는 회색 머리카락 몇 가닥으로 덮인 대머리, 헝클어지고 구겨진 콧수염, 통통하고 작은 손가락 위의 커다란 금반지—은 업계의 기사 스크랩과 기념품들 사이에서 자기 책상에 안락하게 자리잡고 있는 모종의 연예 에이전트처럼 보인다.

다시 데려오지 못해, 알잖아. 리디아는 말했다. 이런 식으로는 안 돼. 그리고 물론 그녀가 옳았다. 이런 식으로는 안 된다, 또다른 어떤 식으로도.

누구인가, 돈 데번포트는 미간을 좁혀 집중하면서 알고 싶어했다. 스비드리가일로프가 누구인가? 그 사람은, 나는 참을성 있게 다시 말했다, 내 딸이 여기에 함께 왔던 사람에게 붙였던 이름이다. 그 사람의 아이를 갖고 있었다. 카페의 유리문을 통해, 저멀리 만에 있는 늘씬한 하얀 선박이 보였다. 고물이 낮고 이물이 높았는데, 자주색 큰 파도를 어깨로 밀고 나아가는 모습이 마치 당장이라도 하늘로 올라갈 것 같았다. 공기를 가슴으로 미는 마법의 배. 돈 데번포트는 떨리는 손으로 담배에 불을 붙이고 있었다. 나는 빌리 스트라이커가 나에게 해준 이야기를 해주었다. 악셀 판더가 나의 딸과 같은 시기에 여기나 이 근처에 있었다는 것. 그녀는 고개를 끄덕이기만 했다. 이미 알고 있는 것 같았다. 빌리 스트라이커가 그 이야기도 해준 것 같았다. 그녀는 선글라스를 벗더니 접어 테이블의 컵 옆에 놓았다. "그리고 이제 우리가 여기에 있군요, 선생님하고 내가." 그녀가 말했다. "시인이 물에 투신한 곳에."

우리는 카페를 나와 타운의 좁은 거리를 걸어올라갔다. 호텔에 들어갔을 때 라운지는 텅 비어 있었고 우리는 그곳으로 갔다. 천장이 높은 비좁은 공간으로 어머니 하숙집의 응접실과 매우 비슷했다. 그림자며 정적이며 흐릿하지만 절대 흩어버릴 수 없는 나쁜 내용물이 담긴 공기까지. 나는 등받이가 낮고 쿠션의 용수철이 강한 일종의 소파에 앉았다. 소파를 덮은 천에서는 태곳적부터 내려온 담배 냄새가 강하게 났다. 전면의 타원형 유리 패널 너머로 열심히 일하는 내부 장치가 보이는 커다란 괘종시계가 구석에 보초처럼 꼿꼿하게 서서 깊은 숙고에 들어간 듯이 똑딱거렸다. 똑 하고 딱 할 때마다 순간적으로 머뭇거리는 것 같았다. 높고 어쩐지 고압적으로 보이는, 조각을 새긴 튼튼한 다리가 달린 검은 나무 식탁이 방의 중앙을 차지하고 있었고, 식탁을 덮은 묵직한 능직 천은 가장자리에 술 장식을 단 채 옆으로 낮게 늘어져 있었다. 바쁜 세트 디자이너는 식탁보 위에 하고많은 것 가운데 레오파르디의 시를 모은 낡은 시집 한 권을 마치 전혀 의도하지 않은 것처럼 올려놓았다. 가장자리에 대리석무늬가 들어가 있고 책등의 가죽에도 무늬가 있었다. 나는 그 책을 읽으려고 해보았다—

어디로 가는가? 누가 그대를 부르는가Dove vai? chi ti chiama
사랑하는 사람들로부터 먼 곳으로Lunge dai cari tuoi,
아름다운 처녀여Belissima donzella?
일찌감치 고향집을 떠나Sola, peregrinando, il patrio tetto
홀로 방랑하는가Sì per tempo abbandoni?……

—하지만 시의 멋진 울림과 흐느끼는 억양 때문에 곧 막히고 말아, 나는 꾸지람 들은 아이처럼 책을 원래 있던 자리에 도로 놓고 삐걱거리

며 의자에 다시 앉았다. 돈 데번포트는 괘종시계 맞은편 구석의 좁은 팔걸이의자에 앉아 다리를 꼬고 긴장한 기색으로 몸을 앞으로 기울인 채 무릎에 놓인 광택 나는 고급 잡지의 페이지를 빠르게, 또 눈에 보이는 바로는 경멸하며 넘겼다. 그녀는 담배를 피우고 있었고, 한 번 빨 때마다 고개를 돌리지 않고 휘파람을 불듯이 입을 비틀어 모아 연기를 옆으로 가늘게 뿜어냈다. 나는 그녀를 살폈다. 어떤 사람에게 가까이 갈수록 더 멀어진다는 느낌이 드는 경우가 내게는 많다. 왜 그럴까, 궁금하다. 함께 침대에 있는 미시즈 그레이를 그렇게 지켜볼 때도 그녀가 내 옆에 누워 있지만 계속 멀어져간다고 느끼곤 했다. 마치 가끔 당혹스럽게도 어떤 단어가 그 대상으로부터 떨어져나와 비누 거품처럼 무게 없이 무지갯빛으로 둥둥 떠가는 것처럼.

느닷없이 돈 데번포트가 잡지를 테이블에 던지고—무거운 페이지들이 얼마나 맥없이 풀썩 주저앉던지—일어나서 방으로 가 눕겠다고 말했다. 그녀는 잠시 뭉그적거리며 이상한 눈으로 나를 보았다. 이상한 추측을 하는 느낌이었다. "선생님은 그가 스비드리가일로프였다고 생각하시는 것 같네요." 그녀가 말했다. "악셀 판더—선생님은 그가 그 사람이었다고 생각하죠." 그녀는 스스로 몸을 부르르 떨더니, 시큼한 것을 맛본 듯이 움찔하고는 라운지를 떠났다.

나는 그곳에 오랫동안 혼자 앉아 있었다. 어느 날 죽는 것에 관해 말하던 미시즈 그레이를 떠올리고 있었다—아니, 지금 떠올리고 있다, 어느 쪽인지는 중요하지 않다. 우리가 어디에 있었더라? 코터의 집? 아니, 다른 곳이다. 하지만 우리가 달리 어디에 있을 수 있었을까? 괴상하게도 나의 기억은 빌리와 내가 그의 아버지의 위스키를 마시곤 하던 그 위층 거실로 우리를 데려다놓는다. 물론 그건 가능하지 않지만, 나는 그곳에 있는 우리를 보고 있다. 하지만 그녀가 나를 어떻게 집에 몰래 들였을까? 무슨 핑계로, 무슨 목적으로?—물론 그 익숙한 목적은 아니다, 우리가 아래 세탁실이 아니라 옷을 다 입은 채 거실에 있는 것을 보면. 내 마음속에는 금속 프레임으로 둘러싸인 사각 창문 맞은편, 서로 비스듬하게 가까이 놓인 두 팔걸이의자에 우리 둘이 아주 예의바르게 앉아 있는 그림이 있다. 일요일 아침이었다, 내 생각으로는. 늦여름의 일요일 아침. 나는 트위드 양복을 입고 있어 덥고 근질거렸으며, 나 자신이 우스꽝스럽게 느껴졌다. 옷을 입었다기보다는 거의 벌거벗은 기분이었다. 일요일 나들이옷을 어쩔 수 없이 입을 때는 늘 그랬다. 다른 사람들, 빌리와 그의 누이와 미스터 그레이는 어디에 있었을까? 도대체 무슨 일이 일어나고 있었던 걸까? 내가 거기에 있었던 데에는 어떤 이유가 있는 것이 분명했다. 빌리와 나는 어디를 가는 길이었을 것이다. 아마도 학교 현장학습 같은 거. 그는 늘 그렇듯이 늦장을 부렸고 나는 그를 기다리고 있었다. 하지만 내가 정말 빌리를 데리러 갔을까? 그를 피하려고 그렇게 많은 에너지를 쓰고 잔머리를 굴리던 때에? 어쨌든 나는 거기에 있었고, 그게 내가 말할 수 있는 전부다. 해는 바깥 광장을 꽉 채우며 빛나고 있었고 바깥의 모든 것은 여러 색깔의 유리로 이루어진 것 같았으며, 장난스러운 바람이 열린 창문의 레이스 커튼에 가득 들어차 커튼은 부풀어오른 채 안으로 위로 계속 느릿느릿 너울거리고 있었다. 어렸을 때 그런 일요일 아침이면 나는 늘 강한 소외감을 느꼈고—올가미 같은 셔츠 칼라의 느낌, 흥분해서 자기 일을 하는 새들, 그 먼 교회 종소리들—그때는 늘 남쪽에서,

그래 남쪽에서부터 퍼지는 듯한 공기, 사자 색깔 먼지와 레몬의 환한 빛이 섞인 공기가 있었다. 물론 그것은 내가 고대하는 미래, 그것의 어른거리는 약속이었다. 나에게 미래는 늘 남쪽의 느낌이 있었기 때문이다. 지금, 미래가 도착하여, 여기 얼티마 툴레*에 도착하여, 이제 현재라는 바늘구멍을 통해 꾸준히 과거로 쏟아져 들어가고 있는 지금 생각해보면 이상한 일이다.

미시즈 그레이는 약간 수수한 파란 정장—의상, 그녀라면 그렇게 불렀을 것이다—을 입었고 굽이 높은 검은 구두, 솔기 있는 스타킹, 진주 목걸이 차림이었다. 머리는 평소와는 다른 방식으로, 귀 쪽의 제멋대로 뻗는 고수머리마저 잠시 눌러놓을 만한 방식으로 뒤로 쓸어넘겼다. 그녀에게서는 여름 일요일 아침이면 나의 어머니에게서 나던 냄새가 났는데, 아마도 모든 어머니가 그랬을 것이다. 향수와 콜드크림과 얼굴 파우더, 땀 약간, 살로 따뜻해진 나일론과 희미하게 좀약냄새가 나는 양모, 또 내가 절대 정체를 알 수 없는 흐릿한 탄내 비슷한 것. 정장 재킷은 당시 유행에 따라 어깨가 높았고 허리는 꼭 끼게 가늘었으며—코르셋을 입고 있었던 게 분명하다—종아리까지 오는 치마는 좁았고 뒤에는 트임이 있었다. 나는 그녀가 그렇게 격식을 갖춘 모습은, 그렇게 꼭 짜여서, 흥미로울 만큼 고정되고 갇힌 모습은 본 적이 없었다. 나는 앉아서 무례하게, 또 거의 아내를 대하는 소유의 감각으로 그녀를 살피고 있었다. 물론 그것은 당시 여자들이 좋아하던 활동 사진들, 그러나 미시즈 그레이는 좋아하지 않았던 종류의 사진들 속 한 장

---

* Ultima Thule. 극점, 최북단이라는 뜻.

면이다. 나는 그것을 흑백으로, 아니 석탄색과 은색으로 보고 있기 때문이다. 그녀는 '나이든 여자' 역이고 내 역은 오, 어떤 천재 소년이 연기하고 있다. 그 아이는 앞머리를 내린 채 건방지게 싱글거리고 있으며, 내 단정한 트위드 정장과 풀을 먹인 하얀 셔츠와 클립으로 고정하는 줄무늬 넥타이 차림으로 한껏 당돌하다.

처음에 나는 그녀가 무슨 말을 하는지 파악하지 못했다. 멋지게 부풀어오른 원피스의 가슴에서 솔기―다트*, 그렇게 부르는 걸로 알고 있다―의 복잡한 시스템을 살피는 데 정신이 팔려 있었기 때문이다. 바스러질 것 같은 파란 옷감은 자극적인 금속성 광택이 났으며, 그녀가 숨을 쉴 때마다 아주 작게 갈라지는 소리를 냈다. 그녀는 고개를 돌리고 생각에 잠긴 표정으로 창문과 해가 비치는 광장 쪽을 보며 손가락 하나를 뺨에 댄 채 말하고 있었다. 가끔 여기 없다는 게 어떤 것일지 궁금하지만―혹시 마취를 한 것과 같을까, 아무런 감각이 없고, 심지어 시간이 지나가는 것도 모르고?―다른 곳에 있다고 상상하는 것은 얼마나 힘든지, 어디에도 없다고 생각하는 것은 얼마나 더 힘든지. 그녀의 말이 나 자신만 바라보는 내 의식 속의 밝힐 수 없는 침침한 어둠으로 천천히 스며들어, 마침내 어떤 딸각 하는 느낌과 함께 그녀가 정확히 무슨 말을 하고 있는지 이해했으며, 아니 이해한다고 생각했으며, 그 순간 나는 갑자기 귀를 바짝 기울였다. 여기 없다? 다른 곳에 있다? 이건 나와 끝을 낼 준비를 하고 있다는 것을 우회적으로 알리는 방식이 아니면 달리 무엇이겠는가? 자, 다른 때 같았으면 만에 하나 그녀

---

* 옷의 입체감을 위해 천에 주름을 잡아 꿰맨 부분.

가 그런 것을 암시한다는 아주 작은 의심이라도 내 머릿속으로 들어온 순간 곧장 훌쩍거리고 울부짖고 주먹으로 쾅쾅 쳐댔을 것이다. 잊지 마라, 나는 아직 아이라서, 나의 행복에 아주 가벼운 위협이라도 생기면 즉각 눈물을 흘리며 시끄럽게 대응하는 것이 긴요하다는 아이다운 확신이 있었기 때문이다. 그러나 그날은 무슨 이유에서인지 그냥 기다렸다, 방심하지 않고, 지켜보며, 그녀의 말이 이어지게 내버려두었다. 마침내 내가 바싹 경계하며 주의를 기울이고 있다고 느꼈는지 그녀는 말을 멈추고 고개를 돌려 특유의 방식으로 내게 초점을 맞추었다. 눈에 보이지 않는 망원경을 빙그르 돌려 나를 겨누는 것 같았다. "그걸 생각해본 적 있어?" 그녀가 물었다. "죽는 거?" 내가 무슨 대답을 하기도 전에 그녀는 자기를 비난하듯이 웃음을 터뜨리며 고개를 저었다. "물론 없겠지, 왜 하겠어?"

이제 나의 관심은 다른 경로를 따라가기 시작했다. 만일 그녀가 나를 떠나겠다는 암시로서가 아니라 정말 죽는 것으로서 죽음 이야기를 하는 거라면, 미스터 그레이 이야기를 하고 있는 게 분명하다. 그녀의 남편이 죽을병에 걸렸을 가능성은 내 상상을 점점 강하게 사로잡고 있었으며, 그 결과 장기적으로 미시즈 그레이를 나 혼자 차지할 수 있다는 희망도 강해졌다. 그 늙은이가 꼴까닥한다면 마침내 내게 찬란한 기회가 생길 것이다. 경솔하게 움직이면 안 된다, 물론. 우리는, 우리 둘은 내가 성년이 될 때까지 기다려야 할 것이고, 그뒤에도 장애물이 있을 것이다. 키티와 나의 어머니가 무엇보다도 큰 장애물이고, 빌리 또한 자기 또래의 아이, 게다가 한때의 절친한 친구가 계부가 된다는 괴상한 전망을 반기지 않을 것이다. 그러나 그동안에, 내가 성년이 되기를 기다리는 동안에, 내 유년의 꿈, 대머리에 관절도 없는 인형을 껴안고 보살피고 수술하는 것이 아니라 완전한 크기에 따뜻한 피가 흐르고 안전하게 과부가 된 오직 나만의 여자, 온종일 매일, 그리고 그보다 더 중요한 것이지만, 매일 밤 내가 다가갈 수 있는 여자, 언제나 어디서나 내 마음대로 대담하게 세상에 자랑할 수도 있는 귀중한 소유물을 가진다는 꿈을 이룰 기회가 저절로 생긴다니. 그래서 이제 나는 귀를 곤두세우고 그녀가 다가오는 남편의 죽음이라는 주제에 관해 무슨 말을 보탤지 열심히 들었다. 안타깝게도 그녀는 더 말하지 않으려 했을 뿐 아니라 이미 한 말도 창피해하는 것 같았고, 의사들이 이 반소경인 안경사의 남은 날이 얼마라고 했느냐고 대놓고 묻지 않는 한 그녀에게서는 아무것도 더 끌어낼 수 없을 것 같았다.

그러나 나는 거기에서, 그녀의 거실에서, 따끔거리는 정장을 입고, 일요일에, 그 여름이 죽어가는 나날에 무엇을 하고 있었을까—무엇을? 과거는 가장 핵심적인 조각들이 사라진 퍼즐처럼 보이는 일이 너무나 많다.


나는 단기 체류와 모습을 감춘 존재들로 이뤄진 세계에서 성장했고 역시 그런 곳에서 성장한 여자와 결혼했지만 아직도 호텔이 으스스하게 느껴진다. 밤의 고요 속에서만이 아니라 낮에도. 특히 아침나절에는 그 온실 같은 거짓 차분함이라는 덮개 아래에서 뭔가 불길한 것이 늘 진행중이라는 느낌이 든다. 데스크 뒤의 안내원은 전에 본 적이 없는 사람으로 내가 표류하듯 지나갈 때 텅 빈 표정으로 나를 보며 미소를 짓지도 인사말을 건네지도 않는다. 사람 없는 식당에는 모든 테이블이 준비를 갖추고 있다. 빛나는 나이프와 포크, 반짝거리는 테이블보도 반듯하게 정리되어 있다. 수많은 외과 시술이 곧 진행될 수술실 같다. 위층에서는 복도가 어떤 의도를 품고 입술을 꼭 다문 채 숨을 헐떡이며 웅웅거린다. 나는 소리 없이 그곳을 지나간다. 몸에서 떨어져 나온 눈, 움직이는 렌즈다. 모두 똑같이 생긴 문은 두 줄의 행렬을 이루어 뒤로 물러나 있는데, 내가 승강기 밖으로 나서기 일 초 전에 차례차례 쾅 하고 잽싸게 닫힌 듯한 모습이다. 그 뒤에서 무슨 일이 벌어지고 있을까? 새어나오는 소리, 불평하는 말, 기침, 낮은 웃음소리 한 조각은 각각 소리가 들리지 않는 따귀 또는 입을 덮은 손에 의해 즉시 중단되어버린 어떤 청원이나 장광설의 도입부처럼 들린다. 간밤의 담배, 식어버린 아침 커피, 배설물과 샤워 비누와 면도용 크림 냄새가 난다. 그리고 거기 버려진 커다란 카트 같은 물건. 접은 시트와 베갯잇이 쌓여 있고 뒤쪽에는 물통과 대걸레가 걸려 있는 카트. 그것을 책임져야 할 객실 청소부는 어디에 있을까? 그녀에게 무슨 일이 생겼을까?

돈 데번포트의 문 앞에 족히 일 분은 서 있다가 문을 두드렸다. 그것도 주먹으로 간신히 나무를 스치는 정도였다. 안에서는 답이 없었다. 다시 자고 있을까? 손잡이를 돌려보았다. 문은 잠겨 있지 않았다. 살짝 열고 다시 기다리며 귀를 기울이다가 방안으로 들어섰다. 아니 내 몸을 살짝 밀어넣었다. 소리 없이 모로 미끄러져 들어가 조심스럽게 문을 닫고 걸쇠가 걸리는 소리가 날 때 숨을 죽였다. 커튼을 쳐놓지 않아서 공기는 쌀쌀했지만 방안은 예상했던 것보다 밝았다. 거의 여름의 빛 같았다. 창문 구석에서 넓은 햇빛이 마치 각광처럼 비껴들고 있었

고, 그물 커튼은 얇게 비치는 흰색으로 눈부시게 타오르고 있었다. 모
든 것이 단정하고 질서정연했으며—사라진 그 청소부가 어쨌든 여기
에는 다녀갔다—침대는 들어가 잔 흔적이 없다고 해도 좋을 것 같았
다. 돈 데번포트는 이불 위에 누워 있었다. 한 손을 뺨 밑에 넣고 두 무
릎을 끌어올린 자세였으며 이번에도 모로 누워 있었다. 그녀의 몸무
게에 매트리스가 우묵하게 눌린 곳이 얼마나 얕은지. 그녀는 아주 가
볍고, 거기 있는 그녀는 너무나 작다. 여전히 코트를 입은 채였고, 모
피 깃이 그녀의 얼굴을 타원형 액자처럼 감싸고 있었다. 그녀는 누운
자리에서 나를 보고 있었다. 나를 향해 들어올린 회색 눈은 어느 때보
다도 크고 넓었다. 겁을 먹은 걸까, 내가 그렇게 사악하고 불길하게 방
으로 미끄러져 들어오는 바람에 놀란 걸까? 아니면 그냥 약에 취한 걸
까? 그녀는 고개를 들지 않고 나를 향해 자유로운 손을 뻗었다. 나는
침대로 기어올라갔다. 구두까지 다 신은 채로 그녀를 마주보고 누웠
다. 우리 무릎이 닿았다. 그녀의 눈이 어느 때보다 커 보였다. "나를 붙
들어줘요." 그녀가 중얼거렸다. "추락하고 있는 느낌이에요, 언제나."
그녀는 코트의 앞섶을 뒤로 끌어냈고 나는 바싹 다가가 팔을 그녀의
몸 위로, 코트 안으로 넣었다. 내 얼굴에 닿는 그녀의 숨이 서늘했다.
이제 내 눈에는 그녀의 눈밖에 보이지 않는 것 같았다. 손목 밑에 그녀
의 갈빗대, 그리고 뛰는 심장이 느껴졌다. "내가 선생님 딸이라고 상상
하세요." 그녀가 말했다. "그런 척해요."

그렇게 우리는 한동안 거기 침대에, 그 추위 속에, 햇빛이 환한 방에
가만히 있었다. 거울을 들여다보고 있는 느낌이었다. 그녀의 손이 가
볍게 내 팔 위에 놓여 있었다. 새의 발. 그녀는 아버지 이야기를 했다.

얼마나 선했는지, 얼마나 명랑했는지. 어렸을 때는 노래를 불러주곤 했다고. "바보 같은 노래들, 아버지가 불렀죠." 그녀가 말했다. "〈그래, 우리한테는 바나나가 없다〉〈통을 굴려라〉, 그런 노래들." 어느 해에는 아버지가 '런던내기들의 펄리 킹*'으로 선출되었다. "펄리 킹 본 적 있어요? 아버지는 그 우스꽝스러운 옷을 입고—심지어 모자에도 진주를 달았죠—아주 만족스러워했어요. 나는 너무 창피해서 층계 밑의 벽장에 숨어서 나오지 않으려고 했어요. 엄마는 펄리 퀸이었죠." 그녀는 조금 울더니 짜증을 내며 손바닥 아래쪽으로 눈물을 닦았다. "멍청해." 그녀가 말했다. "멍청해."

나는 팔을 빼냈고 우리는 일어나 앉았다. 그녀는 두 다리를 침대 너머로 끌어내렸지만 나에게 등을 돌린 채 가장자리에 걸터앉아 담배에 불을 붙였다. 나는 다시 드러누워 한쪽 팔꿈치에 몸을 기대고 라벤더 빛 연기가 구불구불 피어올라 똬리를 틀며 창가의 햇빛 기둥 안으로 올라가는 것을 지켜보았다. 그녀는 이제 몸을 앞으로 구부리고 다리를 꼬고 팔꿈치를 무릎 위에 올린 다음 손으로 턱을 괴고 있었다. 나는 그녀를 지켜보았다. 비탈을 그리는 등이며 두 어깨며 날개처럼 접힌 어깨뼈의 윤곽이며 연기가 화환처럼 감싼 머리카락. 내가 레슨을 받은 적이 있는 어느 드라마 코치는 나에게 좋은 배우는 뒤통수로 연기할 수 있어야 한다고 말한 적이 있다. "통을 굴려라." 그녀가 작고 쉰 목소리로 노래했다. "통만한 재미가 찾아올 거야."

정말로 자살을 하려고 했나, 나는 물었다. 죽고 싶었나? 그녀는 오

---

* Pearly King. 진주 단추로 꾸민 옷을 입었던 런던의 행상인을 가리키는 말로, 이렇게 차려입고 자선 행사나 축제를 하는 전통이 있다.

랫동안 대답을 하지 않다가 어깨를 들어올리더니 지친 듯 으쓱하며 다시 내렸다. 그녀는 몸을 돌리지 않고 답했다. "모르겠어요." 그녀가 말했다. "실패한 사람은 애초에 진심이 아니었다고들 말하지 않나요? 어쩌면 그건 그냥, 알잖아요, 우리가 늘 하는 일인지도 모르죠, 선생님과 내가." 이제 그녀는 고개를 틀어 어깨 너머 예각으로 나를 보았다. "그냥 연기하는 거."

나는 우리가 돌아가야 한다고, 집에 가야 한다고 말했다. 그녀는 머리를 한쪽으로 기울여 턱을 어깨에 얹고 여전히 머리카락 뒤에서 나를 보고 있었다. "집." 그녀가 말했다. 그렇다, 나는 말했다. 집.

어쩐지 우렛소리 때문이었던 것 같다. 그러니까 어떤 흑마법이 우리를 파멸로 이끌었다는 생각이 든다는 것이다. 우리는 코터의 집에 있다 폭풍을 맞았다. 이런 종류의 비에는 뭔가 보복적인 데가 있다. 저 위에서 복수가 이루어지고 있다는 느낌. 그날 비가 얼마나 가차없이 나무들 사이에서 달그락거리며 쏟아졌던지, 마치 무방비 상태의 웅크린 마을을 향해 퍼붓는 포사격 같았다. 우리는 비가 오든 말든 상관하지 않았다, 전에는. 하지만 그 비는 이보다 부드러운 종류였다. 이 일제사격에 비하면 산탄에 불과했다. 이전에 코터의 집에서 비는 심지어 우리에게 놀잇감을 주기도 했다. 천장에 새로 새는 곳이 생겨 비가 튈 때마다 냄비나 잼 병을 들고 여기저기 뛰어다니는 놀이였다. 내리꽂히는 차가운 물방울이 미시즈 그레이의 목덜미에 떨어져 꽃무늬 원피스 밑의 맨살을 따라 슬금슬금 흘러내릴 때면 그녀는 꺄악 소리를 질러대곤 했다. 행복한 우연으로 우리가 매트리스를 펴놓은 구석은 집에서 비가 새지 않는 몇 군데 중 하나였다. 우리는 그곳에 흡족한 마음으로 나란히 누워 나뭇잎 사이에서 바스락거리는 빗소리에 귀를 기울이고, 그녀는 스위트 애프턴을 피우고, 나는 그녀 목걸이의 구슬로 잭스톤*을 연습했다. 어느 날 오후 특별히 기운차게 한바탕 사랑을 나누던 중 내가 의도치 않게 목걸이 줄을 끊는 바람에 생긴 구슬이었다. "숲속의 아가들**, 그게 우리야." 미시즈 그레이는 말하면서 나를 향해 싱긋 웃어 귀엽게 겹친 앞니를 보여주었다.

알고 보니 그녀는 천둥을 무서워했다. 처음 천둥소리가 나면, 머리 바로 위에서, 마치 지붕 높이에서 천둥이 치는 것처럼 울려퍼지면, 즉시 얼굴이 잿빛으로 변해 빠르게 성호를 그었다. 비가 내리기 시작했을 때, 잎에 막힌 우르릉 소리와 함께 나무들 사이를 휩쓸고 내려와 우리에게 쏟아졌을 때, 우리는 코터의 집을 코앞에 두고 있었다. 좁은 길을 따라 마지막 몇 야드를 열심히 뛰었지만 앞문으로 쿵쾅거리며 뛰어들었을 때는 몸이 완전히 젖어 있었다. 미시즈 그레이의 머리카락은 귀 옆의 그 눌러둘 수 없는 고수머리를 제외하면 전부 두개골에 납작하게 달라붙어 있었고, 원피스는 다리 앞쪽에 들러붙어 배와 가슴의 곡선을 드러냈다. 그녀는 바닥 한가운데 발을 딱 붙이고 서서 두 팔을 양옆으로 펼치고 손바닥을 퍼덕여 손가락 끝으로 물방울을 흩뿌렸다. "인제 어쩌지?" 그녀가 우는소리를 했다. "지독한 감기에 걸릴 거야!"

---

* 구슬 따위를 가지고 하는 공기놀이의 일종.
** 숲속에 버려진 아이들이 등장하는 영국 전래 동화 제목.

우리가 거의 눈치채지 못하는 새에―폭풍이 무뚝뚝하게 일깨워주
었다―여름은 끝나가고 있었고 나는 다시 학교에 다니고 있었다. 하
지만 새 학기 첫날 아침에 빌리를 부르러 가지 않았고, 이후 다른 아침
에도 가지 않았다. 이제 그의 눈을 똑바로 보는 게 그 어느 때보다 힘
들었다. 무엇보다 그 눈이 자기 어머니의 눈을 닮았기 때문이었다. 그
는 내가 자신을 이렇게 피하는 게 무슨 일 때문이라고 상상했을까? 어
쩌면 그는 로스모어에서 멋진 새 프레스에 눌러놓은 라켓 두 개를 들
고 테니스 친구들과 함께 있다가 나와 우연히 마주친 그날을 생각했을
지도 모른다. 학교 운동장에서 우리는 서로를 피했고 집에도 따로 걸
어갔다.

나는 다른 면에서도 곤란한 상태였다. 시험을 전부 망쳤고 이것은
모두에게 놀라운 일이었다. 공부를 해야 했던 지난봄 내내 사랑에 바
빴던 나에게는 아니었지만. 나는 머리가 좋은 아이였고 다들 나에게
많은 것을 기대하고 있었다. 어머니는 나에게 몹시 실망했다. 그래서
용돈을 반으로 줄였고 그건 겨우 한두 주뿐이었지만―정신적 끈기
가 없었다. 그 여자는―훨씬 심각한 문제는 이제부터 내가 밖에 나가
지 못하고 공부만 하게 만들겠다는 위협이었다. 내가 이런 징벌 조치
에 관해 말했을 때 미시즈 그레이는 놀랍게도 내 편을 들지 않고 어머
니가 지극히 옳다고, 더 열심히 공부하지 않은 것과 그렇게 형편없는
성적을 받은 것을 부끄러워해야 한다고 말했다. 이로 인해 즉시 우리
의 진짜 첫 싸움이 벌어졌다. 그러니까 내가 잠재울 수 없는 질투심을
드러내고 그녀가 재미있어하면서도 그것을 무시해버리는 것과는 다
른 원인에 의해 벌어진 첫 싸움이었다는 것이다. 나는 그녀에게 달려

들었다. 그녀라면 머리가 벗겨져라 달려들었다고 말했을 텐데, 그것은 어른처럼 달려들었다는 뜻이었다—실제로 나는 이제 그해 여름이 시작되기 전보다 훨씬 어른에 가까워져 있었다. 그녀가 아래로 끌어내린 두 눈썹 밑에서 얼마나 어둡게, 얼마나 도전적으로 나를 노려보던지. 나는 얼굴을 가까이 들이대고 칭얼거리고 으르렁거렸다. 이런 싸움은 절대 잊히지 않고, 바스러질 듯 앉은 딱지 밑에서 보이지 않게 계속 피가 난다. 하지만 그뒤에 우리가 얼마나 다정하게 화해를 했는지, 그녀가 얼마나 사랑스럽게 나를 품에 안고 얼러주었는지.

오랫동안 계속된 그 여름의 환한 황금색 빛 속에서는 조만간 우리가 숲속의 이 낡은 집보다 날씨에 더 잘 버틸 수 있는 곳을 찾아야 할 거라는 생각은 떠오르지 않았다. 벌써 공기에는 가을의 파삭함이 있었다. 특히 천정天頂에서 해가 가파르게 떨어지는 늦은 오후가 그랬다. 이제 비가 오면서 날이 더 쌀쌀해져—미시즈 그레이는 우울한 목소리로 "우리 이제 곧 외투를 입고 그걸 해야겠네" 하고 말했다—바닥 나무판과 벽에서 사람을 의기소침하게 만드는 습기와 부패의 냄새가 나기 시작했다. 그때 우렛소리가 들렸다. "그래, 저거." 미시즈 그레이가 말했다, 목소리가 떨리고 손가락 끝에서 빗방울이 똑똑 떨어졌다. "드디어 철모까지 쓰는구나*." 하지만 우리가 달리 어디서 피난처를 찾는단 말인가? 필사적인 생각. 나는 심지어 어머니의 집 다락 아래 사용하지 않는 방 가운데 하나를 징발할까 하는 생각도 해보았다. 뒤쪽 정원을 통해 들어가면 된다. 나는 이미 그곳에 있는 우리 모습을 그리며 들

---

* 계획을 망치거나 결정적으로 무언가를 끝장낸다는 뜻.

뜬 목소리로 말했다. 뒷문으로 들어가 부엌방에서 뒤쪽 층계로 올라가면 아무도 눈치채지 못할 거다. 미시즈 그레이는 그냥 나를 보고만 있을 뿐이었다. 그래 알았다, 나는 침울하게 말했다, 하지만 나은 제안이 있나?

결국 우리는 걱정할 필요가 없었다. 그러니까 걱정은 해야 했지만, 우리를 위한 새로운 장소를 걱정할 필요는 없었다는 것이다. 그날, 천둥이 마지막으로 툴툴거리는 소리를 내며 가라앉다가 완전히 멎기도 전에 겁에 질린 미시즈 그레이는 그곳을 떠나 비를 맞으며 좁은 길을 따라 물이 흐르는 숲을 달려갔다. 신발은 손에 들고, 비록 효과는 없었지만 카디건을 머리 위에 뒤집어써서 후드를 만들었다. 그녀는 스테이션 왜건에 올라타 시동을 걸고 차를 움직였고 나는 그녀를 간신히 따라잡아 옆에 올라탔다. 이제 우리는 둘 다 흠뻑 젖은 상태였다. 이제 어디로 가나? 비는 금속 지붕을 두들기고 접시로 물을 쏟아붓듯이 앞유리에 철벅거렸고 와이퍼가 용맹하게 움직여 간신히 그것을 쓸어냈다. 미시즈 그레이는 두 손이 하얘지도록 운전대를 꽉 잡고 얼굴을 앞으로 내민 채 운전했다. 눈의 흰자위가 황량하게 빛나고 겁에 질려 콧구멍이 벌름거렸다. "우리는 집으로 갈 거야." 그녀는 머릿속 생각을 소리 내어 말했다. "거기엔 아무도 없어. 우리는 괜찮을 거야." 내 옆의 창은 물로 뒤덮여 있었고, 차의 전등 조명 속에서 흔들리는 나무들이 유리질 녹색으로 한순간 나타났다가 사라지곤 했다. 마치 우리가 지나가면서 그것들을 쓰러뜨리는 것 같았다. 해가, 있을 법하지 않은 일이지만, 어딘가에서 용케 빛을 발하고 있었고, 앞유리에 쏟아지는 비는 이제 모두 불이 붙어 액체 불꽃이 되었다. "그래." 미시즈 그레이가 다시 말하며 혼자 빠르게 고개를 끄덕였다. "그래, 우리는 집으로 갈 거야."

그래서 우리는 집으로 갔다—그러니까, 그녀의 집으로. 광장으로 들어서자 휙 하는 소리가 거의 귀에 들리는 것 같더니 갑자기 비가 멎었다. 마치 은구슬 커튼을 단호하게 젖힌 것 같았다. 비에 젖은 햇빛이 기어나와 벚나무와 그 아래 반짝이는 자갈이 이미 개울이 되기 시작한 보도에 대한 위태로운 소유권을 다시 주장했다. 집의 공기는 눅눅했고 파리한 잿빛 느낌의 냄새가 났으며, 방안의 빛은 불안정했고, 어떤 불안정한 고요가 있었다. 가구들이 조금 전까지 뭔가를 하고 있다가, 춤을 추거나 뛰놀다가 우리가 들어서는 순간 멈춘 것 같았다. 미시즈 그레이는 나를 주방에 두고 떠났다가 그녀에게는 너무 큰 양모 드레싱가운으로 갈아입고 돌아왔는데—미스터 그레이의 것이었을까?—어쨌든 나의 탐하는 눈에는 그 밑은 맨몸이라는 게 숨길 수 없이 분명해 보였다. "너한테서 양 같은 냄새가 나." 그녀는 명랑하게 말하더니 나를 아래로—그래!—세탁실로 이끌었다.

그녀는 우리가 전에 거기에서 만난 일을 기억하지 못하고 있었다는 의심이 든다. 그러니까 그녀에게 그 기억이 떠오르지 않았다는 것이다, 이때는. 그게 가능할까? 나에게는 이상하게 천장이 높고 벽 높은 곳에 창문이 하나 달린 이 좁은 방이 성지, 신성한 기억이 저장된 일종의 성구 보관실이었던 반면, 그녀에게는 그냥 가족의 빨래를 하는 장소로 돌아가 있었다는 생각이 든다. 낮은 침대, 아니면 매트리스가 이제는 거기에, 창문 밑에 없다는 것을 나는 즉시 눈치챘다. 누가 치웠을까, 그리고 왜? 생각해보면, 누가 애초에 그것을 거기에 갖다놓았을까?

미시즈 그레이는 콧노래를 부르며 수건을 내 젖은 머리에 갖다댔다.

내 옷은 어떻게 해야 좋을지 모르겠다고 말했다. 빌리의 셔츠를 하나 입을까? 그게 아니면, 아니다, 그녀는 말하며 얼굴을 찌푸렸다, 아무래도 그건 좋은 생각이 아닌 것 같다. 하지만 내가 완전히 흠뻑 젖은 채 집에 가면, 그녀는 의문을 품었다, 나의 어머니가 뭐라고 할까? 그녀는 내 머리를 말리려고 그렇게 힘차게 움직이고 있는 수건—그녀 평생 아이 머리를 몇 번이나 말렸을까?—밑에서 내가 자신에게 슬금슬금 다가가고 있다는 사실을 눈치채지 못한 것 같았다. 이제 나는 앞이 안 보이는 상태에서 손을 뻗어 그녀의 골반을 잡았다. 그녀는 웃음을 터뜨리더니 한 걸음 뒤로 물러났다. 나는 쫓아갔고, 이번에는 손을 드레싱가운 안으로 집어넣었다. 그녀의 살갗은 여전히 약간 축축했고, 약간 싸늘하기도 했는데, 그 때문에 어쩐지 그만큼 더 철저하게, 짜릿하게 벌거벗은 것처럼 느껴졌다. "그만!" 그녀가 말하며 다시 웃음을 터뜨렸고, 다시 뒤로 물러섰다. 나는 수건에서 벗어났고 그녀는 수건을 뭉쳐서 나를 막는답시고 내 가슴을 미는 둥 마는 둥 하고 있었다. 그녀는 이제 더 물러설 수가 없었다. 어깨뼈가 벽에 닿았다. 허리띠를 묶은 가운은 내가 더듬고 있던 위쪽이 벌어졌고 치마 쪽도 갈라져 벌거벗은 다리가 위까지 다 드러났다. 그래서 잠시 그녀는 살아 있는 케이저 본 더 레이디가 되었으며, 원본의 구성과 마찬가지로 도발적으로 풀어헤쳐진 모습이었다. 나는 두 손을 그녀의 어깨에 얹었다. 두 젖가슴 사이의 널찍한 골이 은빛으로 빛났다. 그녀는 뭔가 말하다 멈추었고 그 순간—그게 가장 이상한 일이었다—그 순간 나는 거기 있는 우리를 보았다, 마치 문간에서 방을 들여다보고 서 있는 것처럼 진짜로 우리를 보았다. 내가 오른쪽 어깨를 들어올린 채 왼쪽으로 약간 기울어진 자세로 그녀를 향해 몸을 구부린 것을 보았고, 두 어깨 사이가 축축한 셔츠와 젖어서 늘어진 바지 엉덩이를 보았고, 내 두 손이 그녀에게 올라가 있고 광택 나는 그녀의 무릎 한쪽이 구부러져 있고 내 왼쪽 어깨 위에서 그녀의 얼굴이 창백해지면서 눈길이 한곳에 고정되는 것을 보았다.

그녀는 나를 옆으로 밀어냈다. 이제 곧 일어나려 하는 그 모든 일 가운데 그 밀어냄, 그 충격이, 사실 그것은 폭력적이지 않았고 심지어 부드럽지 않았던 것도 아닌데, 가장 예리하고 선명하게, 가장 날카로운 괴로움을 안기며 내 기억에 남아 있다. 꼭두각시 광대가 손가락에서 줄을 놓아버리고 휘파람을 불며 머리를 숙이고 부스에서 휙 나가버리면 뒤에 남은 꼭두각시가 그런 기분일 것이다. 그 순간 그녀는 자기 자신을, 내가 아는 그녀 자신을 벗어버리고 낯선 사람이 되어 나를 지나쳐 가버리는 것 같았다.

문간에 서 있던 건 누구였을까? 그래, 그래, 말해줄 필요도 없겠지, 이미 누구인지 알고 있을 테니까. 축 늘어진 많은머리, 두꺼운 안경, 안짱다리. 그애는 당시 어린 여자애들이 입던 그 원피스, 왠지 알프스 느낌에 전체적으로 아주 작은 꽃이 점점이 박히고, 주름이 잡히고, 앞쪽은 보디스*까지 오글오글하고 잘 늘어나는 원피스를 입고 있었다. 손에는 뭔가를 들고 있었는데, 뭔지는 기억나지 않는다—아마도 불타는 검. 마지도 그곳에 있었다. 생일 파티 때 왔던 그애의 뚱뚱한 친구, 나에게 반했지만 나는 조금도 관심이 없던 아이. 그 아이들, 그 둘은 그냥 서서, 내가 보기에는, 다른 무엇보다도 호기심을 느끼며 우리를 보

---

* 여성복, 특히 원피스의 상체 부분.

고 있었고 그러다 이윽고 서두르지 않고, 구급차가 떠난 뒤 구경꾼들이 사고 현장에서 고개를 돌리듯이 무감각하고 텅 빈 표정으로 고개를 돌렸다. 아이들의 투박한 학교 신발이 부엌으로 올라가는 나무 층계에 부딪혀 딱딱거리는 소리가 들렸다. 키티가 낄낄대는 소리도 들렸던가? 미시즈 그레이는 문간으로 가서 복도에 머리를 내밀었지만 딸을 부르지 않았고 무슨 말을 하지도 않았으며, 잠시 후 방으로, 나에게로 다시 돌아왔다. 그녀는 얼굴을 찌푸린 채 아랫입술을 씹고 있었다. 마치 물건을 놓은 곳이 기억나지 않아 어디에 두었는지 열심히 생각하는 것 같았다. 나는 뭘 했을까? 말을 했나? 그녀가 어리둥절한 얼굴로 잠깐 나를 보더니 정신이 다른 데 가 있는 표정으로 미소를 지으며 내 뺨에 손을 얹었다. "내 생각에 너는 이제 집에 가야 할 것 같아." 몹시 이상했다. 그 간단하고 완전하고 논란의 여지 없는 최종성. 오케스트라 연주의 마지막 같았다. 우리를 그렇게 오래 허공에 뜬 상태로, 넋 나간 상태로 지탱해왔던 모든 것, 그 모든 격렬한 에너지, 그 긴장과 집중, 그 모든 찬란한 떠들썩함, 그 모든 것이 갑자기 그 순간 멈추고, 허공에는 희미해지는 소리의 어슴푸레한 자취만 남았다. 나는 저항할 생각, 애원하거나 울거나 소리칠 생각을 하지 않고 그녀가 시키는 대로 했다. 유순하게 아무 말 없이 그녀를 지나 집으로 갔다.


그다음에 일어난 일들은 당혹스러울 만큼 급하고 빠르게 일어났다. 저녁이 되었을 때 미시즈 그레이는 이미 달아나고 없었다. 내가 듣기로ㅡ누구한테서?ㅡ그녀는 전에 미스터 그레이와 살았던 타운, 웅장한 대로와 세속적이고 세련된 사람들―그녀는 그 길과 사람들 이야기로 나를 놀리는 걸 좋아했다―에게로 돌아갔다. 그 타운은 그녀가 태어난 곳이 틀림없는데, 그녀가 거기에서 어머니의 돌봄을 받으며 머물고 있다, 라는 이야기가 들렸기 때문이다. 미시즈 그레이에게 어머니가 있다는 소식이 너무 놀라워 잠시 나는 괴로움에서 빠져나왔다. 그녀는 한 번도 나에게 어머니 이야기를 한 적이 없었다. 물론 그녀가 했는데 내가 듣고 있지 않았을지도 모른다. 그것도 가능한 일이지만 아무리 나라도 그렇게 부주의했을 거라고 생각하지는 않는다. 나는 이 엄청난 인물을 그려보려 했고 미시즈 그레이 자신의 완전히 늙어버린 모습을 보았다. 주름지고 구부정하고 어떤 이유에서인지 눈이 먼 그녀가 여름 꽃들이 만발하고 해가 환하게 비치는 오두막 정원의 쪽문 담장에 기대어 용서하는 슬픈 표정으로 미소 지으며, 눈먼 사람들이 흔히 그렇듯 어쩐지 애원하는 듯한 자세로 두 손을 내밀어 명예를 잃고 참회하는 딸을 집으로 맞아들이는 모습. 아주 이상했다. 미시즈 그레이 이전의 미시즈 그레이를 생각하니 지금도 아주 이상하다―아니, 그녀는 미시즈 다른 성이었겠지. 그것도 내가 전혀 몰랐던 또 한 가지다. 나의 처녀의 처녀 때 성.

다음날 광장의 집 앞에 경매인의 안내판이 걸렸고, 헤이마켓의 안경점 창문에도 걸렸으며, 미스 플러싱의 콧구멍과 눈가는 평소보다 빨갰다. 스테이션왜건이 살림을 잔뜩 실은 채 광장에서 빠져나오던 광경이 떠오르는데 그게 실제로 있었던 일일까? 미스터 그레이와 빌리와 빌리의 여동생이 앞좌석, 미시즈 그레이와 내가 마법 트램펄린에서 펄떡거리듯 그렇게 자주 함께 펄떡거리던 그 자리에 비좁게 앉아 있고, 미스터 그레이는 〈오후의 포도〉의 게리 폰다*처럼 고통스러운 표정이지만 턱을 쑥 내민 채 입을 굳게 다물고 있고. 틀림없이 이번에도 내가 만들어내고 있는 것이다, 자주 그랬듯이.

하지만 생각해보니 그들이 그렇게 느닷없이 떠났을 리 없다. 내가 빌리 그레이와 마지막으로 우연히 만난 게 며칠, 일주일, 심지어 일주일 이상 뒤였기 때문이다. 기억 속에서 계절이 다시 바뀌었다. 그때는 아직 9월이었는데 내 눈앞에는 쌀쌀한 겨울 날씨에 우리가 대면하는 것으로 연출된 광경이 떠오르기 때문이다. 그 장소는 포지**라는 곳으로, 그레이 가족이 살던 광장 옆이었는데 오래전에 그곳에서 대장장이가 일했던 게 분명하다. 그 대면에 어울리는 환경이었다. 포지는 나에게 늘 이름할 수 없는 불안과 연결되었고 지금도 그렇기 때문이다. 하지만 그곳은 이렇다 할 특징이 없는 장소로 그곳에서 광장으로 올라오는 언덕길은 넓어지다 둘로 갈라져 하나는 비뚤어진 이상한 길로 접어들고 다른 하나는 좁아지면서 급하게 방향을 틀어 전원지대로 들어서는, 거의 사용되지 않는 길로 이어졌다. 이 길이 시작되는 곳에 가지가 늘어진 무겁고 어두운 나무가 있었고 그 밑에 우물이 있었다. 아니 우물이 아니라 벽에서 튀어나온, 주둥이가 넓은 금속 파이프였고 거기에서 물이 항상 쏟아져나왔다. 틀에 찍은 아연처럼 매끈하게 반짝이는 물은 어른 상박上膊 굵기만 했다. 그 물은 이끼로 덮인 콘크리트 물통으로 쏟아져 내렸는데, 이 통은 늘 그득했지만 절대 넘치지 않았다. 그

---

\* 헨리 폰다가 출연한 1940년작 〈분노의 포도〉와 게리 쿠퍼가 출연한 1952년작 〈하이 눈〉의 영화 제목과 배우 이름을 뒤섞어 기억한 것으로 보인다.

\*\* Forge. 원래는 대장간이라는 뜻이다.

많은 물이 어디서 오는지 늘 궁금했다. 여름에 아무리 가물어도 물줄기가 느스러지지 않고, 이 한 가지 단조로운 과제에 불가사의하게 느껴질 만큼 쉼없이 헌신했기 때문이다. 또 어디로 갔을까, 그 물은? 틀림없이 지하로 들어가 소*강이라는 이름—어떻게 그런 강 이름이 있을 수 있을까?—을 가진, 언덕 아래쪽에서 지하 배수로를 따라 흐르는 빈약하고 더러운 물줄기로 흘러갔을 것이다. 그게 뭐가 중요하단 말인가, 이런 디테일이? 누가 관심이 있겠는가, 그 물이 어디에서 왔고 어디로 가는지, 또는 계절이 언제였는지, 하늘이 어떻게 보였고 바람이 불었는지 안 불었는지—누가 상관하겠는가? 그러나 누군가는 그래야 한다—관심을 가져야 한다. 아마도 나는.

빌리는 언덕을 올라오고 있었고 나는 내려가고 있었다. 내가 왜 거기에 있었는지 또는 어디에서 오는 길이었는지는 알 수 없다. 광장에 있었던 건 분명하다. 역병 격리선船에 내걸린 깃발처럼 미시즈 그레이의 침실 창밖에 내걸린 '매매'라고 적힌 판지 알림판을 보지 않으려고 모든 노력을 기울였다는 것은 분명히 기억한다. 나는 길 반대편으로 건너갈 수도 있었을 것이고 빌리도 그럴 수 있었지만 우리 둘 다 그렇게 하지 않았다. 한심한 오류를 안타까울 정도로 즐기는 나의 기억은 살을 에는 바람이 우리 주위에서 충돌을 벌이도록 설정해놓는다. 물론 낙엽도 보도를 긁으며 내려가고 있고 저 거무스름한 나무들은 떨며 몸을 흔든다. 다시 디테일, 보다시피 늘 디테일이다. 정확하고 불가능한 디테일. 하지만 빌리가 나한테 무슨 말을 했는지는 기억하지 못한다.

---

* Sow. 원래는 암퇘지라는 뜻.

그가 나에게 더러운 씨발 새끼 같은 욕을 했다는 것 말고는. 하지만 내 눈에는 그의 눈물이 보이고, 분노와 수치와 쓰라린 슬픔의 흐느낌이 들린다. 그는 또 나를 때리려 했다. 그 곡식 다발을 거둬들이는 사람의 팔 같은 팔을 거칠게 휘둘렀다. 나는 곡예사처럼 뒤로 몸을 반쯤 젖힌 채 약간씩 깡충거리고 폴짝거리면서 뒤로 물러났다. 그럼 나는, 나는 뭐라고 했을까? 사과하려고 했을까? 나의 행동, 또 우리의 우정을 야비하게 배신한 것을 해명하려 했을까? 내가 어떤 해명을 할 수 있었을까? 나는 그 순간으로부터 묘하게 떨어져 있는 듯한 느낌이었다. 벌어지고 있는 일을 누군가가 나에게 보여주고 있는 것 같았다. '음란' '욕정' '방탕'이 낳은 불가피한 결과를 보여주는 도덕극의 특별히 폭력적인 한 시퀀스. 그러나 동시에, 이런 말을 하면 경멸과 불신의 조롱을 불러일으킬 것임을 잘 알지만, 동시에 나는 거기 언덕길에 서 있을 때만큼, 빌리는 두 팔을 휘두르며 흐느끼고 나는 까닥거리며 뒤로 물러나면서 고개를 숙이고 옆으로 몸을 빼고, 차가운 바람이 불어 낙엽이 허우적거리고 그 굵은 물 타래가 바다을 모르는 물통으로 콸콸 쏟아져 들어갈 때만큼 빌리에 대한 관심, 동정심, 애정―그래, 빌리에 대한 사랑을 느낀 적이 없었다. 빌리가 허락할 거라고 생각했다면 틀림없이 끌어안았을 것이다. 거기에서 고통스러운 울음과 제대로 겨냥하지도 않고 날리는 주먹이 표현하고 있는 것은, 내 생각으로는, 나와 미시즈 그레이 사이에서 끝까지 다 전개되지 못했던 이별 장면의 어떤 변형, 나를 위한 변형이었고, 그래서 나는 그동안 유보되었던, 그리고 내가 너무도 가슴 아리게 아쉬워하던 것의 이 형편없는 모방조차 환영하고 있었다.

미시즈 그레이가 달아난 직후 며칠 동안 내가 가장 강하게 느낀 것은 두려움이었다. 나는 낯선 장소, 존재하는지도 몰랐던 장소에서 버림받고 헤매고 있었는데, 그곳에서 심각한 해를 입지 않고 살아남는 데 필요한 경험이나 강인함이 나에게는 없다고 여겼다. 이곳은 내가 있어야 할 곳이 아닌 어른의 영토였다. 누가 나를 구출하고, 누가 쫓아와 나를 찾아내 다시 그 마법에 걸린 여름 전에 내가 알던 풍경과 안전으로 나를 이끌어줄까? 나는 어머니에게 매달렸다. 아기 때 이후 그래본 적이 없었다. 어머니가 미시즈 그레이와 나의 추문을 듣지 못했을 리 없다고 생각했지만—관청의 포고布告를 외치는 관리가 떠들고 다닌 것이나 진배없이 그 뒷담화는 거리 모퉁이에서 교회 문을 거쳐 부엌 구석으로 갔다가 다시 밖으로 퍼져나갔을 것이다—어머니는 그 일에 관해 한마디도 하지 않았다. 나에게, 또 물론 다른 누구에게도. 아마 어머니 또한 두려웠을 것이고, 나의 음란한 행위들이 어머니를 끌어들인 곳은 아마 어머니에게도 낯설고 무서운 영토였을 것이다.

오, 하지만 이제 나는 얼마나 착한 아들이 되었는지. 주의깊었고 진중했고 공부를 열심히 했고 의무의 부름을 훨씬 넘어서는 수준으로 의무를 이행했다. 얼마나 신속하게 어머니를 위해 집안 심부름을 했던지, 어머니의 불평, 어머니의 불만, 우리 하숙인들의 게으름, 무절제, 개인위생 태만에 대한 비난을 들을 때 얼마나 끈기와 공감을 보여주었던지. 물론 그건 다 가짜였다. 만일 미시즈 그레이가 숙고한 끝에 떠날 때와 마찬가지로 갑자기 돌아온다면, 이것이 나에게는 전혀 불가능한 일로 보이지 않았는데, 그러면 나는 예전과 똑같이 뜨겁게, 똑같이 무모하게 그녀에게 달려들 것이었다. 내가 두려움에 떨었던 것은 발각과 불명예 때문도 아니고, 타운의 뒷담화나 어머니의 무언의 비난 때문도 아니었다. 내가 두려워한 것은 나 자신의 슬픔, 그 무게, 그것의 피할 수 없는 부식력이었다. 그것과 더불어 평생 처음으로 내가 완전히 혼자라는 삭막한 인식. 나는 끝이 보이지 않는 광야처럼 가없고 무심한 바다에 난파하여 좌초한 크루소와 같은 존재가 되었다. 아니, 아리아드네가 무정하게도 자기 할 일을 하러 서둘러 떠난 뒤 낙소스섬에 버려진 테세우스와 같은 존재.

또 놀라웠던 것은 나를 둘러싸고 느껴지는 정적이었다. 타운은 이야기로 웅성거렸지만 나는 아무도 말을 걸지 않는 유일한 사람이었다. 내가 그날 포지에서 빌리의 습격을 환영한 건 적어도 그것이 소리를 냈기 때문이고, 나를, 나만을 겨냥하고 있었기 때문이다. 타운에는 정말로 충격받고 분개한 사람들도 있었겠지만 은근히 미시즈 그레이와 나를 부러워하게 된 사람들도 있었는데, 이 두 부류가 반드시 서로를 배제하는 것은 아니었다. 그리고 물론 모두가, 심지어 우리와 공감할 수도 있었을 소수, 우리만큼이나 불명예에 빠지고 상실감을 느끼고 상처받았던 소수조차 엄청난 재미를 느꼈을 게 틀림없었다. 나는 프리스트 신부가 다시 연락할 거라고, 이번에는 내게 아주 먼 알프스의 양떼가 있는 어떤 산비탈에서 트라피스트회 수도사들과 함께 고행을 하라고 권하리라 굳게 믿고 있었지만 그조차도 거리를 두고 침묵을 지켰다. 아마 그는 거북했을 것이다. 혹시나, 나는 불안하게 자문한다, 사람들 모두가 추문에 입맛을 다시고 손을 비비면서도 사실은 거북했을까? 차라리 격분하는 게 나았을 것이다. 그랬다면 미시즈 그레이와 내가 둘이서 만들었으나 이제는 사라진 위대한 것을 더―뭐라고 해야 하나?—더 존중해주는 것처럼 보였을 것이다.

나는 미시즈 그레이가 멀리서 나에게 뭔가를, 한마디 말을, 고별사를 보내주기를 처음에는 자신 있게, 곧이어 점점 진해지는 씁쓸함을 느끼며 기다렸지만 아무것도 오지 않았다. 그녀가 어떤 방법으로 나와 연락을 할 수 있었을까? 우편으로 나에게, 내 어머니의 집으로 편지를 보낼 수는 없었을 것이다. 하지만 잠깐— 전에는 어떻게 연락을 했더라, 우리의 정사가 여전히 진행중일 때? 부엌 옆의 잡동사니가 잔뜩 들어차 있는 좁은 방, 어머니가 사무실이라고 부르는 방에는 전화기가 있었는데, 교환수와 연결하려면 옆에 붙은 손잡이를 돌려야 하는 구식 모델이었다. 하지만 나는 절대 그것으로 미시즈 그레이에게 전화를 하지 않았을 것이고, 그녀도 내가 전화를 할 거라는 생각은 꿈에도 하지 않았을 것이다. 무엇보다도 교환수가 늘 엿들었기 때문이다. 전화를 할 때면 교환수가 호기심을 느끼며 흥분하여 들썩이고 쥐처럼 깔짝대는 소리를 들을 수 있었다. 우리는 어딘가에, 어쩌면 코터의 집에 서로에게 보내는 메모를 남겼던 게 분명하다—하지만 아니, 미시즈 그레이는 혼자서는 거기에 가지 않았다. 그녀는 그 숲을 두려워했다. 그녀가 우연히 나보다 먼저 도착했을 때면, 당장이라도 도망칠 것처럼 문간에 불안하게 웅크리고 있는 게 눈에 띄곤 했다. 그러면 우리는 어떻게 했을까? 모른다. 그 많은 수수께끼 가운데 또하나의 해결되지 않은 수수께끼. 언젠가 뭔가 착오가 생겨 그녀가 나타나야 할 시간에 나타나지 않는 일이 있었고, 나는 오후 내내 괴로워하며 그녀를 기다렸다. 그러면서 그녀가 다시는 나타나지 않을 거라는, 그녀를 영영 잃어버린 거라는 확신이 점점 굳어졌다. 그게 내가 기억할 수 있는 단 한 번, 우리의 연락선이 끊어진 경우였다—하지만 그 선이라는 게 뭐였고, 어디에 깔려 있었을까?

그녀가 떠난 뒤 나는 그녀 꿈을 꾸지 않았다. 또는 꾸었다 해도 그 내용을 잊어버렸다. 나의 잠든 정신은 깨어 있는 정신보다 자비로웠는데, 깨어 있는 정신은 지칠 줄 모르고 나를 괴롭혔다. 뭐, 그래, 그것도 제풀에 지치긴 했다, 결국은. 그렇게 강렬한 것이 오래 지속될 수는 없었다. 아니, 혹시 지속될 수 있었을까? 내가 진정으로 그녀를 사랑했다면? 사람들이 말하듯이, 예전에 사람들이 사랑했다고 하듯이, 사심 없는 열정으로 사랑했다면? 물론 그런 사랑은 옛날 책에서 남자 주인공과 여자 주인공을 파괴하곤 했듯이 나를 파괴했을 것이다. 하지만 그랬다면 나는 얼마나 예쁜 주검이 되었을까, 내 관대 위에서 대리석이 되어, 손에 추억을 위한 대리석 백합을 꼭 움켜쥔 채.


이런 이런, 이렇게 골치 아픈 일이라니. 마시 메리웨더는 나를 고소하겠다고 한다. 하루에도 대여섯 번 전화를 걸어 돈 데번포트를 어떻게 했느냐고, 그녀를 어디에 숨겼느냐고 다그친다. 전화선에서 그녀의 격분한 목소리는 오페라 같은 트릴과 재잘거림에서 깡패의 목구멍에서 나오는 웅얼거림으로 급강하한다. 나는 그녀가 몸에서 분리된 채 허공에 걸려 위협하고 괴롭히고 어르는 메두사의 머리라고 상상한다. 나는 되풀이해서 그녀의 스타의 소재를 모른다고 우긴다. 이 말에 그녀는 거칠고 냉정한 웃음을 터뜨리고, 다시 담배에 불을 붙이느라 한참을 무겁게 씩씩거린다. 그녀는 내가 거짓말하고 있다는 것을 안다.

만일 촬영이 하루 더, 하루만 더 망가진다면 나와 계약을 끝내고 변호사들로 나를 공격하겠다. 이 말을 그녀는 일주일 동안 매일 하고 있다. 한 푼도 더 받지 못할 거다. 그녀는 나에게 꽥꽥거린다, 단 한 푼도. 나아가 지금까지 받은 것도 다 빼앗으러 나설 거다. 그 모든 엄포와 고함 뒤에서 나는 음미하는 기색을 읽어낸다. 그녀가 싸움을 즐기기 때문인데, 그 정도는 뻔하게 드러난다. 그녀가 수화기를 쾅 내려놓고 나면 귀에서 몇 초 동안 윙윙 소리가 떠나지 않는다.

토비 태거트는 내가 이탈리아에서 돌아온 다음날 오스텐테이션 타워스에서 점심을 먹자고 초대했다. 나는 코린시언 룸스의 호화로운 안감을 댄 부스에서 그를 찾아냈다. 그는 손톱을 물어뜯지 않으려고 두 손을 깔고 앉아 몸을 꿈틀거리며 한숨을 쉬고 있었다. 얼마나 억울하고 상처 입은 표정으로 나를 보던지. 그는 올리브 넣은 마티니를 마시고 있었는데 세 잔째라고 했다. 이전에 그가 술을 마시는 걸 본 적이 없으니 그것이 그의 괴로움의 증표인 셈이다. 봐요, 앨릭스, 그가 말했다, 조용히, 참을성 있게. 이건 심각한 일이에요. 그의 텁수룩한 머리가 아래로 내려오고 각진 손이 마티니 위에서 마치 그것을 축성하듯 결합되었다―영화 전체를 위험에 빠뜨릴 수 있어요, 그 점을 이해하고 있는 겁니까, 앨릭스, 네? 토비를 보면 내가 학교 다닐 때 알던 아이가 떠오른다. 머리가 엄청나게 커 어기적거리는 아이였는데, 심하게 곱슬곱슬하고 철사 같은 번들거리는 검은 머리카락이 이마와 귀까지 흘러내리며 머리를 대걸레처럼 덮고 있어 더 육중해 보였다. 앰브로즈, 그게 그의 이름이었다. 앰브로즈 애벗, 물론 별명은 버드, 또는 가끔은 기발하게도 루*―그래, 심지어 이름 쪽에서도 그는 운이 없었다. 전혀 운이 없었다, 가엾은 녀석. 앰브로즈는 멀리서도 오는 소리가 들렸다. 쇠붙이―무뎌진 펜나이프, 자물쇠가 사라진 열쇠, 더는 유통되지 않는 변색한 동전, 심지어 물자 부족 시기에는 병뚜껑―를 열심히 모으는 아이였기 때문에 걸어다닐 때 베두인족의 짐을 실은 낙타처럼 짤그랑짤그랑 소리를 냈다. 또 천식이 있어 한숨과 부드러운 그르렁거림과 희미하지만 귀에 거슬리는 휘파람소리를 늘 메들리로 달고 다녔다. 하지만 엄청나게 머리가 좋아서 학교와 국가의 모든 시험에서 일등을 했다. 돌이켜보면 그애는 나에게 반했던 것 같다. 그애가 나의 허세를 부리는 건방진 태도―나는 이미 미래의 멋쟁이 남자 주인공 역할을 연습하고 있었다―와 공부나 노력에 대한 공공연한 경멸을 부러워했다는 게 나의 상상이다. 또 아마도 그는 내 주위에서 미시즈 그레이의 사향냄새가 섞인 분위기를 느꼈을 것이다. 내가 그를 잘, 아니 잘은 아니더라도 어느 정도는 알게 된 것이 미시즈 그레이를 만나던 시기였기 때문이다. 그는 부드러운 영혼이었다. 나에게 자신의 수집품 가운데 고른 보석들을 선물이라며 억지로 떠안기곤 했는데, 나는 마지못해 그것을 받아 다른 것과 교환하거나 잃어버리거나 버렸다. 그는 나중에 하굣길에 자전거를 타고 가다 트럭에 치여 죽었다. 열여섯, 죽었을 때 그의 나이다. 가엾은 앰브로즈. 죽은 자들은 나의 암흑물질로, 손에 잡히지는 않지만 세상의 텅 빈 공간들을 채우고 있다.

토비와 나는 유쾌하게 점심을 먹고 많은 이야기를 나누었다. 그의 가족, 친구, 희망과 야망 이야기. 나는 정말로 그가 훌륭한 사람이라고 생

* 버드 애벗과 루 코스텔로는 1930년대부터 1950년대까지 특히 유명했던 미국인 코미디언 듀오다.

각한다. 식사를 마치고 자리를 뜰 때 나는 그에게 걱정하지 말라고, 돈
데번포트는 잠시 잠수를 타고 있을 뿐이며 곧 돌아와 다시 우리와 함
께할 것이라고 말했다. 토비는 타워스에서 묵고 있었는데 나를 배웅하
겠다고 고집을 부렸다. 문지기가 중절모에 손을 얹어 우리에게 인사를
하고 키가 큰 유리문을 당겨 열자—보잉-잉-잉!—우리는 함께 12월
말의 낮으로 나서게 되었다. 요즘 우리는 놀랄 만한 날씨를 누리고 있
다. 맑고 파삭파삭하고 아주 고요하다. 섬세한 일본의 하늘이 있고 공
기에서는 마치 잔의 테두리를 계속 문지르고 또 문지르는 것처럼 멀리
서 끊임없이 희미하게 울리는 소리가 들리는 듯하다. 시인이 옳다, 한
겨울의 봄은 그 나름의 한 계절이다.* 토비는 마티니와 그 이후에 마신
와인 몇 잔에 취해 다시 진지하게 나에게 돈 데번포트 건을 부탁하면
서 그녀가 일로 돌아와야만 한다고 강조했다. 그래요, 토비, 나는 말하
며 그의 어깨를 두드렸다. 그래요, 그래. 그는 다시 어기적거리며 안으
로 들어갔는데, 그가 잠으로 그 모든 알코올을 씻어냈기를 바란다.

　나는 공원을 가로질러 걸었다. 오리 웅덩이에는 얼음이 얼었고 온
기 없는 햇빛이 얼음에 반사되어 날뛰며 눈을 찔렀다. 갑자기 내 앞쪽
에 익숙한 형체가 눈에 들어왔다. 반짝거리는 검은 나무들 아래 쇄석
을 깐 좁은 길을 따라 발을 질질 끌며 걷고 있었다. 그간 꽤 오래 그가
눈에 띄지 않아 걱정이 되던 참이었다. 언젠가는 틀림없이 마지막으
로 마차에서 떨어져** 자신을 망칠 거라고 생각했기 때문이다. 나는 그
를 따라잡은 다음 속도를 늦추며 그에게 바짝 붙어 함께 걸었다. 그가

---

* T. S. 엘리엇의 「리틀 기딩」에 나오는 구절.
** 금주를 어긴다는 뜻.

평소에 뒤에 남기던 탁한 공기는 탐지할 수 없었는데 그것은 고무적이었다. 실제로 곧 분명해졌지만 그는 예의 그 주기적 변신을 겪은 뒤였다—그의 그 딸이 다시 관리에 들어가 그를 속속들이 손본 게 분명했다. 그래도 이전의 부활 때만큼 생기 넘쳐 보이지 않는 것은 사실인데, 특히 호화로운 부츠에도 불구하고 발은 영구히 수리 불가능이 된 것처럼 보이며 오른쪽 어깨뼈 위에도 혹이 불거진 게 뚜렷하다. 그럼에도 예전으로 돌아갔던 얼마 전 마지막 모습과 비교하면 새 사람이다. 피코트는 세탁이 되었고 대학 스카프도 빨았으며 턱수염은 다듬었고, 그 사막용 부츠는 신품처럼 보였다—그 딸이 신발가게에서 일하는 게 아닌지 궁금하다. 이제 나는 그와 나란히 걷게 되었다, 좁은 길의 반대편에서 신중하게 거리를 유지하고는 있었지만. 그는 발에 문제가 있음에도 꽤나 힘차게 솟구치듯 나아갔다. 평소처럼 두 손을 들어올리고 손가락 없는 장갑 안에서 반쯤 주먹을 쥐고 있었다. 이제 소생한 상태라 이전 시기처럼 펀치 드렁크에 시달려 비틀거리는 사람이라기보다는 챔피언이 애용하는 스파링 상대라고 해도 좋을 것 같았다. 나는 그가 저 아래 깊은 곳으로부터 다시 한번 돌아온 작은 기적을 기념하기 위해 혹시 그에게 해주거나, 주거나 아니면 그냥 말해줄 만한 게 뭐가 있을지 생각해보려 했다. 하지만 내가 무엇을 할 수 있었을까, 무슨 말을 할 수 있었을까? 가장 밋밋한 대화, 가령 날씨 이야기를 해보려고 했어도 틀림없이 우리 둘 다 당황하는 결과를 낳았을 것이다. 누가 알랴, 그가 심지어 나를 한 대 쳤을지. 그는 술기운이 전혀 없고 기분좋게 한판 붙을 기세였기 때문이다. 그래도 그가 그런 좋은 상태에 있는 것을 보니 기분이 좋았다. 조금 더 걷다가 그가 웅덩이를 돌아가는 좁은 길로 들어섰을 때 나는 한결 가벼워진 걸음으로 내 길을 갔다.

그를 봤다고, 완전히 새로워진, 나사로처럼 활기를 띤 그를 봤다고 리디아한테 잊지 말고 말해줘야겠다. 그녀는 소문으로만, 내가 전하는 말을 통해서만 그를 알지만, 그럼에도 그의 일련의 하강과 회복에 적극적으로 관심을 보인다. 그녀는, 나의 리디아는 그런 종류의 영혼으로, 세상의 길 잃은 사람들을 걱정한다.

캐스의 어린 시절 그 길고 괴로운 시간들 속에서도 고요가 내려앉는 어떤 순간, 어떤 간헐적 중단의 순간이 있었다. 단지 캐스에게만이 아니라 우리 작은 가족 전체에게. 물론 그 핵심에는 비탄과 불안이 자리 잡은 미심쩍은 고요였지만. 가끔 늦은 밤, 나는 아이의 침대 옆에 있고 아이는 몇 시간의 소란과 소리 없는 내적인 괴로움 끝에 마침내 일종의 잠에 빠져들었을 때, 나에게는 그 방, 그 방만이 아니라 집 자체와 그 주변 전체가 어떻게 된 일인지 사물들의 일반적인 수준 아래로 감지하기 힘들 만큼 살짝 가라앉아 정적과 강제된 고요의 장소가 된 것 같았다. 그럴 때면, 이런 나른하고 약간 수도원 같은 상태가 찾아오면 어린 시절 바닷가에서 맞이한 어느 고요해진 오후, 하늘은 낮게 내려앉고 공기는 무거운 시간에, 점성 있는 미지근한 물에 목까지 잠그고 서 있다가 천천히 천천히 몸이 가라앉도록 내버려두어 마침내 입, 코, 귀까지, 마침내 나의 전부가 가라앉곤 하던 때가 떠올랐다. 연한 청록색에 탁하고 느릿느릿 흔들리던 그 수면 바로 밑은 얼마나 이상한 세계이던지. 귀에서는 얼마나 큰 포효가 들리고 허파는 얼마나 거세게 타오르던지. 그러다 어떤 환희에 찬 공포 같은 것이 나를 사로잡았고, 거품 같은 어떤 것, 단지 숨은 아니고 일종의 거칠고 공포가 섞인 즐거움 같은 것이 목에서 부풀어오르고 또 부풀어올라 마침내 나는 도약하는 연어처럼 위로, 베일에 덮인 채 폭발한 공기 속으로 뛰어오르며 몸을 뒤틀고 숨을 헐떡였다. 최근 들어 집에 들어갈 때마다 현관에 멈춰 서서 잠시 귀를 기울이고 안테나를 꿈틀거리는데, 밤이면 캐스의 방—병실이라고 쓸 뻔했다, 빈번히 그랬기 때문이다—에 돌아와 있는 것 같기도 하다. 공기는 그렇게 균형 잡힌 채 고요하며, 빛에는 그렇게 어둠이 섞여, 어떻게 된 일인지 가장 밝은 곳조차도 침침하다. 돈 데번포트는 부정적인 마법으로 우리집에 영원한 어스름을 깔아놓았다. 이것을 불평하지는 않는다. 솔직히 말해서 이런 결과가 기쁘다—이것이 진정제라고 생각한다. 나는 들뜬 마음으로 현관 바로 안쪽 매트에 서서, 그곳에 잠긴 채 숨을 참고 열심히 집중하면 정신적 노력만으로도 집에서 아내와 돈 데번포트의 정확한 소재를 찾아낼 수 있을 거라고 상상하기를 좋아한다. 내가 어쩌다 이런 점술가적 능력을 계발했다고 여기게 되었는지 나도 알 수 없다. 최근 이 며칠 동안 그들은, 그들 둘은 우리집의 내세를 쌍둥이 신처럼 통치하고 있다. 놀랍게도—하지만 왜 놀랄까?—그들은 서로 좋아하게 되었다. 어쨌든 그렇다고 나는 믿는다. 그들은 나와 이런 이야기를 하지 않는다, 말할 필요도 없지만. 심지어 리디아도, 심지어 그런 일들이 공공연히 발설되는 곳이라고 여겨지는 침실이라는 성소에서도 우리 손님, 그녀가 손님이라면—아니면 우리 포로인가?—어쨌든 그녀에 관해서는 아무런 말도 하지 않고, 자신의 감정이나 의견을 암시할 만한 말도 전혀 하지 않는다. 그게 내가 관여할 문제는 아니라고 생각한다. 돈 데번포트와 내가 이탈리아에서 돌아왔을 때 리디아는 아무 말 없이, 그러니까 아무런 이의 제기 또는 불평 없이, 이미 다 정해진 일인 것처럼 그녀를 받아들였다. 문제가 생기면 여자들은 자연스럽게 서로를 수용해주는 것인가? 남자가 남자를 수용하고, 또는 여자가 남자를 수용하고, 또는 남자가 여자를 수용하는 것 이상으로? 나는 모른다, 이런 일은 전혀 알지 못한다. 다른 사람들의 동기, 그들이 원하는 것과 그들이 싫어하는 것은 나에게 수수께끼다. 나 자신의 그런 것들도 마찬가지다. 스스로 보기에 나는 훼방 속에서, 꼼짝 못하면서, 동화 속의 멍청하고 불운한 주인공처럼, 덤불 속에 속박되고 가시나무 속에서 방해를 받으며 움직이는 것 같다.

돈 데번포트가 집에서 훼를 치는 데 가장 애용하는 곳 가운데 하나는 나의 다락방 둥지에 있는 낡은 녹색 팔걸이의자다. 그녀는 거기에서 몇 시간을 보낸다. 몇 시간을 아무것도 하지 않고, 오직 우리 세계의 가장자리에 늘 존재하는 멀리 떨어진 저 언덕들에서 빛이 변하는 것만 지켜보고 있다. 이 다락방에 존재하는 하늘과 공간의 느낌이 마음에 든다고 한다. 그녀는 리디아가 오래전에 나에게 떠준 스웨터 하나를 빌렸다. 리디아가 뜨개질을 하다니, 지금은 상상할 수 없는 일이다. 소매가 너무 길어 그녀는 그것을 토시 대용으로 사용한다. 그녀는 난방을 최고로 높여놓아도 늘 춥다, 내게 그렇게 말한다. 나는 미시즈 그레이 생각을 한다. 우리의 여름이 이울 무렵 그녀도 추위 때문에 불평을 하곤 했다. 돈 데번포트는 의자에서 두 다리를 위로 끌어올린 채 웅크리고 앉아 있다. 자신을 끌어안고 있다. 화장을 전혀 하지 않고 머리는 리본 조각으로 뒤로 묶었다. 그렇게 민얼굴로 있으니 아주 어려 보인다. 아니, 어린 것이 아니라 형태가 잡히지 않은, 모양이 정해지지 않은 그녀 자신의 더 이른, 더 원시적인 버전 같다—원형, 그게 내가 원하는 말일까? 나는 그녀가 이곳에 있는 것을 소중하게 여긴다, 속으로. 나는 책상 앞 회전의자에 앉아 그녀에게 등을 돌리고 내 책을 쓴다. 그녀는 펜촉이 긁히는 소리가 듣기 좋다고 한다. 캐스의 어린 시절 내가 각본을 앞으로 높이 들고 어슬렁거리며 대사를 크게 읽는 동안 아이가 옆에 누워 있곤 하던 모습이 떠오른다. 나는 대사를 되풀이해 읽으며 머릿속에 집어넣고 있었다. 돈 데번포트는 극장에서 연기해본 적이 없지만ㅡ"곧장 스크린으로, 나는 그랬어요"ㅡ산들이 무대의 플랫*처럼 보인다고 말한다. 연기를 완전히 그만둘 작정이다, 그렇게 그녀는 고집을 부리고 있다. 그만두고 무엇을 할지는 말하지 않는다. 나는 그녀에게 마시 메리웨더의 협박, 토비 태거트의 슬픔에 젖은 호소 이야기를 해준다. 그녀는 언덕들, 계절답지 않은 오후의 햇빛을 받아 잿빛 섞인 푸른빛을 띤 언덕들을 다시 내다보며 아무 말도 하지 않는다. 자신이 도망자라고, 모두가 찾는 사람이라고 생각하는 게 기분좋을 거라는 생각이 든다. 우리는 함께 음모를 꾸미고 있고 리디아도 동참했다. 나는 사랑스러운 캐스가 어땠는지 기억하려 한다. 사랑, 그 말, 그 말을 하면 내 가엾은 늙은 심장이 빠르게 뛴다. 또그닥-딱, 그 작은 플라이휠이 꽤 잘 돌아간다. 나는 아무것도 보지 못하고 아무것도 이해하지 못한다. 어쨌든 거의. 그래 거의. 그게 중요하다고 생각하지 않는다. 아마도 이해하는 것이 과제는 아닐 것이다, 이제는. 그냥 있는 것, 당장은 그걸로 충분해 보인다, 여기 위에 있는 높은 방에, 등 뒤에는 자기 의자에 앉은 여자아이를 두고.

---

* 연극의 배경을 보여주기 위해 세워서 설치하는 무대장치.

오늘은 책상에서 편지 한 통이 나를 기다리고 있었다. 아커디대학교의 상징이 돋을새김된 긴 크림색 봉투에 든 편지였다. 그것을 보자 금이 간 종이 울렸다. 맞다—악셀 판더가 저멀리 아메리카의 화창한 해안 쪽에서 찾아낸 안전한 피난처, 마시 메리웨더의 출신지. 나는 비싼 편지지를 사랑한다. 그 풍요로운 바삭거림, 표면의 반짝이는 거친 느낌, 나에게는 다름 아닌 돈의 냄새인 풀냄새. 나는 '아나크: 오타크*—악셀 판더의 글에서 무질서와 통제'라는 정신이 번쩍 드는 제목의 세미나에 참석해달라는 초대를 받았다. 그래, 나도 사전을 찾아봐야만 했으나 그 결과는 아무런 깨우침을 주지 않았다. 하지만 모든 비용을 대주고 비행기도 일등석인데다 보수, 혹은 편지에 서명한 H. 사이러스 블랭크라는 사람의 점잖은 표현에 따르면 사례비도 준다. 이 블랭크의 직함은 아커디 영문학과의 응용해체주의 폴 드 만—다시 등장한다!—석좌교수다. 편지의 어조로 보아 친근한 유형으로 보인다. 그러나 말이 모호하여 내가 무슨 자격으로 이 아르카디아의 잔치에 참석하게 되는지는 알 수 없다. 나는 그 늙은 사기꾼 자신으로 가야 하는 걸 수도 있다. 다리를 절뚝이고 흑단 지팡이를 짚고 안대도 하고 그런 식으로—블랭크 교수와 그의 동료 해체주의자들은 나를 흉내내는 연예인으로, 그들의 영웅을 재현한 일종의 움직이는 밀랍 인형으로 고용할 생각을 하고도 남을 사람들이었다. 가야 할까? JB도 초대를 받았다. 유쾌한 짧은 여행이 될 수도 있지만—나무에서 따먹을 수 있는 그 모든 싱싱한 오렌지를 생각해보라—경계심이 생긴다. 사람들, 진짜 사람들

---

* anarch는 모반자, autarch는 독재자라는 뜻이다.

은 배우가 자신이 연기하는 인물이기를 기대한다. 하지만 나는 악셀 판더가 아니고 그와 닮은 데도 전혀 없다. 안 그런가?

블랭크. JB의 판더 전기에서 그 이름과 마주친 적이 있다, 틀림없이 마주쳤다. 판더의 부인이 죽었을 때 어떤 식으로인가 블랭크가 관련되어 있지 않았던가, 흔히 하는 말대로 의심스러운 정황에서? 색인을 찾아봐야겠다. 나의 블랭크 교수가 이 블랭크의 아버지 또는 아들일 수 있을까? 이런 거미줄 가닥 같은 연결은 세계를 가로질러 뻗어 있고, 그 끈끈한 촉감에 나는 몸을 떤다. 블랭크*.

이제 돈 데번포트가 세상으로 돌아갈 때라고 생각한다. 이것을 그녀에게 어떻게 표현해야 할지 모르겠다. 리디아가 도와줄 것이다, 나는 그러리라는 걸 안다. 그들은 아래 부엌에서 담배를 피우고 차를 마시고 이야기를 하며 많은 시간을 함께 보낸다. 리디아는 차에 인이 박였다, 나의 어머니처럼. 나는 부엌문에 다가갔다가 반대편에서 목소리가 들리면, 소리들이 섞여 웅웅거리며 물결치는 느낌이 나면, 발을 멈추고 몸을 돌리고 뒤꿈치를 들고 그 자리를 뜬다. 그들이 무슨 이야기를 하는지 짐작도 할 수가 없다. 문 뒤의 목소리들은 늘 다른 세상, 다른 법이 작동하는 세상에서 나오는 느낌이다.

그래, 나는 리디아에게 우리의 오로라 같은 손님, 우리의 샛별이 다시 자기 역할을 떠맡도록, 자신의 역으로 돌아가도록, 다시 세상에 존재하도록 설득하는 것을 도와달라고 말할 것이다. 세상? 그게 세상이기는 한가.

---

* 블랭크(Blank)는 공백이나 백지, 또는 마음이 텅 빈다는 뜻도 된다.

JB를 만나 한잔했는데, 왜 그랬는지는 잘 모르겠고, 지금은 괜한 짓이었다고 후회하고 있다. 우리는 칵테일 시간에 맞춰 그가 선택한 장소에 갔다. 어느 이면도로를 따라가다보면 나오는 일종의 상류층 신사 클럽이었는데, 묘한 가게로, 외관상으로는 눈에 띄는 것이 없었지만 내부는 침침한 궁전 같아서, 기둥과 포르티코*가 있고 졸고 있는 고요 속에 가라앉아 있었다. 기둥은 흰색이었고 벽은 아테네 파란색이었으며 높은 옷깃에 양갈빗살 구레나룻**을 기르고 앞을 노려보는 흐릿한 인물들의 유화가 많았다. 우리가 거대한 벽난로 양옆에 놓인, 단추가 박힌 가죽 팔걸이의자에 앉자 의자가 지친 듯 우리 밑에서 삐걱거리고 신음을 토하며 항의했다. 벽난로는 속이 깊었고 깊은 곳이 불안하게 검었으며, 장식이 달린 황동 난로망이며 황동 석탄통이며 빛을 발하는 장작 받침대까지 다 갖췄지만 불은 없었다. 나비넥타이를 매고 연미복을 입은 늙은 웨이터가 은쟁반에 브랜디를 들고 와 씨근거리며 우리 사이의 낮은 탁자에 술을 내려놓고 아무 말 없이 물러갔다. 그곳에 우리밖에 없다고 생각하던 차에 멀리 방의 깊은 곳에서 눈에 보이지 않는 누군가가 가래를 긁어 올리며 길고 거친 헛기침을 하는 소리가 들렸다.

JB는 분명히 이상하고 만날 때마다 더 이상해진다. 그는 은밀하고 불안한 분위기를 유지하면서, 늘 안달하며 슬금슬금 물러나고 있다는

---

* 주로 건물의 입구에 기둥을 여러 개 받쳐 만든 주랑현관.
** 턱으로 내려올수록 넓어지는 구레나룻.

인상을 준다. 지금처럼 윙이 달린 높은 팔걸이의자에 다리를 꼬고 앉아 브랜디 잔을 손에 쥐고 있을 때조차. 토비 태거트는 판더 역에 나를 추천한 사람이 JB였다고 말한다. 오래전 무대에서 내가 말라버렸던*, 혀가 묶이고 눈을 부라리는 암피트리온이 되었던 그 참담한 밤에 그가 객석에 있었고 강한 인상을 받았던 것 같다. 무엇에 강한 인상을 받았는지 궁금하다. 내가 질질 끌며 마지막 막이 내릴 때까지 버텼다면 그가 나를 위해 해주지 못할 일이 무엇이겠는가? 이제 그는 거기에 흐릿하면서도 긴장된 모습으로 앉아, 내가 말하는 동안 열심히 내 입술을 주시하고 있었다. 마치 내 입술에서 나의 말이 전달하려고 하는 너무나도 순수하게 들리는 뜻과는 다른 어두운 계시가 담긴 속뜻을 읽어내려는 것처럼. 아니, 그가 내 말을 막고 서둘러 말했다. 아니, 리구리아에서 악셀 판더에게는 아무도 없었다고 확신한다. 그 말에 나는 잠시 입을 닫았다. 원한다면 메모를 찾아보겠지만, 그는 브랜디 잔을 들지 않은 손을 격하게 움직이며 말을 이어갔다. 판더가 포르토베네레에서 혼자였다고, 완전히 혼자였다고 확실하게 말할 수 있다고 생각한다. 그러더니 그는 눈길을 돌리고 얼굴을 찌푸리며 목구멍 뒤쪽에서 괴로움이 가득한 콧노래 소리를 희미하게 냈다. 정적이 흘렀다. 그러니까 판더가, 내가 말했다, 포르토베네레에 있었다는 말인가, 실제로. 나는 건강에 아무런 문제가 없다는 증명서를 들고 병원에서 퇴원했지만 집에 와보니 집밖에 구급차가 뒷문을 활짝 연 채 기다리고 있고 지루한 표정의 구급대원이 핏빛 새빨간 담요가 덮인 들것을 들고 길가에서 대

---

* 대사를 잊었다는 뜻.

기중인 걸 보게 된 느낌이었다. 내 질문에 JB는 다시 내 쪽을 보았고, 나는 그의 목에서 작은 톱니들이 갈리는 소리를 들은 것 같았다. 그는 툭 튀어나온 눈으로 나를 물끄러미 바라보며, 자기 자신에게 말하는 일을 맡기기 전에 메커니즘 작동을 시험하듯이 입을 열었다 닫았다. 오래전 네브래스카의 학자 파고 드윈터와 안트베르펜에서 이야기를 나눌 때, 그가 말했다. 드윈터가 자신을 도와 판더 문서의 정리 작업을 했던 조수에 관해 뭔가 언급했던 기억이 난다. 나는 기다렸다. JB는 눈을 껌뻑이더니 이제 빠져나올 수 없는 희미한 고통에 사로잡힌 것처럼 나를 바라보았다. 그때 어떤 인상을 받았는데, JB는 이렇게 말하며 이제 곧 떨어뜨리게 될 것임을 아는 어떤 깨지기 쉬운 물건을 필사적으로 쥐고 있으려 하는 사람처럼 움찔하는 표정을 지었다. 분명히 말하건대 그것은 그저 인상에 불과했지만, 판더와 그의 아무리 좋게 봐줘도 미심쩍은 과거에 관한 물건, 진짜, 그러니까 나쁜 물건을 발굴한 사람은 이 조수지 드윈터가 아니라고 의심할 만한 아주 작은 암시가 있었다. 나는 다시 기다렸다. JB는 계속 나를 물끄러미 바라보며 몸을 꿈틀거렸다. 이제 그 깨지기 쉬운 물건을 곧 떨어뜨릴 것 같은 사람은 내가 되었다. 어린아이였을 때 캐스는 어른이 되자마자 나와 결혼하고 우리는 자기와 똑같은 아이를 낳아 자기가 죽더라도 내가 자기를 그리워하거나 외로워질 일이 없도록 하겠다고 말하곤 했다. 십 년. 그 아이가 죽은 지 십 년이 되었다. 내가 다시 그애를 찾으러 떠나야만 하는가, 슬픔 속에서 또 고통 속에서? 그 아이는 이제 나의 세계로 오지 않겠지만 나는 그 아이의 세계를 향해 가고 있는데.

빌리 스트라이커가 전화를 했다. 나는 이런 전화를 두려워하게 되었다. 내가 이야기를 나눠야 할 사람이 있다고 한다. 그 사람이 수녀라고 말한 것 같았지만 내가 잘못 들었겠거니 했다. 정말이지 청력을 살펴보러 가야겠다. 나의 청력, 살펴보러―하! 또 나온다, 언어가 자신과 장난을 치는 것.

나는 빌리를 새로운 빛 아래서 보기 시작했다. 그녀는 나의 무관심의 그늘에서 아주 오래 시들다보니 그녀 자신이 그늘처럼 보이게 되었다. 그러나 그녀에게도 아우라가 있다. 그녀는 결국 나와 매우 밀접하게 관련된 아주 많은 인물 사이의 연결 고리다―미시즈 그레이, 내 딸, 심지어 악셀 판더. 나는 그녀가 혹시 단순한 연결 고리 이상일 수도 있지 않을까, 그녀가 혹시 어떤 면에서는 조정자가 아닐까 자문한다. 조정자? 이상한 말이다. 내가 무슨 말을 하는 건지 모르겠지만 뭔가 말하려고 하는 것 같기는 하다. 오래전에는 모든 반대 증거에도 불구하고 내가 나 자신의 삶을 책임지는 사람이라고 생각하곤 했다. 존재하는 것은, 나는 속으로 말했다, 행동하는 것이다. 하지만 여기에서 핵심적인 말장난을 놓쳤다*. 지금 나는 내가 늘 인식하지 못하는 힘들에, 감추어진 강압들에 영향을 받아 행동해왔음을 깨닫는다. 빌리는 나라는, 또는 남들이 나라고 여기는 형편없는 공연물을 배후에서 이끌어온 드라마투르그들의 긴 줄에서 가장 최근에 나타난 사람이다. 이제 그녀는 플롯에서 어떤 새로운 반전을 찾아낸 것일까?

---

* 행동한다는 뜻의 동사 act에는 연기한다는 뜻도 있다.

'우리 성모 수도원'은 길 세 개가 만나는 합류점 위 바람 부는 황량한 언덕에 자리잡고 있다. 우리는 교외에 나와 있지만, 나는 길 없는 광야로 과감하게 나선 기분이었다. 오해하지 마라―나는 이런 장소, 황량하고 겉보기에 특색 없는 장소를 좋아한다. 그게 맞는 말인지는 모르겠지만, 그러니까 좋아한다는 게. 그래, 나에게 어느 날이든 당신의 녹음 짙은 골짜기 위, 당신의 반짝이는 웅장한 봉우리 위의 생각지도 못했던 구석 한 곳을 달라. 나의 경치 구경길은 당신을 쓰레기가 흩어진 거리로 데리고 내려올 것인데 그곳에는 창에 빨래가 걸려 있고 앞쪽 문간에서는 틀니를 끼고 슬리퍼를 신은 늙은이들이 당신을 지켜보며 서 있을 것이다. 개들이 슬금슬금 볼일을 보며 돌아다니고 얼굴이 시커먼 아이들이 새카맣게 탄 하늘 아래 황무지의 철조망 뒤에서 놀고 있을 것이다. 젊은 남자들은 머리를 뒤로 한껏 젖히고 코를 벌름거리며 반항적으로 노려볼 것이고, 머리카락을 올려 쌓은 듯한 헤어스타일의 젊은 여자들은 하이힐을 신고 여봐란듯 몸치장을 하면서 당신이 있는 것도 모른 체하며 앵무새 목소리로 서로 소리를 질러댈 것이다. 여기 아닌 다른 곳이 존재한다는 것을 아는 사람은 늘 젊은 여자이기에 그들이 그런 장소를 갈망하는 것을 볼 수 있다. 쓰레기통 냄새가, 또 곰팡이 핀 석고와 썩어가는 매트리스 냄새가 날 것이다. 당신은 여기 있고 싶지 않겠지만 여기에는 당신에게 말을 거는 뭔가, 불편하게도 반쯤 기억나고 반쯤 상상이 되는 뭔가, 당신이면서 당신이 아닌 뭔가가 있을 것이다. 과거로부터 온 전조.

영리한 '자매'들은 왜 모원母院―어머니 집!―을 그런 장소에 지을까? 아마도 그 건물, 성모의 푸른 망토 색깔에 창이 많고, 천국의 약속

된 저택 가운데 하나처럼 널찍한 그 건물은 원래는 다른 용도, 병영, 또는 아마도 정신병원으로 설계되었을 것이다. 이날 하늘은 불가능해 보일 만큼 낮았으며, 배가 불룩 나온 구름들은 정렬한 굴뚝 통풍관에 올라앉아 쉬는 듯했고, 바람이 윤기 나게 닦아놓은 풀에 깊고 긴 호를 그리며 스치듯 내려앉는 까마귀들은 그 하늘의 무게에 짓눌려 너덜너덜한 날개 끝으로 방향을 잡고 있는 것 같았다.

캐서린 자매는 활달하게 움직이는 작은 몸의 소유자로 흡연자처럼 기침을 했다. 그냥 보았다면 절대 수녀라고 생각하지 못했을 것이다. 나처럼 잿빛인 머리는 나보다 짧게 잘랐고 거기에 아무것도 쓰지 않았으며, 잿빛 서지 천을 네모나게 잘라놓은 듯한 그녀의 옷은 내 눈에는 수녀복이라기보다 나의 젊은 시절에 사서나 사업가의 볼품없는 비서가 흔히 입던 종류의 옷처럼 보였다. 도대체 언제부터 수녀들이 자기역에 어울리는 옷을 입지 않게 된 걸까? 요즘은 진짜 원본을 찾으려면 멀리 남쪽 라틴 땅에 가야 한다. 바닥까지 드리운 묵직한 검은 스커트에 두건과 머리 가리개, 또 존재하지도 않는 허리 둘레에 늘어져 있는 나무로 만든 커다란 묵주. 이 사람의 다리는 맨살이었고 발목은 굵었다. 열심히 살폈음에도 그녀에게서 그녀의 어머니를 닮은 모습은 찾아볼 수 없었다. 그녀가 말했다, 해외의 선교 현장에 있다가, 휴가차, 그녀의 표현이다, 집에 와 있다. 즉시 나는 희고 동정심 없는 태양 아래 두개골과 표백된 뼈와 유릿조각과 색을 칠한 막대에 가죽끈으로 묶인 반짝이는 금속이 여기저기 흩어져 있는 모래 덮인 광대한 땅을 그려보았다. 그녀는 수녀일 뿐 아니라 의사다―나는 몹시 탐내던 그 현미경을 떠올렸다. 그녀의 억양에는 신세계*의 날이 서 있다. 줄담배를 피우는데 브랜드는 러키 캐멀이다. 여전히 그 렌즈가 두꺼운 안경을 쓴다. 아버지 가게에서 맞춘 것인지도 모른다. 나는 그녀에게 캐서린은 내 딸의 이름이라고, 이름이었다고 말했다. "키티라고 불렀나요, 나처럼?" 그녀가 물었다. 아니, 내가 말했다. 캐스라고.

내부에 회랑이 있었고 우리는 그곳을 걸었다. 회랑은 자갈이 깔린 안뜰의 사면을 둘러싸고 있는 판석이 깔린 아치길로, 위는 하늘로 열려 있었다. 자갈 위 키가 큰 알리바바 화분들에서는 종려나무가 자라고 있었고 한 격자 구조물에는 어떤 덩굴식물이 매달려 창백하고 의기소침한 겨울꽃을 피우고 있었다. 나는 외투를 입고도 추웠지만 캐서린 자매는, 나는 계속 그녀를 그렇게 불러야 한다고 생각하는데, 얇은 회색 카디건 차림임에도 싸늘한 공기나 서서히 얼음 같은 손가락을 펼치는 바람을 인식하지도 못하는 듯했다.

나는 모든 걸 잘못 알고 있었던 것 같다. 그녀의 어머니와 나에 관해 아는 사람은 아무도 없었다. 그녀는 그날 세탁실에서 본 것을 아무에게도 말하지 않았다. 그녀는 담배에 불을 붙이면서 두 손으로 성냥을 감쌌다가 고개를 들었고, 그러자 예전처럼 경멸과 즐거움 가득한 키티가 반짝거리는 곁눈질로 나를 쳐다보고 있었다. 왜, 그녀가 물었다, 모두가 알고 있을 거라고 상상했나? 하지만 내 생각에는, 나는 당황해서 대답했다. 내 생각에는 타운이 그녀의 어머니와 내가 그 여름 내내 그렇게 망신스러운 행동을 했다는 이야기로 가득차 있는 것 같았다. 그녀는 고개를 저었고, 입술에서 담뱃잎 한 조각이 떨어져나왔다. 그러

---

\* 아메리카대륙을 가리킨다.

면 그녀의 아버지, 내가 말했다. 그에게도 말을 하지 않은 건가? "뭐라고요—아빠요?" 그녀가 말하며 입안 가득한 연기를 침을 튀기듯 뱉어냈다. "아빠야말로 내가 절대 말하지 않을 사람이죠. 그리고 말을 했다 해도 내 말을 믿지 않았을 거예요—아빠 눈에 멈서는 어떤 잘못도 할 수 없는 사람이었어요." 멈서? "우리는 어머니를 그렇게 불렀어요, 빌리하고 나는. 아무것도 기억나지 않는 거예요?" 분명히 말하거니와 기억나지 않았다.

우리는 계속 걸었다. 바람이 석조 아치 사이에서 신음을 토했다. 나는 예전에 키티의 조롱과 교활한 즐거움을 마주할 때면 나를 옥죄던 그 속박에 시달리고 있었다. 그 긴 세월 뒤 여기에 그녀와 함께 있다는 게, 이 강인하고 작은 인간이 구식 증기기관차처럼 담배 연기를 뿜어내면서 나의 무지에, 나의 착각에 행복하게 놀라며 고개를 젓고 있다는 게 얼마나 묘한 느낌인지. 사람들은 그녀가 섬세하고 연약하다고 말하곤 했는데, 그 말은 분명히 틀렸다. 설사, 그녀가 말하고 있었다, 설사 몇 달 동안 자기 아내가 어린 남자애—그런데 그때 몇 살이었나?—와 원숭이 짓*을 했다는 증거가 눈앞에 나타났다 해도 아빠는 어떤 행동도 하지 않았을 거다, 아빠는 멈서를 간절히 사랑했고 하릴없이 경외하고 있었기 때문에 멈서는 무슨 짓을 해도 벌을 받지 않았을 거다. 이런 말을 하면서 그녀는 나에게, 지금의 나나 그때의 나에게 아무런 원한을 드러내지 않았다. 심지어 내가 잘못했다고 느끼지도 않는 것 같았고, 반면 나는 수치와 당혹과 원숭이 짓 때문에 땀을 흘리고 있

---

* 바보 같은 짓이라는 뜻.

었다.

하지만 마지는, 나는 갑자기 기억이 나서 발을 멈추고 말했다, 그녀의 친구 마지, 그녀는 어떻게 된 건가? 흠, 그녀도 발을 멈추고 말했다, 그애가 뭐가 어떻게 되었냐는 건가? 틀림없이, 내가 말했다, 자기가 본 걸 말했을 텐데. 그녀는 얼굴을 찌푸리며 내가 제정신이 아니라는 듯이 물끄러미 바라보았다. "무슨 말이에요?" 그녀가 말했다. "마지는 거기 없었어요." 그 말을 나는 전혀 받아들일 수 없었다. 나는 그들을 세탁실 문간에서 보았다, 또렷하게 기억하고 있었다, 둘이 거기 서 있었던 것, 땋은머리에 동그란 안경을 쓴 키티와 입으로 숨을 쉬는 살찐 마지, 그 두 사람이 십자가 장면에서 실수로 조명을 받은 한 쌍의 푸토*처럼 멍하고 약간 어리둥절한 표정으로 물끄러미 바라보고 있던 것. 하지만 아니, 수녀는 단호하게 말했다, 아니, 틀렸다, 마지는 거기 없었다, 열린 문에는 그녀 혼자 있었다.

우리는 네모난 안뜰의 모서리에 이르렀는데 그곳에는 유리가 없는 좁은 아치형 창문, 화살 구멍, 또는 총안, 그렇게 부르는 듯한데, 그런 구멍이 있고, 그곳을 통해 세 개의 길이 만나는 그 비탈이 내려다보였다. 우리는 지붕이 밀집한 비좁은 주택단지, 수많은 색색의 딱정벌레처럼 주차된 차, 정원, 텔레비전 안테나, 버섯처럼 번져가는 배수탑을 볼 수 있었다. 돌 사이의 갈라진 틈으로 바람, 폭포처럼 강력하고 차가운 바람이 꾸준히 흘러들어, 우리는 발을 멈추고 그 예상치 못한 상쾌한 감각을 얼굴로 느껴보려고 총안 깊이 몸을 기울였다. 캐서린 자

---

* 르네상스시대의 회화나 조각 등에 등장하는 큐피드와 같은 발가벗은 어린아이.

매―아니, 키티, 키티라고 부르겠다. 그렇게 부르지 않으니 부자연스럽다―키티는 손을 오므려 담배를 보호하며 여전히 나의 터무니없이 잘못된 생각, 잘못된 기억에 즐거워하면서 혼자 미소를 짓고 있었다. 그렇다, 그녀는 다시 명랑하게 말했다, 모든 게 다 틀렸다, 모든 게. 그녀가 세탁실에서 우연히 우리를 목격한 날은 미시즈 그레이가 자기 어머니에게로 돌아간 날과 같지 않다. 그건 한 달 뒤, 한 달 이상 뒤이고, 미스터 그레이가 가게를 닫고 집을 팔려고 내놓은 것은 그보다 한참 뒤, 크리스마스 때다. 그때쯤 그 여름, 우리의 여름, 그녀의 여름과 나의 여름 내내 아팠던 어머니는 빠르게 쇠약해지고 있었는데 사실 그녀가 그렇게 오래 버틴 것에 모두 놀랐다. "그쪽 때문이었겠죠, 아마도." 키티가 말하며 손가락으로 내 코트 소매를 쳤다. "이 말이 위로가 될지 모르겠지만." 나는 좁은 창에 얼굴을 바짝 들이대고 많은 게 조밀하게 들어찬 골짜기를 내려다보았다. 저렇게 많은, 저렇게 많은 살아 있는 것들!

그녀는, 나의 미시즈 그레이는 죽을병으로 오래 고생했는데, 나는 전혀 눈치도 못 채고 있었다. 죽은 아이가 태어날 때 그녀의 내부에서 뭔가를 뜯어냈고, 그 조직에 미친 세포가 모여 때가 될 때까지 기다렸다. "자궁내막암." 키티가 말했다. "으으으"―그녀는 몸을 떨었다―"의사가 된다는 건 너무 많이 안다는 거예요." 어머니는, 그녀는 말했다, 그해 마지막날에 죽었다. 그때쯤 나의 마음은 치유가 되었고, 나는 열여섯이 되었고, 막 다른 짓을 하러 나서려는 참이었다. "어머니는 그해 9월에 늘 추워했죠." 키티가 말했다. "하지만 그때가 얼마나 더웠는지 기억나요? 매일 아침 아빠는 멈서를 위해 불을 피웠고 멈서는 온종일 담요를 두르고 불 앞에 앉아 그걸 들여다봤어요." 그녀는 콧구멍으로 부드럽고 작고 성난 웃음 같은 걸 터뜨리더니 고개를 저었다. "멈서는 그쪽을 기다리고 있었어요, 내 생각에는." 그녀가 말하며 빠르게 흘끗 나를 곁눈질했다. "하지만 한 번도 오지 않았죠."

우리는 방향을 틀어 뜰을 가로질러 돌아갔다. 나는 그녀에게 그날 포지에서 빌리가 나에게 달려든 이야기, 소리를 지르고 울고 주먹을 휘두른 이야기를 했다. 그래, 키티가 말했다, 그에게는 말했다, 빌리는 그녀가 그 이야기를 한 유일한 사람이다. 그에게는 말해야 할 의무가 있다고 느꼈다. 나는 이유를 묻지 않았다. 이제 우리는 다시 아치 밑을 걷고 있었는데 판석 위에 올라서자 우리 발소리가 선명해졌다. "저것 좀 봐요." 그녀가 발을 멈추고 담배로 가리켰다. "저 종려나무. 저런 걸 여기에 갖다놓다니." 빌리는 삼 년 전에 죽었다, 뇌에 뭐가 생겨서, 동맥류, 그녀는 그렇게 짐작했다. 그전에도 보지 못한 지 오래였고, 그를 잘 안다고 할 수도 없었다. 아버지는 그보다 일 년 더 살았다―"상상해보세요!" 이제 그들은 모두 사라졌고, 그녀가 마지막 남은 핏줄이며, 그 성姓은 그녀와 함께 죽을 거다. "오, 뭐, 세상에 그레이가 부족하다고 할 수는 없겠지만."

그녀에게 왜 수녀가 되었는지 묻고 싶었다. 그 모든 걸 믿는 걸까, 그게 궁금하다. 구유와 십자가, 기적적인 탄생, 희생, 구속救贖, 부활? 그렇다면 그녀가 보는 시각에서는 캐스가 영원히 살아 있는 셈이다. 캐스, 또 미시즈 그레이, 또 미스터 그레이, 또 빌리, 또 나의 어머니와 아버지, 다른 모든 사람의 아버지와 어머니, 모든 세대를 거슬러, 심지어 에덴동산에 이르기까지. 하지만 그게 유일하게 가능한, 또는 가장 높은 곳에 자리잡은 천국은 아니다. 레리치에서 그 눈 오는 밤에 페드리고 소란이 내게 말해준 놀라운 것들 중에는 다중 세계 이론이 있었다. 어떤 학자들은 여러 우주가 있고 그것이 모두 함께 존재하며 모두 동시에 진행되는데, 그 안에서 일어날 수 있는 모든 일이 일어난다고 생각한다. 많은 사람으로 붐비는 키티의 낙원의 평원과 마찬가지로, 이 무한한 층이 있고, 무한히 가지를 뻗는 현실 안 어딘가에서도 캐스는 죽지 않았고, 그애의 아이가 태어났고, 스비드리가일로프는 미국으로 가지 않았다. 어딘가에서는 또 미시즈 그레이가 살아남았고, 아마도 지금까지 살아 있고, 여전히 젊고 여전히 나를 기억하고 있다, 내가 그녀를 기억하듯이. 어떤 영원한 영역을 나는 믿어야 할까, 어느 쪽을 택해야 할까? 어느 쪽도 아니다. 나의 모든 죽은 자는 어차피 나에게 다 살아 있고 나에게 과거란 영원히 빛나는 현재이기 때문에. 그들은 나에게 다 살아 있지만 사라졌다, 이렇게 말들로 이루어진 연약한 내세에만 남아 있을 뿐.

나의 넘쳐나는 기억의 창고에서 미시즈 그레이, 나의 실리아의 기억을 하나만 골라야 한다면, 마지막 기억을 골라야 한다면, 그것은 이거다. 우리는 숲에서, 코터의 집에서 벌거벗고 매트리스에 앉아 있었다. 아니, 그녀는 앉아 있고 나는 그녀의 무릎 위에 반쯤 누워 두 팔을 느슨하게 그녀의 골반 둘레에 걸치고 머리는 젖가슴에 얹고 있었다. 나는 위쪽, 그녀의 어깨 너머, 지붕의 갈라진 틈으로 해가 비쳐드는 것을 보고 있었다. 그 틈은 바늘구멍만한 크기였을 게 틀림없다, 그곳을 통과한 빛줄기는 아주 가늘었기 때문에. 그러나 강렬하기도 하여, 바큇살처럼 바깥을 향해 사방으로 뻗어나가고 있었다. 그래서 머리 각도를 아주 조금씩 조정할 때마다 그것은 돌다가 멈추고 멈췄다가 다시 돌면서 사납게 타오르며 진동하는 바퀴, 거대한 시계의 황금 톱니바퀴 같은 바퀴가 되었다. 세상의 모든 천체가 맞물려 불꽃이 튀는 현상을 이 하찮은 지점에서 나 혼자 목격하고 있다는 생각이 들었다—나아가 내가 그것을 만들었고, 그것이 내 눈에서 태어나고 있고, 오직 나만이 그것을 보거나 알 거라는 생각. 그 순간 미시즈 그레이가 어깨를 움직여 빛줄기를 차단했고, 바큇살이 달린 바퀴는 이제 없었다. 나의 부신 눈은 서둘러 내 위쪽 그녀의 그늘진 형체에 적응했고 어두운 식(蝕)의 순간이 빠르게 지나가면서 그곳에 그녀가 나타났다. 나를 향해 몸을 기울이고 벌린 세 손가락으로 왼쪽 젖가슴을 받친 채 약간 들어올려 귀중하고 광택 나는 박처럼 내 입술을 향해 내밀고 있었다. 하지만 내가 본 것, 내가 지금 보는 것은 그녀의 얼굴, 내 시야 안에서 원근법으로 조정된, 넓고 움직이지 않는, 눈까풀이 무겁게 내려온, 입에 미소를 띠지 않은 얼굴이었으며, 거기 담긴 표정은 수심어리고 우울하고 쓸쓸했다. 그녀는 내가 아니라 나 너머, 멀리멀리 떨어진 어떤 것을 응시하고 있었다.

키티는 회랑 한 모퉁이에서 협문, 또는 출격구로 나를 내보내주었다—아, 그래, 내가 이런 오래된 말들을 얼마나 좋아하는지, 그게 나를 얼마나 위로해주는지. 나는 모자를, 장갑을 만지작거리고 있었다. 갑자기 안달하는 노인네가 되었다. 그녀에게 무슨 말을 해야 할지 몰랐다. 우리는 얼른 악수를 했고 나는 몸을 돌렸고 빙글빙글 돌며 비탈을 내려가는 느낌이었는데, 어느새 다시 그 보잘것없고 흠 많은 거리 속이었다.

미국에 가기로 했다. 거기에서 스비드리가일로프를 찾아다닐까? 아마도 그럴 것이다. JB와 함께 여행한다. 어울리지 않는 한 쌍, 나도 안다. 우리는 아커디, 계절이 없다고 들은 그곳에서 열리는 악셀 판더 축제의 주최자로 추정되는 블랭크 교수의 후한 태도에 믿음을 갖기로 했다. 우리의 여정은 예약되었고, 짐도 다 쌌고, 우리는 떠나고 싶은 마음이 간절하다. 남은 일은 우리의 마지막 장면, 판더가 코라에게, 그에 대한 사랑 때문에 죽은 비극적인 젊은 여자에게 작별인사를 하러 오는 장면을 찍는 것뿐이다. 그래, 돈 데번포트는 세트로 돌아왔다. 결국 그녀가 돌아와 다시 산 자들 사이에 섞이도록 설득한 사람은 물론 리디 아였다. 그 부엌 소굴에서, 차라는 헌주와 담배로 피워 올린 희생제 연기 속에서 어떤 거래가 이루어졌는지 나는 묻지 않을 것이다. 대신 사람들이 스타에게 수의를 입히고 화장에 마지막 손질을 하는 동안 빛의 가장자리에서 대기할 것이고, 그곳에 머물며 이 영화 세트가 다름 아닌 예수 탄생 장면, 시중드는 침침한 인물들에 둘러싸인 채 빛을 받는 그 작은 공간을 닮았다고 생각하다가, 마침내 앞으로 나가 허리를 굽히고 화장을 한 그녀의 차가운 이마에 입을 맞출 것이다.

빌리 스트라이커도 곧 여행을 시작할 것이다. 안트베르펜, 토리노, 포르토베네레로. 그래, 악셀 판더가 십 년 전 그 길을 따라가며 남겼을지도 모르는 모든 더러운 진흙자국을 추적해달라고 내가 부탁했다. 더 많아진 미완의 작업. 그녀가 어떤 것들을 발굴할지 생각하고 싶지는 않지만 알고는 싶다. 묻혀 있는 게 많을까 두렵다. 그녀는 어서 떠나고 싫어하며, 그 남편이란 사람에게서 떨어져 있기를 고대한다, 의심의 여지가 없다. 나는 지난 몇 주 동안 판더 연기를 하면서 받은 것을 그녀에게 양도했다. 그런 오염된 포상금을 쓸 더 좋은 데가 어디 있단 말인가? 빌리, 나의 탐정.


어린 시절 나도 캐스처럼 불면증으로 고생했다. 내 경우에는 의도적으로 잠을 자지 않았던 것 같은데 자면 악몽을 꾸고, 늘 갑작스러운 죽음이라는 공포에 시달렸기 때문이다—자는 동안 심장이 고장나면 잠을 깨서 그게 멈추는 걸 느끼고 곧 죽을 것을 알게 될 거라고 확신했기 때문에, 이제 기억난다, 왼쪽으로 모로 누우려 하지 않았다, 이런 고통을 겪은 것이 몇 살 때인지는 알 수 없다. 아마도 아버지가 죽은 무렵이었을 것이다. 그랬다면 매일 밤 깨어 있어 어머니를 괴롭히는 것으로 남편을 잃은 그녀의 괴로움을 늘린 셈이다. 나는 몇 분마다 소리를 질러 어머니도 깨어 있는지 확인해야겠으니 방문을 열어놓으라고 간청하곤 했다. 결국 자신의 슬픔과 나의 무자비한 졸라댐에 지칠 수밖에 없었던 어머니는 잠이 들곤 했고, 나는 혼자 남아 눈을 크게 뜨고 따가운 눈꺼풀을 들어올린 채 밤의 답답한 검은 담요 밑에 웅크렸다. 나는 그런 식으로 참을 수 있는 한 오래 공포와 괴로움 속에 머물렀지만, 사실 그 시간은 그리 길지 않아 곧 몸을 일으켜 어머니 방으로 가곤 했다. 나의 습관은, 이것은 절대 바뀌지 않았는데, 잠이 들었다가 악몽 때문에 깨어나는 것이었다. 가엾은 엄마. 어머니는 내가 자신의 침대로 들어오는 것을 허락하지 않았다. 그것은 어머니가, 이 강요라는 것은 좀체 모르던 영혼이 강요한 한 가지 규칙이었다. 대신 침대 옆의 바닥에 누울 수 있도록 뭔가를, 담요나 깃털 이불 같은 것을 내주곤 했다. 또 이불 밑으로 손을 뻗어 내가 잡을 수 있는 손가락도 하나 내주었다. 시간이 지나면서 이 의례가 규범이 되었을 때, 나는 매일 밤의 한 토막을 어머니 침대 옆 바닥에서 그녀의 손가락을 쥔 채 보내다가 나름의 방법을 찾아냈다. 다락방에서 캔버스천으로 만든 침낭—하숙인이 남겨두고 간 게 분명했다—을 찾아내 벽장에 넣어두었다가 어머니 방으로 끌고 가 침대 옆 바닥 내 자리에 깔고 꿈틀거리며 안에 들어가 누웠다. 이런 일이 몇 달 계속되었고, 그러다 마침내 어떤 장벽을 넘어 성장의 새롭고 더 단단한 단계로 들어선 후에는 내 방을 떠나지 않고 내 침대에서 자기 시작했다. 그러다 몇 년이 지난 뒤 미시즈 그레이가 떠나고 난 직후 그 괴로운 여파 속에서, 어느 날 밤 나도 모르게 그 낡은 침낭을 찾아 벽장을 뒤지고, 결국 찾아낸 뒤 흐느낌을 억누르며 어머니 방으로 기어들어가 전처럼 그것을 바닥에 펼쳤다. 어머니는 무슨 생각을 했을까? 나는 어머니가 자고 있다고 믿었지만 곧—내가 우는 걸 알았을까?—바스락거리는 소리가 들리더니 이불 밑에서 손이 나와 내 어깨를 어루만지고, 잡으라며 손가락 하나가 다가왔다, 예전처럼. 물론 나는 경직되어 어머니의 손길로부터 움츠러들었고 곧 어머니도 손을 거둔 뒤 몸을 한 번 들썩이고 한숨을 쉬며 반대로 돌아누워 곧 코를 골았다. 나는 위쪽 창을 살폈다. 밤은 끝나가고 새벽이 다가오면서 빛, 아직 불확실하여 희미한 광채에 불과한 것이 커튼 가장자리를 따라 스며들고 있었다. 우느라 눈이 아팠고 목은 부어 얼얼했다. 끝날 수 없다고 생각하던 것이 끝났다. 이제 나는 누구를 사랑할 것이며 누가 나를 사랑할까? 나는 어머니가 코고는 소리에 귀를 기울였다. 어머니의 숨 때문에 방의 공기는 탁했다. 하나의 세계가 끝나고 있었다. 아무 소리도 없이. 나는 다시 창을 보았다. 이제 커튼 둘레의 빛이 강해졌다. 점점 강해지면서도 어쩐지 내부는 흔들리는 것처럼 보이는 빛. 마치 어떤 광채 나는 존재가 집을 향해, 잿빛 풀을 넘어, 이끼 낀 마당을 가로질러, 떨리는 커다란 날개를 활짝 펼친 채 다가오고 있는 느낌이었고, 나는 그것을 기다리며, 기다리며, 나도 모르는 새에 잠으로 미끄러져 들어갔다.

# 신화의 새로운 문법

국내에서 2016년에 출간된 존 밴빌 작 『바다』의 연보는 2020년까지 기록되어 있다. 물론 미래를 예언한 것은 아니고, 쇄가 바뀔 때 부지런한 편집자가 연보를 갱신해놓은 것이다. 1945년생으로 여든에 가까운 밴빌은 2025년 현재 아직 살아 있을 뿐 아니라 2020년 이후에도 거의 매년 소설을 발표했다. 연보를 다시 갱신한다면 2020년부터 다섯 권이 추가될 듯하다. 흥미로운 것은 이 다섯 권 가운데 네 권이, 본명으로 발표했건 필명 '벤저민 블랙'으로 발표했건 추리소설 장르에 속한다는 점이다. 옮긴이는 『바다』의 후기에서 모더니스트인 밴빌이 젊은 시절 오랜 기간 직장생활과 작품활동을 병행한 것을 보고 그 부지런함에 놀랐다고 말했는데, 당시의 직장생활이 지금은 추리소설 작가생활로 바뀌었을 뿐 부지런한 작가라는 면에서 그는 달라진 게 없는 듯하다.

그런데 과연 그에게 추리소설이 그저 빠른 속도로 써낼 수 있는 부업에 지나지 않는 것일까? 이것은 밴빌이라는 작가 전체를 조망하려 할 때 분명히 짚어보아야 할 문제일 터인데, 아무래도 관심이 가는 대목은 그에게서 양쪽 장르가 상호 침투하는 방식일 것이다. 『오래된 빛』만 놓고 보더라도 추리소설의 장르적 문법이 침투해 들어오는 방식이 꽤 흥미롭다. 밴빌은 스타일리스트이기 때문에 이렇다 할 플롯이 없는 소설을 쓸 것이라고 지레짐작하기 쉽지만, 이번 책은(『바다』에도 그런 면이 있지만) 전개는 물론이고 결말부의 문제 해결이나 반전에서도 치밀한 플롯과 의외의 결말에 의지하는 추리소설의 냄새가 물씬 풍긴다.

물론 이 소설은 플롯이 한눈에 들어오지 않을 뿐 아니라 다중적이기도 하며, 따라서 그 복잡한 윤곽을 파악하기까지 꽤 많은 우회로를 돌고, 스쳐가는 정보를 눈여겨보고, 모호한 퍼즐조각을 다른 조각들과 맞춰보고, 빈 부분을 상상력으로 채우고, 수많은 껍질을 벗겨야 하지만, 그럼에도 결국 큰 그림의 퍼즐이 어느 정도 맞춰지는 쾌감을 선사한다. '어느 정도'라고 한 것은, 추리소설과는 달리 퍼즐이 완벽하게 맞아떨어지는 것 자체가 이 소설의 목표가 아니기도 하고, 아무리 완벽해 보이게 맞췄다 해도 그것은 어디까지나 그렇게 읽은 사람의 해석일 뿐 십중팔구 다른 방법으로도 완벽해 보이도록 맞출 수 있을 것이고, 그 완성된 그림 또한 어딘가에서 어긋나 와르르 허물어지기 십상일 것이기 때문이다. 결국 이 소설은 다양한 모양과 두께의 껍질이 겹겹이 덮여 있을 뿐 아니라 알맹이도 하나가 아닌 묘한 열매인 셈이다. 추리소설의 문법은 이 소설 속 여러 도상이나 클리셰와 마찬가지로 밴빌이 잠시 빌려온 것일 뿐이며, 그의 소설의 본령은 그런 문법과 도상과 클리셰에서 일탈하는 데서부터 시작된다고 할 수 있다.

『오래된 빛』은 『이클립스』 『수의』*와 더불어 이른바 '앨릭스와 캐스 클리브 삼부작'에 속하는데, 여기에서 앨릭스와 캐스는 부녀지간이다. 3부인 『오래된 빛』은 2부 『수의』가 나오고 나서 십 년 뒤에 나왔으며, 실제로 작품에서도 그 정도 시간이 흐른 시점에서 이야기가 전개된다. 그렇다면 앞의 두 편을 읽지 않고 『오래된 빛』부터 읽어도 괜찮을까? 물론 앞의 두 편(내용상 시간적으로 선후관계는 아니다)을 순서대로 읽은 뒤 『오래된 빛』으로 넘어오는 게 좋겠지만, 『오래된 빛』과 『수의』 사이의 간격이 워낙 떠서 영어권 독자들도 『오래된 빛』을 먼저 읽고 이 전 책으로 넘어가는 경우도 많고, 각 권이 독자적이기 때문에 큰 지장 은 없다는 반응이 대부분이다. 실제로 『오래된 빛』의 일인칭 화자인 앨 릭스 클리브는 『수의』(악셀 판더라는 인물의 일인칭과 캐스 클리브를 중심에 놓은 삼인칭으로 서술되며, 참고로 『이클립스』는 앨릭스의 일 인칭으로 서술된다)에서 다루어진 내용을 대부분 모르기 때문에 독자 또한 이전 상황을 몰라도 앨릭스의 시점과 생각을 따라가는 데는 별 어려움이 없다.

아, 그냥 '따라가는' 데 별 어려움이 없다는 뜻이지, 따라가다보면 모든 게 쉽게 이해된다는 뜻은 아니다. 물론 이전 두 소설을 읽어서 앨 릭스가 모르는 정보를 갖고 있다 해도 크게 나아질 것은 없다. 그저 구 할 수 있는 가장 밝은 등불을 구해 앨릭스의 뒤를 따라가며, 그 빛에 드러나는 것을 눈여겨보고 그렇게 드러난 것들을 모아 대략적인 지도

---

*『바다』 해설과 작가 연보에서는 '장막'이라고 번역했지만, 제목의 shroud는 일차적으로 예수의 주검을 쌌다고 하는 토리노 수의를 가리킨다고 봐야 할 것 같다.

를 그려보는 수밖에 없다. 그런 의미에서 지금부터는 '해설'을 쓰기보다는 이 소설을 함께 이해하기 위한 하나의 출발점으로, 옮긴이에게 흥미롭게 여겨지는 한 구역의 지도를 그려보도록 하겠다. 물론 하나의 시도일 뿐이다.

앨릭스 클리브는 아일랜드의 육십대 퇴물 연극 배우다(자, 이 소설을 읽지 않고 바로 여기로 온 독자는 아무래도 이쯤에서 소설로 돌아가는 게 좋을 것 같다). 그는 십여 년 전 무대에서 시체가 되는, 즉 대사를 잊어버리는 대형 사고를 저지른 후 은퇴하여 고향의 바닷가에 가서 살다가(『이클립스』의 배경이다), 문학과 철학 연구를 하는 정신이 불안정한 딸 캐스가 이탈리아 바닷가에 있는 교회 탑에서 아래 바위로 투신하여 죽은 뒤(『수의』에 그 경위라고 할 만한 내용이 담겨 있다) 이제 바다를 떠나 도회지에서 부인 리디아와 함께 살고 있다. 그에게 어느 날 영화 출연 제안이 들어온다. 유럽 출신으로 미국에서 활동했던 대학교수이자 유명한 해체주의 비평가 악셀 판더의 전기 영화에서 남자 주인공을 맡아달라는 제안이다. 사실 이 악셀 판더라는 인물은 가짜로, 제2차세계대전 때 죽은 진짜의 신분과 역할을 가로채 비평가로 활동하다가, 부인이 죽자 이탈리아 토리노로 건너와 그곳에서 죽었다(밴빌이 폴 드 만과 루이 알튀세르의 에피소드를 가져와 악셀 판더라는 인물을 만들었다는 이야기가 있다). 다시 말해, 악셀 판더는 유명한 비평가이지만 애초에 신분 자체가 가짜이고 살아온 과정도 문제투성이인 지식인 악당이다. 앨릭스는 왜 자신에게 이런 배역 제안이 들어왔는지 의문을 품지만, 한편으로는 이야기 자체에서 어떤 매력을 느껴,

다른 한편으로는 본인의 말대로 "허영심" 때문에 제안을 받아들인다.

정말이지 왜 그에게 그런 배역의 제안이 들어갔을까? 오래전 불명예스럽게 은퇴한 예순 줄의 무명 연극 배우에게? 사실 이런 설정은 스릴러물의 클리셰 가운데 하나로, 보통 이런 경우 제안자 쪽에 뭔가 저의가 있기 마련이고, 제안을 받은 사람은 그것을 받아들이는 순간 음모의 한가운데로 빨려 들어가기 마련이다. 우리의 앨릭스도 그렇게 아무것도 모르는 채로 영화라는 음모에 발을 들여놓고, 서서히 딸과 악셀 판더 사이에 어떤 관계가 있음을 알게 된다. 앨릭스는 모르고 있지만(영화 제작자들과 『수의』를 읽은 독자와 작가는 알고 있다), 사실 앨릭스의 딸 캐스에게 악셀 판더는 대리 아버지이자 연인이자 원수이며 캐스는 판더의 아이를 임신한 채 자살했다. 그런데 앨릭스는 판더와 그의 젊은 연인 코라(나중에 물에 빠져 죽는다)의 관계를 중심에 둔 영화에서 판더 역을 맡아 코라와 사랑과 폭력이 얽힌 관계를 재현하고 있는 것이다.

이렇게 진짜(?) 판더와 앨릭스의 딸 캐스의 관계는 영화 속 판더와 코라(캐스를 떠올리지 않을 수 없는 존재)의 관계와 대칭을 이루므로, 앨릭스는 비록 연기지만 딸과 간접적으로 연인 관계를 맺는다고도 볼 수 있다. 심지어 악셀Axel이라는 이름은 앨릭스Alex와 철자 순서만 다르다. 앨릭스가 배우라면 가짜 악셀은 자신의 정체성을 연기하는 배우다. 어린 시절, 어른이 되면 아버지와 결혼해서 자기 같은 아이를 낳아 자기가 죽더라도 아버지가 외로워질 일이 없도록 하겠다던 딸의 말은 임신한 채 죽은 딸의 자기실현적 예언으로 들리기도 한다. 실제로 앨릭스는 잠시지만 코라 역을 맡은 여배우를 성적 대상으로 바라보기도 한다. 만일 두 사람이 연기가 아닌 실제 상황에서까지 연인이 된다면

이 복잡한 대칭구도는 기존의 관계를 한번 더 복제하며 묘한 완성에 이르게 될 것이다. 앨릭스는 그걸 감당할 수 있을까?

이 대목에서 우리는 결혼 상대가 친모인 줄 모른 채 결혼하는 오이디푸스와 그를 그런 곤경에 빠뜨린 신들을 떠올리지 않을 수 없다. 오이디푸스가 신들이 쳐놓은 함정을 향해 한 발 한 발 걸어가듯 앨릭스도 영화의 신들이 쳐놓은 함정으로 서서히 다가가 마침내 신들이 짜놓은 구도를 완성하고 오이디푸스적 파멸을 초래하여 신들의 웃음거리가 될 처지에 놓여 있는 셈이다.

오래전에는 모든 반대 증거에도 불구하고 내가 나 자신의 삶을 책임지는 사람이라고 생각하곤 했다. 존재하는 것은, 나는 속으로 말했다, 행동하는 것이다. 하지만 여기에서 핵심적인 말장난을 놓쳤다. 지금 나는 내가 늘 인식하지 못하는 힘들에, 감추어진 강압들에 영향을 받아 행동해왔음을 깨닫는다.

여기에서 "말장난"이란 "행동"한다는 뜻의 act에는 연기한다는 뜻도 있다는 것이다. 즉 존재하는 것은 연기하는 것이다. 앨릭스는 자신이 자신의 의지대로 살아온 것이 아니라 신들, 즉 "인식하지 못하는 힘들"과 "감추어진 강압들"이 배정한 배역을 연기했다고 느끼고 있다.

코라 역을 맡은 배우 돈 데번포트는 어떨까? 우리는 그녀에게도 앨릭스에게 던졌던 질문을 던질 수 있다. 그녀는 왜 이 영화에서 앨릭스와 함께 연기를 하게 되었을까? 앨릭스의 일인칭 시점으로 전개되는 이야기에서 정확한 이유를 파악하는 것은 쉽지 않지만 그래도 앨릭스와 이어지는 몇 가지 접점은 찾을 수 있다. 그녀는 젊은 스타이지만, 하층계급 출신으로 그동안 배역을 따내기 위해 제작자들과 성관계를 가지는 등 간단치 않은 삶을 살았으며, 그녀의 배우 경력 출발점에는 돈 데번포트라는 거창한 예명을 지어준 아버지가 자리잡고 있다. 그 아버지는 그녀가 영화에 출연하기 몇 달 전에 죽었고(오십대였는데, 앨릭스는 오십대 때 딸을 잃었다) 그녀는 아직 그 충격에서 헤어나오지 못하고 있다.

왠지 앨릭스의 상대역으로 어울린다는 느낌이 들지 않는가? 실제로 앨릭스는 그녀를 처음 보았을 때 왠지 딸 같다는 느낌을 받는다. 그녀에게 코라 역을 맡긴 신들의 의도, 그리고 그들 둘을 무대에 올려놓고 과연 둘의 관계가 어떻게 진행될지 궁금해하는 신들의 시선이 느껴지지 않는가? 그녀는 영화 촬영이 거의 끝날 무렵 돌연 자살을 기도한다. 나중에 앨릭스가 자살을 기도한 이유를 물었을 때 그녀는 "그냥 연기"였다고 말하는데, 이것은 진짜로 자살하려던 게 아니었다는 뜻으로 읽을 수도 있지만, 앞서 인용한 앨릭스가 말하는 의미의 "연기"를 했다는 뜻으로 읽을 수도 있다. 즉 그녀 또한 악셀 판더의 영화에서 배역을 맡을 때부터 앨릭스를 만나 연기하기까지, 나아가 자살을 기도하기까지 앨릭스의 반대편에서 그녀 나름으로 신들이 정해준 배역을 연기한 걸 수도 있다는 것이다.

그러나 오이디푸스의 어머니이자 아내 이오카스테는 자살을 기도하고 결국 죽지만, 코라를 연기한 돈 데번포트는 죽지 않는다. 그래서 신들이 설정한 구도에 미세하게 금이 간 것일까? 두 사람은 돈 데번포트의 자살 기도를 계기로 영화 촬영을 중단하고 함께 여행을 떠나기로 하는데(앨릭스가 목적지로 염두에 둔 곳은 딸이 죽은 포르토베네레 다), 이렇게 되면 둘이 영화에서만이 아니라 실제로도 연인이 됨으로써 오히려 앞서 말했던 대칭구도를 완성하는 길로 가게 되고, 결국 죽음으로도 벗어나기 힘든 난국에 처하게 되는 것은 아닐까? 신들은 여기까지 내다본 것일까? 그래서 영화 제작 관계자이면서 앨릭스가 자신의 운명의 조정자라고 여기는 빌리 스트라이커가 그들의 여행 소식을 듣고 웃음을 터뜨린 것일까?

그뒤에 앨릭스와 돈 데번포트가 이탈리아에 도착해 눈 오는 레리치의 호텔에서 보낸 위기의 1박 2일은 이 소설의 가장 중요하고 아름다운 알맹이로 꼽을 만하다(이 부분에서 이 소설의 제목이기도 한 "오래된 빛"이 등장한다). 단지 글이 아름다울 뿐 아니라, 인간다움의 한 면이 순정하게 빛나기 때문에 아름답다. 좋은 소설이 일상의 문법을 차용하면서도 통속을 넘어서듯, 밴빌은 신화의 문법을 차용하면서도 운명론을 넘어서고 있다. 이 소설에 조연으로 등장하는 앨릭스의 "부적"인 알코올중독자 부랑자 트리니티 트레버가 늘 알코올중독으로 돌아가면서도 가끔은 깨끗하고 말쑥한 모습을 보여주듯(아마도 "딸"의 도움을 받아), 앨릭스도 "인식하지 못하는 힘들", "감추어진 강압들"이 배정한 역할을 연기하며 살다가도 이때만큼은 그런 힘들로부터 벗어나 인간 본연의 생기를 얻고 "집"으로 돌아갈 마음을 먹을 수 있다. 단지 떠나온 집으로 돌아가는 것이 아니다. 앨릭스가 운명의 여행을 떠나기 전, 여러모로 신탁을 대변하는 느낌을 주는 그의 아내 리디아는 딸을 "다시 데려오지 못해"라고 예언했다. 하지만 앨릭스는 정반대인 결과를 쟁취하고, 단지 집으로 돌아가는 것이 아니라 새로운 집을 만들게 된다. 놀랍다. 밴빌에게 이렇게 밝은 면이 있었던가!

　방금 한 이야기는 앞서도 말했듯이 소설 전체 가운데 아주 좁은 구역을 대충 흐릿하게 그려보다 만 주관적인 지도의 한 예, 같이 머리를 맞대고 전체를 이야기해보고 싶어 먼저 제시해본 예에 지나지 않는다. 이 소설에서는 앨릭스에게 딸과 더불어 또하나의 중요하고 "오래된 빛"인 어린 시절 연상의 연인(이라고 말하면 매우 에두른 것이고, 사실은 절친한 친구의 어머니)과 사귀던 시절의 이야기가 분량으로도 반을 넘게 차지하며 현재의 이야기와 대위법적으로 엮여나간다. 따라서 지도를 그려야 할 구역은 예상보다 엄청나게 넓고 복잡하며, 그런 만큼 많은 사람이 그릴 이 소설의 다양한 지도가 궁금하기 짝이 없다.

　그런 기대감과 더불어, 이 소설의 두 대위법 선율이 똑같이 "집"으로 귀결된다는 점, 그리고 그것과 연결되는 이야기이기도 하지만, 지도상의 종착점에 가까운 두 개의 중요한 지점에 우리를 휘두르던 힘과 강압이 사라지는 순간, 부글거리며 끓던 바다가 잠잠해지고 몸에서도 열이 내려 서늘해지는 순간, 니르바나의 순간이 그윽한 저음으로 낮게 자리를 잡고 지도의 무게중심 역할을 하고 있다는 점에도 등불을 비춰보라고 덧붙여두고 싶다.

정영목

1945년  12월 8일 아일랜드의 웩스퍼드에서 정비소 직원인 마틴 밴빌과
애그니스 밴빌 부부의 삼남매 중 막내로 태어남. 가톨릭계 초등
학교인 웩스퍼드의 CBS 초등학교와 중등학교인 세인트 피터스
칼리지를 졸업. 미술과 건축에 관심이 많았지만, 대학에 진학
하는 대신 아일랜드 항공에 취직해 그리스와 이탈리아 등을 여
행함.

1968년  미국에 체류하며 텍스타일 디자이너인 재닛 더넘을 만나 결혼.

1969년  〈아이리시 프레스〉의 편집자로 입사해 이후 30여 년간 기자생
활과 작품활동을 병행함.

1970년  단편과 중편소설을 묶은 첫 작품집『롱 랭킨 Long Lankin』출간.

1971년  첫 장편소설『나이츠폰 Nightspawn』출간.

1973년  『버치우드 Birchwood』출간. 얼라이드 아이리시 은행 소설상
수상.

1976년  『닥터 코페르니쿠스 Doctor Copernicus』출간. 제임스 테이트
블랙 메모리얼 상 수상.

1981년  『케플러 Kepler』출간. 가디언 소설상, 얼라이드 아이리시 은행
소설상 수상.

1982년  『뉴턴 레터 The Newton Letter』출간. 앞서 코페르니쿠스, 케플
러를 다룬 두 작품과 함께 '혁명 3부작'으로 묶이는 이 작품은
영국의 공영방송 채널 4에서 TV 영화로도 방영됨.

1986년  『메피스토 Mefisto』출간. '혁명 3부작'에 이 작품을 더해 '과학
4부작'으로 부르기도 함. 〈아이리시 프레스〉에서 〈아이리시 타

임스〉로 이직함.

1989년 '액자 3부작' 또는 '예술 3부작'으로 불리는 시리즈의 첫 작품인 『증거의 책The Book of Evidence』을 출간해 부커상 최종 후보에 오름. 기네스 피트 에비에이션 문학상 수상.

1990년 〈뉴욕 리뷰 오브 북스〉에 고정 필진으로 참여함.

1991년 『증거의 책』으로 이탈리아 엔니오 플라이아노 상 수상.

1993년 액자 3부작 『유령들Ghosts』 출간. 횟브레드 문학상 최종후보에 오름.

1994년 독일 극작가 하인리히 폰 클라이스트의 희곡 「깨진 항아리」를 개작한 작품이 더블린 애비 극장에서 상연됨.

1995년 액자 3부작의 마지막 작품인 『아테나Athena』 출간.

1996년 어린이책 『방주The Ark』 출간.

1997년 냉전시대 미술사학자이자 스파이였던 실존 인물 앤서니 블런트의 이야기를 소재로 한 『언터처블The Untouchable』로 횟브레드 문학상 최종후보에 오름. 래년 문학상 소설 부문 수상.

1999년 엘리자베스 보엔 소설 『마지막 9월』을 밴빌이 각색한 동명의 영화가 공개됨.

2000년 『이클립스Eclipse』 출간.

2002년 『수의Shroud』 출간.

2003년 블룸스버리 출판사 '작가와 도시' 시리즈의 일부로 논픽션 『프라하 풍경Prague Pictures: Portraits of a City』 출간.

2005년 『바다The Sea』로 맨부커상 수상. 이언 매큐언, 줄리언 반스, 가즈오 이시구로, 힐러리 맨틀, 살만 루슈디 등이 후보로 올라 유례없이 치열한 경합을 보인 해였음.

2006년 '벤저민 블랙Benjamin Black'이라는 필명으로 범죄소설 『크리스틴 폴스Christine Falls』를 발표해 에드거상 후보에 오름. 소설의 주인공 커크는 이후 벤저민 블랙으로 발표하는 소설들에 꾸준히 등장함.『바다』로 아일랜드 도서상 소설 부문 수상.

2007년 벤저민 블랙으로『은빛 백조The Silver Swan』출간. 왕립문학
학회 회원으로 선출됨.

2008년 벤저민 블랙으로 〈뉴욕 타임스〉에 연재했던 소설『리머The
Lemur』출간.

2009년 하인리히 폰 클라이스트의 희곡에서 영감을 얻은 소설『무한들
The Infinities』출간.

2010년 영국 내셔널 포트레이트 갤러리의 의뢰를 받아 트레이시 슈발
리에, 줄리언 펠로스, 테리 프래쳇 등의 작가들과 공저로 논픽
션『상상해본 삶Imagined Lives: Mystery Portraits』출간. 벤저
민 블랙으로『4월을 위한 비가Elegy for April』출간.

2011년 프란츠 카프카 상 수상. 벤저민 블랙으로『여름의 죽음A Death
in Summer』출간.

2012년 『오래된 빛Ancient Light』출간. 앞서 발표한『이클립스』『수
의』와 함께 '앨릭스와 캐스 클리브 3부작'으로 묶임. 아일랜드
도서상 소설 부문 수상. 벤저민 블랙으로『복수Vengeance』출
간. 아내 재닛과 이혼.

2013년 벤저민 블랙으로『신품성사Holy Orders』출간. 스티븐 브라운
감독이 〈바다〉를 영화화함. 밴빌이 각본에 참여하기도 한 이 작
품은 에든버러 국제영화제 경쟁작으로 선정됨. 아일랜드 PEN
문학상, 오스트리아 유럽문학상 수상.

2014년 스페인 아스투리아스 왕세자상 수상. 레이먼드 챈들러 재단이
공인한 필립 말로 시리즈 속편인『검은 눈의 금발The Black-
Eyed Blond』을 벤저민 블랙으로 발표. 배우 게이브리얼 번이
커크 역을 맡은 드라마 〈커크〉가 영국과 아일랜드에서 방영됨.

2015년 『파란 기타The Blue Guitar』출간. 벤저민 블랙으로『죽은 자
들조차Even the Dead』출간.

| 2016년 | 회고록『시간의 조각들 *Time Pieces: A Dublin Memoir*』출간. |
|---|---|
| 2017년 | 헨리 제임스 소설『여인의 초상』의 주인공 이사벨 아처가 길버트 오즈먼드와 결혼한 이후를 그린『미시즈 오즈먼드*Mrs Osmond*』출간. 벤저민 블랙으로『프라하의 밤*Prague Nights*』출간. |
| 2019년 | 스웨덴 한림원을 사칭한 사기꾼에게서 노벨문학상 수상자로 선정되었다는 전화를 받음. 밴빌은 크게 당황했으나 유머러스하게 대처하여 동료 작가들의 응원을 얻음. |
| 2020년 | 벤저민 블랙으로『비밀 손님들 *The Secret Guests*』출간. 웩스퍼드를 배경으로 한 추리소설『눈*Snow*』을 발표하면서부터 모든 소설을 존 밴빌 명의로 출간하게 됨. |
| 2021년 | 『스페인의 4월*April in Spain*』출간. |
| 2022년 | 『증거의 책』『무한들』『뉴턴 레터』의 등장인물들이 다시 나오는 소설『특이점들 *The Singularities*』출간. |
| 2023년 | 『잠금*Lock-up*』출간. |
| 2024년 | 『익사자*The Drowned*』출간. 한국 박경리문학상 최종후보에 오름. |

# 문학동네 세계문학전집 발간에 부쳐

세계문학은 국민문학 혹은 지역문학을 떠나 존재하는 문학이 아니지만 그것들의 총합도 아니다. 세계문학이라는 용어에는 그 나름의 언어와 전통을 갖고 있는 국민문학이나 지역문학의 존재를 인정하면서 그것을 넘어서는 문학의 보편적 질서에 대한 관념이 새겨져 있다. 그 용어를 처음 고안한 19세기 유럽인들은 유럽문학을 중심으로 그 질서를 구축했지만 풍부한 국민문학의 전통을 가지고 있는 현대의 문학 강국들은 나름의 방식으로 세계문학을 이해하면서 정전(正典)의 목록을 작성하고 또 수정한다.

한국에서도 세계문학 관념은 우리 사회와 문화의 변화 속에서 거듭 수정돼왔다. 어느 시기에는 제국 일본의 교양주의를 반영한 세계문학 관념이, 어느 시기에는 제3세계 민족주의에 동조한 세계문학 관념이 출현했고, 그러한 관념을 실천한 전집물이 출판됐다. 21세기 한국에 새로운 세계문학전집이 필요하다는 것은 명백하다. 우리의 지성과 감성의 기준에 부합하는 세계문학을 다시 구상할 때가 되었다.

문학동네 세계문학전집은 범세계적으로 통용되는 고전에 대한 상식을 존중하면서도 지난 반세기 동안 해외 주요 언어권에서 창작과 연구의 진전에 따라 일어난 정전의 변동을 고려하여 편성되었다. 그래서 불멸의 명작은 물론 동시대 세계의 중요한 정치·문화적 실천에 영감을 준 새로운 작품들을 두루 포함시켰다.

창립 이후 지금까지 한국문학 및 번역문학 출판에서 가장 전문적이고 생산적인 그룹을 대표해온 문학동네가 그간 축적한 문학 출판 경험을 바탕으로 새로운 세계문학전집을 펴낸다. 인류가 무지와 몽매의 어둠 속을 방황하면서도 끝내 길을 잃지 않은 것은 세계문학사의 하늘에 떠 있는 빛나는 별들이 길잡이가 되어주었기 때문이다. 우리가 자부심과 사명감 속에서 그리게 될 이 새로운 별자리가 독자들의 관심과 애정에 힘입어 우리 모두의 뿌듯한 자산이 되기를 소망한다.

문학동네 세계문학전집 편집위원
민은경, 박유하, 변현태, 송병선, 이재룡, 홍길표, 남진우, 황종연

세계문학전집 258
## 오래된 빛

초판 인쇄 2025년 2월 7일
초판 발행 2025년 2월 20일

지은이 존 밴빌 | 옮긴이 정영목

책임편집 김수연 | 편집 이봄이랑 오동규
디자인 최윤미 이원경 | 저작권 박지영 형소진 오서영
마케팅 정민호 서지화 한민아 이민경 왕지경 정유진 정경주 김수인 김혜원 김예진
브랜딩 함유지 박민재 김희숙 이송이 김하연 박다솔 조다현 배진성
제작 강신은 김동욱 이순호 | 제작처 영신사

펴낸곳 (주)문학동네 | 펴낸이 김소영
출판등록 1993년 10월 22일 제2003-000045호
주소 10881 경기도 파주시 회동길 210
전자우편 editor@munhak.com | 대표전화 031) 955-8888 | 팩스 031) 955-8855
문의전화 031) 955-1927(마케팅) 031) 955-3560(편집)
문학동네카페 http://cafe.naver.com/mhdn
인스타그램 @munhakdongne | 트위터 @munhakdongne
북클럽문학동네 http://bookclubmunhak.com

ISBN 979-11-416-0181-2 04840
     978-89-546-0901-2 (세트)

www.munhak.com

● 문학동네 세계문학전집은 계속 출간됩니다